CATH FENTHYG

Cath Fenthyg

Myfanwy Alexander

Carreg
Gwalch

Argraffiad cyntaf: 2025
ⓗ testun: Myfanwy Alexander 2025

ISBN clawr meddal: 978-1-84527-968-4

CYNGOR LLYFRAU CYMRU

Cyhoeddwyd gyda chymorth Cyngor Llyfrau Cymru

Cynllun y clawr: Eleri Owen
Dyfyniadau Dewi Prysor a Sioned Wiliam o *Gyfansoddiadau a Beirniadaethau
Eisteddfod Genedlaethol Cymru 2023*
Dyfyniad Sian Northey o bodlediad *Colli'r Plot*

Cyhoeddwyd gan Wasg Carreg Gwalch,
12 Iard yr Orsaf, Llanrwst, Dyffryn Conwy, Cymru LL26 0EH.
Ffôn: 01492 642031
e-bost: llyfrau@carreg-gwalch.cymru
lle ar y we: www.carreg-gwalch.cymru

Er cof am
Daphne Andree Helen Lyle-Stewart,
fy annwyl fam.
Petai hi'n dal i fyw ym Meifod,
hi fyddai'r gyntaf i fynd i weld Cath
er mwyn cynnig cysur iddi:
'fel hyn mae dynion, wastad.'

1

Ddylwn i ddim bod wedi defnyddio'i ffôn o. Mae wastad yn syniad gwirion i wraig hyd yn oed gyffwrdd yn ffôn ei gŵr.

Ar fwrdd y gegin oedd y ffôn, mewn potyn plastig yn llawn reis, achos bod Ger wedi dod adre y noson cynt yn wlyb at ei groen ar ôl bod yn potsian o gwmpas yn y glaw yn cyfri rhywbeth nad oedd isie cael ei gyfri. Roedd o'n reit anesmwyth am adael y ffôn yno, fel petai o'n aros am ryw neges neu'i gilydd, ond wnes i ddim meddwl lot am y peth gan fod pob un ohonon ni fel hyn os yden ni'n colli cyswllt efo'r byd mawr. FOMO, dyna mae'r Sais yn ei alw fo. Dwi'n euog o hynny fy hun: ro'n i ar binne heb signal yr holl ffordd adre o Animalarium Borth tra oedd y Trydydd Rhyfel Byd yn ei anterth ar dudalen Facebook yr Ysgol Feithrin ynghylch y pwl diweddar o lau pen. Yn ôl y sôn, roedd Lleucu'r Wern yn beio Eluned Londis am ddod â'r llau yno, ond mynnodd Eluned nad oedd modd dweud o ble ddaeth y llau pen, gan ychwanegu nad oedd gan neb glem o ble ddaeth trydydd plentyn Lleucu chwaith. I brofi'i phwynt rhoddodd Eluned sgrin-shot o lythyr gan adran Genitourinary Sbyty Amwythig ar y sgwrs, oedd yn cadarnhau fod gŵr Lleucu yn Jaffa erbyn hyn, yn hollol ddi-had. Roedd y dyddiad ar y llythyr flwyddyn a hanner cyn i Mabon bach gael ei eni. Bu cwyn swyddogol i'r pwyllgor wedyn ac roedd yn rhaid i'r sgwrs gyfan gael ei dileu, ond diolch byth, roedd Mirain yn ddigon call i dynnu sgrin-shot o'r cyfan. Mirain ydi fy ffrind gorau i, a thra oedd y ddwy ohonon ni'n gwneud tost yn Ti a Fi yr wythnos wedyn, ges i gyfle i astudio'r manylion i gyd. Fy mhwynt i ydi ein bod ni i gyd yn casáu'r hen FOMO, felly wnes i ddim poeni llawer am y ffaith fod Ger yn neidio o un droed i'r llall fel cath ar laswellt barugog wrth feddwl am fod heb ei ffôn y bore hwnnw. Mae o'n nerfus cyn mynd i'w waith yn aml iawn... wel, *roedd* o'n nerfus, beth bynnag. Does gen i ddim syniad sut mae o ben bore y dyddiau yma achos nid efo fi mae o'n deffro. Nid efo fi mae o'n cysgu chwaith.

Mae fy mrawd, Rich, yn honni bod Ger yn nerfus cyn mynd i'w waith achos ei fod o, i bob pwrpas, yn anghyflogadwy. Mae'n werth i mi nodi yma nad llawfeddyg sy'n trawsblannu calonnau plant bach ydi Ger – mae o'n gweithio i fudiad amgylcheddol o'r enw Natur Ni. Enw anaddas, chwedl Rich, achos mae criw Ger yn gwneud popeth ond gadael llonydd i bethe naturiol.

Dydi Rich a Ger ddim yn gyrru mlaen yn dda. Erioed wedi. Os dwi'n edrych yn ôl ar fy llwyddiannau dros y pymtheng mlynedd diwethaf, un o'r pethe dwi'n fwya balch ohono ydi'r ffaith 'mod i wedi atal Rich rhag dyrnu Ger yn ystod sawl Dolig teuluol. Llynedd oedd y gwaethaf pan oedd Ger, ar ôl hanner potel o sieri, yn ceisio esbonio manteision prosiectau ailwylltio i bawb ac yn canmol cynllun coedwigaeth Llywodraeth Cymru. Tydi Rich ddim y boi mwya gwyrdd yn y byd er ei fod o, fel ffermwr, yn ddigon hen ffasiwn i werthfawrogi pethe fel plethu sietin neu hyfforddi cŵn defaid. Y drwg ydi – neu'r drwg *oedd* – fod gan Ger lwyth o wybodaeth, a'i fod yn hoff iawn o'i rannu efo'i frawd-yng-nghyfraith. Pan oedden ni newydd orffen y pwdin plwm, dechreuodd Ger geisio perswadio Rich i gamu'n ôl o fagu defaid a gwartheg er mwyn plannu coed dros y topie i gyd. Yn anffodus roedd Dad yn meddwl fod y sefyllfa'n hilariws, felly dechreuodd annog Ger drwy ofyn cwestiynau am garbon ac ati, ac awgrymu fod Rich yn ystyried dyfodol newydd i'r fferm. Roedd y plant yn syllu ar y dynion, eu llygaid i gyd fel soseri, a Rich yn yfed Carling fel dŵr. Ro'n i newydd gynnig paned i bawb pan gododd Rich ar ei draed. Mae o'n ddyn go fawr ac yn symud fel daeargryn.

'Gaiff dy fêt Miss Blydi Greta fynd i grafu,' chwyrnodd, cyn brasgamu ar draws y gegin a gadael drwy'r drws cefn a'i gau yn glep. Roedd Owain, fy mab, yn gynddeiriog achos ei fod o'n meddwl fod ei Wncwl Rich yn gas efo'i chwaer fach (cyfeirio at

Miss Thunberg oedd Rich, nid fy merch ieuengaf, Greta, oedd yn sugno'i bawd yn dawel) ond roedd Ger yn eistedd yn ôl efo gwên fach fuddugoliaethus ar ei wyneb. Ddaeth o'n reit agos i gael llond powlen o fenyn brandi ar ei ben y diwrnod hwnnw.

Does gan Rich ddim syniad be ydi enwau fy mhlant i, felly doedd o ddim yn bwriadu bod yn sarhaus. Daeth draw ar ôl i Owain gael ei eni, yn mynnu ein bod ni'n ei alw fo'n 'Richard' achos bod yr enw wedi cael ei gario yn y teulu ers canrifoedd, ond roedden ni eisoes wedi penderfynu ei alw'n Owain, sy'n ei siwtio fo'n iawn.

'Os wyt ti angen Dic bach,' atebodd Ger, 'well i ti genhedlu un dy hun. Owain ydi enw ein mab ni.'

Wrth gwrs, jôc efo dipyn o fin arni oedd honno, ac er 'mod i'n chwerthin ar y pryd, ro'n i'n ymwybodol nad oedd digio Rich yn beth doeth i'w wneud. Dydi Rich ddim yn hawdd i'w drin ac mae o'n gallu bod yn reit swta, ond os yden ni angen unrhyw help, mi ddaw o draw mewn chwinciad, waeth be sydd ganddo ar y gweill. Ac er ei fod o'n dal yn galw Owain yn 'Ric', sy'n mynd ar nerfau pawb, mae o'n treulio mwy o amser efo'r còg na Ger. Mae Ger wastad yn dweud bod Rich yn hyfforddi Owain i ffermio rhag ofn na fydd ganddo etifedd ei hun ar gyfer y fferm – aer wrth gefn, fel petai. Digon posib fod hynny'n wir, ond mae'n well gen i gael mab tair ar ddeg oed sydd wastad tu allan yn yr awyr iach yn helpu ar y fferm, nag un sy'n gori yn ei lofft yn gwylio porn ar ei ffôn.

Damia, dwi wedi gwneud llanast o hyn. Ro'n i wedi meddwl dechrau efo digwyddiad cyffrous cyn symud ymlaen i ddweud y stori yn nhrefn amser, fel dyddiadur, ond dwi wedi crwydro.

Mae Mistar Jenks wastad wedi ceisio fy annog i gofnodi popeth mewn llyfr. Mae o, yn fwy na bron neb arall, yn deall pa mor unig dwi wedi bod yn teimlo'n ddiweddar, hyd yn oed cyn y llanast yma. Dwi'n dal yn unig, ond dwi'n teimlo rhyw fath o ryddhad ers y noson honno – nid fy nghyfrifoldeb i ydi nonsens Ger bellach. Mi ddweda i hanes Mistar Jenks ryw dro eto, ond be sy'n bwysig ydi 'mod i'n gweithio iddo fo, yn cofnodi a digideiddio archif y Plas, ac mae o wedi rhoi llyfr clawr caled hyfryd mi er mwyn cadw cofnod o 'mywyd bob dydd a cheisio rhoi trefn ar fy meddyliau. Gawn ni weld sut aiff hynny.

Reit, mi wna i ailddechrau.

Y noson honno, ro'n i'n ceisio gwneud caserol go iawn i swper – hynny ydi, heb agor jar na phecyn o gwbl. Cig eidion Rich o'r rhewgell, moron a nionod gan y Cwt Tatws a'r gweddill gan Asda Home Delivery achos dwi ddim yn sant. Roedd Ger wedi dechrau mynd yn od am gig – dylanwad rhai o'i gydweithwyr o'n i'n feddwl, heb wybod bod un person penodol yn brysur yn newid ei agweddau at sawl pwnc – ond doedd dim achos iddo greu stŵr am y blaned y tro yma achos ro'n i'n coginio'r caserol yn yr hen Rayburn sy'n llosgi coed, nid tanwydd ffosil.

Jyst cyn dechrau'r stori go iawn, rhaid i mi ddweud 'mod inne hefyd yn bryderus am Newid Hinsawdd. Dwi'n ailgylchu, yn ailddefnyddio, yn ceisio prynu'n lleol a ddim yn gwastraffu adnoddau, ond ro'n i wedi cael llond bol o hen diwn gron Ger am y peth. Mab i weinidog ydi o, ac ers iddo golli'i ffydd yn wyth oed mae twll siâp Duw wedi bod ynddo fo. Roedd Ger yn Wyrdd, mewn sawl ystyr, pan wnes i gwrdd â fo, ond ers dwy flynedd mae 'na elfen grefyddol wedi ymddangos yn ei agwedd sy'n mynd ar fy nerfau i'n sobor. Felly, rŵan 'mod i'n sicr eich bod chi'n deall nad ydw i'n Climate Change Denier, ymlaen â fi â'r hanes.

Chwarae'n braf oedd y plant, yn adeiladu rheilffordd bren dros lawr y parlwr. Mae Owain wastad yn smalio nad oes ganddo ddiddordeb mewn pethe fel hyn rŵan ei fod o'n ddyn aeddfed Blwyddyn Wyth, ond yn aml iawn, fo sy'n codi'r pontydd cymhleth, a fo sy'n awgrymu'r golygfeydd ar gyfer y bobol bach Playmobil. Roedd pethe'n ddigon heddychlon i mi fentro gofyn, 'Alexa, play Bwncath,' ac er i mi orfod ailadrodd y cais sawl tro, yn y diwedd ufuddhaodd blydi Alexa a dechreuais inne ddawnsio i 'Coedwig ar Dân' wrth dorri'r madarch, gan feddwl faint ro'n i'n dal i ffansïo Ger.

Wedyn, wrth gwrs, daeth Llinos i mewn i ddweud bod Greta wedi bwyta'r morlo o'i Polly Pocket Otter Aquarium. Rhuthrais at Greta fach, oedd yn eistedd yn berffaith llonydd.

'Doedd 'na ddim dyfrgwn yn y set beth bynnag,' mynnodd Owain. 'Mae 'na forlo, pengwin, afanc, dolffin a môr-ungorn, hyd yn oed, ond dim dyfrgi.'

'Ond dwi'n galw popeth sydd yn yr acwariwm yn ddyfrgwn achos mae'n haws,' ymatebodd Llinos, ei rhesymeg saith oed mor sicr ag erioed.

'Mam,' gofynnodd Owain yn hunfoddhaus tu hwnt, 'pryd mae plant yn dechrau deall y gwahaniaeth rhwng y dosbarthiadau cymdeithasol?'

Rhoddodd Tamara, un o fy ffrindiau coleg sy'n dysgu Athroniaeth yn Aber, y llyfr *Philosophy for Kids* yn anrheg ben-blwydd i Owain dair blynedd yn ôl. Mi fyddai'n well gen i petai hi wedi rhoi neidr iddo fo – cobra, python neu rattler, hyd yn oed. O leia byddai neidr yn bwyta llygod bob hyn a hyn – den ni ddim wedi gweld smic o fudd o'r blydi llyfr athroniaeth.

Plygais i lawr i godi Greta, a chofio wrth wneud hynny nad ydw i wedi gwneud unrhyw ymarfer corff ers oes pys. Ro'n i'n mynd i ioga am gyfnod cyn rhoi'r gorau iddi – yn ôl Mirain mae bywyd yn rhy fyr i wneud *downward dogs* – ond ers i mi gael Greta dair blynedd yn ôl, dwi ddim yn cael amser i wneud mwy nag ambell *cat-cow*. Bob tro ti'n cael babi, ti'n colli pymtheg y cant o dy galsiwm, yn ôl y sôn, felly erbyn hyn dwi fawr gwell na slefren fôr.

'Agor dy geg i Mami, cariad siwgwr, i mi gael gweld oes 'na forlo yno, ie? Da lodes.'

Gwthiais fy mysedd i mewn i geg Greta, ond roedd ei dannedd ynghau yn dynn, fel porth dinas dan warchae. Roedd hi'n tynnu jib hefyd, a rhychu'i thrwyn – cofiais 'mod i newydd dorri garlleg ar gyfer y caserol, felly roedd fy mysedd yn siŵr o fod yn blasu'n ffiaidd – ond llwyddais i gael mynediad i'r geg fach o'r diwedd. Fel oen swci, mae gan blant le penodol ar eu bochau sy'n go sensitif, ac os wnei di bwyso ar y lle iawn, mae'n rhaid iddyn nhw agor eu cegau. Dyma fy nhop-tip ar gyfer bod yn rhiant, ac os nad ydi hyn yn ddigon i haeddu cyfres ar S4C fel *Supernanny* eilradd, dwi'm yn gwybod pwy sy'n deilwng. Ta waeth, doedd dim byd yn ei cheg.

Clywais sŵn bach wrth i rywbeth gwympo i'r llawr o *turn-up* dyngarîs Greta.

'Y morlo coll,' sylwodd Owain, gan ei godi.

'Wel, mae hi wedi bwyta'r gweddill, gan gynnwys fy ffefryn, Desiree Dolffin,' cwynodd Llinos â golwg dorcalonnus ar ei hwyneb.

'Desiree?' gofynnais.'

'Ie. Mae 'na rwbeth go secsi am ddolffiniaid, yn does?' atebodd Llinos, sy'n gwybod gormod am ei hoed. 'Fyddai Wncwl Rich yn cytuno dwi'n siŵr.'

'Dydi Wncwl Rich ddim yn ffansïo mamaliaid y môr,' atebais, yn cael fy nhynnu i swrealaeth y sgwrs.

'Yden ni'n siŵr?' cyfrannodd Ows. 'Aeth o i Geinewydd ar gyfer penwythnos stag llynedd.'

'Nid ei ddewis o oedd lleoliad stag Wil Weirglodd.'

'Ie, yn bendant. Fo oedd y gwas priodas, cofio?'

Ro'n i'n cofio'n iawn. Aeth Rich dros ben llestri efo'r awgrym fod yn rhaid i'r gwas priodas fynd ar ôl y morwynion – diflannodd dwy ohonyn nhw am chydig oriau yn ystod y parti priodas.

'Wel,' atebais, mi fyddai unrhyw greadur dan haul, neu dan y tonnau, yn lwcus i gael Wncwl Rich. Merch, dolffin, llamhidydd, morfil, dwgong...'

'Be 'di dwgong?' gofynnodd Greta.

Gŵglodd Ows ar ei ffôn, a syllodd y tri ar lun o'r creadur hynod.

'Peth rhyfedd,' datganodd Owain o'r diwedd. 'Siŵr bod hwnna'n perthyn i Nain Mans.'

Ro'n i'n ceisio peidio â chwerthin ond roedd yr anifail yn y llun, efo'i gorff boliog, ei lygaid bychan a'i geg lipa, yn debyg iawn i fam Ger.

'Petai copi o *Caneuon Ffydd* o dan ei ffliper, byddai hi'n gallu defnyddio'r llun yma ar ei phasbort, wir,' ychwanegodd.

Roedden ni i gyd yn chwerthin am hir, er 'mod i'n ceisio mwmial rhywbeth am beidio brifo teimladau pobol, nes i Greta chwydu'n sydyn. Roedd Alwyn Afanc i'w weld yn y chwd, a smic o binc allai fod yn weddillion marwol Cerys Cranc, ond doedd dim golwg o'r lleill.

'Gwna'n siŵr nad ydi hi'n cerdded drwy'r sic,' gofynnais i Ows, 'tra dwi'n mynd i nôl y papur cegin.'

Gan mai ar y teils, yn hytrach na'r ryg, roedd y llanast, roedd hi'n go hawdd ei lanhau. Ond roedd Greta'n dal yn welw felly penderfynais ffonio'r meddyg, rhag ofn bod mwy o greaduriaid y môr yn ei bol bach. Roedd fy ffôn ar fwrdd y gegin, yn hollol ddifywyd.

'Pwy sy 'di bod ar fy ffôn i?' gofynnais, heb ddisgwyl ateb call.

'Tithe. Peth drwg ydi'r hen Candy Crush,' atebodd Owain yn ddirmygus.

'Dwi ddim wedi bod ar Candy Crush.'

'Wel, allwn ni ddim defnyddio dy ffôn di beth bynnag, oherwydd y cyfrinair.'

Roedd y cloc ar y wal gefn yn dangos fod siawns go dda i mi fethu â chael apwyntiad petawn i'n mynd i lawr i'r feddygfa heb ffonio ymlaen llaw, a byddai hynny'n golygu noson yn uned fân-anafiadau yr ysbyty lleol. Gyda llaw, mae'r cloc yn eithriadol o hyll, yn flodau hen-ffasiwn i gyd. Nain Mans brynodd y peth yn ail law – tydi hi erioed wedi prynu unrhyw beth newydd i mi, gan fynnu, 'ti ddim wedi arfer efo pethe gwell; dyna sut gest ti dy fagu'. O ystyried, mae ei chymharu hi â dwgong braidd yn annheg i'r dwgong.

Gwelais ffôn Ger ar y bwrdd. Roedd y reis yn amlwg wedi gwneud y tric, gan i'r sgrin oleuo wrth i mi ei roi ymlaen. Pwysais y rhifau cyfarwydd.

'Meddygfa.'

'Cath Bryn Fedw sy 'ma. Ga i siarad efo meddyg, os gwelwch yn dda?'

'Yn anffodus, tydi'r meddygon ddim yn ymateb i ymholiadau'r cyhoedd yn uniongyrchol.'

'O, nac'dyn nhw, wir?'

'Mi alla i roi neges i'r meddyg, wrth gwrs...?'

'Wel, os mai fel hyn wyt ti isie chwarae'r gêm, wnei di plis ddweud wrth Dr Morgan y bydd lluniau trip yr Aelwyd i Sw Caer yn 2006 i gyd yn cael eu rhoi ar dudalen Facebook y Gymuned am hanner awr wedi pump os na fydda i wedi derbyn galwad yn ôl ganddo ar y rhif yma cyn hynny. Diolch o galon.'

Dwi'n gwybod na ddylwn i ymddwyn fel hyn o flaen y plant, ond roedd yn sefyllfa unigryw.

'Does ganddon ni ddim gobaith o dyfu i fyny'n normal, Mam, efo tithe'n blacmelio'r GP,' chwarddodd Owain.

Canodd y ffôn ac atebais yn syth. Ond yn hytrach na llais cyfarwydd Dr Iolo Morgan, clywais ddynes yn siarad yn isel.

'Ble mae Mistar Gwenci, dŵed? Mae Miss Bele yn methu aros i'w hoff *apex predator* ddod i chwarae yn y goedwig eto...'

Dwi'n gwybod ei fod o'n *cliché*, ond roedd o'n teimlo'n union fel dwrn ym fy mol. Wnes i nabod y llais o'r sill cyntaf: blydi ffycin Petal. Ond allwn i ddim ymateb oherwydd ro'n i'n teimlo presenoldeb y plant fel rhyw ddisgyrchiant o 'nghwmpas. Er na allwn i anadlu, bron, gorfodais fy hun i siarad.

'Ffôn Gerallt Williams. Diolch am ffonio, ond ar hyn o bryd dwi'n disgwyl am alwad gan y meddyg i'r rhif hwn efo diweddariad pwysig ynglŷn â iechyd un o'i blant.'

'Sori, sori,' ceciodd Petal, 'rhif anghywir.'

'Paid â phoeni am y peth,' atebais, mewn llais oer, 'mi fydda i'n siŵr o ddweud wrth Mistar Williams dy fod di wedi galw.'

'Mistar pwy? Ro'n i isie siarad efo... efo Joe Sobeiski. Ie, Joe Sobeiski...'

'Mae Joe Sobeiski wedi marw,' datganais, achos ro'n i'n teimlo fod gen i hawl i gael chydig o ddrama, yn enwedig os oedd hi'n chwarae yn y goedwig efo 'ngŵr. 'Roedd o allan yn y goedwig, yn chwarae mig efo baedd gwyllt... lwcus fod y cogie cŵn hela o gwmpas neu fyse dim modd cael angladd. Ddaeth yr Ambiwlans Awyr, ond...' Oedais yn ddramatig. 'O, sori, oeddech chi'n agos?'

'O... ym, ro'n i a Joe yn eneidiau hoff cytûn...'

'Fyset ti'n hoffi rhai o'r selsig, felly, er cof amdano?'

'Selsig?'

'Ie, selsig y llofrudd-faedd.'

'Llofrudd-faedd?'

'Ie, y mochyn gwyllt wnaeth ladd dy annwyl gariad. Bu'n rhaid i gogie'r cŵn hela ei ladd o. Ro'n i'n meddwl 'mod i wedi egluro hynny.'

'Y... ym...'

Duwcs, roedd hi'n bleser clywed ei llais, oedd mor hyderus a rhywiol chydig eiliadau ynghynt, yn ffwndro'n ddryslyd, ond er hynny, torrais ar ei thraws.

'Dyma fo'r meddyg yn ffonio rŵan, felly hwyl fawr. Cofia fi at dy annwyl Mistar Gwenci... gobeithio nad oedd gan yr hen *Joe* wraig a phlant.'

Ro'n i'n gallu clywed, o sŵn ei hanadliad cyn iddi ddiffodd yr alwad, ei bod hi'n meddwl 'mod i'n lloerig ac yn beryglus, a chefais ryw wefr fach o fuddugoliaeth wrth i fy llaw grynedig bwyso'r botwm i ateb yr alwad nesaf.

'Nid hwn ydi dy rif arferol di, Cath,' meddai'r meddyg.

''Sdim batri yn fy ffôn i. Ffôn Ger ydi hwn.'

Does dim modd disgrifio sŵn rhywun yn codi'i aeliau, ond dyna'n union be glywais i.

'Un ffyddiog ydi Ger, myn diawl! Fyswn i byth yn trystio Sal efo fy ffôn i.'

'Pam? Pwy wyt ti'n ffonio ar y slei, Iols?'

Does gen i ddim syniad o ble ges i'r nerth i siarad am odineb fel petai'n chwarae plant, a fy nghalon bron â thorri.

'Does gen i ddim digon o nerth i gadw Sal yn hapus, heb sôn am ryw ffansi arall, ond mae 'na rwbeth reit hamddenol am eistedd i lawr ar ôl i bawb fynd i'r gwely, i gael brandi a hanner awr o born.'

'Ti wastad wedi bod yn fastard bach budr.'

'Hefyd, paid â thrafod llunie'r sw o hyd, Cath – dydi o ddim yn deg.'

'Jyst dweda wrth bobol y dderbynfa dy fod di wastad yn fodlon derbyn galwad gen i, wedyn fydd dim rhaid.'

'Mae'n codi cwestiynau...'

'Cwestiynau fel pa mor fawr oedd y sbliff ac a oedd y walabi dan oed?'

Den ni wastad yn chwerthin wrth drafod y walabi. Rhaid i mi bwysleisio fan hyn na roddodd Iolo flaen bys ar y walabi, ac yn fwy perthnasol, wnaeth y walabi ddim cyffwrdd yn Iolo chwaith. Y dyddiau hynny, roedd Iolo'n hoff iawn o chydig o 'gynnyrch cartref', ac ar y trip rhoddodd gwpl o aelodau hŷn yr Aelwyd, Sam Lawnt a Dewi Groeslon, bryd o dafod iddo fo, gan ddweud na fyddai o byth yn ffeindio cariad petai o'n cario mlaen i smygu cymaint o waci baci. Roedden ni'n cerdded heibio'r walabis ar y pryd, a dywedodd Iolo fod un ohonyn nhw wedi wincio arno. Mi dynnais lun gwych ohono'n esgus glafoerio dros yr anifail, a bob tro dwi'n cael ffôn newydd dwi'n gwneud yn siŵr fod y llun hwnnw'n cael ei drosglwyddo, ynghyd â'r un sy'n dangos ein meddyg teulu parchus wrth bwll y flamingos yn ceisio tanio sbliff yr un maint â braich babi.

'Be sy'n bod, Cath? Ydi'r plant yn marw o ddiflastod ar dy hen jôcs?'

'Na. Greta sydd wedi bwyta rhyw deganau bach plastig, ac mae hi wedi chwydu. Oes 'na gemegion niweidiol ynddyn nhw, ti'n meddwl?'

'Wel, tydi teganau plastig dim fel arfer yn cael eu hystyried yn un o'r prif grwpiau bwyd, ond os ydyn nhw wedi cael eu gwneud gan un o'r cwmnïau mawr, ac yn cyrraedd y safonau masnach, bydd bob dim yn iawn.'

'Ocê.'

Erbyn hyn, roedd bochau Greta'n binc, ac roedd hi wedi crwydro'n ôl i'r parlwr.

'Diolch, Iolo. Ddrwg gen i am wastraffu dy amser di.'

'Ti ddim. Hei, wyt ti'n iawn?'

'Ti'n nabod fi, Iols, dwi wastad yn iawn.'

'Hen bryd i chi i gyd ddod am farbeciw. Mae Sal yn dwli ar dy blant di, ti'n gwybod hynny.'

'Mae hi'n rhy gynnar yn y flwyddyn o lawer, y coc oen gwirion. Fyddwn ni i gyd wedi starfio.'

Pwysais y botwm i orffen yr alwad, a rhedeg allan drwy'r drws cefn. Jyst am unwaith, ro'n i'n haeddu gollyngdod. Codais fy mhen fel bleiddast ac udo. Petai hi'n olygfa mewn ffilm, byddai lleuad lawn yn codi uwchben yr Allt wrth i mi ryddhau'r boen oedd yn corddi yn fy mol, ond yn hytrach na hynny, agorodd Owain ffenest fach y gegin gefn.

'Be ti'n wneud, Mam?'

'Jyst ymarfer rhwbeth ar gyfer y Ffermwyr Ifanc.'

'Ocê,' meddai, gan dynnu'i ben yn ôl. Waeth pa mor afresymol ydi'r sefyllfa neu'r ymddygiad yn ein teulu ni, mae beio'r CFfI wastad yn esgus credadwy.

Ddaeth Ger ddim adre y noson honno, y cachgi. Agorais botel o win a llenwi un o gwpanau plastig y plant reit i'r top. Ro'n i wedi paratoi fy hun iddo ddod adre, wedi paratoi am sgwrs ynglŷn â Petal... ro'n i'n disgwyl y byswn i'n chwerthin efo fo, hyd yn oed os oedd o'n rhaffu celwyddau. Yn hytrach na hynny, dim. Noson ar fy mhen fy hun, heb Ger. Beth oedd hynny'n ei olygu? Syllais ar yr wyneb cyfarwydd oedd yn gwenu arna i oddi ar y gwpan.

'Iechyd da, Peppa Pinc!' cyhoeddais, a gofyn i Alexa chwarae cân Beyoncé, 'Single Ladies'.

Dechreuais ganu a dawnsio yng nghwmni teganau meddal Greta, ond wrth i'r gân gyrraedd ei darn mwyaf ailadroddus, stopiais ac edrych i lawr ar fy llaw. Do'n i ddim isie tynnu fy modrwy briodas. Mi wyddwn ei bod yn rhy fuan o lawer i feddwl am ei thynnu ar ôl un alwad ffôn wirion, ond ar y llaw arall, ble oedd o? Beth bynnag, ers i mi gael Greta mae fy mysedd i wedi chwyddo rhywfaint, ac mae'n anodd tynnu'r peth heb chydig o sebon. Hefyd, byddai'r plant yn siŵr o sylwi. A dweud y gwir, roedden nhw'n fwy tebygol o lawer o sylwi bod y fodrwy wedi mynd na bod eu tad wedi gadael.

Am gyfnod, roedd Ger yn dad da – wastad efo nhw, yn chwerthin fel petai o wir yn mwynhau bod yn eu cwmni. Pan o'n i'n feichiog roedd Rich yn rhyfeddu at luniau ar y we o ddatblygiad plentyn yn y groth wrth wylio fy mol yn tyfu, ond doedd Ger ddim yn cymryd smic o sylw. 'Does gen i ddim llawer o ddiddordeb yn hynna,' datganodd, 'dwi'n edrych mlaen at ddod i'w nabod nhw fel pobol.'

Dyna pryd ddechreuodd y dagrau lifo, wrth i mi feddwl sut fyddai bywyd iddyn nhw heb eu tad yn byw adre. Ceisiais dywallt y rhan fwyaf o'r gwin yn ôl i'r botel heb dwndish, ac mi lwyddais, ar y cyfan. Wnes i ystyried llyfu'r pwll bach o win gollodd ar y bwrdd fel cath, achos ro'n i wedi sychu'r bwrdd ar ôl swper, ond jyst mewn pryd cofiais pa mor fudr oedd y cadach a phenderfynu y byddai'n well i mi beidio.

Cerddais i fyny'r staer a gorwedd ar draws y gwely, efo'r dŵfe i gyd wedi'i lapio amdanaf, yn union fel dwi wedi breuddwydio am gael gwneud bob noson am ddeunaw mlynedd. Dwi erioed wedi mwynhau cyd-gysgu, a weithiau, wrth swatio yn y gornel yn gwrando ar Ger yn chwyrnu a rhochian, ro'n i'n ysu am noson o lonydd. Ond wyth awr ar fy mhen fy hun yn y Premier Inn yn Soswallt o'n i'n feddwl, nid gweddill fy mywyd. Beth petai Ger byth yn dod yn ôl? Yn sydyn roedd fy nghroen yn oer – rhyw oerni newydd, arwydd corfforol o'r ofnau oedd yn tyllu i mewn i 'nghalon fel cynrhonyn. Mi fyddwn i ar fy mhen fy hun efo'r holl gyfrifoldebau, yr holl benderfyniadau, jyst yr holl blydi gwaith. Nid bod Ger yn gwneud llawer beth bynnag, ond roedd o'n bresenoldeb yn y tŷ, ac yn barod i ofalu am y plant i mi gael mynd allan bob hyn a hyn. Sylweddolais fod patrwm: dros y deunaw mis diwethaf, bob tro roedd o'n gofalu amdanyn nhw am fwy nag awr, roedd o'n dechrau cynnig 'awgrymiadau' i mi wedyn: i ni beidio prynu cymaint o bethe plastig, i ni greu strwythur gwell ar gyfer amser gwely, sicrhau fod llyfr darllen Llinos yn cael ei lenwi bob dydd yn hytrach na theirgwaith ar ddydd Sul a bron byth yn ystod yr wythnos. Ac yn y blaen, ac yn y blaen. Wrth edrych yn ôl, ai dylanwad Petal oedd hyn?

Un peth oedd ymateb i'w llais chwareus hi efo dogn o goegni, peth arall oedd gorwedd mewn gwely dwbl ar fy mhen fy hun, yn myfyrio dros y ffaith fod fy ngŵr, mwy na thebyg, yn cael affêr. Ond roedd y plant angen mynd i'r ysgol drannoeth, felly gan anwybyddu'r dagrau oedd yn cosi fy llygaid, gosodais y larwm a diffodd y golau.

Rywbryd yn nes ymlaen, clywais sŵn traed ar dop y staer. Cymerodd lai na hanner munud i mi droi dyfaliad (efallai mai Ger sy 'na) i sicrwydd (Ger sy 'na, bownd o fod) i esboniad (paid â dweud bod y blydi Petal 'na wedi ffonio i dynnu dy goes di?) i sesiwn garu (ti'n gwybod be, Cath? Does neb yn gallu fflicio fy switshys i fel tithe, wir). Felly, siom oedd weld wyneb bach gonest Llinos yn y drws.

'Ga i ddod i mewn am gwtsh?'

'Wrth gwrs.'

Tynnodd y dŵfe'n ôl a rowlio o dan fy nghesail. Roedd ei phresenoldeb yn gymaint o gysur ro'n i'n teimlo'n anesmwyth – doedd gen i ddim hawl i bwyso ar fy mhlant fel cynhaliaeth, fel plant y mamau sengl ti'n eu gweld mewn dramâu cyfoes ar y teledu, neu fel Dad ar ôl i Mam adael. Roedd o'n dibynnu arnon ni gymaint. Os wyt ti'n dyfalu pam dwi wastad yn maddau i Rich, waeth pa mor blagus ydi o, fo oedd yno efo Dad, heb fath o gymorth na chefnogaeth, tra o'n i'n jolihoetian i lawr yn Aber, yn esgus bod yn fyfyrwraig o gartref tebyg i gartrefi pobol eraill. A chwarae teg iddo fo, mi wnaeth Rich ddiodde popeth yn dawel – o be dwi wedi'i ddysgu wedyn am natur salwch Dad, mae 'na wastad rywun sy'n ffocws i'r casineb di-sail, a Rich oedd hwnnw. Un tro roedd cynnig arbennig ar ddarnau o ham yn siop y cigydd ac mi brynais un ychwanegol i Dad a Rich. Roedd Rich wrth ei fodd – mae o wastad wedi mynd yn boncyrs am ham – ac mi wnes i geisio'i dorri iddyn nhw, er mwyn i'r ddau gael helpu'u hunain iddo'n sydyn. Mi ges i dipyn o drafferth, achos doedd dim min ar 'run o'r cyllyll yng nghegin y Rhos. Pan wnes i gwyno wrth Rich dyma fo'n plygu coler ei grys i lawr i ddangos craith goch, syth, ryw dair modfedd o hyd i mi, yn y pant rhwng ei wddf a'i ysgwydd.

'Tydi llafn efo min ddim wastad yn beth da, lodes,' meddai, efo gwên fach oer.

Felly, dyna pam dwi ddim isie pwyso'n rhy drwm ar fy mhlant. Ond duwcs, roedd yn braf clywed sŵn anadlu Llinos fach, a dwi'n siŵr na fyswn i ddim wedi cysgu mor braf hebddi.

2

Roedd mwyalchen yn canu tu allan i'r ffenest ac mi wnes i
ddigio wrthi, yn sobor. Sut oedd hi'n gallu bod mor blydi siriol
a finne wedi cael fy llorio? Wedyn cofiais pam roedd hi'n canu
– roedd hi un ai yn chwilio am gariad neu'n diffinio'i
thiriogaeth. Ddylwn i fod wedi canu wrth bostyn y giât i gadw
Petal draw?

Ceisiais ystyried y cyfan o'r newydd, yng ngolau ffres y bore.
Efallai mai dim ond chwarae oedd Petal – roedd ei llais ar y ffôn
mor ysgafn, fel petai trefnu i gwrdd â Ger am giamocs yn y
goedwig yn gêm ddiniwed. Neu'r 'goedwig law' fel mae'r Criw
Gwyrdd wastad yn disgrifio rhai o'r llefydd mwyaf anffrwythlon
a mwsoglyd. 'Os mai coedwig law sy ganddon ni wrth y
weirglodd, ble mae'r ffycin toucans, dwêd?' ydi ateb parod Rich
i hynny. Dyma fi, yn hel sgwarnog arall yn lle 'mod i'n gorfod
ffocysu'n uniongyrchol ar berthynas Ger a Petal. Petai Ger yn
dewis dod yn ôl ata i, ac yn enwedig at y plant, ar ôl ffwcio Petal
byddai'n rhaid i mi ddysgu byw efo hynny. Efallai mai sbri efo
Petal oedd Ger ei angen – ers misoedd, roedd o wedi bod yn
isel ac yn bell. Ro'n i'n ysu i gael yr hen Ger yn ôl efo ni, y Ger
oedd wastad yn llawn hwyl, yn feddylgar, yn rhannu holl
fanylion dibwys bywyd efo fi. Tybed ai Petal ydi'r pris mae'n
rhaid i mi ei dalu am hynny? Roedd y syniad yn galed yng
nghefn fy ngheg. Roedd yn hen bryd i mi godi, yn lle hel
meddyliau dan y dŵfe.

Yn wahanol i'r hyn fyset ti'n ddisgwyl, dydi'r tŷ ddim yn
anhrefn llwyr ben bore, achos mae'r ddau hynaf yn go drefnus.
Mae Owain wastad yn gofyn mewn da bryd pan fydd o angen
brechdanau ar gyfer rhyw drip ysgol neu'i gilydd, neu git
chwaraeon. Dydi Llinos byth angen unrhyw beth, ac mae

Greta'n cael ei gwarchod gan Mirain ar ôl yr Ysgol Feithrin, sy'n fy siwtio fi i'r dim. Mae Mirain mor drefnus, does dim rhaid i mi boeni am ddim byd. Y peth sy'n boen ydi'r ffaith fod Ows a Llinos yn gadael i fynd i gyfeiriadau gwahanol ar gludiant sy'n gadael rhwng wyth a deng munud i naw. Ond llifodd bob dim yn esmwyth y bore ar ôl Yr Alwad, a llwyddais, diolch byth, i osgoi unrhyw sgwrs wrth giât yr ysgol.

Dwi ddim yn dechrau fy ngwaith draw yn y Plas tan ddeg am sawl rheswm. Cyn i Mrs Jenks farw, roedd gofalwyr yn dod yn gynnar i'w chodi hi ac roedd yn well i bawb 'mod i allan o'r ffordd, yn enwedig Mrs Jenks, oedd yn casáu gadael i neb weld ei gwendid. Tydi Mistar Jenks ddim yn un da yn syth ar ôl codi chwaith – mae fel petai ei ben yn niwlog ben bore yn go aml – ac ar ben hynny dwi'n gwerthfawrogi'r cyfle i bicio adre ar ôl danfon Greta i'r Ysgol Feithrin i lenwi'r peiriant golchi ac ati, a chael paned fach sydyn, cyn mynd draw i'r Plas. Dyma fy hoff ran o'r dydd: y tri chwarter awr o lonydd i sortio pethe ac, os dwi'n lwcus, i eistedd ar y fainc o flaen y tŷ â phaned yn fy llaw, yn syllu draw dros y dyffryn harddaf yng Nghymru (ffaith ddaearyddol, nid barn, gyda llaw). Chwarae teg i Ger, roedd o'n deall hynny'n iawn, a doedd o byth yn torri ar fy nhraws.

Ond torri ar fy nhraws wnaeth o y diwrnod hwnnw, efo gast fach wrth ei sodlau. Petal. Roedd yr un olwg ar wynebau'r ddau: 60% hunanfodlonrwydd, 20% bodlonrwydd rhywiol a dim ond 20% o bryder. Safodd y ddau o 'mlaen i yn y drws, law yn llaw fel plant Blwyddyn Naw tu allan i ddisgo'r ysgol. Er ei bod yn olygfa hollol chwerthinllyd allwn i ddim hyd yn oed gwenu, gan 'mod i'n dechrau sylweddoli nad chwiw yn unig oedd Petal i fy ngŵr.

Cofiais yn sydyn am y tro cyntaf i mi ei gweld hi, yn tynnu'i bag cefn ffasiynol o fws mini Natur Ni. Yr eiliad honno ro'n i'n gwybod na fydden ni byth yn ffrindiau. Dwi wedi gweld gormod o rai tebyg iddi, efo'i gwallt byr steil picsi, ei dillad hipïaidd drud a'i Doc Martens figan. Gas gen i bobol gefnog sy'n smalio bod yn dlawd, fel y ferch yng nghân Pulp, 'Common People'; pobol sy'n ddigon cyfforddus i ymddwyn fel tlodion achos eu bod nhw'n gwybod yn iawn nad oes neb yn meddwl eu bod nhw'n ddifreintiedig go iawn. Mae caledi yn gadael staen ar dy gorff, a waeth pa mor aml mae tywysoges fel Petal yn gwisgo'i dillad fintej neu'n byw heb gar, mae pawb yn gwybod y bydd hi wastad yn OK. Un tecst i Dadi Annwyl, a bydd deng mil o bunnau'n cyrraedd ei chyfrif banc. Mae merched fel hyn wastad yn cael be maen nhw isie. Fydd hynny'n cynnwys fy ngŵr, tybed?

'Wyt ti'n iawn, Cath?' gofynnodd Ger, ei lais yn llawn gofid ffug wrth ddod i mewn i'r tŷ. 'Roedd Petal yn poeni'n arw amdanat ti neithiwr, yn dweud nad oeddet ti cweit yn dy iawn bwyll.'

'Ti'n fy nabod i'n ddigon da bellach i ddeall sut dwi'n ymateb i sioc. Tan ddoe, do'n i ddim yn deall dy fod di'n prancio yn y goedwig efo Miss Bele fan hyn. Dim blydi clem.'

Roedd y sefyllfa mor swreal, ro'n i'n gorfod canolbwyntio ar wasgu unrhyw gryndod allan o fy llais.

'Nid *prancio* yw e,' eglurodd Petal, yn ei llais plentynnaidd. 'Ry'n ni wir yn caru'n gilydd.'

A dyna fyrstio fy swigen i.

'A be yn union dech chi'n ddisgwyl gen i? Llongyfarchiadau?'

'Na.'

'Be, felly?'

'Wel, jyst i ti dderbyn y peth.'

'Oes gen i ddewis? Achos well gen i beidio, a bod bywyd yn mynd yn ôl i normal.'

'Doedden ni ddim yn bwriadu dy frifo di, Cath,' mynnodd Ger yn sebonllyd, gan estyn am fy llaw.

'Be *oedd* y bwriad, felly? Oedd Petal annwyl isie rhoi trêt bach i mi drwy ffwcio fy ngŵr?'

'Gawson ni ein goresgyn gan tswnami o gariad, dyna'r gwir,' oedd ymateb Ger.

'Tswnami o blydi gariad?' Dechreuais chwerthin, a chodi bys a bawd at fy nghlust i smalio gwneud galwad ffôn. 'Helô, ydw i'n siarad efo'r Heddlu Metaffors? Dwi isie riportio trosedd ddifrifol. Ie, y trosiad mwyaf arwynebol i mi ei glywed erioed.'

Rhannodd Ger a Petal giledrychiad.

'Dwi'm yn dwp, Gerallt Williams, a dwi'n dy nabod di'n llawer gwell na ti'n nabod dy hun. Ar un llaw, ti isie dweud 'mod i'n ymddwyn yn lloerig er mwyn i ti, fab y Mans, gael esgus i fy ngadael i heb frifo dy gydwybod tyner. Ond, ar y llaw arall, ti ddim isie i mi fod yn rhy lloerig i ofalu am dy blant, chwaith. Ydw i'n iawn?'

Daeth golwg o ddryswch i'w lygaid, ac ro'n i'n gwybod 'mod i wedi taro'r hoelen ar ei phen.

'Ry'n ni'n cofio hanes dy dad, wrth gwrs,' mentrodd Petal yn nawddoglyd.

'Ti'n gwybod ffyc ôl am fy nheulu i, Petal fach, ac os wyt ti'n parchu dy les dy hun, well i ti gadw draw o'r pwnc hwnnw rhag i ti gael dwrn yn dy ddannedd perffaith, drud.'

Ar hynny, taflodd Petal ei hun i freichiau Ger, fel petai o'n gallu ei hamddiffyn hi.

'O Gerallt, Gerallt,' mwmialodd, yn ddigon uchel iddi fod yn siŵr 'mod i'n ei chlywed, 'yw hi'n beryglus?'

'O, lodes annwyl, wrth gwrs 'mod i'n beryglus, a fyddi di byth yn teimlo'n saff eto. Bob tro y gweli di rwbeth yn symud yn y cysgodion, drwy gornel dy lygad, fyddi di wastad yn dyfalu ai fi sy 'na.'

Rhaid i mi gyfaddef, ro'n i'n ymylu ar fwynhau bygwth Petal. Ond wedyn, ar ôl i mi orffen fy llith, rhedodd ias oer i lawr fy nghefn. Roedd yn rhaid i mi ofyn y cwestiwn.

'Pan dech chi'n sôn am eich blydi tswnami, yden ni'n sôn am... am benderfyniad o ryw fath?'

'Alla i ddim byw heb Petal,' datganodd Ger.

'Dim ond B ges i yn fy TGAU Bioleg, ond os all rhywun fyw efo dim ond un aren, mi alli di, yn bendant, fyw heb Miss Abertawe Amgen 2016 yn fan hyn.'

Tawelwch.

'Ti ddim *isie* byw hebddi, dyna'r gwir, ie?'

Tawelwch. Hwyliodd syniad gwirion drwy fy meddwl.

'Paid â meiddio awgrymu ein bod ni'n dwy yn dy rannu di!'

Caeodd Petal ei cheg fach yn dynn, i gyfleu ei barn am y syniad hwnnw yn reit amlwg.

'Ger, wyt ti'n fy ngadael i?' gofynnais.

Nodiodd ei ben, y cachgi. Doedd o ddim digon dewr i roi ei fwriad mewn geiriau. Cododd syniad erchyll arall.

'Be wnawn ni efo'r plant?'

'Be ti'n feddwl?'

'Ti ddim... ti ddim yn bwriadu mynd â nhw i fyw atoch chi?'

Chwarddodd Petal. ''Wy ddim yn cymeradwyo plant.'

'Be?'

'Er lles y blaned, 'wy wedi penderfynu peidio cael plant. Felly, ar ôl gwneud yr aberth honno er lles y byd, 'wy ddim yn bwriadu magu plant neb arall.'

'Ac mae'r byd i gyd yn ddiolchgar, dwi'n siŵr. Yn bersonol, Petal, dwi'n hynod o falch dy fod di wedi penderfynu peidio bridio. Buddugoliaeth i DNA y ddaear.'

'Ti'n iawn, Ger, mae ganddi ffordd o siarad sy'n hynod gomon. Geirfa ac agweddau buarth fferm, yn amlwg.'

'A phwy wyt ti, Miss La-di-da, i farnu sut dwi'n siarad?' Ddylwn i fod wedi gollwng y pwnc, ond ro'n i'n teimlo'r ffasiwn ryddhad ar ôl clywed nad oedd hi am ddwyn fy mhlant. Bron nad o'n i'n teimlo fod croeso mawr iddi fynd â Ger os nad oedd hi'n bwriadu gwthio'i chrafangau mewn i weddill fy nheulu.

'I ryw raddau,' cynigiodd, ei gwefusau main yn symud tuag at wên, 'allen i ddweud fy mod i'n gwneud ffafr â ti, Cath. Ti'n rhy ifanc i fyw fel hen wrach wallgof, 'da cath wrth dy draed, brechdan surop yn dy law a Weetabix yn dy wallt. Bydd cyfle nawr i ti siapio, hyd yn oed ffeindio rhywun arall. Mae 'na wefannau dêtio arbennig ar gyfer *chubby chasers*, yn ôl y sôn, er nad oes gen i syniad am y fath bethe.'

Roedden nhw bron â bod yn piffio chwerthin, Ger a hithe. Yn amlwg, roedd hi'n disgwyl rhyw fewnbwn ganddo ond sefyll yn fud wnaeth o, y llipryn. Beth wnaeth fy mrifo i waethaf oedd ei sylw am y surop, nid fy mloneg, achos roedd hynny'n cadarnhau fod Ger wedi trafod ein priodas efo hi. Mi gollais i fabi ar ôl i Owain gael ei eni, felly ro'n i'n poeni'n ddifrifol yn ystod fy meichiogrwydd efo Llinos. Ro'n i hefyd yn sâl iawn, yn methu cadw unrhyw fwyd i lawr, heblaw surop aur. Pica ydi'r enw arno fo, yn ôl y sôn – tueddiad lodesi beichiog i fwyta pethe rhyfedd – ond mae mam Mirain, sy'n fam i bedwar o blant, yn dweud mai ffordd y corff ydi o i ofyn am yr hyn sydd ei angen arno. Enw canol Llinos ydi 'Aur', ac mi wnaethon ni ofyn i bawb gadw'u tuniau surop gwag i ni ar gyfer ei bedydd, i'w defnyddio fel fasys blodau yn y parti. Roedd hyd yn oed mam Ger yn canmol yr enw Llinos Aur, achos bod 'na ryw dinc eisteddfodol iddo. Ger welodd ei gwallt gyntaf, achos roedd o yn y 'pen busnes', fel petai, ac meddai'n syth, 'Mae ganddi wallt yr un lliw â surop aur!' Ac ro'n i mor falch, achos cochyn bach oedd yr un colledig. Mi ofynnais am gael gafael ynddo, ar ôl ei eni, ac efallai mai camgymeriad oedd gweld y llygaid bach heb agor, y ffroenau wnaeth ddim anadlu, ei wefusau perffaith, tawel. Felly daeth y surop aur yn symbol i Ger a finne, symbol o gyfnod erchyll yr oedden ni wedi'i oroesi efo'n gilydd, ac er na fyddwn ni'n anghofio Iwan, daeth Llinos ar ei ôl, a daeth â'r dyfodol efo hi. Ddylai Ger byth fod wedi trafod y surop efo Petal – roedd hynny'n brifo mwy, bron, na'r ffaith eu bod nhw'n cael secs.

'Y broblem yw,' parhaodd Petal, fel rhyw bry yn sïo'n ddi-baid, 'dyw pob dyn ddim yn ymateb yn gorfforol i ddynes swmpus. Mater o chwaeth yw e. A dyw Ger ddim yn *chubby chaser*.'

Roedd hi'n troi'r ymadrodd cas yn ei cheg fel petai'n rhoi pleser iddi, ac i bwysleisio'i phwynt, rhoddodd law Ger ar ei choes. Roedd hi'n gwisgo siorts, fel arfer, a chan fod gwynt traed y meirw yn chwythu i lawr y dyffryn roedd ei chnawd yn edrych fel cig cyw iar rhad. Fyse'n well gen i dywallt saws Korma drosti na rhoi mwythau iddi. Den ni'n reit llym am darddiad ein cig – o siop y cigydd neu wedi'i fagu gartref neu ddim – a dyma fo

Ger yn rhedeg i ffwrdd efo'r math o beth ti'n ei gael ar BOGOF yn Aldi.

'Wel, wn i ddim amdanoch chi *bunny botherers*,' dywedais wrthyn nhw mewn llais oedd yn ceisio bod yn ffwrdd-â-hi, 'ond mae gan rai ohonon ni waith i'w wneud.'

'O, wrth gwrs, ti'n potsian 'da hen lyfrau'r Sgweier tra y'n ni'n achub y blaned,' brathodd Petal.

'Y blaned gyfan? Mae'n rhaid bod David Attenborough wedi anghofio diolch i chi yn ei raglenni diwetha.'

Doedd yr ymateb ddim hanner mor gryf â'r hyn 'sen i wedi'i hoffi, ond gwnaeth y tro. Fy mwriad oedd cau'r drws yn glep yn eu hwynebau wrth fynd allan o'r tŷ – damwain oedd cau bysedd Ger ynddo. Gwichiodd fel mochyn cyn gofyn, 'Alla i gael fy ffôn?'

'Â chroeso, rhag ofn i mi gael y bwletin diweddaraf gan Miss Bele. Mae o ar fwrdd y gegin.'

Es i allan i'r ardd ffrynt, a'u gadael nhw. Synnais o weld nad oedd car arall wrth ymyl f'un i, dim ond dau feic. Wrth gwrs, roedden nhw'n gwarchod yr hinsawdd hyd yn oed wrth chwalu teulu. Cipedrychais i fyny at y tŷ – roedd cysgodion y ddau i'w gweld yn symud yn ffenest fy llofft, wrth iddyn nhw gasglu dillad Ger o'r wardrob. Tra oedden nhw'n crwydro o gwmpas fy nghypyrddau penderfynais wneud eu taith fymryn yn anoddach wrth agor falfiau eu teiars – dim ond rhyw fymryn – a thaflu'r caeadau i'r sietin.

Wrth yrru i lawr yr wtra i 'ngwaith, ystyriais pa mor wirion oedden nhw, yn dod i nôl y stwff ar gefn beics. Gwenais. Doedd dim rhaid i mi wneud dim i dalu'n ôl iddyn nhw achos roedden nhw'n ddigon twp i wneud llanast o bethe heb fy nghymorth i.

3

Roedd llidiart y fynwent ar agor, a throis i mewn. Cuddio o'n i, er mwyn cael eiliad i dawelu'r meddyliau di-drefn oedd yn rhuo fel gwynt yn fy mhen, cyn wynebu Pobol Eraill. Wrth i mi yrru i'r pentref dechreuodd rhyw gryndod yn fy nghoes chwith – mae o wedi digwydd i mi sawl gwaith o'r blaen, cyn dechrau llafurio efo Llinos, er enghraifft, ac ar ôl y pedwar cynhyrfiad gorau yn fy mywyd. Dim ond un o'r rhain oedd efo Ger, er gwybodaeth. Ond y tro yma roedd o'n teimlo'n wahanol, fel petawn i'n methu dibynnu ar fy nghyhyrau. Sioc oedd yn gyfrifol, debyg; y sioc fod Ger yn ddigon twp i shagio Petal, a'r sioc waeth ei fod o wir yn mynd i 'ngadael i. Wrth bwyso ar y garreg fedd fach wen, ges i sylweddoliad. Os oedd Ger yn trafod hanes marwolaeth Iwan – ein hatgofion pwysicaf, y bont o ddolur oedd yn ein clymu ni at ein gilydd – yn y gwely efo'i ffansi newydd, roedd hi'n amlwg nad oedd o'n rhoi rhech amdana i. Rŵan, Petal fyddai'n derbyn ei gariad, ei ochneidiau, ei chwant, a finne wedi cael fy ngwthio i gornel ei feddwl: rhywbeth swmpus, diflas; rhwystr i lwybr eu cariad. Nid fy stori i oedd hi ond eu stori nhw, ac roedd hynny'n brifo, brifo, brifo.

Sut oeddwn i am ddweud wrth y plant? Ystyriais beidio â dweud dim wrthyn nhw, nes i mi gael cyfle i dderbyn y peth fy hun, ond ar y llaw arall, beth petai Ows a Llin yn clywed gan rywun arall? Byddai hynny'n waeth na gorfod eu hwynebu fy hun. Ro'n i angen cyngor gan ffrindiau doeth, ac ro'n i angen gwin. Ond, tan hynny, byddai'n rhaid i mi fwrw mlaen efo bywyd bob dydd felly neidiais yn ôl i'r car a pharcio tu allan i siop fach y pentref.

Ro'n i angen siwgr eisin er mwyn pobi rhywbeth ar gyfer stondin gacennau'r Ysgol Feithrin y diwrnod wedyn, felly roedd yn rhaid i mi bicio i mewn. Roedd Carla y tu ôl i'r cownter â golwg ryfedd ar ei hwyneb, fel petai hi ar fin cael rhyw bwl neu'i gilydd.

'Bore da, Carla. Ti'n ocê?'

'O, lodes, dwi'n iawn, ond sut wyt ti? Dyna'r cwestiwn.'

'Iawn, diolch. Bocs o siwgr eisin, plis.'

'Dyna ti.' Roedd ei dannedd gosod yn fflachio yn y cysgodion. 'A be am Bounty bech sydyn? Ti'n haeddu trêt bob hyn a hyn. Ty'd, cymer di Bounty bech sydyn, *on the house.*'

'Be sy'n bod, Carla?'

'Wel, dwi'm yn mynd i dy holi di, ond dwi jyst isie i ti wybod 'mod i *yma i ti*, wastad.'

Yn sydyn, disgynnodd y darnau i'w lle. Ac oherwydd mai dim ond y diwrnod cynt y ces i wybod fod rhywbeth o'i le yn fy mhriodas, dim ond o un ffynhonnell y gallai Carla fod wedi cael yr wybodaeth: y pâr hapus. Roedd y syniad bod Petal a Ger wedi trafod ein sefyllfa efo Carla, o bawb, yn teimlo fel slap.

'Ti 'di clywed am Ger felly.'

'Roedd yn gas gen i glywed, a chithe wastad yn dod drosodd fel teulu bech mor glên. Probleme lan staer, dwi'n cymryd?'

Ceisiodd roi golwg o gydymdeimlad i mi ond roedd ei diddordeb afiach yn rhy gryf i'w guddio.

'Na.'

'Wel, cymer di'r Bounty beth bynnag. Rhaid i ti gadw dy nerth. Ac fel ddwedes i, dwi'm yn mynd i godi arnat ti, druan fech.'

'Os dwi'n haeddu trêt bach *on the house*, Carla, 'se'n well gen i gael potel o'r jin mwyar duon 'na.'

'Ond mae'r stwff yna'n ddrud!'

'Felly faint yn union ydi gwerth dy gydymdeimlad di, Carla? Punt? Dwy?'

Rhoddodd y botel jin ar y cownter, a'i hwyneb yn ffrom. Talais am y siwgr eisin, codi'r pecyn, y botel a'r Bounty, a throi am y drws.

'Mae dy fam yn llygad ei lle amdanat ti, lodes – ti gystal iws â chath fenthyg. Alli di ddim hyd yn oed cadw diddordeb catffwl fel Ger Mans.'

'Diolch yn fawr, a bore da i ti, Carla.'

Ro'n i'n bwriadu cerdded allan yn urddasol efo'r gloch fach yn tincian uwch fy mhen ond, yn anffodus, roedd Drom yn ceisio dod i mewn ar yr un pryd â fi, ei feddwl yr un mor bell i ffwrdd. Roedd fy wyneb bron yn ei grys, oedd yn arogli o Comfort (yr un Fuchsia), bacwn, derv a rhyw awgrym o ieir. Roedd o ar ei ffôn, fel arfer, yn siarad yn gyflym.

'Ydi, mae'r holl ddata ynglŷn ag effaith Prurex gen i os dech chi awydd ei weld... o, hang on am eiliad.'

Gwenodd i lawr arna i heb fy ngweld o gwbl, a hyrddio i mewn i'r siop. Dyna Drom i ti.

Edrychais ar fy ffôn – ro'n i wedi colli dwy alwad: un gan Ger a'r llall gan yr ysgol gynradd. Yn ôl y neges gan yr ysgol, oedd yn gofyn i mi 'bicio i mewn ryw dro i gael sgwrs ynglŷn â Llinos, yn enwedig ei geirfa', roedd fy annwyl ferch wedi bod yn trafod llosgaberthu ar yr iard o flaen plant sensitif, yn cynnwys Tystion Jehofa.

'Da lodes,' galwais yn uchel cyn rhoi'r jin yn y bocs menig a gwirio'r amser. Dim ond deng munud oedd gen i i gyrraedd y Plas.

Ro'n i newydd roi arwydd 'mod i'n bwriadu troi i'r dde i fynedfa lydan y Plas pan welais bic-yp yn gyrru y tu ôl i mi, yn gyflym fel y diawl. Gwyrodd yn sydyn o 'mlaen i gan flocio wtra'r Plas. Neidiodd Drom i lawr ohono, a brasgamu draw at fy nghar fel crëyr glas ar ei goesau hir.

'Be ydi'r nonsens 'ma, Cath?' gofynnodd, ac roedd y cwestiwn fel cyhuddiad. 'Mae Carla Siop yn dweud bod Ger Mans wedi dy adael di.'

Sut allwn i ateb? Fy ngreddf gyntaf wastad ydi cadw cyfrinach, ond gwyddwn y byddai pawb yn clywed fy hanes gan Carla beth bynnag. Hefyd, sylweddolais yn sydyn, do'n i ddim isie rhaffu celwyddau wrth Drom.

'Digon gwir, er, dwi'n eitha blin fod Carla wedi clywed

cyn i mi gael siawns i drafod y busnes efo'r plant.'

'Hen ast sur ydi Carla. Ond dwi wir yn methu...'

'Ti'n siarad fel petai o'n rwbeth anarferol – mae dynion yn gadael eu gwragedd bob dydd, wyddost ti.'

'Mae dynion cyffredin yn gadael gwragedd cyffredin, ydyn, ond dwi'n methu coelio bod neb, hyd yn oed ffwlbart fel Ger Mans, wedi dy adael di. Ti ddim y fath o ferch mae dyn yn ei gadael.'

'O, cau dy ben, Drom.'

'Fydd pawb yn cytuno. Duw a ŵyr, roedd 'na ddigon o resymau i wfftio at Ger cyn heddiw, ond mae hyn yn cymryd y pis, wir.'

'Wel, dwi'm yn ffan mawr o'i benderfyniad fy hun.'

'Ti'n gwybod be dwi'n gofio, lodes? Y noson cyn dy briodas, tra oedd giang ohonon ni'n codi chydig o stŵr, daeth Rich ar ein holau ni efo twelf bôr. Roedden ni fyny yn yr hen hafod, yn cuddio rhag Rich, ac roedden ni i gyd yn gytûn: ti oedd y *pick of the crop*.'

'Plis paid â siarad shit, Drom. Mae gen i ddigon ar fy mhlât fel mae hi.'

'Ddyle neb dy adael di, lodes. Mae o'n goc oen llwyr, a thra bydd Rich yn malu ei wyneb twp o, mi fydda i yno'n dal ei gôt. Reit, mae gen i ryw benbwl o NRW yn dod i wthio'i drwyn i mewn i 'musnes i ymhen hanner awr, felly rhaid i mi fynd.'

A gyda bîp ar ei gorn a chwmwl o fwg disel, dyna fo'n diflannu, gan godi'i law drwy'r ffenest i ffarwelio.

Ti byth yn dod dros y crysh ti'n ei gael ar fechgyn mawr y CFfI. Nhw sy'n cynnal y clwb, ac yn dy gynnwys di yn y gweithgareddau fel petaech chi'n gyfoedion, yn gyrru fel James Bond mewn hen BMWs rhydlyd ac yn mynd yn wallgo yn yr AGM. Roedden ni'r lodesi bach yn eu haddoli fel tasen nhw'n dduwiau, ac efo'u barfau a'u hyder roedden nhw'n frid gwahanol i'r bechgyn smotiog, anaeddfed, oedd yn ein blwyddyn ni. Drom oedd ein Cadeirydd ac arweinydd y pac pan ymunes i, ac un da oedd o hefyd – roedden ni'n ennill y

Steddfod a'r Adloniant dro ar ôl tro. Aeth o mlaen i fod yn Gadeirydd y Sir hefyd ond ro'n i yn y coleg erbyn hynny. Mae Drom yn werth y byd.

Humphrey John Humphreys ydi ei enw go iawn, ond yn yr ysgol, dechreuodd rhai o'i ffrindiau ei alw'n 'Dromedari' o achos y ddau 'hump'. Pan ddysgon nhw'n ddiweddarach mai dim ond un crwb sydd gan dromedari (camel Bactrian sydd â dau) roedd hi'n rhy hwyr yn y dydd i newid y llysenw. A rhywsut, roedd yr enw'n ei siwtio fo. Dwi'n cofio dysgu yn y coleg mai'r hen enw am Sadwrn oedd 'y blaned Drom', ac yn addas ddigon roedd golwg go swrth arno fo bryd hynny, er ei hwyliau siriol. Roedd o'n perthyn, ac nid o bell, i un o ffrindiau gorau Al Capone ac roedd Dad wastad yn dweud bod yn well bod yn ffrind i Humphreys y Felin na pheidio, jyst rhag ofn. Un tal ydi o, gydag ysgwyddau llydan fel dresel cegin, ac er nad ydi'i wyneb o mor fain ag yr oedd yn ei ugeiniau, dydi o ddim wedi datblygu i fod yn slabyn o ddyn chwaith – efallai oherwydd nad ydi o byth yn eistedd yn llonydd. Tydi Drom ddim yn ddyn yr Arms, erioed wedi bod, ac mae o'n mynd i'r dafarn i wrando ar y newyddion, nid am sesh, sy'n braf. Fel merch i alcoholig dwi ddim yn ffan mawr o ddiwylliant y bar sy'n cynnig cymaint i ddynion unig ond yn rhoi iddyn nhw, yn y pen draw, ddim byd ond tlodi, dibyniaeth a pharanoia.

Mae'n rhaid i Drom gael gwybod be sy'n mynd ymlaen o hyd, oherwydd mae o wastad yn chwilio am gyfle i gymryd mantais o sefyllfa, fel pob dyn busnes da. Etifeddodd yr unig fferm fawr yn y dyffryn (mae teulu Mistar Jenks wedi dal eu gafael ar eu tir yn llawer gwell na sawl teulu bonedd arall), ac erbyn hyn mae Drom wedi ychwanegu at ei etifeddiaeth yn sylweddol. Fferm odro sydd ganddo fo, efo parlwr robotaidd, tair sied ieir, *bio-digester* i gynhyrchu ei drydan ei hun, a sawl *hobbit hole* ar faes glampio newydd. Hefyd, mae ganddo wraig, dipyn hŷn na fo, ddaeth efo pum can erw o ddolydd braf ger yr afon. Roedd yn rhaid iddo setlo'n gynnar er mwyn iddi allu bridio, ac mae ganddyn nhw ddau o blant perffaith: còg yn y

Chweched Dosbarth a lodes yr un oed ag Owain. Ac oes, mae gen i andros o grysh ar Drom o hyd, ac er nad oes gen i ddiddordeb ynddo heblaw mewn ffantasi, roedd yn braf clywed ei fod, ar un adeg, yn meddwl amdana i fel *pick of the crop*. Dipyn gwell na 'cath fenthyg'.

Felly, cyrhaeddais y Plas efo gwên ar fy wyneb.

4

Gad i mi ddweud rhywbeth am y Plas, ac am fy nghyflogwr. Collodd Mistar Jenks ei wraig ryw dair blynedd yn ôl, ac mae ei stori'n un go drasig.

Rhoddodd Rich y glasenw 'yr wy picl' iddo oherwydd ei ben moel, gwyn, a'r ffaith ei fod o wastad yn yfed brandi o'r fflasg mae o'n ei chadw ym mhoced ei siaced frethyn. Neu, yn ei eiriau o, 'o'r gostrel yn llogell fy nghorbais'. Dysgu'r Gymraeg mae o wedi'i wneud, a hynny yn ystod y degawdau a dreuliodd wrth wely ei wraig, ond tydi ei fath o o Gymraeg o ddim iws iddo wrth brynu torth o fara yn siop Carla.

Dynes 'ffyle oedd ei wraig, pishyn go iawn wnaeth ei ddewis o oherwydd ei gyfoeth a'i statws yn hytrach na'i bersonoliaeth a'i edrychiad. Tydi o ddim yn wledd i'r llygaid, druan, efo'i drwyn yn taflu cysgod dros hanner ei wyneb, a'i groen rwberaidd. Mae Rich yn ei gymharu'n aml â rhywbeth y byddai crewyr y Muppets wedi'i gadw'n ôl yn y cwpwrdd.

Mae gan Rich wastad air cas i'w ddweud am Mistar Jenks, ac mae elfen Farcsaidd am eu perthynas. Jenks ydi'r Sgweier sy'n berchen ar y Rhos, fferm ein teulu ni, er ein bod ni wedi bod yn ffermio yno ers canrifoedd. Mae Dad yn iawn am y peth, ac yn croesawu'r ffaith mai'r stad sy'n talu am bethau fel y lagŵn biswail newydd sydd ei angen i gydymffurfio â'r rheolau diweddar, ond mae rhyw wenwyn yn Rich tuag ato. Mae o wastad yn dweud mai'r ffaith mai Jenks sy biau'r Rhos sydd wedi'i gadw o'n sengl. Yn fy marn i, mae *monobrow* fy mrawd yn fwy o broblem, a'r ffaith nad oes ganddo sgwrs o gwbl, ond yn ôl Rich byddai merched yn ciwio hyd at afon Fyrnwy amdano petai o'n dirfeddiannwr. Alla i ddim dweud wrtho fod ganddo enw drwg am ddiffyg glendid chwaith – anlwc, medde fo, oedd iddo fo dal anfadwch gan ryw flonden yn Sioe Croesoswallt, ac anlwc hefyd oedd bod y llythyr *all clear* wedi'i gamgyfeirio i Rhos Fach. Agorodd Mrs Morris yr amlen 'ar ddamwain' ond gwnaeth lungopïau o'r llythyr cyn ei roi yn ôl iddo a'u rhannu i bob aelod benywaidd o'r Clwb Ffermwyr Ifanc oedd dros un ar bymtheg oed.

Drycha, dwi wedi mynd ar ôl sgwarnog eto. I feddwl 'mod i wedi treulio tair blynedd yn astudio Llenyddiaeth yn y coleg, dwi'n gwneud llanast llwyr o'r naratif.

Reit – fy swydd. Rhoi archif teulu Jenks ar-lein ydw i. Rhwng y Rhyfeloedd, datblygodd ei hen daid, a gollodd bedwar brawd ar faes y gad, obsesiwn â dyddiaduron. Roedd ei frawd hŷn, Bleddyn, wedi sgwennu ei holl hanes yn y Rhyfel mewn llyfryn bach lledr ac roedd hwnnw'n gymaint o gysur i'w frawd, gofynnodd i bawb yn y tŷ, yn cynnwys y staff, gadw dyddiadur. Mae 'na un ar bymtheg o silffoedd yn llyfrgell y Plas yn llawn dop o'r llyfrynnau bach hyn, pob un yn edrych yn union yr un fath o'r tu allan, ond bod cynnwys pob un yn unigryw. Yn ôl Mr Jenks cafodd y llyfrynnau eu gwneud yn arbennig ar gyfer ei daid gan rywun yr ochr arall i'r Berwyn – Dinbych, efallai. Maen nhw'r un maint â llyfr clawr meddal arferol, wedi'u rhwymo â lledr du efo arfbais y teulu ar y clawr.

Cofnodi eu cynnwys yn ddigidol ydi fy swydd i, ond pan gyrhaeddais y bore hwnnw roedd Mistar Jenks yn aros amdana i yn y llyfrgell efo llyfr newydd, glân yn ei law. Ar ôl rhyw gyfarchiad isel, dechreuodd siarad.

'Ers i fy nhaid archebu'r rhain, mae'r tyaid wedi crebachu, yn wir,' meddai, gan chwythu'r llwch oddi ar glawr y llyfryn. Mae ganddo lais rhyfedd, yn ddiacen a di-dôn, rywsut, yn yr iaith fain yn ogystal â'r Gymraeg, sy'n golygu nad ydi o'n un da am gyfathrebu. Mae Rich wastad yn dweud pa mor bwysig ydi peidio â gor-hyfforddi ci defaid a dwi'n meddwl weithiau mai dyna sydd wedi digwydd i Mistar Jenks. Maen nhw wedi dysgu holl foesau'r bonedd iddo, mae o wastad yn gwrtais a fydd o byth yn dewis y fforc anghywir, ond dydi o ddim yn gallu gwneud cysylltiad efo neb. Neu, wrth gwrs, fel mae Rich yn dweud wastad, mae'n bosib nad ydi o'n gwneud ymdrech i siarad efo'r werin bobol, rhai sydd ddim yn aelodau o'i 'dyaid'.

'Ers i mi golli 'ngwraig, mae fy mhen wedi bod yn orlawn yn aml â brawddegau sy'n marw mewn tawelwch, sylwadau bach dibwys heb gynulleidfa. Dwi am atgyfodi'r hen draddodiad o gadw cofnodion yn un o'r llyfrau bach hyn, a byddwn yn hynod o falch petaet tithau'n fodlon gwneud yn yr un modd, i geisio gwneud synnwyr o bethau.'

Rhoddodd y llyfryn yn fy llaw. Doedd Mistar Jenks ddim yn clywed clecs y pentre fel arfer ond roedd yn amlwg fod fy mywyd personol yn newyddion digon cynhyrfus i deithio mor bell â'r Plas. Os oedd Mr Jenks wedi clywed am fy nhrafferthion yna roedd pawb wedi clywed. Oedd hynny'n golygu fod pobol yn trafod cyflwr fy mhriodas cyn i mi ddod i wybod am yr affêr? Am eiliad, roedd y syniad yn boen corfforol, rywle o gwmpas fy ysgyfaint.

'Y pethau na alli di eu dweud wrth Gerallt mwyach, ysgrifenna bob gair fan hyn.'

'Mae'r pethe dwi isie'u dweud wrth Ger yn fwy addas i'w sgwennu ar gefn drws y toiled nag mewn llyfr,' atebais, gan wneud fy ngorau i chwerthin.

'Wrth i'r wythnosau ddechrau gwibio heibio, gall cadw cofnod fod yn angor i ti.'

Roedd hon yn sgwrs hynod, efo'r dyn oedd fel arfer yn osgoi unrhyw gysylltiad emosiynol fel petai'n sarff, yn ceisio rhoi cysur i mi. Penderfynais fod hiwmor yn ddewis gwell na'r gwir.

'Mae'r wythnosau wedi bod yn gwibio heibio ers i Owain gael ei eni, Mistar Jenks. Weithiau, dwi'n sefyll yn Tesco yn ceisio meddwl ai wyau Pasg neu cracyrs Dolig dwi'i angen.' Ond derbyniais y llyfryn yn ddiolchgar.

Ar ôl y sgwrs anarferol hon, ymgollodd Mistar Jenks yn ei waith. Mae 'na rywbeth reit braf am weithio efo rhywun tawel, fel petai cath yn gorwedd wrth y ddesg, felly ceisiais inne ganolbwyntio ar fy ngwaith hefyd. Ro'n i'n barod i ddechrau mynd drwy lyfryn newydd, cofnod bywyd un o forwynion y Plas o'r enw Letitia Davies, ac agorais y clawr yn ddisgwylgar. Ond allwn i ddim canolbwyntio. Wrth feddwl am Letitia yn gofalu am anghenion y teulu Jenks dechreuais feddwl am anghenion fy nheulu fy hun. Pwy fyddai'n chwistrellu dŵr twym i fy nghlust i gael gwared â'r cwyr rŵan bod Ger wedi mynd? A beth am glustiau Ger? Ro'n i wedi disgwyl y bydden ni'n dau yn dal i ofalu am ein gilydd nes i un ohonon ni farw – fi'n torri ewinedd ei draed, fo'n tynnu sanau arbennig dros fy ngwythiennau chwyddedig ac ati. Nid y ddelwedd fwyaf ramantus yn y byd, ond hei ho. Roedd Drom yn iawn. Coc oen ydi Ger, wastad wedi bod, ond fy nghoc oen i oedd o. Rŵan, cyfrifoldeb rhywun arall fydd ei holl wendidau, ac wrth sylweddoli hynny bu bron i'r dagrau ddechrau llifo.

'Tydych chi ddim yn eich hwyliau iawn, Catherine,' sylwodd Mistar Jenks. 'Fe ofynna i i Ana am goffi.' Does dim llawer o bobol yn fy ngalw i'n Catherine, a dwi ddim yn rhy hoff o'r enw fel arfer, ond mae o'n swnio'n wahanol, rywsut, wrth ddod o enau'r Sgweier.

'Dwi'n iawn, syr, well gen i weithio.'

'Hmm. Dydi pethe fel hyn... dydyn nhw ddim yn llesol. I neb. Mae gen i rywbeth i'w drafod efo ti. Tyrd i'r orendy ymhen ryw chwarter awr, os gweli di'n dda.' Gadawodd y llyfrgell, ei gamau bach llyfn yn gwneud iddo edrych fel petai'n symud ar olwynion.

Gorfodais fy hun i droi fy sylw at lyfryn Letitia. Roedd hen daid Mistar Jenks wedi sicrhau fod pob un o staff y Plas yn dysgu darllen ac ysgrifennu i safon uchel iawn, a phob tro dwi'n agor llyfryn un o'r gweision, dwi'n rhyfeddu at eu llythrennedd. Doedd Letitia ddim yn eithriad, a dechreuais ddarllen ei stori wrth iddi ddisgrifio'i phrofiad o adael ei chartref a dod i'r Plas i weithio.

Ro'n i'n cofio dod o hyd i fanylion Letitia yn system ffeilio'r stad, sy'n cynnwys enwau a manylion pawb sydd wedi gweithio yn y Plas. Pan ges i fynediad y tro cyntaf i ddrôr ffeiliau'r gweithlu, gwelais fod manylion y tenantiaid mewn drôr arall. Wrth gwrs, pipiais ar ffeil y Rhos, ac un ddifyr oedd hi, yn cofnodi sawl rhodd gan deulu'r Plas i'm teulu i dros y blynyddoedd. Dysgais fod fy nhaid wedi 'cyflwyno cyfarchion y cymdogion i gyd' i Mistar Jenks pan oedd yn dathlu ei benblwydd yn un ar hugain, ac roedd pethe llai dymunol yno hefyd. Ar gofnod y taliadau rhent, roedd sawl sylw, mewn pensil, yn ysgrifen traed brain yr hen Mr Jenks, tad y sgweier presennol. 'The Wife.' Eto mewn pensil, ond mewn llawysgrifen arall, ebychnod. Roedd dyddiadau'r cyfnod y bu Dad yn glaf yn ysbyty Shelton, ac er mawr syndod i mi, manylion benthyciad – nid o gyfrif y stad ond o gyfrif personol Mistar Jenks. Seilam oedd Shelton yn y dyddiau hynny, neu Uned Seiciatrig... beth bynnag yr enw, roedd o'n lle y byddai rhywun yn casáu cyfaddef fod eu tad yno. Pan oedd Dad yn wael iawn a Rich yn stryglo, roedd o wedi derbyn benthyciad o bymtheg mil, heb geiniog o log, a dyna, wrth gwrs, pryd y dechreuodd Rich ddigio'n erbyn Jenks. Un peth ydi anghofio rhywun sydd wedi dy frifo di, peth arall ydi cofio cymwynas. Wrth ymyl enw Rich roedd un gair anodd ei ddarllen; roedd o'n aneglur pan gafodd ei sgwennu, a thros y blynyddoedd roedd y marciau gwan bron â diflannu'n gyfan gwbl. O'r dyddiad, hwn oedd un o sylwadau olaf yr hen Mr Jenks, ei salwch yn amlwg yn y llinellau bregus. Y tro cyntaf i mi weld y gair dechreuodd llu o deimladau anghyson gorddi yn fy mol. Tra o'n i ffwrdd yn y coleg y cafodd y gair ei sgwennu, a disgrifiad oedd o o ddyn ifanc yn ceisio ymdopi â thymestl o drafferthion. O safbwynt y stad oedd y sylw, wrth gwrs, ond roedd rhywbeth hynod oeraidd yn y label roeson nhw i Rich: 'sound'. Ond roedd yr hen ddyn yn llygad ei le – waeth beth oedd yn digwydd o'i gwmpas, llwyddodd Rich i gadw'r stoc yn iawn, i ladd llond clamp o silwair, i dalu'r rhent. 'Sound' oedd o.

Do'n i ddim yn hoffi gweld anhapusrwydd fy nheulu yn llyfrau'r Plas ond fy mai i oedd o am sbrwtio o gwmpas.

Pan es i draw i'r orendy gwydr a gweld mapiau ar y bwrdd haearn bwrw, ro'n i'n barod am y gwaethaf.

'Roedd cyfarfod o'r Ymddiriedolwyr ddoe, Catherine. Wnes i sôn?'

'Mi wnaethoch chi grybwyll, do.' Hynny ydi, mi wnaeth o drafod busnes y stad efo fi oherwydd does ganddo fo neb arall i wrando.

'Wastad yr hen diwn gron,' meddai, ei lais yn llawn diflastod.

Rhedodd ias oer drwydda i. Beth os oedden nhw wedi penderfynu rhoi'r sac i mi oherwydd 'mod i'n iselhau enw da'r Plas o ganlyniad i fy sefyllfa newydd? Hyd yn hyn, doeddwn i ddim wedi ystyried canlyniadau ariannol penderfyniad Ger. Dwi ddim yn ennill ffortiwn yn y Plas, o bell ffordd, ond mae o'n gyflog teg, yn waith difyr ac, yn bwysig iawn, does dim costau teithio. Heb y swydd, mi fyddwn i'n gorfod dibynnu ar ewyllys da Ger, sy'n golygu ewyllys da Petal, a pheth go brin yw hwnnw, o be dwi wedi'i weld hyd yn hyn. Mewn panig llwyr, chwiliais am unrhyw wybodaeth yn ei wyneb llonydd, ond roedd o fel mwgwd. Fel arfer dwi'n mwynhau arogl cryf coffi'r Plas, ond wrth sefyll o flaen Mistar Jenks, roedd o'n troi arna i.

'Roedd llanc newydd o Poole, Marshall yma ddoe, wedi'i wisgo yn union fel y byddai hen ddynes o Florida'n dychmygu gwisg bonheddwr: roedd popeth yn frethyn, yn cynnwys ei sanau, dwi'n amau.'

Chwarddodd ar ei jôc ei hun, ac ymunais â gwir ryddhad – ro'n i'n ei nabod o'n ddigon da i wybod na fyddai o'n cellwair petai o ar fin fy niswyddo.

'Roedd o'n sôn am... wel, ddwedodd o wrtha i fod yn rhaid i bob un o asedau'r stad chwysu. Peth hynod i'w ddweud, ond roedd y chwelpyn yn trafod *staycations* ac ati.'

'Wel, mae 'na dwf mawr yn y farchnad honno ers Covid.'

'Yn wir. Mae Humphreys y Felin wedi tyllu i mewn i'r Ffridd i greu ryw lety o fath, ac mae 'na sôn am alpacas a rhywbeth maen nhw'n ei alw'n "glampio" ar ddolydd Maesgwastad. Nid fy mwriad yw troi'r dyffryn yn rhyw Blackpool-ar-Fyrnwy, ond mae'n amlwg bod galw sylweddol am y fath adnoddau.'

'Humphreys y Felin' oedd Drom, wrth gwrs. Mae Mistar Jenks wastad yn cysylltu'r bobol mae o'n eu parchu efo'r tir.

'Byddai'n rhaid i chi ddatblygu cryn dipyn o lety gwyliau er mwyn cystadlu efo Blackpool, dwi'n amau,' medde finne, gan chwerthin. 'Ond mae 'na botensial, bendant.'

'Nantybriallu sydd gen i mewn golwg. Tenant dros dro sydd yno ar hyn o bryd, a rhywun o bell yw hi: mi fydd yn rhwydd ei symud hi.'

Tenant dros dro Nantybriallu oedd Petal. Bu bron i mi ddyrnu'r awyr yn fuddugoliaethus. Ond bron yn syth, ystyriais beth yn union roedd Mistar Jenks yn ei wybod. Yn amlwg, roedd o wedi clywed rhywsut fod Ger wedi 'ngadael i, ond a oedd o wedi gwneud y cysylltiad efo Petal? Ro'n i bron yn sicr nad oedd o, ond eto, peth braf yw carma. Ac mae Nantybriallu yn fwthyn bach clên – ro'n i'n falch nad yno y bydden nhw'n creu eu dyfodol newydd.

Ceisiais ymddwyn yn broffesiynol a chuddio fy niddordeb yn sut yn union roedd Mistar Jenks yn mynd i symud y gwcw o'i nyth, a sylweddolais fod Jenks yn dal i siarad.

'... Ac mae hi bron yn ddiwedd y mis, felly mae gen i awydd mynd i siarad efo hi heno.'

'Oes raid i chi fynd, Mistar Jenks? Beth am yrru'r Boi Brethyn – rhaid iddo fo ennill ei gomisiwn rywsut neu'i gilydd.'

Ro'n i'n teimlo'n warchodol tuag at Mistar Jenks. Mae o'n ddyn hynod ond yn ddyn da, a doedd o ddim yn haeddu dioddef sbeit Petal.

Ochneidiodd Mistar Jenks a symudodd ei law fymryn bach yn nes at f'un i ar y bwrdd. Mae o'n gwneud hyn yn aml – dechrau symud ac yna ailfeddwl, fel petai o'n ansicr o'r ymateb. Er na ddaeth o'n agos i gyffwrdd fy nghroen, gwyddwn ei fod o'n ceisio dangos ei ddiolchgarwch. Anaml iawn, o be dwi wedi'i weld, y mae unrhyw un yn meddwl amdano fo fel person. 'Y Sgweier' ydi o, neu 'Mistar Jenks', dyn sy'n llenwi lle penodol yn ein cymdeithas, a dwi erioed wedi clywed neb yn cyfeirio ato wrth ei enw bedydd. Brochwel ydi'i enw fo, gyda llaw; enw teulu ers oes yr arth a'r blaidd... neu oes y sgwarnog.

'Fel maen nhw'n dweud, Catherine, mae dyletswydd yn cyd-fynd â safle. Nid yn aml iawn mae'n rhaid i mi gyflwyno rhybudd i ymadael ond mae dyletswydd arna i i wneud y dasg wyneb yn wyneb. Er mai penderfyniad busnes yw hwn, bydd yn effeithio ar ei bywyd hi, felly byddai gyrru rhywun arall yno, wel...'

Pylodd ei eiriau i dawelwch heb atalnod. Cofiais am Chomsky a'i syniadau am iaith – rhywbeth naturiol yw iaith, medde fo, ac mae plant yn cael eu geni â dealltwriaeth cynhenid o ramadeg. Chafodd Chomsky ddim cyfle i astudio rhywun fel Mistar Jenks, mae'n amlwg. Mae o'n treulio cymaint o amser ar ei ben ei hun, dwi'n meddwl ei fod o'n dechrau colli'i leferydd. Tydi o byth yn gwrando ar y peth mae o'n ei alw'n 'wireless' a does ganddo fo ddim teledu. Weithiau, dwi'n gwneud esgus i siarad efo fo, gofyn sut i groesgyfeirio at gyfrol arall yn y llyfrgell neu rywbeth dibwys arall, dim ond er mwyn gwneud yn siŵr ei fod o'n clywed ei lais ei hun.

Cododd ar ei draed a chrwydro rhwng dail disglair y coed oren. Doeddwn i ddim wedi gorffen fy nghoffi felly arhosais yn yr orendy am eiliad. Fel pob ystafell yn y Plas, roedd arogl neilltuol i'r orendy: mawn, sitrws ac adflas metelaidd o'r cerflun mawr o eliffant yn ei ganol. Dwi'n cofio'r Missus yn dweud wrtha i pan oeddwn i'n blentyn mai Ganesh oedd enw'r eliffant. Wedi picio i fyny efo Dad o'n i gan ei fod o angen sgwrs efo'r Sgweier am ryw wal fach roedd o am ei chodi yn yr ardd. Un da efo cerrig oedd Dad yn ei ddydd – roedd o'n well o lawer efo rhywbeth hawdd ei ddeall fel ithfaen nag efo pethe anwadal fel gwartheg, neu Mam. Roedd drws yr orendy ar agor ac mi biciais i mewn i weld yr eliffant. Smalio siarad efo fo o'n i pan glywais ei llais:

'Don't irritate him with your chatter. He is a god, you know.'

Rhedais oddi yno nerth fy nhraed. Ges i bryd o dafod gan Dad am fusnesa, a bu'n rhaid i mi fynd yn ôl i ymddiheuro i Missus Jenks. Roedd hi'n eistedd yn syth ac yn llonydd fel arfer.

'You really shouldn't play in here, you know,' datganodd. 'I don't like it, and neither does Ganesh.' Wedyn, awgrymodd fy mod i'n rhoi llaeth i Ganesh, i ymddiheuro iddo yntau. Ond nid awgrym oedd o mewn gwirionedd. Gan deimlo fel petawn i wedi baglu o un byd i un newydd a hollol wahanol, codais y jwg bach oddi ar yr hambwrdd ar ei bwrdd.

'In a saucer. You can't just pour milk on the tiles.'

Ar ôl tywallt, safais o flaen y cerflun, ger ei fol crwn, a chodi'r jwg mewn llwncdestun.

'Iechyd da, Ganesh, a hir oes!'

Roedd Ganesh yn syllu arna i, a syllais yn ôl arno.

Tu allan yn yr awyr iach, gafaelodd Dad yn fy llaw.

'Un ddewr wyt ti, lodes. Gas gen i bethau sbwci.' Wnes i ddim gofyn ai at Ganesh ynteu at Missus y Plas roedd o'n cyfeirio.

Cerddais yn ôl i'r llyfrgell, a'i arogl unigryw o bolish cwyr, lledr, hen lyfrau a blodau oedd yn gymaint o hafan i mi. Wrth i mi setlo yn y gadair dapestri gwibiodd fy meddwl yn ôl at hanes y forwyn, Letitia. Roedd yn amlwg ei bod wedi defnyddio'r llyfr i gofnodi enwau pawb, i'w hatgoffa pwy oedd pwy yn y gegin brysur. 'J.T., morwyn fach', 'W.D., gwas lifrai' ac ati, ac wedi dychwelyd at ei rhestr yn ddiweddarach, wedi iddi sylwi'n union faint o bobol oedd yn byw yn y Plas, er mwyn ychwanegu nodiadau am bawb. 'J.T., morwyn fach, gwallt brown', 'W.D., gwas lifrai, yr un tal'.

Cyn hir, roedd ail gyfres o eiriau wedi'u cynnwys, efo cryn dipyn mwy o fin arnyn nhw wrth iddi setlo yn ei chartref newydd.

'J.T., morwyn fach, gwallt brown, pluo'i gwely ei hun.'

'W.D., gwas lifrai, yr un tal, mwy o sôn amdano na Duw ar y Sul.'

I ddechrau, dywediadau oedd y rhan fwyaf o'i disgrifiadau, fel petai heb ddigon o hyder i ddewis ei geiriau ei hun, ond, yn raddol, datblygodd ei llais unigryw, yn ffraeth heb fod yn greulon, a dechreuais gael yr argraff ei bod hi'n iawn yn llawer amlach na pheidio. Datblygodd, yn ogystal â'i geirfa, arddull chwareus, fel petai hi'n rhannu jôc efo ffrind – ffrind fyddai byth yn bradychu ei chyfrinachau.

Ddylwn i fod wedi esbonio'n gynt. Addawodd yr hen sgweier, wrth roi'r llyfrau i bawb yn y Plas, na fyddai cynnwys y llyfrau yn cael ei ddarllen am ganrif. Dyna pam nad ydi'r gwaith o ddigido'r cofnodion a'u mynegeio ddim wedi cael ei wneud cyn hyn. Breuddwyd Mistar Jenks ydi creu cronfa ddata heb ei hail fydd yn adnodd i haneswyr, myfyrwyr, a hyd yn oed nofelwyr, a'r unig ffordd i sicrhau hynny ydi drwy roi popeth ar-lein. Yn ogystal â hynny, dwi'n cofnodi crynodeb o'r cyfan ar ddu a gwyn. Dwi wedi ceisio annog Mistar Jenks i wneud cais am arian Loteri neu rywbeth tebyg, er mwyn ariannu'r holl waith (a diogelu fy swydd fy hun yn y fargen), ond er iddo lawrlwytho'r ffurflen, ei rhwygo heb ei llenwi wnaeth o, heb esboniad. Fel arfer tydi'r bonedd ddim yn gwrthod pres, ond dwi'n amau fod cadw rheolaeth ar y prosiect yn werth mwy na'r miloedd o grant iddo.

Dechreuais gael fy swyno gan Letitia, gan ddarllen yn awchus heb sgwennu unrhyw nodiadau. Wrth weld Letitia yn darganfod ei llais a'i hyder, dechreuais ddod i'w nabod hi.

Yn ei mis cyntaf yn y Plas, roedd y cofnodion dyddiol yn fras ac yn ffeithiol, yn nodi'r broses o olchi dillad (oedd yn 1924 yn eithriadol o hen ffasiwn a llafurus). Yn ddiweddarach, dechreuodd arbrofi ag atalnodi: 'Parti saethu! Cipars dros y lle, ffesantod hefyd! J.T. yn dyheu...'. Cofnododd y nofelau roedd hi'n eu darllen, oedd yn cymryd lle addysg ffurfiol, a dan ddylanwad Dickens, Trollope a Daniel Owen, cyn ei Nadolig cyntaf yn y Plas roedd digwyddiadau ei bywyd yn cael eu disgrifio fel golygfeydd, yn gymysgedd o stori a sylwadau:

Awgrymodd Mistar Richards y dylid ailffurfio Parti Plygain y Plas, nad yw wedi canu ers cyn y Rhyfel. Fel sy'n digwydd bob tro mae'r Rhyfel yn cael ei grybwyll, mae pawb yn cilio i swigod eu cof, yn anfodlon trafod y dyddie cynt. Mae rhai ifanc, megis M.W., sy'n teimlo'n euog na chawsant wneud eu rhan ac eraill, yn enwedig Mrs Gethin, yn flin am ei bod hi'n cadw caead dros ei galar yn union fel mae hi'n cadw caead ar y sosbenni mawr copr. Ymhen sbel, tynnodd M.W. drawfforch o'i boced, ei tharo, a dechrau hymian yn isel. Cododd Mistar Richards ar ei draed wrth gwyno dan ei wynt am y cywair, ac yn sydyn, roedd Parti'n bodoli, chwe aelod a thri llais. Baglodd y cantorion drwy 'Ar Gyfer Heddiw'r Bore'.

Roedd Letitia'n sgwennu straeon ysgafn, cofnodion o ddigwyddiadau mawr, pell, a manylion bywyd bob dydd. Roedd cysgod y Rhyfel dros fywydau pawb, ond o gymharu'r Plas â chartrefi sawl bonheddwr arall o'r un cyfnod, roedd teulu'r Jenks yn gyfforddus. A bod yn onest, roedd eu colledion wedi achub y lle. Yn hytrach na chynnal teuluoedd pum brawd, dim ond un mab oedd ar ôl i wario arian y stad, a dyna sut roedd modd iddyn nhw ddal i gyflogi dros ugain o bobol hyd at yr Ail Ryfel Byd. Ar ben hynny, roedd bywydau gweision y Plas yn braf o'u cymharu â bywydau gweithwyr yn ffatrïoedd gwlân y Drenewydd. I Rich, does dim llawer o wahaniaeth rhwng gwas a chaethwas, ond yn bersonol, byddai'n well o lawer gen i fod wedi troi'r mangl yng ngolchdy'r Plas a smwddio blowsys y feistres na hel maip yn y glaw, neu wnïo cannoedd o flwmers i Pryce Jones.

5

Wrth i mi sgwennu 'Parti Plygain y Plas' ar dudalen newydd yn fy llyfryn cofnodi, canodd larwm fy ffôn. Roedd yn bryd i mi nôl y plant. Roedd trefn y prynhawniau fel gêm Tetris wallgof – sicrhau fod pob plentyn yn y lle iawn ar yr amser priodol efo'r offer cywir – ac i ychwanegu at y cyfan, roedd hi'n dymor yr Urdd. Es i i lawr i gwrdd â Llinos oddi ar y bws mini ger yr Arms, wedyn draw i Lanfair i nôl Greta o dŷ Mirain, ac yn ôl i Feifod jyst mewn pryd i gyfarfod y bws o'r ysgol uwchradd. Doedd Owain ddim yn rhoi rhech am ddal y bws yn y boreau ond roedd o'n mynnu dod adre arno yn hytrach na cherdded lawr i gwrdd â ni wrth ymyl y lolipop. Disgrifiai'r ysgol uwchradd fel eco-system gymhleth, ac er mwyn i'r holl organebau oroesi neu ffynnu, roedd yn rhaid dangos dewrder. Ond welwn i ddim llawer o arwyddion o ffynnu yn y grŵp o bobol ifanc lawn hwyl a lifai i lawr grisiau'r bws bob dydd.

Efallai 'mod i'n paranoid, ond pan agorais ffenest y car ar ôl parcio tu allan i'r dafarn, caeodd ffenestri'r pedwar car arall ar unwaith, ac roedd y merched a eisteddai ynddynt i gyd yn brysur ar eu ffonau. Penderfynais yn syth nad fel hyn fyddai fy nyfodol. Dwi wedi gwneud ffafrau i bob un o'r mamau eraill yn eu tro, a do'n i ddim yn fodlon cael fy anwybyddu, felly edrychais yn y drych i wneud yn siŵr fod fy ngwên orau ar fy wyneb a neidio allan o'r car fel milgi ar ddechrau ras. Yn gyntaf, Leisa. Hanner dwsin o weithiau llynedd, tra oedd hithe a Gwil yn mynd drwy batshyn gwael, mi warchodais eu plant er mwyn iddyn nhw gael mynd ar nosweithiau dêt. Yn ystod un o'r nosweithiau erchyll hynny roedd Fflur fach yn diodde o'r dolur rhydd, a Leisa wedi 'anghofio' dweud ei bod hi'n sâl, felly ges i o hefyd, a bu fy mhlant i'n absennol o'r ysgol am ddyddiau wedyn. Yn goron ar y cwbl mae Llion, brawd Fflur, yn ddiawl bach digywilydd, wastad yn gofyn cwestiynau megis 'Pam wyt ti mor dew, Cath? Wyt ti'n gorfwyta neu oes gen ti salwch?' neu 'Pa mor hen ydi dy gar di, Cath? Pam nad wyt ti'n prynu un newydd? Wyt ti'n rhy dlawd?' Felly, mi alli di ddyfalu pa mor flin o'n i pan wnes i sylweddoli pam nad oedd Leisa wedi gofyn i'w mam warchod – nid nosweithiau dêt efo'i gŵr oedden nhw, ond cyfle iddi hi sleifio i fyny i Gronamlwg i roi serfis go dda i Tudur. Yn y diwedd arhosodd Leisa efo Gwil 'er mwyn y plant', chwedl Leisa, ond mae pawb yn gwybod bod ei diwygiad moesol wedi'i sbarduno gan y ffaith fod Tudur wedi dechrau canlyn y milfeddyg newydd. Felly, chaiff Leisa ddim troi ei chefn arna i, no wê.

Cnociais ar ffenest ei char. Cododd ei phen mewn braw, ac roedd ei hanfodlonrwydd yn amlwg pan agorodd y ffenest o'r diwedd.

'O, helô Cath, weles i mohonat ti yn fanna.'

'Naddo?' gofynnais, gan wenu o glust i glust. 'Ro'n i jyst isie cynnig rhannu liffts yn ôl o ymarferion yr Urdd. Mae Fflur yn y Parti Unsain, yn tydi?'

'Ydi, ond...'

'Ond be? Gobeithio nad ydi'r hen drafferth stumog wedi dod yn ôl?'

'Na, na, mae Fflur yn tshiampion, diolch, ond... wel... mae hi mewn cyflwr go sensitif ar ôl yr holl helynt llynedd felly dwi'm yn sicr sut y bydd hi'n ymdopi efo trafferthion dy deulu di.'

'Be?'

'Dwi'm isie hybu cyfeillgarwch rhwng Fflur fech ac unrhyw blentyn cythryblus.'

'Wyt ti'n dweud bod Llinos yn blentyn cythryblus?' Roedd fy llais yn crynu â ffyrnigrwydd, a 'mysedd yn ysgwyd wrth ddal top gwydr y ffenest.

'Wel, mae hi'n dod o gefndir trafferthus, yn tydi, yr oen fech annwyl?'

'Ti'n dweud nad ydi fy merch i yn ffit i gymdeithasu efo

Fflur oherwydd ei chefndir? Ga i dy atgoffa di nad ydi mam Llinos wedi agor ei choesau i Tudur Gronamlwg, o bawb!'

'O, Cathy annwyl! Ti'n ocê? Ti'n swnio bach yn manic. Does neb yn synnu fod Ger wedi gadael, den ni jyst yn synnu ei fod o wedi aros mor hir, a tithe'n dilyn hen batrwm trist dy teulu. Poeni am y plant yden ni, a sut fydden nhw heb eu tad i gadw llygad ar bethe.'

Roedd gen i ddau ddewis: torri ffenest ei char efo un o'r cerrig mawr gwyn sy'n marcio'r ardal barcio tu allan i'r dafarn, neu chwerthin. Roedd yn haws chwerthin.

'Druan ohonat ti, Leisa Lân, ti ddim yn ddigon clyfar i sylweddoli pa mor thic wyt ti. Os den ni'n trafod pobol loerig yr ardal, pwy sy'n fwy afresymol na Gwil, yn fodlon derbyn *sloppy seconds* Gronamlwg achos nad oes ganddo fo siawns am jymp byth eto os wnaiff o dy adael di.'

Yn y tawelwch trwchus ar ôl fy araith fawr ro'n i'n ewfforig, yn syllu ar wynebau'r mamau eraill fesul un gan lawenhau yn eu dryswch, ond wedyn daeth ton o amheuon. Pam wnes i beth mor dwp â dieithrio pobol pan dwi angen mwy o gymorth nag erioed?

Yn sydyn, daeth sŵn curo dwylo o rywle uwch fy mhen. Roedd tractor enfawr wedi stopio yng nghanol y ffordd, yn blocio'r traffig. Fel merch ffarm, rhaid i mi gyfadde 'mod i'n dal yn dipyn o *connoisseur*, ac roedd hwn yn dractor gwerth ei weld. John Deere 7R 350 oedd wedi costio'n agos i chwarter miliwn. Roedd y drws oedd wedi cael ei agor yn wydr i gyd, ac allwn i ddim peidio â sylwi ar yr ail sedd gyfforddus yn y cab, oedd yn fwy moethus nag unrhyw gar dwi wedi bod yn berchen arno yn fy mywyd.

Gwibiodd fy meddwl yn ôl i fy arddegau. Pan o'n i o gwmpas pedair ar ddeg a phymtheg oed mi ges i sawl cynnig gan y cogie oedd yn contractio acw i fynd am sbin yn eu tractors. Weithiau ro'n i'n derbyn, gan neidio i fyny i glwydo wrth benelin rhyw foi cyfarwydd am gwpl o oriau wrth iddo weithio'r caeau, Eminem ar y system sain yn gyferbyniad llwyr i wyrddni tawel

Sir Drefaldwyn. Roedd y dyddiau hynny wastad yn dod i ben efo snog fach dawel mewn cornel cae, ac ambell wahoddiad i 'bicio lawr i'r Arms am ddiod'. Bryd hynny doedd y dafarn ddim yn rhoi rhech am oedran y cwsmeriaid, er bod ganddyn nhw un rheol, yn ôl Rich: doedden nhw ddim yn fodlon serfio diodydd byr i blant yng ngwisg yr ysgol gynradd, hyd yn oed os oedden nhw ym Mlwyddyn Chwech. Dwi'n dal i gofio'r cusanau hynny, arogl y pridd, dwylo budr, chwys, a gwefusau weithiau'n wyn efo nitradau. Dwi'm yn siŵr ai'r cemegion yn yr aer oedd o, neu'r llwch, neu'r derv, neu'r ffaith 'mod i mor ddibrofiad, ond roedd y snogs hynny fel rhedeg ras traws gwlad, yn fy ngadael yn fyr o wynt. Felly mae cab tractor yn beth go ramantus i mi, ac mi wnes i ymateb i'r weledigaeth werdd fel y byddai merch gyffredin yn ymateb i *suite* mis mêl mewn gwesty. Roedd y trac sain yn ychwanegu at y ddelwedd: roedd pob un o chwe seinydd y tractor yn bloeddio 'Ceidwad y Goleudy', sef y gân fwya rhamantus erioed, yn fy marn i.

A phwy oedd yn fy nghymeradwyo o'i sedd uchel, ond Drom.

'Da lodes,' galwodd, yn wên i gyd, 'paid cymryd shit gan neb.'

Felly cyn wyth o'r gloch yn noson honno roedd pawb yn y pentre yn bendant fod Ger wedi fy ngadael o achos yr affêr rhwng Drom a finne.

Braidd yn dawel oedd Llinos wrth ddod oddi ar y bws, ond ro'n i'n falch o weld bod ei ffrind gorau, Clemmie, yn dal i glebran efo hi fel arfer. Ro'n i'n siomedig nad oedd mam Clemmie, Becca, yno, a bod Clemmie'n mynd yn syth i dŷ ei nain. Mae Becca yn ffrind da i mi er nad yden ni wedi gweld rhyw lawer ar ein gilydd yn ddiweddar. Dwi'n ceisio perswadio fy hun mai'r rheswm am hynny ydi swydd newydd Becca, yn cydlynu prosiectau celf yn Llanfyllin, lle mae ganddyn nhw wastad gymaint o gelf i'w gydlynu, ond y gwir ydi bod Rich wedi datblygu crysh arni hi, ac mae pethe'n reit lletchwith. Mae gŵr Becca yn fath o artist – Ffrancwr, ugain mlynedd yn hŷn na hi.

Dwi ddim yn hoff iawn o Berengere achos, yn fy marn i, mae o'n barasit didalent sydd hefyd yn snob, ond mae Becca'n dwli arno fo. Mae Bere wastad yn 'gweithio tuag at' rywbeth ond tydi ei ymdrechion byth yn dwyn ffrwyth o achos 'ei elynion'. Tydi Becca ddim wedi sylweddoli pam mae o'n cael y ffasiwn anlwc – mae gan Greta ni fwy o siawns o gael arddangosfa mewn oriel fawr achos tydi hi byth yn sarhau pobol. Ac mae ganddi fwy o dalent efo'i chreions. Dim ond un athrylith sy'n bodoli ar wyneb y ddaear, yn ôl Berengere, a fo ydi hwnnw. Ond gan fod Becca yn fodlon efo fo, mae hi'n saff rhag sylw Rich. Dechreuodd y cwbl efo defod garwriaeth draddodiadol dynion Sir Drefaldwyn: cwympodd hen goeden yng ngardd Becca ac aeth Rich draw efo'i lif gadwyn i'w thorri, yn rhad ac am ddim, fel cymydog da. Does dim byd yn fwy peryglus na dyn o Sir Drefaldwyn yn addo torri coed i ti. Am gwpl o wythnosau roedd Rich wrth ei fodd, yn mynd yn ôl ac ymlaen i ardd Becca, i siarad efo hi yn fwy na thorri'r goeden. Cafodd dorri'i wallt a dechreuodd fynd yno mewn crys tynnu yn hytrach na dillad gwaith. Bu'n rhaid i mi gael sgwrs efo Rich yn y diwedd, i esbonio nad oedd ganddo siawns efo Becca, ac mi ddigiodd, gan yrru anfoneb am yr holl waith iddyn nhw... anfoneb roedd o'n gwybod yn iawn nad oedden nhw'n medru'i thalu. Dyna sut roedd pethe wedyn, efo Rich yn bygwth mynd â nhw i'r llys a Bere yn trafod y busnes yn yr Arms gan wneud Rich druan yn gyff gwawd. Am gyfnod, tynnwyd ei sylw gan y milfeddyg newydd, sy'n ferch hynod o glên, ond collodd ei siawns i Gronamlwg, ac alla i ddim beio'r lodes chwaith. Yn ôl y sôn, mi gafodd hi ddau wahoddiad yn yr un wythnos, y cyntaf i fynd i'r Rhos i edrych ar ryw bla o widdon anarferol efo Rich, a'r llall gan Tudur Gronamlwg i fynd i'r White Lion yn Llansanffraid am bryd o fwyd. Derbyniodd y ddau, wrth reswm, ond chafodd Rich ddim llawer o gyfle wedyn.

Beth bynnag, esboniad ydi hyn o'r oerni sydd wedi datblygu rhwng Becca a finne. Ond dwi'n ei nabod hi'n ddigon dda i wybod y byddai hi'n gefn i mi mewn unrhyw greisis, hyd yn oed ar ôl iddi ddisgrifio fy mrawd fel 'dim yn *rapey* yn union, ond...'.

Cafodd Llinos a finne'r un sgwrs ag arfer yn y car, air am air.

'Wel, sut oedd yr ysgol heddiw, lodes?'

'Iawn.'

Pan o'n i yr un oed â Llinos, roedd Dad yn arfer gofyn yr un cwestiwn diflas i mi bob dydd, ac ro'n i'n benderfynol o beidio â holi fy mhlant fy hun yn yr un ffordd. Ond dyma fi, yn torri'r addewid hwnnw o leia ddwywaith bob dydd, a phan fydd Greta'n dechrau yn yr ysgol gynradd dwi'n siŵr y bydda i'n ei ofyn deirgwaith. Ond mae bywyd bob dydd yn undonog, felly mae'n rhaid i ni gyfathrebu'n aml iawn efo geiriau diflas ac ystrydebol. Bob hyn a hyn dwi'n ceisio lliwio'r sgwrs ryw fymryn, a dyna un rheswm pam fod rhai o 'nghymdogion yn meddwl 'mod i'n diodde o ryw anfadwch meddyliol.

'Mae'r gath yn dweud iawn,' atebais, fel dwi'n ateb bob dydd. 'Sut aeth y prosiect celf?'

'Ocê. Ro'n i'n meddwl fod Becca'n dod i wneud y gweithdy efo ni ond ddwedodd Clemmie mai dim ond cydlynu mae hi. Be ydi "cydlynu", Mami?'

'Trefnu,' atebais, heb fod yn hollol sicr. 'Becca oedd wedi cysylltu efo pwy bynnag ddaeth i wneud y gweithdy efo chi heddiw.'

'All hi gydlynu rhywun heb siôl ddrewllyd tro nesa, ti'n meddwl? Pan roddodd y ddynes y peth i lawr yn y gornel, mi welodd Morgan rwbeth yn symud ynddo fo, medde fo.'

'Un da am ddychmygu pethe ydi Morgan, wastad wedi bod.'

'Oes gen ti gwm cnoi? Mae 'nhgeg i'n dal i flasu'r gwlân.'

'Oes, ond paid â dweud wrth dy frawd.'

Gwenodd Llinos wrth dderbyn yr hirsgwar bach gwyn o'r bocs tu ôl i'r gêr. Den ni ddim yn caniatáu gwm cnoi yn y tŷ achos mae Owain mor flêr efo'r stwff – roedd yn rhaid i mi dorri dipyn ar wallt Greta pan oedd hi'n ddeunaw mis oed, a dechreuodd Nain Mans fynnu fod ganddi hi alopesia achos nad o'n i'n ei bwydo hi'n iawn.

Yn aml iawn, mae Llinos yn dweud rhywbeth wrtha i sydd ddim yn berthnasol i'r sgwrs ond yn gysylltiedig â'r hyn sy'n mynd drwy fy meddwl i. Mae Becca a Mirain yn bendant fod 'na gysylltiad telepathig rhyngon ni, a den ni ddim yn cael bod yn aelodau o'r un tîm mewn gemau fel Articulate a Cranium lle mae 'na elfen o ddyfalu be mae rhywun arall yn ei feddwl. A dyma i ti esiampl berffaith. Ro'n i newydd fod yn meddwl am fy mam yng nghyfraith a'i sbeit, a gofynnodd Llinos:

'Ydi'r Taids a Nains i gyd yn iawn, Mami?'

'Ydyn tad, pam ti'n gofyn?'

'Wel, wyddost ti pa mor gas ydi Anti Davina?'

Mae ysgol Llinos yn ddigon hen ffasiwn i alw pob athrawes yn 'Miss' a phob aelod arall o staff yn 'Anti', a'r seicopath o gogyddes mewn rhwyd wallt ydi Davina. Cafodd ei siomi sawl tro, yn ôl Dad, a suro o ganlyniad. Dydi hi wir ddim yn ffit i fod yn gweithio efo plant, ond yn anffodus dydi'r cwestiwn 'Wyt ti'n ast llwyr?' ddim ar y ffurflen DBS. Mae Davina'n codi ofn ar bob plentyn yn yr ysgol ond petai'r Prif yn rhoi'r sac iddi hi byddai'n amhosib denu cogyddes arall i lenwi'r bwlch, a byddai hynny yn ei dro'n ddigon i beryglu dyfodol yr ysgol yn llygaid y Cyngor Sir. Felly mae'n rhaid i ni a'n plant ddiodde Davina'n dawel.

'Yn anffodus, dwi 'di hen arfer â Davina. Wastad yr un fath. Anwybydda hi.'

'Wel, heddiw mi roddodd hi ddarn ychwanegol o frocoli i mi, ac mae hi'n gwybod yn iawn faint dwi'n hoffi brocoli. Fel arfer mae hi'n rhoi bron dim brocoli i mi, a llwyth i Morgan, sy'n casáu popeth gwyrdd.'

'Mae ganddi hi gof fel eliffant pan mae'n dod i'r pethe mae plant yn eu casáu.'

'Mae ganddi hi goesau go debyg i eliffant hefyd, rhai mawr a llwyd a chrychlyd.' Chwarddodd Llinos ar ei jôc ei hun cyn parhau. 'A wnaeth hi gynnig y darn olaf o'r pwdin sbwnj i mi hefyd. Fel arfer mae hi'n cadw unrhyw gacen sbâr i Christian, achos maen nhw'n ryw siort o berthyn.'

Edrychais arni drwy'r drych ôl: roedd gofid yn amlwg yn ei llygaid. Yr unig beth sy'n waeth na Davina yn bod yn gas efo ti ydi Davina'n bod yn garedig, ac os oedd Davina, hyd yn oed, yn garedig efo Llinos, dim ond mater o amser oedd hi cyn i rywun ddweud rhywbeth wrth un o'r plant am benderfyniad eu tad.

Fy mwriad, er nad oeddwn i wir wedi meddwl mor bell â hynny, oedd trafod y sefyllfa efo Ger a'r plant i gyd ar unwaith, yn y gobaith y byddai hynny'n help i mi gadw'r neges yn syml a chadw at y ffeithiau moel. Ond roedd yn amlwg bellach fod yn rhaid i mi ymateb yn syth i bryder Llinos ac felly, wrth i ni droi i mewn drwy lidiart tŷ Mirain i nôl Greta, stopiais y car a throi rownd i'w hwynebu.

Sawl tro ers geni Owain dwi wedi cael fy hun yn baglu dros y cariad dwi'n ei deimlo at fy mhlant – mae o'n brofiad tebyg i syrthio mewn cariad, fel petawn i'n methu coelio pa mor hyfryd ydyn nhw a pha mor ffodus ydw i i'w cael nhw, yn ffynnu ac yn iachus yn fy ngofal. Roedd hon yn un o'r eiliadau hynny. Cipiwyd fy ngwynt gan fy merch surop aur, ei dryswch caredig yn gysgod dros ei hwyneb tlws.

'Mae Dadi wedi penderfynu mynd i fyw yn rhywle arall, cariad siwgwr.'

'Pam? Achos be wnes i efo'i gylchgrawn o?'

Wythnos yn ôl roedd Llinos wedi codi'n gynnar. Roedd hi'n oer, a phenderfynodd danio'r stof. Gan 'mod i wedi cadw'r tanwyr yn ddigon pell o afael dwylo bychain, penderfynodd danio'r coed bore efo sawl tudalen o gylchgrawn yr oedd Ger newydd ddechrau tanysgrifio iddo. Fel pob cylchgrawn amgylcheddol ei naws, doedd tudalennau *Resurgence* ddim yn sgleiniog, sy'n help i achub y byd ac yn hynod ddefnyddiol i ddanio stof. A bod yn deg iddi, den ni wastad yn llosgi ein hen bapurau: y *County Times*, *Plu'r Gweunydd* ac ati, felly doedd Llinos ddim yn deall ei bod hi wedi gwneud unrhyw beth o'i le. O 'ngwely, clywais lais Ger yn gweiddi, sŵn ro'n i'n ei glywed yn llawer rhy aml erbyn hynny, o feddwl yn ôl. Neidiais ar fy nhraed a baglu i lawr y staer i weld Ger yn sefyll uwchben Llinos, ei law wedi'i chodi'n fygythiol.

'Chwip din mae'r ast fech yn ei haeddu,' grymialodd dros ei ysgwydd pan welodd o fi.

'Paid â bod yn hurt,' medde fi, gan afael yn ei arddwrn. 'Dwi'n siŵr na wnaeth Llinos beth bynnag mae hi wedi'i wneud i dy wylltio di'n fwriadol.'

'Mae hi 'di malu fy nghylchgrawn newydd i'n rhacs! Roedd o'n bwysig, ynglŷn â fy ngwaith.'

Erbyn hynny roedd Owain wedi cyrraedd maes y gad. Codais Llinos i 'nghôl gan ei bod, erbyn hynny, yn beichio crio ac yn crynu.

'Mae'n drosedd i guro dy blant yng Nghymru erbyn hyn,' datganodd Owain. 'Ac er bod y rhan fwyaf o'r deddfwriaethau sydd wedi cael eu creu gan Lywodraeth Cymru ddim llawer mwy na rwtsh, mae gan y ddeddf honno ddannedd, fel petai. Felly, os wyt ti'n rhoi bys ar Llini, Dad, mi wna i ffonio'r heddlu.'

Roedd ei lais yn hamddenol a ffeithiol, fel athro prifysgol yn cynnal dosbarth tiwtorial. Sylwais bryd hynny pa mor dal oedd fy mab wedi mynd, yn debycach i Rich a Dad nag i Ger, ac roedd o'n debyg hefyd i Rich yn ei ffordd drom, solet. Llifodd cywilydd drosta i. Fi ddylai fod yn ceryddu Ger am ei agwedd, nid fy mab un ar ddeg oed.

Gwelais ddagrau'n powlio i lawr bochau Ger, a chan gymryd mai arwydd o'i edifeirwch oedden nhw, dechreuais ymlacio. Ond plygodd i lawr a chodi'r darnau o'i gylchgrawn oedd ar wasgar wrth y stof. Mewn ystum theatrig, gwasgodd y tudalennau i'w frest.

'Cylchgrawn sbesial iawn oedd hwn,' meddai wrth Llinos, fel petai'n siarad â phlentyn o oed Greta. 'Ddylet ti ddim bod wedi'i falu o.'

'Mae'n rhyfedd, os wyt ti'n meddwl am y peth,' meddai Owain ar ei draws, 'fod pobol Wyrdd yn prynu cylchgronau o gwbl. O leia efo llyfr, mae'n bosib ei werthu'n ail-law neu roi ei fenthyg i ffrindie, ond cylchgrawn misol am yr amgylchfyd? Mae hynny'n gwneud cymaint o les i'r byd â gwelltyn papur o McDonald's.'

'O, cau hi!' ebychodd Ger, a rhedeg lan staer i wisgo amdano. Diflannodd drwy'r drws ffrynt ryw ddeng munud yn ddiweddarach tra oedd y gweddill ohonon ni'n bwyta crempogau yn y gegin. Ro'n i wedi gobeithio bod Llinos wedi anghofio am y digwyddiad, ond yn amlwg ddim.

'Na, dim o gwbl. Dydi o'n ddim byd i'w wneud efo'r cylchgrawn. Mae Dadi wedi bod â lot o bethe ar ei feddwl, a dyna pam mae o wedi mynd.'

'I ble?'

'Mae o'n mynd i aros dros dro gydag un o'i gydweithwyr.'

'Ond ble?'

Un enwog am ei dyfalbarhad ydi Llinos, hyd yn oed mewn teulu mor styfnig â ni.

'Nantybriallu.'

Oedodd Llinos am eiliad, ei hwyneb yn ystumio wrth i'w meddwl bach weithio'n galed i brosesu'r newyddion.

'Mae 'na ferch yn byw yn fanno. Un mae Wncwl Rich yn dweud nad ydi hi'n werth ei...'

'Dwi ddim isie clywed barn Wncwl Rich amdani, diolch yn fawr iawn, Llinos Aur.'

'Dwi ddim yn fabi, Mami. Dwi'n deall digon i wybod na ddylwn i ailadrodd geiriau Wncwl Rich o flaen pobol eraill. Hefyd, dwi'n gwybod be sy'n digwydd os ydi dyn yn gadael ei deulu i fyw efo merch arall.'

'Sori. Nid cuddio pethe ydw i... dwi'm yn sicr be sy'n mynd ymlaen fy hun, eto.'

'Ai dyna pam oeddet ti'n udo a dawnsio neithiwr?'

Nodiais.

Agorodd Llinos ei gwregys diogelwch a neidio rhwng y seddi blaen yn syth i mewn i 'mreichiau.

'Mae Dadi'n gymaint o sili bili, Mami. Ti'n lyfli.'

6

Llwyddais i atal fy hun rhag crebachu'n swp dagreuol dan gydymdeimlad Llinos, ond wn i ddim sut. Roedd yr ymdrech o gadw'r dagrau'n ôl yn troi fy mol, felly pan agorodd Mirain y drws roedd yn rhaid i mi dderbyn ei chynnig o baned. Fyddai hi ddim yn ddiwedd y byd petai'n rhaid i Owain gerdded yr hanner milltir o'r pentre adre gan ei bod hi'n sych, a phan yrrais neges ato yn gofyn iddo wneud hynny, ges i emoji bawd i fyny yn ôl.

'Reit, ewch i chwarae, blantos,' gorchmynnodd Mirain, gan dynnu potel fawr lliw oren o'r oergell. Roedd eu traed ar y llawr pren yn swnio fel praidd o sebras yn rhedeg drwy'r Serengeti, ond ar ôl iddyn nhw gyrraedd y stafell chwarae daeth tawelwch dwfn.

Penderfynodd Mirain warchod plant fel esgus i aros gartref efo'i lodes fach, Lili, sydd fymryn yn iau na Greta. Erbyn hyn mae ganddi hi sawl plentyn sy'n mynd a dod, a rhestr aros, felly dwi'm yn meddwl y bydd hi'n newid gyrfa eto yn y dyfodol agos. Mae hi a'i phartner wedi ailwampio'r hen blaid i fod yn fwthyn gwyliau hefyd, ac mae hynny'n cymryd cryn dipyn o amser Mirs – dwi wastad yn gorffen gwaith yn gynnar ar ddydd Gwener iddi gael glanhau rhwng gwesteion, ac yn aml iawn mae Lili, Greta a finne'n rhoi help llaw iddi.

Dwi a Mirain yn ffrindiau cystal am ei bod hi'n llawn hwyl ac egni, yn ddiflewyn-ar-dafod, a byth yn rhoi rhech am be mae pobol yn ddweud amdani. Mae hi wastad yn gwneud i mi chwerthin, yn enwedig pan mae hi'n treulio chwe awr yn gwneud rhywbeth er mwyn osgoi hanner awr o waith. Does dim rhaid iddi ennill ffortiwn achos mae gan ei phartner, Molly, swydd dda: hi ydi'r Morris yng nghwmni cyfreithwyr Morris,

Jones & Parry. Ac yn union fel Marley yn *A Christmas Carol*, mae partneriaid Molly yn y busnes eisoes wedi marw, felly hi sy'n berchen ar y cwmni cyfan. Un dda am ddewis staff ydi hi, ac mae pobol yn fodlon gweithio'n galed iddi, felly does dim rhaid i Mirain boeni rhyw lawer am bres.

Mae gan Mirs radd mewn Cemeg a Ffiseg, Cymraeg safonol a chymhwyster dysgu, ond dydi hi ddim awydd mynd yn ôl i ddysgu, er mawr siom i lywodraethwyr yr ysgol uwchradd leol sy'n ei phlagio byth a beunydd i ymuno â'r staff yno. Mi wnaeth hi eu bygwth efo gorchymyn rhwystro yn y diwedd, cyn iddi golli'i thymer yn gyfan gwbl efo nhw.

Ro'n i'n falch iawn o weld y botel oren – y jin marmaled ydi fy ffefryn. Mae'r stwff yn ddrud ond yn werth pob ceiniog. Ond roedd yr amseru'n uffernol.

'Sori, Mirs, dwi'n gyrru, a...'

'Ti'n mynd â hon adre efo ti, ar un amod.'

'Be?'

'Ti ddim i yfed y cyfan cyn i mi ddod draw am sesh efo ti nos Sadwrn.'

'Bargen.'

'Y bobol ddwetha i aros yn y blaid wnaeth ei adael o. Mae o'n rhy dda i'w dywallt i lawr y sinc, a wnes i feddwl amdanat ti.'

'Peth da ydi ailgylchu,' atebais, heb smic o eironi.

'Ti'n llygad dy le, fel arfer.' Rhoddodd baned o de o 'mlaen i ar y bwrdd mewn un o'i chasgliad o fygiau anweddus. Mỳg mawr gwyn oedd o efo llun o geiliog mewn arddull Fictoraidd arno, a'r geiriau 'Who's in Charge of this Fucking Train Wreck?' Addas iawn. Dechreuodd y casgliad fel strategaeth gan Mirain gan fod pob un o'i mygiau'n diflannu i lawr i swyddfa Molly, ac erbyn hyn mae pob un o'i ffrindiau'n cyfrannu i'r casgliad 'lliwgar'.

'Sut mae pethe, yr hen goes?'

'Be ti 'di glywed?'

Rowliodd Mirain ei llygaid. 'Dech chi'n aros am swper? All Molly nôl Owain ar ei ffordd adre.'

'Na. Diolch am y cynnig ond dwi angen trafod y busnes efo'r plant heno.'

'Be ddiawl mae'r ffycar yn wneud?'

'Dwi'm yn gwybod.'

'Da iawn ti am y beics, beth bynnag.'

'Be am y beics?'

'Wnest ti rwygo'u teiars nhw'n sitrwns efo llafn cyllell fawr, bygwth torri corn gwddf yr ast, wedyn gyrru dros ei eco-feic bambŵ o.'

'Gan pwy glywest ti hynny?'

'Heather y Post. Welodd hi nhw'n chwilio am rwbeth yn y sietin o dan y tŷ. Yn ôl Heather roedd golwg hynod o drist ar wyneb Ger, o feddwl ei fod o ar fin symud i fyw at ei gariad.'

'Falch o glywed. Pwy arall sy'n siarad amdana i?'

'Bron neb. Wel, roedd trafodaeth yn grŵp WhatsApp yr Ysgol Feithrin, wrth gwrs – sawl theori.'

'Megis?'

'Wel, mae rhai'n dweud... na. Ti'm isie gwybod.'

'Oes. Sut alla i ymateb i unrhyw gelwydd heb ei glywed?'

'Ond ai heddiw ydi'r diwrnod?'

'Heddiw mae'r broses o adfer yn dechrau.'

'Ocê, ond...'

'Mi alla i jecio fy hun ar y WhatsApp, ti'n gwybod.'

'Dwi wedi rhybuddio Lucy fod yn rhaid i bob dim gael ei ddileu... rhag ofn achos llys.'

'Achos llys? Pa mor ddrwg oedd y negeseuon, dwêd?'

'Wel, roedd dipyn o stwff sarhaus amdanat ti, ond...'

'Jyst dweud, Mirs.'

'Wel, roedd Bella Pilates yn dweud bod pethe fel hyn yn digwydd yn aml pan nad ydi merched yn gofalu amdanyn nhw'u hunain.'

'Isie hybu ei busnes, yn amlwg.'

'Roedd rhyw hanner dwsin yn rhoi y bai i gyd ar Ger, ac yn rhannu manylion digwyddiadau sy'n dangos faint o slebog ydi o.'

'Dwi angen trefnu sesh efo'r rheiny, cyn gynted â phosib.'

'Ond roedd Suzanne Top Garej – sy'n dal i ddefnyddio Google Translate i gyfrannu – yn dweud bod Ger wedi cael llefaru codi leider.'

'Llefaru codi leider? Mae hynna'n nonsens llwyr.'

'Dydi hi ddim yn teipio'n ddigon cywir i roi siawns i'r hen Google.'

'Ro'n i'n meddwl mai wedi cael cnoc ar ei phen oedd hi. 'Se'n rhaid i ti fy nghuro fi'n reit galed ar fy mhen i 'mherswadio i fynd lan lofft efo Kev Top Garej.'

Ochneidiodd Mirain. 'Ti'm yn mynd i ennill llawer o ffrindie efo'r tafod miniog 'na.'

'Dwi'm isie ennill ffrindie. Well gen i ennill potel sieri mewn raffl.'

'Ti'n rhy benstiff o lawer.'

'Be oedd Suzanne yn ceisio'i ddweud?'

'Y ffordd orau o gracio'r cod ydi cyfieithu'r geiriau yn ôl i'r Saesneg, ac edrych ar y geiriau sy'n agos i hynny yn y geiriadur ar-lein. Felly "llefaru" ydi "enounce", sy'n ddigon tebyg i "enough".'

'Felly mae Ger wedi gael digon... o be, dwêd?'

'Wedyn mae "lift" yn agos i "live" a "leider" yn dilyn y gair "lie". Ti'n dilyn y neges?'

'Sut oedd Ger yn byw celwydd felly?'

'Y si ydi nad wyt ti wedi bod yn cysgu efo Ger ers i ti ddechrau bod yn feistres i Mistar Jenks, ac mai fo ydi tad Greta.'

'Meistres Mistar Jenks? Ac ers blynyddoedd? Rhyfedd 'mod i heb sylwi.'

'Dwi'm yn gwybod fawr ddim am y busnes dynion, ond 'sen i'n awgrymu ei bod hi'n ddigon posib cael rhyw efo Mistar Jenks heb sylwi.'

Ro'n i'n chwerthin cymaint bu bron i mi dagu ar fy nhe.

'Ocê, wel, os mai dyna theori Sherlock Top Garej, pam fod Ger wedi dewis gadael rŵan? Be wnaeth ei ysgogi o, ar ôl yr holl flynyddoedd?'

'Wel, yn ôl Suzanne, ddigwyddodd rhwbeth ddoe i newid y

sefyllfa, ac wedyn soniodd Carys fod ei chariad hi wedi mynychu cyfarfod Ymddiriedolaeth y Plas ddoe.'

'Y Boi Brethyn! Wrth gwrs.'

Den ni i gyd wedi bod yn trafod Carys achos ei chariad ifanc – newydd raddio mae o ac mae hi dros ei deg ar hugain. Mae hi'n ferch i gigydd, ac mae rhai yn dweud iddi fynd i lawr i'r Smithfield ryw dro i brynu ar gyfer ei thad a cheisio prynu'r ocsiwnïar ifanc efo pres lwc. Hi oedd y sgandal leol fwya cyn fy nhrafferthion i, felly mae'n naturiol ei bod yn mwynhau hyn i gyd.

'Felly,' parhaodd Mirain, 'y stori oedd bod Ger yn fodlon i ti gael plentyn efo Mistar Jenks, sef Greta, ond pan ofynnodd Jenks i'r Ymddiriedolwyr eraill gydnabod Greta fel prif etifedd y stad, mi wrthodon nhw.'

'Den ni'n ddwfn yn nhiriogaeth *Downton Abbey* erbyn hyn, Mirs.'

'Felly, roedd Ger yn hapus i fyw efo'r cywilydd petai Greta'n etifeddu ffortiwn, ond heb yr arian...'

'Am ddrama fach dwt! Na, mae hwnna'n bantomeim llwyr... sy'n go addas achos fetia i mai pantomeims ydi'r unig gyflwyniadau llwyfan mae Suzanne Top Garej wedi'u gweld erioed.'

'Plis, Cath, paid â bod yn snobyddlyd rŵan. Tydi pawb ddim yn rhannu dy ddiddordebau di. Mae'r rhan fwya ohonon ni – yn cynnwys fi – yn meddwl mai handbags o'r Eidal ydi Pirandello, ac yn cofio Bertolt Brecht yn chwarae ar yr asgell i Bayern Munich. Ti'n lodes glên tu hwnt, yn onest, yn ffeind ac yn llawn hwyl, ond mae pobol yn meddwl dy fod di'n edrych i lawr dy drwyn arnyn nhw oherwydd dy frêns a dy addysg.'

'Dwi ddim.'

'O, ty'd 'laen, Cath. Pan ddwedodd rhywun fod merch Suzanne yn ffrindie mawr efo Owain ddwedest ti rwbeth am nofio ym mhen bas y pwll genetig.'

'Wel, mae hi'n iawn fel Brenhines y Carnifal ond dwi ddim awydd cael wyres sy'n stryglo i benderfynu pa ben o'i brwsh masgara i'w ddefnyddio.'

'Jyst meddylia cyn agor dy geg, am gyfnod, o leia. Does dim rhaid i ti gael cystal min ar dy dafod.'

Ond doedd Mirain ddim yn deall y darlun cyflawn. Am gyfnod, roedd y min ar fy nhafod yn adlewyrchu'r min ar sawl llafn arall: y rhai wnes i eu cymryd o fysedd Dad ar ôl iddo geisio sleisio'i arddwrn; yr un fu wrth gorn gwddw Rich am ddau o'r gloch y bore, yr un drywanodd y llun priodas oedd yn hongian uwchben y pentan. Os nad ydw i'n cael fy ngweld fel merch hynod, merch benstiff, merch glyfar, sut fyddai pobol yn fy nisgrifio? Fel merch gwallgofddyn y Rhos? Dim diolch.

Ail-lenwodd Mirain y mỳg anweddus. Ro'n i ar fin gwrthod rhag ofn i'r ail baned fy ngorfodi i fynd i'r tŷ bach yng nghanol y nos a styrbio Ger, ond cofiais yn sydyn mai ar ben fy hun y bydda i'n cysgu o hyn ymlaen.

'Ta waeth, wedyn, daeth stori newydd i'r golwg ryw ugain munud yn ôl, sef y syniad bod y boi Humphreys 'na, Drom, yn gwneud dipyn i ti. Ond doedd pawb ddim yn coelio hynny, yn enwedig Bella Pilates, oedd yn egluro nad oedd modd i ferch ddenu dyn cyfoethog, golygus heb wneud dipyn o waith ar ei *core*.'

Ar ôl i ni gyd-chwerthin am bron i funud cyfan, culhaodd llygaid Mirain.

'Wel, ydi o'n wir?'

'Dwi 'di caru Drom ers i mi ddysgu'r gwahaniaeth rhwng cogie a lodesi, ond pwy sy ddim?'

'Wel, fi yn un.'

'Dim ond achos dy fod di'n lesbian.'

'Mae o'n fwy na hynny. Dwi'n gwybod bod pawb yn meddwl ei fod o fel George Clooney ar ben tractor, ond mae 'na rwbeth yn *too much* amdano fo. Dwi'n ei gofio yn un noson rieni, yn plygu mlaen i siarad yn dawel a chyfrinachol efo fi, fel petai o yn y gwely. A chreda fi, does dim byd yn rhywiol am ganlyniadau profion Ffiseg Blwyddyn Wyth.'

'Dyna ffermwyr i ti. Maen nhw'n treulio cymaint o amser ar ben eu hunain, maen nhw'n camfarnu tôn eu lleisiau weithie.'

'Na, roedd o'n gwybod yn union be oedd o'n wneud. Ges i'r argraff ei fod o'n gwneud math o arbrawf, i weld gâi o ymateb positif gan ferch oedd i fod yn hoyw.'

'Pwy a ŵyr? Ond mae'n well gen i i bobol drafod yr holl ddynion cyfoethog sy'n fy addoli yn hytrach na theimlo piti drosta i.' Llyncais y gegaid olaf o'r te a chodi ar fy nhraed. 'Dwi isie dy rybuddio di, Mirs,' dywedais, 'alla i ddim mynd drwy hyn hebddat ti.'

'Gwranda, y catffwl, dwi o bawb yn deall pa mor bwysig ydi ffrindie da. Pan o'n i angen rhywun, ti oedd yn estyn llaw i 'nghynnal i, ti oedd yn dod draw ddydd ar ôl dydd i fod yn gefn i mi. Ti, Cath, a neb arall. A rŵan dy fod di'n mynd drwy chydig o "anhawster", mi fydda i efo ti bob cam. Ac mi all Molly ei bluo fo mewn chwinciad. Fydd o'n lwcus i gadw'i focsars ar ôl iddi orffen efo fo.'

'Mae'n rhy fuan o lawer i feddwl am bethe felly, Mirs. Pwy a ŵyr, falle fydd o'n ôl â'i gynffon rhwng ei goesau yn go fuan. Dwi'm yn siŵr all o fyw heb grefi, hyd yn oed i blesio Petal.'

Wrth i ni gofleidio roedd hi'n fy ngwasgu chydig rhy dynn, ac roedd gwên fawr yn goleuo'i hwyneb.

'Be am i ti beidio setlo am lai na ti'n haeddu, ie? Hei, fyset ti'n mynd lawr yn dda yn sin *dykes* Clawdd Offa.'

Mae hon yn hen jôc rhyngddon ni, ac yn un o'r arwyddion cliriaf o gryfder ein perthynas: allwn ni ddweud unrhyw beth wrth ein gilydd heb bechu. Mae Rich yn chwilfrydig ynglŷn â'r cellwair hwn... a pherthynas Mirain a Molly, a dweud y gwir. Weithiau, fel arfer ar noson Sioe Llanfair neu ar ôl noson lwyddiannus mewn Gyrfa Chwist, mae o'n gwneud cynigion hollol anaddas iddyn nhw. Dwi'n rhoi pryd o dafod iddo bob tro, ond dydyn nhw byth yn dal dig, dim ond chwerthin am ei ben. Dwi wastad yn ymddiheuro drosto wedyn, ac oherwydd popeth den ni wedi'i oroesi efo'n gilydd, dwi'n maddau i Rich bob tro.

Yn y car, derbyniais neges gan Owain: 'Yn cael paned yn y Felin. Wnei di nôl fi ar dy ffordd adre?'

'Be yn y byd mae Owain yn wneud draw yn y Felin?' gofynnais yn uchel.

'Rhwbeth i'w wneud efo'r Rali, dwi meddwl,' atebodd Llinos. Mae hi wastad yn siriol ar ôl treulio amser yn nhŷ Mirain, wnaeth i mi ystyried faint roedd hi wedi diodde oherwydd hwyliau melltigedig Ger dros y misoedd diwethaf, a mam mor wael ydw i am beidio sylwi.

Er bod y Plas yn llawer mwy, y Felin ydi'r tŷ harddaf yn y fro. Mae o o'r golwg wrth i ti droi i lawr yr wtra goncrit, nes i ti gyrraedd y troad sy'n dilyn yr afon. Dyna pryd mae'r ffermdy i'w weld yn codi o'r borfa werdd fel petai o wedi tyfu'n organig yno. Mae pawb sy'n ymddiddori yn y pethe yn disgrifio tai du a gwyn fel gogoniant pensaernïol Sir Drefaldwyn, a'r gorau oll o'r tai du a gwyn hynny ydi'r Felin. Mae o'n glamp o le, y math o dŷ lle mae hyd yn oed y cyntedd yn ymestyn i fyny dros ddau lawr. Hyd yn oed o bell mae'n amlwg bod y lle wedi'i godi gan grefftwyr o fri. Mae 'na gylch mawr o lawnt o flaen y drws ffrynt efo cloc haul yn ei ganol, a llwyni a gwlâu blodau di-ri, efo bylbiau'r gwanwyn wastad yn dod i gymryd lle lliw y gaeaf, fel yn un o erddi'r Ymddiriedolaeth Genedlaethol. Wrth ochr y tŷ, yng nghysgod y gorllewin, roedd adeilad newydd derw fel cegin heb waliau, efo ffwrn pitsa, cafn tân wedi'i osod yn y bwrdd mawr a digon o gadeiriau i groesawu hanner y plwyf. Fel arfer dwi'm yn rhoi rhech am pa mor siabi ydi fy nghar, ond ro'n i'n teimlo'n anesmwyth yn parcio rhwng y Jaguar coch a'r Porsche.

'Arhoswch chi'ch dwy yn fan hyn,' dywedais wrth Llinos a Greta, yn ymwybodol o'r ffaith fod dipyn o'r siocled cydymdeimladol ges i gan Carla wedi ffeindio'i ffordd i ffrynt fy siwmper las golau. Ro'n i'n teimlo fel slebog blêr wrth fynd at y drws ochr, ond cyn i mi godi fy llaw i ganu'r gloch fawr bres, agorodd y drws o'r tu mewn. Brasgamodd Drom drwyddo yn ei boilers. Am yr ail dro, roedden ni bron â chael gwrthdrawiad.

'Rhaid i ni beidio cwrdd fel hyn o hyd, Cath. Bydd pobol yn

dechre siarad.' Fflachiodd wên, oedd yn ddigon cynnes i doddi iâ Pegwn y De. Wedyn, fel petai ein teuluoedd yn ffrindiau agos, gwaeddodd dros ei ysgwydd, 'Ows, mae Mam yma.'

Sylwais ar sgidiau ysgol fy mab yng nghanol y rhes hir o sgidiau eraill jyst y tu mewn i'r drws llydan, a llamodd Owain o rywle yn y cysgodion, yn ffarwelio â rhywun. Wrth iddo godi'i gôt oddi ar y bachyn, edrychodd Drom arno fo'n rhyfedd, fel petai'n ei asesu.

'Er bod dy Wncwl Rich yn ffermwr da, tydi o ddim yn gwybod ffyc ôl am wartheg godro. Den ni'n brin o staff ar y penwythnosau – ti'n fodlon gwneud shifft yn y parlwr efo Chris a finne?' Chris ydi mab Drom. Oedodd Owain am eiliad, a chamddeallodd Drom hynny fel strategaeth fargeinio. 'Alla i ddim cynnig mwy nag elefn-ffiffti i ti, a dwi'n lladd fy hun wrth wneud hynny.'

Cododd Owain ar ôl cau ei gareiau.

'Dwi'n helpu Wncwl Rich ar y penwythnosau, Mistar Humphreys,' atebodd.

'A, wel, dyna i ti ogoniant godro: mi alli di orffen dy waith fan hyn a chael brecwast gwerth chweil cyn cyrraedd y Rhos am hanner awr wedi wyth.'

'Wel, fyse hynny'n grêt, os nad oes raid i mi adael Wncwl Rich lawr.'

'Fydd Rich yn iawn. Mae o'n deall pa mor bwysig ydi hi i ffermwr da gael digon o brofiad yn ei lasoed.'

Taflodd Drom gipolwg arna i, fel petai ystyr cudd i'r geiriau 'profiad' a 'glasoed'.

'Dwi'm yn sicr ydw i'n bwriadu ffermio fy hun eto,' atebodd Owain, yn ei ffordd resymol arferol.

'Ti'm yn siŵr am ffermio, còg? Be sy'n bod arnat ti, dwêd? Be arall wyt ti'n bwriadu'i wneud? Chwarae yn y Premiership? Gwneud ffilmiau draw yn Hollywood?'

Dyna'r unig swyddi allai gystadlu â ffermio, yn nhyb Drom.

'Mae gen i gryn ddiddordeb mewn athroniaeth, a dwi'n meddwl am astudio rwbeth tebyg yn y coleg.'

'Mae wir angen athroniaeth ar y buarth, còg, dwi'n dweud wrthat ti. Wyt ti'n gallu dechrau dydd Sadwrn yma?'

'Bendant.'

'Ddo i i dy nôl di toc ar ôl pump.'

'Mi alla i ddod ar fy meic.'

'Wna i bicio heibio, paid â phoeni. Dwi isie gwasgu bob un smic o waith allan ohonat ti, còg, felly dwi'm isie i ti flino gormod ar y ffordd draw.'

Rhoddodd ei law fawr ar ysgwydd Owain, a fflachiodd rhywbeth hurt, a chas, a gwirion drwy fy meddwl: siom mai Ger oedd ei dad, nid Drom. Tydi meddyliau o'r fath ddim yn lles i neb.

Yn y pen draw, doedd dweud wrth fy mhlant fod eu tad wedi penderfynu gadael ddim yn rhy anodd. Ro'n i eisoes wedi siarad efo Llinos, wrth gwrs, ac roedd ei hymateb yn hollol ymarferol.

'Os na ddaw o adre, ga i iogwrts neis Dad?'

Roedd Greta'n eistedd yn llonydd yng nghôl Ows, yn sugno'i bawd ac yn syllu o'i chwmpas fel tylluan, a phan ddaeth fy natganiad i ben, cododd Owain ar ei draed yn ofalus.

'Mae gen i waith cartref Hanes i'w orffen ond allwn ni gael paned efo'n gilydd, Mam, ar ôl i'r merched fynd i'r gwely?'

'Wrth gwrs. Does dim rhaid i ti ofyn caniatâd ffurfiol i gael paned, Ows.'

'Ti'n haeddu parch, Mam, hyd yn oed os nad wyt ti wastad yn ei gael o.'

Weithiau, mae geiriau caredig yn brifo mwy na chreulondeb, a brwydrais drwy amser gwely gan deimlo fel petai cymysgwr sment yn corddi yn fy mol. Roedd hi bron yn naw cyn i Owain ddod i lawr y staer, ei ysgwyddau'n dynn, yn barod i ddal y breichiau cyhyrog nad oedden nhw eto wedi datblygu. Ro'n i wedi sylwi yn ystod y busnes efo cylchgrawn Ger ei fod o'n sefyll yn wahanol yn ddiweddar, ond yn ogystal â bod yn debyg i Rich, roedd o'n fy atgoffa o rywun arall.

Fo wnaeth y te, ac eisteddodd gyferbyn â fi yn cynhesu'i ddwylo ar y mŷg.

'Dwi'm yn bwriadu bod yn boen, Mam,' dechreuodd. Roedd o'n ceisio gwneud i'w lais swnio'n hollol ffwrdd-â-hi ond roedd golwg o bryder yn ei lygaid. 'Dwi am fod yn gymaint o help i ti ag y galla i... ar un amod.'

'Pa amod?'

'Rhaid i ti fod yn onest efo fi, dim bwys pa mor ddrwg ydi'r gwir. Alla i ymdopi efo unrhyw beth, ond i ti fy nghadw fi yn y lŵp.'

'Dwi'm yn cadw unrhyw gyfrinach oddi wrthat ti, Ows, ond mae 'na gymaint o bethe dwi ddim yn eu deall fy hun eto.'

'Digon teg. Dwi'm yn mynd i ofyn am y sïon sy'n mynd o gwmpas y lle, ond mae gen i un cwestiwn.'

'Sef?'

'Ydi Dad wedi cael math o frêcdown?'

'Wn i ddim. Doedd gen i ddim syniad bod unrhyw beth o'i le cyn ddoe, er ei fod o wedi bod chydig yn flin yn ddiweddar.'

'Roedd 'na erthygl gan Petal yn y cylchgrawn 'na falodd Llin.'

'O.'

'Dwi'n fodlon helpu mwy efo'r lodesi a cheisio bod yn fwy annibynnol o hyn allan, o ran arian. Mae'r job efo Mistar Humphreys Felin yn mynd i helpu.'

Arian! Doeddwn i ddim wedi meddwl ddwywaith am arian. Nid oherwydd 'mod i'n anfaterol, ond oherwydd na wnes i hyd yn oed ystyried y byddai Ger yn gwneud tro sâl â ni.

'Tydi Dad ddim yn dangos lot o ddiddordeb yndda i a'r lodesi beth bynnag, felly fyddwn ni'n iawn, Mam.'

Er bod hynny'n wir, gant y cant, roedd clywed Owain yn dweud y geiriau'n uchel yn brifo. Roedd gen i ddelfryd, breuddwyd hyd yn oed, am berthynas iachus, gefnogol a llawn hwyl rhwng aelodau fy nheulu, ond wnes i ddim sylwi ar y pellter rhwng fy mab a'i dad. Na, falle 'mod i wedi sylwi, ac wedi dewis anwybyddu'r peth. Ro'n i wedi gweld Owain sawl gwaith yn ceisio dangos rhywbeth i Ger, dim ond i glywed bod ei dad yn brysur, er mai dim ond edrych ar ei ffôn oedd o. Ro'n i wedi sylwi sut roedd o wedi dechrau rhannu ei newyddion efo finne a Rich yn hytrach na'i dad, a sylwi ar syndod Ger pan glywai am rywbeth roedd Ows wedi'i drafod sawl tro o flaen y teulu cyfan. Croesi bysedd a gobeithio am gyfnodau gwell oedd fy strategaeth ar gyfer fy mhriodas, ac, yn amlwg, roedd hynny wedi bod yn fethiant llwyr.

7

Deffrais yng nghanol y nos i stafell mor dawel a gwely mor wag, ro'n i'n methu anadlu. Agorais y ffenest a llenwi fy ysgyfaint ag awyr iach – roedd hi wedi glawio'n drwm, ac roedd pob dim bellach yn ffres, fel petai'r dyffryn yn dal ei wynt. Syllais ar y goleuadau prin. Roedd drws sgubor fawr y Rhos ar agor yn y pellter, a'r golau'n llifo dros y buarth. Ai agor y drws i fynd i mewn oedd Rich, neu adael i fynd i'w wely? Codais fy ffôn: deng munud i bedwar. Ystyriais ei ffonio gan fod fy mrawd yn deall unigrwydd, ond penderfynais beidio. Doeddwn i ddim wedi trafod Ger efo fo eto, nac yn edrych ymlaen at wneud hynny.

Gorweddais yn ôl ar fy ngwely gan ymestyn fy nghymalau a cheisio perswadio fy hun peth mor foethus oedd gwely mawr efo dim ond un corff ynddo. Dechreuais feddwl am ochr arall y gwely... fyddai rhywun yn gorwedd yno eto? Efallai y byddai Ger yn deffro rhyw fore, yn dal i flasu sbelt a tofu y noson cynt, ac yn llenwi'i fag i ddod yn ôl gan fwmial ei ymddiheuriad am fod yn dwpsyn llwyr. Dychmygais fy ymateb – byddwn yn manteisio ar y cyfle i'w alw'n bob enw. Llo, twmffat, twpsyn, penbwl, hwlcyn, lembo, coc oen, iolyn... roedd gen i hawl i daflu pob un o'r geiriau hynny ato cyn ei groesawu'n ôl â chusan. Ai dyna oeddwn i isie, go iawn?

Edrychais o gwmpas fy llofft. Roedd pob tamaid o dystiolaeth o bresenoldeb Ger wedi cael ei wasgu o'r ystafell dros nos, ond roedd un blewyn tywyll ar ôl ar ei obennydd. Do'n i erioed o'r blaen wedi teimlo'r fath unigrwydd, fel petai'r byd i gyd yn pwyso arna i. Ro'n i fel Samson pan oedd y deml yn disgyn ar ei ben, ond doedd fy mreichiau ddim yn ddigon cryf i ddal y cerrig. Ro'n i ar fin cael fy nghladdu a fyddai neb efo cŵn achub yn dod i chwilio amdana i. Pesychais fel petawn i wedi anadlu llwch.

Cerddais yn ôl at y ffenest. Roedd yr awel yn dod o gyfeiriad y Rhos a chlywais gerddoriaeth ar y gwynt. Mae Rich a Dad wedi llwyddo, ar y cyfan, i gyd-fyw heb ddadlau llawer, ond waeth beth ddywed Dad, tydi Rich ddim yn fodlon byw heb ei fiwsig. Roedd Ger yn arfer dweud y byddai'r RSPCA yn ei gondemnio am orfodi'i stoc i wrando ar y ffasiwn ganeuon crap, ac roedd ganddo fo bwynt. Mae caneuon sydd wedi'u rhyddhau i godi arian at achos da wastad yn apelio ato, neu ganeuon unrhyw fand mae o wedi'u gweld yn fyw. Wrth glywed llais Alys Williams yn y tywyllwch yn canu 'Llwytha'r Gwn', cofiais am Rich yn y babell oer y tu ôl i'r Cann Offis yn syllu ar y gantores fel petai'n dduwies.

Atgof bach dibwys oedd o, ond roedd o'n ddigon i wasgaru'r holl ddelweddau erchyll eraill o 'mhen. Mae Cath y Rhos wedi byw drwy gyfnodau anodd, ac mi fydd hi'n goroesi hyn hefyd.

Methais fynd yn ôl i gysgu wedyn. Roedd saith nofel ar y bwrdd wrth ochr fy ngwely ond wnes i mo'u cyffwrdd nhw gan 'mod i wedi penderfynu peidio â darllen unrhyw ffuglen nes i mi orffen y llyfr ro'n i'n ei ddarllen ar gyfer fy ngwaith. Ac er ei fod o'n llyfr da, a swmpus, doeddwn i ddim isie darllen *The Decline and Fall of the British Aristocracy* am chwarter wedi pedwar yn y bore, felly codais.

Ambell dro, os ydw i'n deffro am un neu ddau y bore, mi fydda i'n mynd i lawr i'r gegin i dywallt gwydraid o win i mi fy hun, ac ar ôl ei yfed mi fydda i'n fwy tebygol o allu mynd yn ôl i gysgu. Ond am bedwar o'r gloch roedd perygl i'r alcohol effeithio arna i yn y bore, ac roedd gen i ormod ar fy mhlât i risgio hynny. Ar ôl i Mam ein gadael, cwympodd Dad i le mor isel, mae'n anodd ei ddisgrifio. Gwelais y dirywiad ynddo, a rôl y lysh yn hynny fel tanwydd, fel gwenwyn, fel esgus. Beth bynnag sy'n digwydd i mi, dwi ddim am deithio i lawr y lôn honno, na llusgo fy mhlant ar f'ôl chwaith.

Trefn, dyna be ro'n i ei angen. Gwisgais a mynd i lawr i'r gegin, y llyfr hanesyddol mawr o dan fy mraich. Wrth i'r tegell ferwi, es i allan drwy'r drws cefn i werthfawrogi llonyddwch y dyffryn o dan garthen felfedaidd cwsg. Nid oedd golau i'w weld yn y Rhos mwyach ond roedd yr awyr ddu yn fwy llwydaidd i gyfeiriad y dwyrain. Dechreuais fwmian canu 'Wele'n Gwawrio Ddydd i'w Gofio' cyn stopio'n sydyn. Fyddai hwn yn ddydd i'w gofio? Byddai'n well gen i anghofio'r deuddydd ddaeth o'i flaen. Hefyd, roedd hi braidd yn gynnar i'r wawr dorri... goleuadau buarth y Felin oedden nhw wrth i Drom symud ei wartheg i'r parlwr godro. Fel arfer mae'n gas gen i lygredd golau, ond ges i gysur o feddwl amdano'n brasgamu dros y concrit yn ei fŵts caled, yn barod am ddiwrnod o waith.

Yn ôl yn y gegin wrth wneud paned, ystyriais y posibilrwydd fod Drom yn cael hoe yn y prynhawn, fel siesta. Dechreuais ddychmygu ei lofft, ei *en-suite*, ei wely. Ac wrth i mi geisio penderfynu a fyddai o'n tynnu ei ddillad i gyd neu dim ond ei grys cyn gorwedd i lawr, sylwais ar y calendr ar y wal. Diflannodd yr holl ffantasïau amaeth-rywiol mewn amrantiad wrth i mi ddarllen y geiriau ar gyfer y diwrnod hwnnw: 'Stondin Ddanteithion yr Ysgol Feithrin.'

Blydi Danteithion. Dwi ddim yn bobydd gwych ar y gorau, ond heb gwsg, heb ŵr ac yng nghanol obsesiwn rhywiol anaddas am un o 'nghymdogion, doedd gen i ddim gobaith caneri o goginio hanner dwsin o fisgedi llipa, heb sôn am rywbeth gwerth ei alw'n 'ddanteithion', ond mi wnes i addo...

Llowciais y te a rhoi pot o goffi cryf i ffrwtian ar y stof wrth geisio cofio ble ro'n i wedi rhoi'r holl dorwyr bisgedi amrywiol dwi wedi'u prynu dros y blynyddoedd. Yn y drôr o dan y ddresel oedden nhw, ac erbyn i Llinos ddod i lawr i gael brecwast roedd dros ddwsin o bisgedi Patrôl Pawennau ar y bwrdd, rhai efo eisin arnynt, rhai heb.

'Wyt ti'n fodlon rhoi'r smotiau ar Fflamia i mi plis?' gofynnais iddi.

'Wrth gwrs, Mami. Mae'r rhain yn ôsym!'

Ac roedden nhw, a dweud y gwir; pob un yn y lliw iawn i lawr i'r rhychau ar drwyn Twrchyn. Yn amlwg, roedd y coffi wedi gweithio. Ro'n i hyd yn oed wedi cofio estyn dau focs Tupperware i'w cario nhw i'r Ysgol Feithrin a phlât mawr i'w harddangos, felly ro'n i ar ben fy nigon wrth adael y tŷ. Ocê, roedd fy ngŵr wedi rhedeg i ffwrdd efo rhywun efo llai o fraster ar ei chorff na choden fanila, ond ro'n i'n gallu cynhyrchu bisgedi mor dda, gallai cymeriadau Patrôl Pawennau eu defnyddio fel lluniau cyhoeddusrwydd.

Parciais dros y ffordd i'r Ysgol Feithrin, ar y tarmac wrth giât y cae pêl-droed. Roedd Greta'n fodlon cario'i bag ei hun am unwaith, i mi gael llaw rydd i ddal y ddau focs pwysig. Roedd yr haul yn tywynnu ac roedd gen i Ddanteithion safonol yn y bocsys, felly ro'n i'n teimlo'n bositif.

Ges i groeso cynnes iawn gan yr Antis, yr hen leidis sydd wedi bod yn cynnal yr Ysgol Feithrin ers degawdau.

'Ti'n well off hebddo fo,' grwmialodd Anti Jên wrth i'r gadwyn sy'n dal ei sbectol fflachio yn yr heulwen foreol fel sarff arian. Mwythodd Anti Caryl fy mraich fel petawn i'n anifail anwes oedd newydd fod yn ddewr yn stafell y milfeddyg. Cymerodd Anti Meryl y bisgedi a dilynais hi i'r gegin. Daeth sglein i'w llygaid madfallaidd wrth agor y bocs Tupperware cyntaf.

'Patrôl Pawennau, y criw cyfan, a tithe â dy galon yn sitrwns! Wel, chware teg i ti, Cath fech, chware teg.' Roedd yn amlwg ei bod yn cael pleser anghyffredin wrth osod y bisgedi ar y plât. 'A dyma Cwrsyn annwyl! Wel, wir.' Gyda symudiad llyfn, ciciodd y drws y tu ôl iddi ynghau. 'Does 'na ddim llawer yn gwybod hyn,' meddai mewn llais tawel, digynnwrf, 'ond roedd fy Elwyn i yn fy chware fi'n ffals. Efo'r hŵfr. Bastard budr.'

Dyn sionc yn ei saithdegau oedd Elwyn, fyddai'n darllen yng Nghapel Horeb ac yn torri'r fynwent.

'Dwedais wrtho, yn blwmp ac yn blaen, nad o'n i'n fodlon mynd yn ôl i sgubo'r lloriau fel fy nain jyst oherwydd ei fod o'n methu cadw'i ddwylo oddi ar Henry. Mae gan bawb ei safonau.' Agorodd y drws drachefn. 'Maen nhw i gyd yn cropian yn ôl ar eu gliniau, lodes, ond does dim rhaid i ni eu derbyn nhw.'

Roedd yn rhaid i mi ofyn. 'Ond dech chi wedi ffeindio ffordd ymlaen efo Elwyn?'

'Nid ffordd ymlaen, ond cyfaddawd. Dwi'm yn fodlon, o bell ffordd, ond mae o wedi talu.' Hisiodd y geiriau olaf a rhedodd ias i lawr fy nghefn. Wedyn, cododd y mwgwd. 'Dwy bunt yr un am aelodau'r Patrôl, yn bendant. Dwy bunt yr un.'

Gan fy mod wedi dilyn Meryl, a'r bisgedi, i lawr y coridor i'r stondin tu allan i'r drws cefn, ches i ddim llawer o gyfle i brosesu'r ffasiwn ddatgeliad. O gwmpas y bwrdd mawr roedd tua hanner cant o bobol: mamau, tadau, neiniau a sawl taid, rhai â golwg go farus ar eu hwynebau, a chwpl o ddynion sengl yn eu pumdegau oedd yn hiraethu am gacennau cartref ers iddyn nhw golli'u mamau. Aeth un o'r rhain yn syth at y bisgedi roedd Meryl newydd eu gosod yng nghanol y bwrdd.

'Am braf!' ebychodd, gan estyn y law futraf ar wyneb y ddaear i gyfeiriad Fflei. Ymatebodd Meryl â gwên fawr, ond chwipiodd ei arddwrn i ffwrdd efo'i lliain sychu llestri.

'Rhaid talu cyn byseddu,' dwrdiodd yn reit fflyrtlyd. 'Cath y Rhos wnaeth y rhain,' ategodd.

'Wel, wel, un lwcus ydi Ger Mans, dwi wastad wedi dweud.'

'Hen hanes ydi Ger Mans,' torrodd Meryl ar draws. 'Mae hi'n sengl erbyn hyn.'

Fel hyn mae heffer yn teimlo, mae'n debyg, wrth gael ei thywys o gwmpas y Cylch yn y farchnad.

'Wel...' ceisiais ymateb, ond roedd Meryl yn ei hwyliau.

'Mae ganddi swydd dda yn gweithio i Mistar Jenks y Plas, a thri o blant, ac mae hi'n dal wedi llwyddo i wneud y bisgedi hyfryd yma. Pryna di un rŵan, How.'

Gwthiodd How Wtra Wen ei law fudr yn ddwfn i boced ei drowsus a daeth dwrn allan. Pan agorodd ei fysedd trwchus creithiog, roedd cymysgedd o eitemau ar gledr ei law yn cynnwys dau stamp dosbarth cyntaf, dwsin o fandiau cynffon ŵyn, pedwar stwffwl metel, bôn pensil a chelc o arian mân. Cododd ddwy bunt a'u rhoi i mi, ei fochau'n fflamgoch.

'At yr achos,' atebais, gan godi'r bocs marjarîn i dderbyn yr arian rhag i mi orfod cyffwrdd ei law. Cododd Meryl y fisged efo sbatwla a'i rhoi iddo, ac eiliadau'n ddiweddarach roedd o wedi llyncu'r pen ac un goes.

'Bisged yn syth ar ôl brecwast?' wfftiodd Meryl.

'Hwn ydi fy mrecwast,' mwmialodd How, gan grensian drwy gorff y ci.

'Ta ta, Fflei,' meddai Greta'n siriol.

Plygodd How i gynnig pen ôl a chynffon y fisged iddi. Gwenodd Greta'n glên ac ysgwyd ei phen.

'Fflei?' gofynnodd How.

'Enw'r ci yn y gyfres deledu,' esboniais.

'Wedi'i seilio ar gi penodol, felly?'

'Cartŵn. Nid ci go iawn.'

'Ond,' torrodd Meryl ar draws, 'gall Cath wneud portread o unrhyw gi dan haul ar fisged.'

Ceisiais ddal ei llygad er mwyn gwneud iddi stopio siarad, ond ches i ddim lwc.

'Fflei ydi enw ein ci ni, acw,' meddai How, ac roedd sbarc yn ei lygaid.

'Mae'n enw go gyffredin.'

'Ci da 'di Fflei.'

Crafais am ateb cwrtais, ond methais.

'Allai Cath wneud bisged o dy Fflei di, How,' awgrymodd Meryl. 'Anrheg hyfryd i dy dad.'

'Mae Dad yn colli'r dydd,' esboniodd How. 'Roedd yn rhaid iddo symud i Fryn Teg.'

'Wel, byddai bisged Fflei yn codi ei galon yn y cartref, wir,' cytunodd Meryl. 'A gallet ti roi cyfraniad at yr achos, i ddiolch i Cath am ei hamser?'

'Am syniad clên!' Tynnodd waled ledr drwchus o'i boced ôl: roedd sawl cant o bunnau ynddi. Tynnodd bapur deg allan, ailfeddyliodd, a thynnu papur ugain allan yn ei le. Plygodd y papur yn ei hanner a'i roi yn y bocs marjarîn.

'Hael iawn!' canmolodd Meryl, rhag ofn nad oeddwn i wedi sylwi. 'Rŵan, Catherine, rho dy rif ffôn i Hywel, i chi'ch dau allu trefnu'r peth.'

Daeth y bôn pensil allan o'r boced fudr eto, a llyfodd y min cyn sgwennu rhifau ar gefn hen anfoneb Wynnstay. Sgwennais fy rhif inne, yn anfodlon, ar un o'r sticeri pris oedd ar y bwrdd cacennau. Derbyniodd How y sticer heb air a baglu oddi yno, ei fochau'n fflamgoch.

'O diar!' ebychais.

'Wff,' atebodd Meryl yn swta, 'dyn clên iawn ydi How ac mae o wedi bod ar goll ers iddo golli'i fam. Tra oedd dynion eraill yn canlyn roedd o'n gofalu a gweithio, a dydi hynny ddim yn ei wneud o'n waeth dyn.'

'Ond alla i ddim gwneud bisged gwerth ugain punt, byth!'

Syllodd Meryl yn syth i'm llygaid. 'Gwranda, lodes, rhaid i ti fod yn ymarferol. Ti'm yn ugain oed ddim mwy.'

'Ond dwi'n dal yn... efo Ger. Dwi'm yn barod am...'

'Cau dy ben. Pa mor gyflym ti'n meddwl y daw Ger Mans yn ei ôl os glywith o fod dy bengliniau di o dan y bwrdd yn Wtra Wen?'

Allwn i ddim dweud gair. Ro'n i'n teimlo'n noeth dan lygaid pawb.

'Gwranda di ar Anti Meryl. Does 'run cyfaill gwell na hen lanc sy ddim isie bod ar ei ben ei hun.'

Roedd ei hwyneb wedi meddalu, a daeth fy nghwestiwn allan heb i mi feddwl.

'Oes na... rwbeth rhyngoch chi a Hywel Wtra Wen?'

'Twt lol. Mae gen i sawl pâr o deits hŷn na fo. Wnes i addo i'w fam y byddwn i'n cadw llygad arno fo.'

Nodiais yn fud.

'Gallai rhywun efo digon o ddyfalbarhad wneud gwyrthiau efo Wtra Wen,' datganodd wrth adael.

Doedd gen i ddim syniad ai at y fferm neu'r perchennog

roedd hi'n cyfeirio, ac roedd fy meddwl mor bell, neidiais wrth i rywun afael yn fy mhenelin: Bella Pilates.

'O Cathy, Cathy, Cathy,' oernadodd, fel petai ei chalon ar fin torri. 'Mor sori i glywed. Den ni i gyd yn gwybod dy fod di wedi bod yn rhy brysur i ofalu amdanat ti dy hun, ond tydi hi byth yn rhy hwyr i newid. Gwranda, be am i mi roi tair sesiwn i ti am bris dwy?'

'O Bella, wn i ddim, wir...'

'Paid â phoeni. Mae 'na le gwag yn y sesiwn yn Llanfair, a wnei di byth ddod ar ei thraws hi yn fanno.'

'Ar draws pwy?'

'Petal, wrth gwrs. Mae hi'n dod i Zwmbalates yn Pont. A ioga yn Llanfyllin ar nos Iau.' Gwenodd Bella arna i fel meddyg yn cynnig mymryn o obaith i glaf. 'Byddai hyd yn oed dwsin o sesiynau yn gwneud byd o les, Cathy,' esboniodd, fel petawn i'n bump oed, 'a hyd yn oed os ydi hi'n rhy hwyr yn y dydd i wneud gwahaniaeth i Ger, mi fydd o'n lles i ti dy hun, wyddost ti.'

Yn hytrach na sefyll yno'n fud, codais un o'r bisgedi Patrôl Pawennau a'i gwthio'n gyfan, bron, i 'ngheg. Roedd yn amlwg i rywun mor ansensitif â Bella, hyd yn oed, na allwn i ateb, a chamodd yn ôl, gan chwifio'i llaw mewn rhyw ystum aneglur.

Dim ond hanner munud o lonydd ges i cyn i Suzanne Top Garej agosáu fel llong fôr-ladron yn closio at gwch llawn trysor.

Roedd Suzanne wedi cyrraedd o nunlle un diwrnod, fel madarchen. O'i llais, cafodd ei magu rywle yng nghanolbarth Lloegr, ond oherwydd bod ganddi blentyn saith oed, roedd hi ar dop y rhestr i gael tŷ Cyngor. Dydi pobol fel Suzanne ddim yn gofyn am gael dod i ardal fel hon, ond a bod yn deg iddi, mae hi wedi gwneud pob ymdrech i ymgartrefu. Does neb yn gwybod ei hanes, ac oherwydd iddi roi ei bryd ar Kev Top Garej mor sydyn roedd rhai yn awgrymu bod yn rhaid i'w gorffennol fod yn un trychinebus. Ond does dim rhaid i ti fod ar ffo rhag giang droseddol i gymryd ffansi at rywun fel Kev: byddai unrhyw un trwm ei chlyw efo safonau isel yn gwirioni arno fo.

Safodd o 'mlaen â golwg o drugaredd ar ei hwyneb. Roedd

ei phlant efo hi, a doedd Manda ddim yn ei gwisg ysgol, er ei
bod hi'r un oed ag Owain. Mae ei mab hi a Kevin, Evin, gwpl o
fisoedd yn iau na Greta. Fel arfer dwi'n gyrru mlaen yn iawn efo
plant, ond dwi'n stryglo efo Evin. Mae o wastad yn sefyll lle mae
rhywun angen rhoi ei draed, a gan fod Suzanne yn mynnu bod
ei mab yn edrych yn ffasiynol, mae ochrau pen Evin wedi'u
heillio nes bod y top yn edrych yn debyg i Weetabix dryslyd.

'O, Cath dreee-anne,' wylodd Suzanne. Dwi'n ceisio siarad
Cymraeg efo pob dysgwr ond mae'n anodd efo hi. Fel y
dywedodd Mirain ryw dro ar ôl hanner awr o sgwrs yn y Ffair
Dolig, yn steil David Bowie: 'This ain't Dysgu Cymraeg, this is
genocide.'

'Dwi'n iawn Suzanne. Ti isie prynu bisged Patrôl
Pawennau?'

'O. Ie. Tri. No. Peee-i-dwar. Cofio Dadi Kev.'

Ciledrychodd ar ei phlant. Roedd Manda ar ei ffôn ac Evin
yn syllu i gornel yr iard, ei lygaid yn hollol wag. I geisio gorffen
y sgwrs, stwffiais weddill y fisgeden i 'ngheg.

'Oes o'n ocê i mi gofyn *favour*, Cath?' gofynnodd â gwên
hynod ar ei hwyneb.

Â 'ngheg yn llawn, nodiais, gan geisio peidio ag ymddangos
yn rhy awyddus.

'Wel, *horse crazy* yw Manda.'

Ni chododd y ferch ei phen wrth glywed ei henw. Roedd ei
ffôn yn llawer mwy difyr na'i mam.

'... ac yn feddwl am gwneud Equine *in college.*'

Roedd yn rhaid i mi dorri ar ei thraws.

'Suzanne, does ganddon ni ddim ceffylau.'

'Achos, *work experience...*'

Llyncais ddarn olaf y fisged. I sicrhau nad oedd hi'n
camddeall o gwbl, defnyddiais yr iaith fain.

'I don't have any horses, I'm afraid.'

'Ond pa pryd *you have got* ceffyls, Manda i cael profiad
gwaith?'

'It's not at all likely.'

'Wel, dim ti, ond... fydd y Squire yn prynu *pony* i Greta, siŵr.'

O. Cofiais ei theori am dadolaeth Greta ar y grŵp WhatsApp. Er ei bod yn ddigon hawdd i mi chwerthin am ei lol ar sgrin, mater arall oedd wynebu'r peth wyneb yn wyneb.

'Dwi ddim yn rhag-weld hynny'n digwydd o gwbl, Suzanne. A sori, rhaid i mi fynd neu mi fydda i'n hwyr i 'ngwaith.'

'Yn y Plas?' gofynnodd gydag ystum bach o'i phen.

'Ie.'

Ro'n i mor awyddus i adael, bu bron i mi anghofio ffarwelio â Greta, oedd wedi cilio o'r heulwen i swatio yn y Gornel Ddarllen efo copi o'r *Gryffalo* yn ei dwylo.

Yn y cyntedd, roedd Meryl yn aros amdana i. Stwffiodd becyn wedi'i lapio mewn papur cegin i'm llaw.

'Dwi jyst isie dweud 'mod i'n hapus i warchod dy blant unrhyw dro... dim jyst os wyt ti awydd dêt efo How Wtra Wen. Os oes gen ti bethe gwaith, neu awydd gweld ffrindie, coda'r ffôn.' Oedodd am eiliad. 'Den ni'n deulu, paid anghofio hynny – roedd fy nain a nain dy dad yn ferched i ddwy chwaer – felly paid â meddwl 'mod i'n busnesa.'

Gwasgodd fy llaw a throis inne fy mhen i ffwrdd achos roedd fy llygaid yn cosi.

'Tydi dy fam fawr o iws, felly paid â bod yn ddierth, lodes.'

8

Un fantais o gael hen gar ydi'r peiriant CDs, ac mae fy nghar i fel amgueddfa sain, neu amgueddfa Cwmni Sain, i fod yn benodol. Felly, wrth yrru draw i'r Plas, llwyddais i wagio 'mhen yn gyfan gwbl wrth ganu 'Hei, hei ferch y brynie' ar dop fy llais. Un peth sy'n dda am y diwylliant Cymraeg: mae 'na wastad rywun mewn gwaeth sefyllfa na ti dy hun, ac wedi cyfansoddi cân am y peth. O foddi tir i dorcalon, o ddigartrefedd i golli iaith, mae 'na rywbeth yng nghatalog Sain i siwtio pob sefyllfa. Felly, llwyddais i anghofio am ddigwyddiadau'r Stondin Ddanteithion nes i mi barcio'r car tu allan i'r Plas. Y gân oedd yn llenwi'r car ar y pryd oedd 'Harbwr Diogel' gan Elin Fflur, felly er 'mod i'n mynd i fod yn hwyr, eisteddais yn y car i wrando arni tan y diwedd, a syllu dros y dyffryn.

Os ydw i'n onest, tydi Ger erioed wedi bod yn hafan i'm henaid. Mae'r syniad rhamantus am un person sy'n gallu gwneud bob dim i ti yn ffantasi, yn fy marn i. Dwi'n teimlo'n saffach efo Rich na Ger, ac o ran bod yn lloches, fy milltir sgwâr ydi hynny i mi, nid breichiau unrhyw ddyn.

Safais wrth ddrws y Plas am eiliad cyn mynd i mewn. Roedd y lle wastad mor dawel, fel petai'n cysgu, ac yn gyferbyniad hynod i fwrlwm iard yr Ysgol Feithrin. Dyna pam dwi mor hoff o fynd yno – dwi'n teimlo mwy o lonyddwch wrth gamu drwy'r drws nag ar ôl unrhyw ddosbarth ioga.

Roedd Mistar Jenks yn aros amdana i yn y llyfrgell, ac ro'n i'n gwybod yn syth ei fod o wedi cynhyrfu. Roedd ei law yn crynu, a'i gerddediad yn fwy anystwyth nag arfer.

'Catherine,' meddai, wrth eistedd i lawr ac ymestyn am y *cafetière*, 'mae'n wir ddrwg gen i, ond mae'n rhaid i mi drafod pwnc anodd efo ti.'

'Oes raid?' gofynnais, gan wenu i guddio fy amharodrwydd i wynebu unrhyw beth fyddai'n ychwanegu at fy helyntion.

'Oes, yn anffodus.' Tynnodd hances fawr o'i boced, un gotwm efo'i arfbais ar y gornel, i sychu diferyn o goffi oddi ar y bwrdd.

'Es i draw i Nantybriallu neithiwr,' meddai Mr Jenks. Roedd lliw pinc anarferol ar ei fochau. 'I weld y ferch honno, ynglŷn â chynlluniau'r stad. Roedd Gerallt yno.'

Nodiais fy mhen.

'Nid yn y tŷ oedden nhw, ond yn y nant.'

'Yn ymchwilio i rywbeth, mae'n debyg. Dyna be maen nhw'n wneud, yn eu gwaith bob dydd.'

'Nid ymchwil oedd o, Catherine. Llamsachu oedden nhw; prancio i mewn ac allan o'r dŵr.'

Erbyn hyn, roedd ei fochau'n fflamgoch.

'O... beth oedden nhw'n wisgo?' gofynnais, yn teimlo'r gwres yn cynyddu ar fy wyneb fy hun.

'Siwtiau rwber du. Roedden nhw'n llithro dros ei gilydd fel... fel gwlithod digywilydd.' Pesychodd a chodi'i gwpan, ond rhoddodd hi i lawr heb yfed ohoni. Roedd fflach anarferol yn ei lygaid. 'Fi sy piau'r nant,' datganodd. 'Fi sy piau'r ceulannau, sy'n llawn melyn y gors, fi sy piau'r helyg y mae telor y dŵr yn nythu ynddo. Mae'n sarhad eu bod nhw'n cynnal y ffasiwn giamocs yno. Fy mwriad oedd rhoi rhybudd o chwe mis iddi, ond yn gyfreithlon, dim ond mis sydd angen. Felly mae hi wedi derbyn rhybudd o fis i adael y bwthyn.'

Fues i erioed mor agos i roi sws i'r Sgweier. Os ti'n digwydd bod yn y gornel unig o driongl cariad, does gen ti ddim grym o gwbl. Nhw, y cariadon, sy'n gwneud y penderfyniadau i gyd ac rwyt ti'n ddiymadferth. Does gen i ddim arfau o gwbl i'w defnyddio yn erbyn Petal a Ger, ond, yn dawel a diffuant, roedd Mr Jenks wedi llwyddo i roi rhwystr ar draws eu llwybr hapus. Duwcs, ro'n i'n hynod o falch!

Sipiodd ei goffi cyn ategu, 'Does gen i ddim syniad beth wyt ti'n feddwl ohona i, Catherine, a does gen i ddim hawl i ofyn.

Dwi'n byw bywyd tawel, bron fel meudwy, ond efallai mai un o fanteision bywyd tawel yw'r cyfle i arsylwi. Felly, tydw i ddim yn siarad o safbwynt hollol anwybodus: alla i ddim rhag-weld Gerallt yn aros yn hir gyda'r ferch 'na. Gwelais rywbeth afreal yn eu hymarweddiad, fel petaen nhw'n actio cymeriadau mewn drama yn hytrach na byw bywyd. All perthnasau ffals felly ddim parhau.'

Roedd y pleser o glywed y geiriau hynny'n syfrdanol, bron yn rhywiol. Os oedd Mistar Jenks yn iawn, byddai Ger a Petal yn gwahanu cyn hir, a dwi'n ei nabod o'n ddigon da i rag-weld beth fyddai ei gynllun wedyn: dod adre fel petai dim wedi digwydd. Yn syth, dechreuodd fy meddwl orweithio.

Dychmygais olygfa fanwl a chlir fel cloch. Dwi'n sefyll tu allan i'r drws cefn ar fore clên ym mis Medi, ac mae Ger yn cerdded i fyny'r wtra, yn agor y llidiart ac yn syllu arna i'n werthfawrogol am hir. Wedyn, mae o'n estyn ei freichiau i'm cofleidio ond dwi'n ei wthio'n ôl efo cledr fy llaw ar ei frest, gan deimlo curiad ei galon. Mae o'n dechrau parablu am ei gamgymeriad ond dwi'n aros yn fud, â gwên nawddoglyd ar fy wyneb. Ar ôl iddo orffen, dwi'n ysgwyd fy mhen yn araf.

'Sori, Ger. Dwi'n falch iawn dy fod di wedi dysgu gwers, ond dwi 'di dysgu sawl peth hefyd, felly dwi'm yn meddwl ei fod o'n syniad da i ti ddod yn ôl i fan hyn, ddim ar hyn o bryd.'

Dwi'n troi fy nghefn arno a chamu draw at y lein dillad, lle mae rhes o olchi'n dawnsio yn yr awel ffres, yn cynnwys tri set o boilers. Mae'r manylyn yma yn fy ffantasi yn gwneud i mi deimlo'n anesmwyth, am fwy nag un rheswm. I ddechrau, mewn ffantasi, does dim rhaid i ti olchi dillad neb... a boilers pwy ydyn nhw? Rich? Owain? Neu rywun arall? Dyma i ti enghraifft berffaith o 'mhroblem i: hyd yn oed mewn golygfa ffantasi lle dwi'n talu'r pwyth yn ôl i 'ngŵr anffyddlon, alla i ddim cadw pethe'n syml.

'Catherine,' meddai Mistar Jenks, yn uwch nag arfer fel petai'n deall fod fy meddwl yn crwydro, 'wna i byth ymyrryd yn dy fywyd, ond rhaid i mi ddweud dau beth. I ddechrau, os alla i fod o unrhyw gymorth i ti, gofynna ar unwaith, os gweli di'n dda. Fel ti'n gwybod bellach, tydw i ddim yn ddyn sy'n trafod emosiynau, ond dwi'n awyddus i fod yn gefn i ti os alla i. Hefyd, wrth weld y... lembo,' oedodd cyn dweud y gair fel petai ar fin rhegi, 'efo'r ddynes yna, roedd yn amlwg i mi ei fod o, yng ngeiriau'r actor Paul Newman mewn cyfweliad glywais i ar y *wireless* ryw dro, wedi mynd allan am fyrgyr a chanddo stêc adre.'

Baglodd dros y geiriau olaf, fel petai'n ansicr sut y byddwn i'n eu derbyn. Ond doedd dim rhaid iddo boeni – ro'n i wrth fy modd efo'r ffaith ei fod o wedi disgrifio figan fel byrgyr rhad. Am sarhad!

Gadawodd y llyfrgell heb air arall, a chyn i mi agor fy ngliniadur clywais sŵn crug injan ei gar yn tanio. Ar ôl holl ddigwyddiadau'r bore, roedd yn rhyddhad cael bod ar fy mhen fy hun.

9

Roedd ymgolli yn hanes Letitia yn ddihangfa braf. Wrth i mi
ddarllen mwy o'r hyn ysgrifennodd hi yn ei llyfryn, sylweddolais
fod ganddi ddawn i sylwi ar, a chofnodi, manylion difyr am
deulu'r Plas yn ogystal â'i gwaith a'r gweision eraill. Pan fyddai
gwesteion yn y tŷ ar gyfer parti saethu neu ddigwyddiad tebyg,
roedd Letitia'n ymddangos fel petai'n cael llawer o sbort, a'i
chofnodion yn gymysgedd hynod o ddryswch, parch a dipyn o
sbeit. Roedd gwahaniaeth mawr rhwng ei hagwedd tuag at y
bobol freintiedig roedd hi'n eu nabod a rhai dieithr, hyd yn oed
os oedden nhw'n perthyn i'r teulu Jenks. Er enghraifft, roedd
hi'n disgrifio Mistar Cad, sef hen daid y Mistar Jenks presennol,
â thynerwch ac empathi wrth sôn am y colledion roedd o wedi'u
dioddef a'r telegramau oedd yn cyrraedd fel curiadau morthwyl.
Fel yr unig fab ar ôl, disgynnodd yr holl gyfrifoldebau ar ei
ysgwyddau main.

Ro'n i'n gwybod, o fod wedi cofnodi cynnwys rhai o'r
llyfrynnau eraill yng nghasgliad y Plas, fod Mistar Cad yn
ddisgybl yn ysgol fonedd Harrow pan fu farw ei bedwerydd
brawd yn yr Aifft. Diflannodd ei fam i Lundain, a chyn hir roedd
hi dan ddylanwad mudiad o'r enw Theosoffi, ac yn bendant fod
ei meibion wedi'u hailymgnawdoli. Crwydrai strydoedd y
ddinas yn y gobaith o'u gweld nhw eto. Dechreuodd ei gŵr, tad
Mistar Cad, feio'i fab ieuengaf am oroesi, ac aeth i deithio ledled
y byd gan adael y llanc ar ei ben ei hun. 'Mae Mistar Cad lan
lofft, yr hen felan wedi cydio ynddo,' sgwennodd Letitia
amdano ryw noson.

Wrth bori drwy ei hanes yn haf 1923, ges i ddisgrifiad o Ffair
Llanfair, oedd yn swnio'n ddigwyddiad llawn hwyl. Roedd giang
o'r gweision ifanc wedi mynd efo bendith y bwtler. Cafodd

Letitia anrheg fach yno gan gipar stad Eithnog: pecyn bach o felysion gwyn. Fel hyn y cofnododd hi y diwrnod canlynol:

Pan es i fyny gyda hambwrdd i Mistar Cad, roedd o'n eistedd yn ei gadair fel petai mewn breuddwyd, fel arfer. Mae o bob amser yn edrych fel petai'n clemio ond tydi o byth yn bwyta. Wrth i mi osod yr hambwrdd wrth ei ochr, gafaelodd yn fy mhenelin a gofyn i mi oeddwn i wedi bod yn bwyta *peppermint*. Dyna'r geiriau cyntaf iddo eu dweud ers y Nadolig. Cynigiais un iddo. 'You could stay with me for a little while,' gofynnodd, 'if you are not too busy? Eisteddais ar y stôl fach, a mynnais ei fod yn yfed ei baned, hyd yn oed os nad oedd o am fwyta'r gacen, ac mi wnaeth. Wrth iddo yfed, dywedais wrtho faint roeddwn i'n mwynhau ysgrifennu yn y dyddiadur hwn.

Ro'n i'n poeni braidd i ba gyfeiriad fyddai perthynas Letitia a Mistar Cad yn mynd, achos dwi 'di gwylio gormod o *Poldark* i deimlo'n esmwyth ynglŷn â chyfeillgarwch rhwng meistr a morwyn ond, yn yr achos hwn, nid oedd unrhyw reswm i gipar stad Eithnog fod yn genfigennus. Dyn ifanc wedi'i barlysu â galar oedd y 'meistr' a lodes llawn hunan-barch a welai fanteision bod yn ffefryn i'r bòs oedd y forwyn. Roedd hi'n dipyn o therapydd, ac yn nyrs, ac yn ara deg, torrodd Letitia drwy'r llwydni oedd o'i gwmpas. Bu'n gwrando ar y gramoffon yn ei gwmni, ac roedd yn ymddangos fel petai'r mistar yn dechrau cymryd diddordeb yn y byd o'i gwmpas. Mynychodd Cad seremoni i ddadorchuddio'r gofeb newydd yn y pentref, ond wnaeth hynny ddim lles iddo, gan ei atgoffa o'i golledion, yn ôl Letitia. Bu yn ei wely am bythefnos wedyn, ond yn ara deg, cododd y cwmwl.

Pan ddaeth y gwesteion yn ôl i'r Plas yn raddol, i saethu, i hela ac i gymdeithasu, llanwyd y tŷ â thestunau di-ri ar gyfer dyddiadur Letitia. Un noson, pan oedd y gwesteion bonedd i gyd wedi mynd i swpera ym Mrogyntyn, cafodd y staff noson o ddawnsio i'r gramoffon. Ar y cyfan, roedd Letitia'n croesawu'r prysurdeb wrth i fywyd yn y Plas ddychwelyd i'r hen batrwm cyn y Rhyfel, ond weithiau, roedd y gwaith ychwanegol a gweision yr ymwelwyr yn ei phoeni. Pan ymgasglodd criw helfa Tanatside ar lawnt y Plas, disgrifiodd nhw fel 'casgliad o ji-bincs efo syched mawr arnyn nhw'.

Yn amlwg, roedd Letitia'n poeni'n fawr am statws Mistar Cad: gwyddai fod yn rhaid iddo briodi, ond roedd hi'n ddigon sensitif i sylwi pa mor afresymol oedd rhai o'r disgwyliadau a gâi eu pentyrru arno. Datblygodd Letitia gryn dipyn o barch tuag at Richards y bwtler hefyd, a chofnododd sawl un o'i sylwadau felly cymerais ei bod hi'n cytuno efo'i safbwyntiau. Roedd gan Richards bersbectif ehangach na gweddill y staff, ac roedd yn ymwybodol o'r newid cynyddol yn statws y bonedd – newid a oedd yn achosi diweithdra sylweddol ymhlith gweision, a hynny yng nghanol llymdra economaidd. Ar ôl gwrando arno, sylweddolodd Letitia pa mor lwcus oedd hi o'i swydd, a dechreuodd gofnodi unrhyw newid i'r *status quo*. Bob tro roedd 'na sôn am ddyfodol y tai mawr, roedd Letitia'n cofnodi'r sgwrs yn ei llyfryn: 'Ysgol fydd Glan Hafren, yn ôl y sôn!', 'Mae dyn o Lerpwl yn bwriadu creu hotel yn Rhosmeirchion, ac wedi diswyddo'r staff i gyd!', 'Mae Neuadd Tanat yn wag ers mis ac mae rhai wedi gweld sawl trempyn yn byw yno!'

Ebychnod oedd ei hoff fodd o atalnodi, a chadwodd at y tueddiad plentynnaidd hwnnw hyd yn oed wrth i'w harddull ysgrifennu aeddfedu. Mewn dogfen arall byddai hyn wedi mynd ar fy nerfau yn sobor, ond yng ngwaith Letitia, roedd yn cyfrannu at y swyn.

Roedd y staff, gan gynnwys Richards y bwtler, yn boenus iawn am eu dyfodol, felly bu llawenydd mawr pan ymddangosodd rhyw Miss Picton, perthynas i deulu Rhosllymystyn, yn y Plas. Un dawel a diymffrost oedd hi, yn ôl Letitia, oedd â diddordeb mawr mewn garddio a byd natur. Roedd hi'n siwtio Mistar Cad i'r dim. Darganfu Richards mai Americanwr oedd ei hen daid, a wnaeth ffortiwn sylweddol yn y pyllau glo ym Mhennsylvania. Yn fwy na hynny, ac er mawr ryddhad i'r staff, Miss Picton oedd ei unig etifedd – ffaith oedd yn sicrhau dyfodol y stad, y teulu a'r gweithwyr.

Priodwyd Miss Picton a Mistar Cad ar ddiwrnod braf ym Mai 1923: bu'r werin yn dathlu mewn parti mawr yn y sgubor a bu brecwast priodas ffurfiol i'r byddigion yn y Plas. Dechreuodd Letitia gyfeirio ati fel 'Missus Bach', a nododd ei bodlonrwydd pan ddatganodd y feistres newydd ei bod hi'n hapus efo trefniadaeth y tŷ, ac nad oedd hi am newid dim. Yn fuan iawn roedd yn feichiog, a ganwyd y babi mis mêl yn iach a phrydlon.

Efo hanes difyr Letitia a'i barn am y teulu Jenks yn llenwi fy mhen, carlamodd y dydd heibio heb i mi gael cyfle i feddwl am Ger na'i fyrgyr rhad. Roedd dipyn o sgwrs am y Stondin Ddanteithion pan es i i nôl Greta – yn ôl be ddeallais i, y consensws oedd 'mod i wedi gwneud sioe dda ohoni. Yn hytrach na chadw draw neu guddio, mi wnes i y bisgedi gorau yno, taclo Bella Pilates a Suzanne Top Garej heb ofn na swildod, a thynnu sylw dyn sengl efo pum can erw a photensial am dŷ haf yn ei ffald. Canlyniad!

Gan 'mod i wedi defnyddio fy holl egni yn gwneud y bisgedi Patrôl Pawennau, pasta a saws diddychymyg o jar, efo llond llwy o gaws a llwyth o euogrwydd, gafodd y plant i swper. Syrthiais i gysgu ar wely Llinos wrth ddarllen stori iddi, ac yn waeth na hynny, mi wnes i lafoerio ar ei gobennydd. Deffrais pan ysgydwodd Owain fy mraich. Ar ôl i mi newid ei chas gobennydd, sibrydodd Llinos:

'Dwi'n hoffi dy sŵn rhochian di, Mami. Ti fel rhinoseros cyfeillgar.'

Baglais i lawr y staer am baned – petawn i'n mynd i 'ngwely'n rhy gynnar, byddai perygl i mi ddeffro'n rhy gynnar y bore wedyn eto – a dychrynais wrth sylweddoli mor dawel oedd y tŷ. Flynyddoedd maith yn ôl roedd Ger a finne'n edrych ymlaen at y cyfnod hwn o'r dydd er mwyn cael rhannu ein straeon a thrafod y newyddion ac unrhyw sgandalau lleol.

Weithiau, roedden ni'n eistedd tu allan gyda'r hwyr, yn gwylio'r golau'n gadael y dyffryn wrth yfed gwydraid o win. Ond yn fwy diweddar roedd Ger wedi bod yn fy osgoi i, gan weithio ar ei liniadur yn y parlwr tra o'n i'n eistedd ger y stof yn y gegin. Gwpl o weithiau, gofynnais pam roedd o'n gweithio cymaint gyda'r nos, a'r ateb swta fyddai, 'Mae'r byd ar dân, Cath, os nad wyt ti wedi sylwi.' Felly, pan glywais gnoc ar y drws, ro'n i'n falch o'r cyfle am sgwrs gall.

Ond ges i siom.

Nain Mans oedd yn cnocio ar y drws ffrynt, ei gŵr fel ci bach hyll wrth ei sodlau. Ows agorodd y drws – mae o wastad yn gwrtais, a'i foesau clên yn gaffaeliad mawr mewn sefyllfa annifyr fel hon.

'O, Catherine,' meddai'r hen dwgong, y blew hir du ar ei gên yn f'atgoffa o hwch oedd wedi gweld dyddiau gwell. Roedd hi'n sychu dagrau nad oedd yn bodoli o'i llygaid â hances bapur oedd yn drewi o fioled digon cryf i godi cyfog. 'Mi wnes i dy rybuddio di sawl tro.'

'Gyda phob parch, Heather,' atebais, gan ddefnyddio'r enw mae hi'n ei gasáu, 'rwyt ti wedi fy rhybuddio fi am gymaint o bethe erbyn hyn, dwi'n methu cofio pob un. Mae'r cyfan fel y slwj yng nghefn lorri'r nacer.'

Mae'n hollol annerbyniol ceisio troi dy blant yn erbyn eu teidiau a'u neiniau, ond pan welais wên fach ar wyneb Owain, ro'n i'n falch. Rhannodd Nain Mans olwg o bryder efo'i gŵr, i sicrhau 'mod i'n deall eu bod nhw wedi trafod fy sefyllfa cyn cyrraedd.

'Dwyt ti erioed wedi gwerthfawrogi Gerallt, dyna'r gwir. Efallai mai dy natur sydd ar fai, neu dy fagwraeth. Mae rhieni Petal yn bobol glên iawn: meddyg teulu ydi ei mam, a'i thad yn ddyn busnes llewyrchus... digon llwyddiannus i'w hanfon i Shrewsbury Ladies College.'

'Wel wir!' ebychais. 'Ond, yn anffodus, nid efo Petal y safodd Ger yn sêt fawr dy hen gapel di, Gwyndaf, ond efo fi.'

'Rydw i wedi siarad efo Petal ynglŷn â hynny,' atebodd y

gweinidog â chryndod bach yn ei lais, 'ac mae hi'n awyddus iawn i briodi Gerallt cyn gynted â phosib.'

'Be ddigwyddodd i "hyd oni'ch gwahanir chi gan angau" os ga i ofyn? Dwi'n dal yn fyw ac yn iach... neu ydi o'n cael mwy nag un gwraig, fel Mormon?'

'Mae bywyd yn mynd yn ei flaen,' wfftiodd Nain Mans. 'Does neb yn poeni am lol hen ffasiwn fel'na y dyddie yma.'

'Dyna farn ddadleuol,' atebais yn ôl yn swta. 'Missus y Mans yn disgrifio'r gwasanaeth priodas fel "lol hen ffasiwn".'

Yn sydyn, sylweddolais pa mor anaddas oedd cynnal y sgwrs o flaen fy mab felly gyrrais Owain i fyny'r staer.

'Na,' meddai Owain yn hamddenol, ond roedd ei styfnigrwydd yn amlwg. 'Mae Dad wedi penderfynu ein gadael ni yn ogystal â Mam, felly mae gen i hawl i glywed be sy'n mynd ymlaen. Hefyd, dydi o ddim yn deg i Mam orfod ailadrodd y cyfan i ni wedyn.'

'O, dwi'n gweld dy gêm di, Cath annwyl!' datganodd Nain Mans efo'i choegni gorau. 'Troi'r plant yn erbyn Gerallt druan. Rhag cywilydd i ti.'

'O na, Naini,' atebodd Owain gyda gwên, 'tydi Mam ddim wedi dweud gair drwg am Dad. Ond os ydi'n well gan dy fab gael secs efo Petal na gofalu am ei deulu, mi ddylai Cristnogion fel chi fod ar ochr y plant a'r wraig, nid y godinebwr.'

Roedd ceg Nain Mans yn agor a chau, ond doedd dim yn dod allan.

'Does gen i ddim diddordeb mewn crefydd, ond Taid, fel gweinidog, sut wyt ti'n teimlo am be mae Dad wedi'i wneud?'

Rhaid i mi gyfaddef, roedd yn bleser gweld yr hen ragrithiwr yn gwingo.

'Dwi... dwi ddim yn cymeradwyo'r peth, lanc,' atebodd yn gloff, 'ond weithiau rhaid derbyn...'

'Os felly, dwi isie cal fy nad-fedyddio.'

'Dydi gwasanaeth dad-fedyddio ddim yn bodoli, Owain.'

'Gawn ni weld.'

'Dyna hen ddigon, y bachgen digywilydd i ti,' taranodd Nain

Mans yn ddigon uchel i deffro Greta, a dechreuodd honno grio. Cyn i mi allu mynd i fyny ati, agorodd y drws ar waelod y grisiau a safai Llinos yno, yn gafael yn dynn yn llaw ei chwaer fach.

'Reit, dech chi'ch dau'n peri gofid i fy mhlant felly mae'n hen bryd i chi fynd. Ac yn y tŷ yma, dyden ni byth yn gweiddi ar ein gilydd yn gas.'

'Nid galwad gymdeithasol oedd hon,' mynnodd Nain Mans. Roedd hi fel llong hwylio, y gwynt yn ei gwthio ymlaen. 'Beth bynnag yw dy gŵyn am Petal, dydi o ddim yn deg i ti geisio'i gwneud hi'n ddigartref. Am ryw reswm – un nad ydw i'n fodlon ei drafod o flaen y plant – mae gen ti gryn ddylanwad dros Mistar Jenks. Aeth o draw i'w gweld hi neithiwr, a dweud yn blwmp ac yn blaen fod yn rhaid iddi hi adael ei thŷ.'

'Doedd gen i ddim byd o gwbl i'w wneud â'r penderfyniad hwnnw. Mae'r denantiaeth yn dod i ben a tydi'r stad ddim isie'i hadnewyddu.'

'Sut wyt ti'n gwybod be ydi bwriad y stad os na wnest ti ddylanwadu ar y Sgweier?'

'Bob hyn a hyn, mae Mistar Jenks yn trafod materion busnes efo fi. Doedd o ddim yn ymwybodol fod unrhyw gysylltiad rhwng Petal a finne, heblaw am y ffaith ei bod hi'n gweithio efo Ger, tan iddo'u gweld nhw neithiwr, yn...' Ro'n i'n ysu i ailadrodd disgrifiad Mistar Jenks, ond nid o flaen fy mhlant. 'Dydi Mr Jenks byth yn dilyn clecs y pentre.'

Am dros hanner munud, roedd yr hen ast a finne'n sefyll wyneb yn wyneb, yn syllu i lygaid ein gilydd fel dau garw ar drothwy brwydr. Wedyn, gwelais ochr ddoniol y sefyllfa.

'Well i chi fynd,' dywedais wrthyn nhw, 'achos beth bynnag mae'ch mab chi wedi'i wneud, mae o'n dal i fod yn dad i 'mhlant i, a bydd yn rhaid i ni gynnal rhyw fath o berthynas.'

'Mi fyddi di'n difaru hyn,' hisiodd Nain Mans.

'Dwi'n difaru pethe'n ddigon aml,' atebais, 'ond waeth pa mor gas ydech chi efo fi, wna i byth ddifaru fy mherthynas efo'ch mab chi achos, diolch iddo fo, dwi'n fam i'r plant gorau yn y byd mawr crwn.'

Taflodd Llinos ei hun ar draws y carped a neidio i 'mreichiau, gan afael yn dynn am fy ngwddf. Trodd fy mam-yng-nghyfraith ar ei sawdl, yn twt-twtian, ond oedodd y Parchedig am eiliad, ac ro'n i'n siŵr fy mod i ar fin derbyn gair o'i brofiad bugeiliol felly gyrrais y plant i'r gegin.

'Tydi Ger ddim yn ddyn drwg, 'merch i,' meddai, 'ond ers i ti besgi, efallai ei fod o'n ei chael yn anodd...'

'O, jyst cer i grafu!' ebychais, a chau'r drws yn glep yn ei wyneb. Cyn i mi gael cyfle i gael fy mrifo gan ei eiriau, meddyliais am yr olwg welais i yn llygaid Drom. Er nad oedd o'n ddim mwy na hen ffrind, roedd yn braf meddwl efallai 'mod i'n dal i sbarduno fflach yn llygaid rhywun.

Wrth gerdded i'r gegin, gwaeddais ar y plant.

'Dewch, gawn ni grempog cyn i chi fynd yn ôl i'r gwely.'

Gwenodd Owain. 'Dydi crempog ddim yn datrys pob problem dan haul, Mam,' datganodd yn bwysig.

'Mae crempog Mami yn, actiwali,' atebodd Llinos, ac roedd ei ffydd yn cynhesu fy nghalon. Ro'n i'n ysu i redeg i fyny'r staer i wylo ar fy ngwely, ond roedd gen i grempogau i'w coginio.

10

Yng nghanol y 1920au, roedd bywyd yn y Plas yn brysurach nag yr oedd yn nyddiau cynnar Letitia. Roedd ei dyletswyddau wedi datblygu gyda dyfodiad ail blentyn i'r Plas, a hi oedd bellach yn gyfrifol am y feithrinfa. Roedd aelodau'r staff yn dathlu wrth weld ail fab yn y crud derw, a mentrodd y bwtler gyfansoddi cwpled:

Dyna'r ffordd i ddilyn y drefn,
Aer i'r Plas, ac un wrth gefn.

O hynny ymlaen, roedd yn amlwg o'i dyddiadur fod Letitia wedi teimlo cyfrifoldeb mawr: pe llwyddai hi i fagu cogie'r Plas i fod yn ddynion moesol, yn llawn cydymdeimlad ac – yn hollbwysig – yn iach, byddai dyfodol i'r stad, i'r pentref a'i chydweithwyr. Ond os methai...

Fel unrhyw un â dau o blant bach ar ei dwylo, roedd Letitia'n ysu ambell dro am seibiant. Yn dilyn patrwm yr oes, dim ond am sbel fach amser te roedd y cogie'n gweld eu rhieni, ac weithiau roedd yn anodd sicrhau perffeithrwydd. Unwaith, defnyddiodd Letitia un gair Saesneg yn unig yn y llyfryn: 'Grubby!' Efallai ei bod wedi cael mwy o amser rhydd i sgwennu dros y penwythnos, gan fod ymhelaethiad wedi'i gofnodi ar y nos Sul.

Ddydd Mawrth, roedd Selyf yn ddrygionus tu hwnt. Yn y bore bu'n tyrchu yn y baw wrth y pwll newydd, roedd pwdin reis ei ginio fel storm eira drosto, ac yn y prynhawn, llwyddodd i fynd i mewn i'r gist lo. Cafodd bedwar bàth y diwrnod hwnnw, ond erbyn amser te roedd ychydig o faw yn ei wallt felly trodd Missus Bach ei thrwyn ata i a dweud, '*Grubby!*' A hithau wedi bod yn eistedd yn yr orendy drwy'r prynhawn yn darllen!

Dyna'r unig feirniadaeth o deulu'r Plas welais i yn yr holl sylwadau sy'n llenwi'r llyfrynnau. Roedd rhwyg bach ar dop y dudalen, ger y meingefn, fel petai rhywun wedi dechrau rhwygo'r dudalen o'r llyfryn ac ailfeddwl.

Wrth ddarllen hanes Letitia, ro'n i'n ei gweld hi'n biti na chafodd hi unrhyw addysg ffurfiol fyddai wedi ei chyflwyno i farddoniaeth Gymraeg, a hanes ei gwlad ei hun. Roedd hi'n amlwg yn ferch beniog a siarp, a dwi'n siŵr y byddai wedi elwa'n fawr o gael darllen llyfrau am bynciau dipyn nes at ei hetifeddiaeth, ond doedd 'run llyfr Cymraeg yn llyfrgell y Plas yn y dyddiau hynny heblaw siarteri o'r Oesoedd Canol. Erbyn hyn mae 'na silff fechan yn llawn llyfrau roedd Mistar Jenks wedi'u prynu wrth ddysgu Cymraeg, a dewis go ryfedd ydyn nhw: sawl cyfeirlyfr, yn cynnwys pedair cyfrol *Geiriadur Prifysgol Cymru*, cryn dipyn o hanesion lleol, y nofelau y dylai pob Cymro eu darllen (*Un Nos Ola Leuad*, *Enoc Huws* ac ati), *Anghenion y Gynghanedd* gan Alan Llwyd (heb ei agor, mae o'n dweud yn aml ei fod o'n bwriadu dysgu cynganeddu) a rhyw nofel gyfoes wirion gafodd ei chyhoeddi adeg Steddfod Meifod. Prynodd honno oherwydd ei lleoliad, medde fo, ac roedd o wedi'i mwynhau, er nad ydi o'n hoffi pethe arwynebol fel arfer.

Ond hyd yn oed petai ganddi lond llyfrgell o lyfrau Cymraeg, fyddai gan Letitia druan ddim llawer o amser i'w darllen gan fod bywyd yn y Plas yn prysuro o hyd, efo mwy a mwy o westeion yn dod i giniawa, i hela, i edmygu'r gwelliannau i'r ardd ac i fynd ar deithiau i weld henebion yr ardal. Pan fyddai plant ymhlith y gwesteion hynny roedd Letitia druan yn gorfod bod ar flaenau'i thraed i amddiffyn ei 'chogie hi' rhag y gwesteion plagus, cwerylgar a sbeitlyd, a rhag sawl pinsiad neu glec slei. Ysgrifennodd ar ôl un ymweliad:

Mae'r teulu Phillips wedi gadael, diolch i Dduw! Petaen nhw wedi aros dros y penwythnos, byddwn wedi gorfod ystyried boddi'r Alice greulon honno, heb sôn am ei dysgodres, Miss Matthew, oedd yn gwybod fawr o ddim. Rhoddodd bâr o sanau i mi eu trwsio, a bu'n rhaid i mi ddweud wrthi, yn blwmp ac yn blaen, ei bod hi wedi camddeall y sefyllfa'n llwyr; mai gofalu am y bonheddwyr ifanc ydw i, nid trwsio sanau neb, yn enwedig aelod arall o staff. Mewn ymateb, galwodd hi fi'n 'pert'. Esboniodd Mr Richards yn ddiweddarach mai fy ngalw i'n bowld oedd hi. Gallwn fod wedi dweud yr un peth amdani hi!

Ond roedd y cyfnodau prysur hyn yn llesol i Letitia gan eu bod yn gwneud iddi werthfawrogi'r cyfnodau tawel. Pan oedd y tŷ yn dod i drefn, roedd mwy o hiwmor a llai o gwyno yn yr hyn roedd hi'n ei sgwennu yn ei llyfryn. Wedyn, fel daeargryn, digwyddodd Blathnaid.

Pan ddarllenais yr enw rhyfedd hwnnw, es i at Mistar Jenks i ofyn pwy, neu beth, oedd Blathnaid. Dysgodd fi sut i ynganu'r enw (Bla-nid), ond wnaeth o ddim esbonio mwy.

'Mae hi bron yn dri o'r gloch, Catherine, ac mae hi'n ddydd Gwener. Mae Blathnaid yn bwnc rhy fawr i'w drafod wrth i waith yr wythnos ddod i ben. Gawn ni sgwrs yn blygeiniol fore Llun?'

'Wrth gwrs.' Am ryw reswm, ac mi wnes i ddifaru hynny'n syth, gofynnais iddo, 'Dech chi'n gwneud unrhyw beth arbennig dros y penwythnos?'

Gwenodd arna i, a dwi erioed wedi gweld cystal cyferbyniad rhwng ei geg a'i lygaid, oedd yn byllau o dristwch. Pan atebodd, roedd ei lais yn gryg.

'Dwi'n disgwyl penwythnos go dawel, fel arfer. Os yw'r tywydd yn dal yn braf, mi a' i am dro. Ac mae'r llyfr ar y gynghanedd yn aros amdana i.' Oedodd am eiliad, a phlygu i smalio codi rhywbeth oddi ar y llawr er mwyn osgoi edrych arna i. 'Go hir yw'r penwythnosau. Byddi'n deall, cyn hir.'

Wedyn, wrth fwmial rhywbeth o dan ei wynt am alwad ffôn, sgrialodd drwy'r drws.

Yn Londis, prynais ddau fag o bopcorn, achos un o fanteision bywyd heb Ger ydi'r ffaith y gallwn ni wylio ffilm fel teulu hebddo fo'n parablu'n ddi-baid drosti. Pan oedden ni'n canlyn ro'n i'n hoffi'r ffaith ei fod o'n dipyn o ffilm byff, ond buan y gwnes i flino ar y torri ar draws parhaol wrth iddo fynnu fod rhyw waith camera yn ei atgoffa o Almodóvar, yn enwedig ei ffilmiau cynnar, a phethe tebyg. Pan o'n i'n aros i dalu, ro'n i'n gallu teimlo anadl y person tu ôl i mi yn y ciw ar fy ngwar. Ers Covid, dwi'n llawer mwy ymwybodol o fy ngofod personol, a chamais ymlaen ryw chwe modfedd. Pwy bynnag oedd o, wnaeth o ddim deall fy awgrym gan iddo yntau gamu ymlaen hefyd. Erbyn hyn ro'n i'n agos iawn at ben-ôl y dyn o 'mlaen i oedd yn talu am ei betrol, felly roedd yn rhaid i mi ddiodde pwy bynnag oedd y tu ôl i mi. Ro'n i bron yn sicr ei fod o wedi dechrau chwythu rhywfaint, ddim yn galed ond digon i symud y gwallt uwchben coler fy nghôt. Wrth i mi droi, yn bwriadu gofyn be goblyn oedd o'n wneud, gwelais mai prifathro'r ysgol gynradd oedd o. Roedd o'n lwcus – gallai fod wedi cael dwrn yn ei drwyn pan ddechreuodd y busnes chwythu.

'Wel, helô, Mami Llinos,' meddai ar ôl i mi dalu. 'Noson gyfforddus ar y soffa, dwi'n cymryd?'

'Does dim byd tebyg i ffilm efo'n gilydd ar nos Wener,' atebais.

Collodd ei le yn y ciw wrth fy nilyn allan i'r cwrt blaen.

'Ond ddim cweit *efo'ch gilydd*,' meddai, gan fwytho fy llaw. 'Roedd mor ddrwg gen i glywed. Mi anghofiwn ni am y busnes llosgaberthu – doedden ni ddim yn ymwybodol fod Llinos druan yn byw drwy gystal creisis.'

'Dydi o ddim cymaint o greisis â hynny. Dydi fy ngŵr ddim yn byw efo ni mwyach, dyna'r cwbl.'

'O, rwyt ti mor ddewr, Mami Llinos! Dwi wastad wedi dy edmygu di, ti'n gwybod hynny, ond rŵan mae gen i barch newydd tuag atat ti. Mi ddweda i wrth Mam heno, achos mae hi, fel pawb arall, yn dyfalu sut wyt ti'n ymdopi.'

'Dwi'n tshiampion, diolch,' atebais yn gadarn. 'Diolch am y geiriau caredig.'

'Dim ond dweud y gwir ydw i. Ac mae pawb yn trafod mor wych oedd dy fisgedi Patrôl Pawennau. Gorchestion go iawn, yn ôl y sôn, a tithe'n torri dy galon. Am gryfder!'

Llwyddais i symud fy llaw yn ddigon cyflym i sicrhau fod ei anwesiad olaf yn glanio ar y pecyn popcorn yn hytrach nag ar fy nghnawd.

'Fyddai'n syniad da i ni gael sgwrs yr wythnos nesa, falle?' cynigiodd. 'Ty'd yn gynnar i'r Noson Rieni nos Fercher.'

'Mi wna i. Diolch yn fawr.'

Doedd gen i ddim syniad am be o'n i'n ddiolchgar, ond brasgamais yn ôl i'r car.

Roedd fy sgwrs efo Mistar Jenks wedi fy atgoffa y byddai'n rhaid i mi osgoi penwythnosau rhy hir, rhy dawel a rhy unig. I sicrhau nad oedd yr oriau'n llusgo, penderfynais gysgu'n hwyr, felly fore trannoeth roedd hi'n naw o'r gloch erbyn i mi faglu i lawr y staer yn fy jamas Tesco, y rhai efo ungorn ar y tu blaen. Roedden nhw'n fflwfflyd ryw ddeugain golch yn ôl ond rŵan dim ond blewog oedden nhw – doedden nhw'n sicr ddim yn addas i dderbyn gwesteion, yn enwedig gwestai mor olygus â Drom.

'Ro'n i'n meddwl dy fod di'n codi cyn cŵn Caer, lodes,' meddai, yn gwenu fel giât. Tu ôl iddo, roedd y tegell yn berwi.

'Be wyt ti'n wneud fan hyn?' gofynnais.

'Wel, am groeso! Mae Ows wedi mynd i gael cawod sydyn – dwi ddim wedi cael cyfle i ofyn i Rich am ei drefniadau bioddiogelwch eto, felly, yn hytrach na mynd yn syth o un fferm i'r llall, mae'n well iddo newid ei foilers a molchi tra dwi'n cael paned efo'i fam o.'

Eisteddodd i lawr yn y gadair ar ben y bwrdd. Er nad oedd ganddon ni lefydd ffurfiol wrth y bwrdd, Ger, yn amlach na pheidio, oedd yn eistedd yn y gadair honno, ac ers iddo fynd roedd golwg wag arni. Bu'n rhaid i Drom ei throi hi achos bod ei goesau'n rhy hir i fynd o dan y bwrdd yn gyfforddus – roedden nhw'n ymestyn o'r gadair bron hanner ffordd at y Rayburn. Tybed ai ystum o berchnogaeth oedd hynny: gosod ei draed mor bell ag y gallai fel carw yn dangos ei gyrn?

'Diolch. Mae o'n gòg da,' meddai, wrth dderbyn ei baned.

'Rhaid i ni sicrhau nad ydi o'n meddwl ei fod o'n rhy beniog i ffermio. Den ni angen y gorau i ffermio, i wynebu'r dyfodol heriol o'n blaenau ni.'

'A ti'n meddwl fod gweithio efo Rich wedi rhoi'r argraff iddo mai swydd ar gyfer twpsod ydi hi?'

Tynnu coes oeddwn i, ond cochodd ar unwaith.

'Na, na, nid dyna o'n i'n 'i feddwl... be ro'n i'n ceisio'i ddweud oedd...'

Chwarddais yn uwch.

'Paid â phoeni, mi wn i'n iawn be oeddet ti'n feddwl. Ac mae'n hollol iawn i ti ddweud bod dy fusnes di'n llawer mwy cymhleth na'r Rhos. Unig uchelgais Rich ydi cadw'r stoc yn sownd a thalu'r rhent. A dwi'n cyfri Dad fel darn o'r stoc.'

'Dyn da am stoc ydi Rich, wastad wedi bod. Ti'n ei gofio fo'n dod yn ail drwy Gymru yn y gystadleuaeth Barnu Suffolks?'

'Wrth gwrs.'

'Wyddost ti, pan symudodd dy fam i fyw draw yn Hen Neuadd, daeth Glyn Morgan ata i, yn gofyn oedd Rich a tithe yn symud hefyd. Roedd o'n gobeithio y bydde'n rhaid i chi symud clwb gan fod Hen Neuadd yn nalgylch Dyffryn Einion.'

'Doedd dim gobaith caneri – 'sen i byth wedi ymuno â chlwb arall, hyd yn oed petai Mam wedi symud i'r lleuad.'

'Mi ddwedais wrtho am gamu'n ôl a meindio'i fusnes achos bod pobol y Rhos wastad wedi ymuno â ni, a tasen i'n clywed ei fod o hyd yn oed wedi siarad efo un ohonoch chi, fydde ganddo *turf war* ar ei ddwylo.'

'*Turf war*, wir! Pwy wyt ti, y Godfather?'

'Paid â bod yn ddigywilydd. Roedd Wncwl Murray yn ddyn busnes go iawn, ond bod y dynion treth ddim yn deall ei gyfrifon.' Chwarddodd yn braf. Ro'n i wedi anghofio popeth am ei gysylltiad â Murray the Hump, ffrind Al Capone.

Clywais sŵn traed ar y grisiau a safodd Drom yn sydyn, gan daro'r gadair i'r llawr wrth wneud. Cododd y gadair gan ymddiheuro, wrth i Owain ymddangos yn y drws.

'Mi ddwedais wrth Mistar Humphreys nad oedd yn rhaid iddo aros amdana i, Mam.'

'Mae'n iawn, còg: dwi angen siarad efo dy Wncwl Rich beth bynnag, ac ro'n i'n ysu am baned.'

Roedd o'n sefyll wrth y ddresel, a dechreuais feddwl pa mor ddefnyddiol fyddai cael rhywun mor dal o gwmpas i estyn pethe i lawr o'r silffoedd uchaf. Ar drydedd silff y ddresel roedd cwpan enfawr sy'n dal peint cyfan. Prynodd Becca hi yn anrheg i mi gan 'mod i'n yfed tair paned tra mae hi'n yfed un, ond ers i mi gael Greta, tydi fy mhledren ddim cweit cystal ag yr oedd hi, felly roedd y gwpan yn segur ar y silff uchel. Tynnodd Drom hi i lawr a'i gosod wrth y tegell.

'Hon fydd fy nghwpan i o hyn ymlaen,' datganodd. 'Wela i di, lodes.'

Swagrodd allan drwy'r drws a 'ngadael i'n gynddeiriog. O hyn ymlaen? Dewis ei gwpan? Ro'n i wastad wedi bod yn ymwybodol fod Drom yn ddyn sy'n hoffi perchnogi pethe, ond doedd ganddo ddim hawl i f'ychwanegu i a fy nheulu at ei deyrnas. Roedd fy llaw yn crynu wrth agor llenni'r parlwr, ac roedden nhw'n crynu mwy byth pan welais Owain yn gwneud thri-point-tyrn ym mhic-yp Drom y tu allan. Roedd y ffenest ar agor a chlywais ei lais, yn llawn amynedd:

'Go stedi efo'r clytsh... gwranda... ti'n clywed y brathiad?'

Ro'n i ar fin rhedeg allan i'w atgoffa pa mor ifanc oedd Owain, rhag ofn ei fod yn bwriadu gadael i'r bachgen yrru draw i'r Rhos, ond cofiais, pan oedd fy llaw ar ddwrn y drws ffrynt, mai Drom ac nid Ger oedd o. Waeth beth arall all rhywun ei ddweud amdano, mae Drom yn gall. Gyrrodd Owain i lawr ein wtra ni gan nogio sawl tro, a chyn i'r pic-yp gyrraedd y tarmac roedden nhw wedi ffeirio seddi. Gwelais gip ar wyneb Owain, ei lygaid yn llydan â chyffro'r gyrru, a maddeuais y busnes efo'r mŷg. Yn hytrach na ffocysu ar berthynas ei rieni, roedd Owain yn cael profiadau newydd, yn ehangu ei orwelion, ac roedd gen i le mawr i ddiolch i'r dyn tal, hyf.

11

Unig anfantais patrwm gwaith Owain oedd y ffaith fod yn rhaid i mi fynd â'r merched efo fi i'r archfarchnad ar fore Sadwrn. Dydyn nhw ddim yn camfihafio mewn siopau, ond dwi ddim yn siopa'n drefnus (nodwedd sy'n wir am waith tŷ hefyd...) ac mae'r lodesi wastad yn tynnu fy sylw at bethe den ni ddim eu hangen a holi cwestiynau di-baid fel 'mod i'n anghofio prynu pethe fel hylif golchi llestri. Mae Owain yn dweud bod yn rhaid i mi ddatblygu mwy o drefn, ond mae'n haws dweud na gwneud.

Felly, roedden ni'n hwylio i lawr eiliau Tesco yn esgus bod y troli'n gwch môr-ladron, yn mordwyo rownd yr arddangosfa ffrwythau fel petai'n ynys bellennig a smalio codi nwyddau efo bachyn... neu dop hangyr dillad. Erbyn i ni gyrraedd y til roedden ni'n tair yn ein dyblau, heb sylweddoli ein bod ni wedi anghofio'r bara, ymysg nifer o hanfodion eraill. Roedden ni'n dal i chwerthin wrth lwytho'r bagiau i'r car, a dyna pryd glywais i'r ochenaid gyfarwydd y tu ôl i mi.

'Does gen ti ddim bara o gwbl yn fanna,' datganodd Mam, gan symud torth wedi'i sleisio o'i throli ei hun i fy nhroli i.

'Dyden ni ddim yn bwyta rwtsh fel'na,' atebais, gan symud y dorth yn ôl. 'Dwi'n pobi bara go iawn i 'mhlant, diolch yn fawr.'

'O, dwi'm yn amau mai dyna dy fwriad, ond mewn gwirionedd mi fyddi di'n rhy brysur yn gweithio neu'n darllen, a bydd angen i ti bicio i siop Carla i brynu torth sych am grocbris. Os na fydd bara ar ôl yn siop y pentre, mi fyddi di'n prynu mylti-pac o Wotsits yn ei lle.'

'Helô, Nain!' galwodd Llinos. 'Den ni wedi prynu burum er mwyn pobi bara yn siâp creaduriaid y cefnfor, achos den ni'n cael penwythos môr-ladron. Www-aarr!'

'Www-aarr!' cytunodd Greta.

'Dydi teuluoedd normal ddim yn cael penwythnosau môr-ladron, Cath,' oedd ymateb fy mam annwyl. 'Petaet ti wedi ceisio bod yn fwy normal – a cholli tair stôn – fydde Ger ddim wedi mynd. Well i ti sbriwsio chydig ar dy wallt a dy ddillad hefyd, neu fydd gen ti ddim llawer o siawns o ddenu dyn newydd.'

'Diolch am dy gefnogaeth, Mam. Mae o'n gysur i mi, mewn cyfnod mor heriol, i wybod dy fod di'n gefn i mi, wastad.'

Ges i eiliad i fwynhau'r dryswch ar wyneb fy mam (dydi hi ddim yn deall eironi) cyn i'w gŵr ddod i'r golwg, yn prancio dros y maes parcio ar ei draed bychan fel un o'r teganau hynny ti'n ei weindio i fyny. Dyn crwn, byr ydi o, yn wahanol iawn i Mam sy'n denau, bron yn esgyrnog. Yn ei barn hi, dylai gwraig i ddyn sy'n werth ei gadw geisio cadw'n heini a thenau ei hun, a slafio i baratoi prydau blasus i'w gŵr. Mae hi'n treulio oriau bob dydd yn coginio bwyd tydi hi byth yn ei flasu, ac i mi, mae 'na rywbeth trist am hynny. Bob tro dwi'n gweld Graham, dwi'n meddwl am lun priodas Mam a Dad, hithe efo sglein yn ei llygaid a fynte mor olygus, ei fraich gref o gwmpas ei chanol. Ond mae gan Graham bedair garej a thŷ modern, hyll wrth yr Einion efo pwll nofio, sinema a saith llofft... sy'n eironig achos does ganddyn nhw ddim ffrindiau i aros ynddyn nhw. Dwi weithiau'n dweud nad ydw i'n ei beio hi am fynd achos roedd hi wedi cael hen ddigon ar y sefyllfa yn y Rhos, efo Dad yn yfed cymaint, ond celwydd llwyr ydi hynny, i geisio cuddio cymaint o ast ydi hi. Doedd Dad ddim yn goryfed cyn iddi fynd, ac er nad oedd ei bywyd yn y Rhos yn un moethus, petai Mam wedi gwneud ymdrech i helpu ar y buarth, 'se pethe wedi bod yn well. Tydi Dad ddim yn ffermwr gwael, ac mae Rich yn ffermwr da, ond doedd ein bywyd syml ni ddim yn ei phlesio. Roedd hi'n breuddwydio am wyliau yn Sbaen, a phan fyddai hi'n dod adre o'r siop roedd hi wastad yn llawn straeon am daith sgio neu gar newydd rhywun. Beth bynnag roedd Dad yn llwyddo i'w roi iddi hi, roedd hi bob tro'n gofyn am fwy. Roedd hi'n bendant ei bod hi'n haeddu'r holl bethau neis roedd hi'n eu chwantu, a dywedodd yn blwmp ac yn blaen wrth Dad na allai hi garu dyn tlawd. Doedden ni ddim yn dlawd, o bell ffordd, ond i geisio plesio Mam a rhoi taw ar ei phlagio diddiwedd, dechreuodd Dad wneud dipyn o gontractio. Ym marn Rich, roedd hynny'n golygu ei fod yn esgeuluso'r Rhos, felly dechreuodd fy mrawd beidio â mynd i'r ysgol fel ei fod o'n gallu gwneud y gwaith angenrheidiol ar y ffarm tra oedd Dad yn ceisio ennill mwy a mwy o bres i fodloni Mam. Ar yr un pryd, ymunodd Mam â dosbarth Aerobics, a dechrau mynd am 'un bach sydyn efo'r giang' ar ôl y dosbarth. Wel, dyna oedd ei stori hi. Un diwrnod, dywedodd rhywun wrtha i ei bod yn colli cwmni Mam yn yr Aerobics, achos bod Mam wedi cymryd y dosbarth o ddifri, yn wahanol i rai o'r lleill. Ro'n i ar fin dweud wrthi fod Mam yn dal i fynychu'r dosbarth Aerobics bob nos Fawrth, ond wnes i sylweddoli'r gwir cyn agor fy ngheg. Dyna pryd ddysgais i na ddylwn drafod fy nheulu, byth, achos does neb isie clywed be sy'n mynd ymlaen pan mae'r llenni wedi cau. Yr wythnos wedyn, sylwais faint o golur roedd Mam yn ei wisgo ar gyfer awr yn y gampfa ac awr yn y dafarn wedyn, ond penderfynais gadw ei chyfrinach, rhag ofn i'r sefyllfa waethygu. Yn y pen draw, torrodd iechyd Dad cyn cyfrinach Mam. Roedd o'n lladd gwair am un ar ddeg o'r gloch un noson pan gafodd bwl o salwch – roedd o'n lwcus i osgoi damwain ddifrifol. Nid strôc oedd hi ond sgileffaith blinder llwyr, a dywedodd y meddyg y byddai'n rhaid iddo orffwys am fis, o leia. Wrth reswm, roedd hynny'n golygu llai o bres, a digiodd Mam. Roedd hi wedi rhoi ei bryd ar bythefnos yn y Caneris, a phan glywodd hi nad oedd ganddi obaith caneri o fynd i nunlle, paciodd ei bag. Torrodd Dad ei galon wrth wylio'r ddynes roedd o'n dal i'w charu yn gadael, fel yr hen Kenny Rogers yn ei gân 'Lucille'. Dwi ddim am restru'r holl fanylion, ond roedd yr helynt yn cynnwys gorchymyn llys i atal Dad rhag mynd draw i dŷ Graham. Collodd ei drwydded i gadw gwn ar yr un pryd. Yn fuan wedyn, datblygodd obsesiwn efo merch yr un oed â Rich. Rich wnaeth ei gwahodd i'r Rhos efo rhyw esgus am lapio gwlân neu rywbeth tebyg, ond aeth pethe'n reit flêr wedyn. Triodd Dad ei lwc efo Charmaine ac, a bod yn onest, er ei fod yn hŷn ac yn gysgod o'r dyn roedd o'n arfer bod, roedd Dad yn fwy deniadol na Rich druan. Wedi hynny, wrth gwrs, roedd y berthynas fregus rhwng Dad a Rich wedi'i chwalu'n sitrwns. Roedd gan Charmaine, fel sawl merch drefol, ryw ddelfryd ynglŷn â bywyd cefn gwlad, ac am gwpl o fisoedd roedd Dad yn prancio o gwmpas y lle efo hithe ar ei fraich – hen gi efo gast ifanc, a phawb yn ei ganmol gan ddweud mai'r peth gorau i'w wneud ar ôl cwympo oddi ar gefn ceffyl oedd mynd yn syth yn ôl i'r cyfrwy. Ond surodd pethe'n go handi rhwng Dad a Charmaine pan ddaeth y gaeaf, a diflasodd y ferch ifanc ar eistedd wrth y stof ar ddyddiau gwlyb, efo Rich yn eistedd rhyngddi hi a Dad, yn fud ac yn bwdlyd. Ar ôl i Charmaine adael roedd Dad druan yn gyff gwawd yn yr Arms unwaith eto, a dyna pryd ddechreuodd yr yfed a'r paranoia. O'r fan honno, aeth pethe o ddrwg i waeth.

Felly, dwi ddim yn ffan mawr o Graham, ond tydi Graham, hyd yn oed, ddim yn haeddu gorfod delio efo Mam. Trodd Mam at Graham, gan wenu.

'Mae'n bwysig gwneud ymdrech i gadw'r tân yn dy briodas, cariad,' meddai wrtha i, mewn llais llawer ysgafnach na chyn i'w gŵr ymuno â ni. 'Mae Graham yn dal i awchu am ddod lan lofft efo fi. A dweud y gwir, yn aml iawn tyden ni ddim yn cyrraedd y llofft...'

Teimlais y chwd yn codi yn fy ngwddf. Cochodd Graham, ond roedd elfen o falchder yn ei embaras.

'Mae 'na groeso i ti ddod draw i ddefnyddio ein *gym* ni os wyt ti isie,' cynigiodd Graham yn ei lais bach tenau, fel llygoden ddihyder. 'All y plant chwarae efo Nain...'

'Wel, well i ni fynd rŵan,' gorffennodd fy annwyl fam, gan redeg ei bys i lawr blaen crys Graham a'i stwffio y tu ôl i fwcwl ei felt. 'Cym on, teigr.'

Cerddodd y ddau at eu Jaguar, a llaw Graham yn mwytho tin Mam wrth fynd.

'Mae Nain yn dipyn o sili bili tydi?' datganodd Llinos.

'Pam ti'n dweud hynny?' gofynnais, gan godi'r bagiau trwm i'r car.

'Achos nid teigr ydi Graham.'

'Wel, nid môr-ladron yden ni, chwaith,' atebais, gan obeithio na fyddai'n rhaid i mi egluro mwy.

Wrth i ni gyrraedd adre, derbyniais neges destun gan rif anghyfarwydd.

'Mae 'na rai sy angen dillad Victoria's Secret ac eraill sy'n gallu gwneud y job mewn hen jamas.'

Doedd dim enw ar y neges, dim ond tair 'x'. Dechreuais deimlo'n anesmwyth. Roedd hi'n ddigon amlwg mai chwarae rhyw gêm oedd Drom ond, yn fy nghyflwr presennol, doeddwn i ddim isie meddwl am y peth. Ac er bod rhywbeth braf iawn am gael dy ganmol yn syth ar ôl cael dy ddympio, y peth olaf ro'n i 'i angen oedd mwy o gymhlethdodau.

Chwilio am gynfas i'w defnyddio fel hwyl i'r llong ro'n i'n ei chreu wrth y grisiau oeddwn i pan sylwais cyn lleied o ddillad gwely glân oedd yn y cwpwrdd cynnes. Felly penderfynais newid dillad gwlâu pawb, gan ddechrau yn fy llofft fy hun. Roedd popeth yn dal yn arogli – ac arogli ydi'r gair, nid drewi – o gorff Ger. Eisteddais am sawl munud ar y fatres foel, yn gwybod na fyddai fy ngwely'n arogli felly byth eto, a theimlais chwant yn rhedeg drwy fy nghorff. Gorweddais ar fy nghefn, lle roedd Ger yn arfer gorwedd, yn gwasgu ei obennydd at fy mrest. Byddai denu unrhyw ddyn arall i'm llofft yn cadarnhau'r gwahanu go iawn, yn creu hollt barhaol rhwng dau oedd yn arfer bod yn uned. Dywedais y gair yn uchel.

'Ysgariad.'

Oherwydd bod geiriau wastad yn falm i'm henaid, tynnais un o gyfrolau *Geiriadur Prifysgol Cymru* oddi ar y silff ger fy ngwely – y silff lle dwi'n cadw'r llyfrau hynny sy'n rhy bwysig i gael eu gadael ar y silff yn y parlwr. Prynais y geiriadur mewn siop yn Efrog, ac er nad oedd gan ddyn y siop air o Gymraeg, roedd o'n ddigon call i sylwi ar fy ymateb i'r cyfrolau trwchus felly gofynnodd am bum can punt amdanyn nhw. Fel arfer fyddai gen i ddim cymaint â hynny'n sbâr yn fy nghyfrif banc, ond ro'n i wedi bod yn cynilo i dalu am ein mis mêl. Felly, yn hytrach na mynd i'r Eidal, aethon ni i Dywyn ar ôl y briodas lle bu Ger yn cyfri gloÿnnod byw yn y twyni a finne'n pori drwy'r drysorfa o eiriau.

'Ysgariad, bôn y f. ysgaru. Ysgaru, sgaru, ysgar. Hen Lydaweg: *scarat*, Hen Wyddeleg: *scariad*...' Wrth gwrs bod cysylltiad rhwng 'cariad' ac 'ysgariad'.

Wrth gario'r fasged o ddillad gwely glân at y lein ddillad, gan deimlo'n ddiolchgar (i bwy, wn i ddim) am dywydd sychu perffaith, cofiais sut roedd Ger yn tynnu fy nghoes ynglŷn â fy obsesiwn efo sychu dillad yn naturiol – tu allan yn ddelfrydol, neu ar y rhesel uwchben y Rayburn. Doedd Ger ddim mor Wyrdd yn y dyddiau hynny, ac roedd o'n ystyried rhinweddau fel hyn yn ecsentrig, gan fy ngalw i'n 'Tigs' achos bod y draenog, Mrs Tiggy-Winkle, yn llyfr Beatrix Potter yn hoffi golchi dillad hefyd. Wrth feddwl am y busnes ysgaru, sylweddolais na fyddai neb byth eto'n debygol o ddefnyddio unrhyw enw anwes arna i. Wrth i mi estyn fy mreichiau i fyny, fy ngheg yn llawn pegs, roedd teimlad o unigedd yn chwipio fy wyneb yn ogystal â'r gynfas damp. Cuddiais fy wyneb yn fy nwylo am eiliad, yna gwelais y Jaguar yn dod i fyny'r wtra. Sychais fy llygaid – waeth pa mor drist ro'n i'n teimlo, doeddwn i ddim yn barod i ddangos unrhyw wendid o flaen Mam.

Ar ei ben ei hun oedd Graham, er mawr syndod i mi. Alla i ddim cofio bod ar fy mhen fy hun efo fo o'r blaen, ac alla i ddim dweud 'mod i wedi awchu am hynny chwaith. Parciodd o flaen y drws ffrynt, a syllu ar y portsh simsan o'i flaen.

'Helô,' meddai, braidd yn swil.

'Helô. Ble mae Hi?'

'Dy fam? Adre. Dydi hi ddim yn gwybod 'mod i wedi dod i dy weld di.'

Roedd y syniad o rannu cyfrinach efo Graham yn gwneud i mi deimlo'n anghyffredin o anesmwyth.

'Oes paned ar gael?'

'Oes tad, ty'd rownd i'r cefn.'

'Mae angen dipyn o wario fan hyn, 'sen i'n dweud,' meddai, wrth sylwi nad oedd y portsh cefn mewn llawer gwell cyflwr na'r un ffrynt.

'Mae'r lle'n ein siwtio ni'n iawn.'

'Sori, dim ond dweud y gwir o'n i. Ond duwcs, mae ganddoch chi olygfa hyfryd.'

'Clên tu hwnt. All rhywun weld y dyffryn cyfan.'

'Clên iawn.'

Doeddwn i ddim wedi hoffi'r ffordd y gwnaeth Drom berchnogi fy nghegin, ond roedd Graham yn mynd ar fy nerfau'n llawer mwy, er mor ddiffuant roedd o'n ceisio bod.

'Mi alla i helpu efo'r gwaith ar y tŷ, Cath.'

'Ro'n i'n meddwl mai mecanic oeddet ti.'

'Efo'r biliau dwi'n feddwl. A'r trefniadau: mae'r *traders* i gyd yn neidio os dwi'n galw.'

'A bod yn hollol onest,' atebais, gan roi hen fŷg hyll iddo, 'nid DIY ydi fy mlaenoriaeth ar hyn o bryd.'

'Wrth gwrs, wrth gwrs.' Doedd o ddim wedi eistedd i lawr a wnes i ddim ei wahodd i wneud hynny chwaith.

'Ble mae'r plant?'

'Mae Owain yn gweithio draw yn y Rhos a'r leidis yn chwarae'n hapus.'

'Oes 'na siawns i ni gael sgwrs... gyfrinachol?'

'Am be?'

'Pethe cyfrinachol.'

Myn uffern i, roedd o'n hurt. Tydi Dad ddim yn ddyn hynod o ffraeth ond mae o fel Oscar Wilde ar steroids o'i gymharu â Graham.

'Mae 'na fainc tu allan ond mae'r gwynt yn brathu.'

'Dwi wedi hen arfer gweithio mewn llefydd oer.'

Setlodd ar y fainc heb gwyno. Yn hytrach nag eistedd glun wrth glun efo fo, eisteddais ar y siglen.

'Mae'n rhyfedd, o feddwl am y peth, 'mod i ddim yn dod yma'n amlach, a finne'n ryw fath o lystad i ti.'

'Dwi'm yn teimlo bod ganddon ni berthynas o gwbl, Graham. Wnaeth Mam ein gadael ni i fynd atat ti, a dim byd mwy. Ti ddim yn rhan o 'nheulu i.'

'Wrth gwrs, wrth gwrs. Ti'n iawn. Wnes i chwalu dy gartref di.'

'Wyt ti 'di cael llond bol ohoni eto?'

'Dwi ddim yn difaru, ond... Wel, rhaid i mi geisio esbonio. Ydw i'n edrych yn iawn i ti?'

'Ti chydig mwy gwelw nag arfer, ond dim byd mawr.'

'Dwi wedi datblygu problemau efo'r galon.'

'Ew, mae gen ti galon, teigr?'

'Waw, un finiog wyt ti, Cath.'

'Mae 'na rhyw lesni o gwmpas dy drwyn hefyd. Pa mor hir sy gen ti?'

Rhaid cyfaddef, ro'n i'n mwynhau ei fwlio fo, achos doedd o ddim yn haeddu gwell.

'Yn aml iawn, den ni'n prysuro drwy ein bywydau, heb oedi, heb gymryd gwynt, ond...'

'Graham, os wyt ti ar fin dweud wrtha i dy fod di wedi gweld y Goleuni, paid. Does gen i ddim smic o ddiddordeb.'

'Na, dim byd fel'na. Ond wn i ddim faint o amser sydd gen i ar ôl, felly dwi isie byw bob dydd heb ddifaru dim, na theimlo'n euog, na...'

'Os ti 'di dod i ofyn am faddeuant, gei di hel dy bac. Mae'r siop honno wedi cau.'

'Na, nid maddeuant... dwi isie esbonio i ti pam es i efo dy fam. Dydi hi ddim yn stori braf, ond alla i ddim ei chadw'n gyfrinach ddim mwy.'

'Be ydw i rŵan, therapydd rhad ac am ddim?'

'Plis gwranda, am bum munud.'

'Ocê.'

Roedd yr emosiynau oedd yn amlwg yn ystofi ei wyneb yn ddigon i danio fy chwilfrydedd.

'Wnest ti erioed feddwl pam na wnes i briodi cyn cwrdd â dy fam?'

'Na. Dwi byth yn meddwl amdanat ti.'

'Mae'n iawn. Dwi'n deall. Wnes i ddim priodi o achos... fy nhueddiadau.'

'Paid â dweud dy fod di'n hoyw? Plis paid â dweud hynny wrth Dad – fyddai hynny'n torri'i galon o unwaith eto.'

'Na, na. Y broblem sy gen i, wel, na... y broblem ges i oedd... wyt ti'n gwybod be ydi hebephilia?'

'Wrth gwrs. Wnes i fodiwl yn y brifysgol ar Lenyddiaeth Camweddog, oedd yn cynnwys Nabokov. Wyt ti'n gyfarwydd â Nabokov?'

'Fo sy'n cadw'r *gym* yn y Trallwng? Boi mawr moel?'

'Na, Nabokov oedd un o nofelwyr gorau'r ugeinfed ganrif. Fo sgwennodd *Lolita*.'

'Dydi pobol ddim wastad yn dy ddeall di pan ti'n sôn am lyfrau o hyd, Cath.'

'Fyddai pobol yn dy ddeall di'n siarad am dy hoffter o ferched ifanc?'

'Ro'n i'n meddwl, petawn i'n gallu ffeindio dynes efo merch yn ei harddegau...'

Ro'n i wedi bod yn symud yn ôl ac ymlaen ar y siglen ond rhoddais fy nhraed i lawr yn sydyn, a gollwng dipyn o de dros fy llaw.

'Wyt ti'n dweud i ti ddenu Mam i gael mynediad ata i?'

'Dydi "mynediad" ddim yn air neis. Ro'n i'n meddwl y byd ohonot ti, wir.'

'Doeddet ti ddim yn fy nabod i.'

'Ro'n i'n dy wylio yn canu yn y parti cerdd dant yn Steddfod yr Urdd, ac mewn sgetshys efo'r Ffermwyr Ifanc. Wnes i noddi'r clwb i gael esgus i ddod i dy weld di.'

'Ddyle hyn godi cyfog arna i ond dwi'n ffan mawr o carma. Est ti ar ôl Mam er mwyn cael cyfle i fy nhreisio, ond mi arhosais i efo Dad, felly chest ti ddim byd ond gwraig nad oeddet ti'n ei ffansïo?'

'Ro'n i yn y Goat ryw noson a rhoddodd dy fam hynod o *come-on* i mi. Mi wrthodais, ond wedyn meddyliais...'

'Mae'n batrwm go arferol, Humbert. Hollol anfoesol, ond arferol.'

'Ond dwi 'di newid. Fues i at gwnselydd wnaeth helpu cymaint arna i i ddelio efo fy *disordered desire*. Ac ers i mi ddod i nabod fy hun, dwi wedi teimlo mor euog amdanat ti.'

'Wnest ti ddim rhoi pen dy fys arna i, ond mi wnest ti fy mrifo wrth chwalu priodas Mam a Dad, beth bynnag oedd dy fwriad.'

'*Hang on* am eiliad, lodes. Wnest ti fy ngalw'n "Humbert" gwpl o eiliadau'n ôl...'

'Prif gymeriad y nofel *Lolita*, gan Nabokov...'

Roedd y bwlb uwch pen Graham bron yn weladwy, fel mewn cartŵn.

'O, ie, Nabokov, boi'r *gym* yn y Trallwng...'

'Na. Nabokov arall ydi hwn.'

'Rhyfedd bod mwy nag un Nabokov, a'r enw mor unigryw. Wel, diolch am roi dy amser i mi, Cath. Dwi'n gwerthfawrogi hyn yn fawr iawn.'

'Ti'm yn cael gadael eto. Dwi'n meddwl fod gen i hawl i ofyn cwpl o gwestiynau i ti rŵan.'

'Digon teg.'

'Wnest ti ddim fy mrifo i, ond wyt ti wedi brifo unrhyw ferch arall?'

'Naddo. Ro'n i'n gwybod bod y peth yn rong a dyna pam o'n i'n ysu i gyd-fyw efo ti. Petaet ti'n cael cyfle i syrthio mewn cariad efo fi byddai bob dim yn iawn wedyn.'

Doedd gen i ddim ateb i hynny.

'Ail gwestiwn. Ydi Mam yn gwybod?'

'Wel, ydi a nac'di.'

'Be mae hynny'n feddwl?'

'Mae hi'n gwybod am fy nhueddiad ond does ganddi hi ddim clem amdanat ti a fi.'

'Paid â meiddio dweud "ti a fi" byth eto. Nid cyn-gariadon yden ni ond dyn gollodd ei gyfle i dreisio merch dan oed a dynes gafodd ddihangfa lwcus. Falle ddylwn i ddweud wrth Rich, fel nad oes raid i ti aros i dy broblem calon dy ladd di.'

'Na! Sori, sori, sori.'

Roedd o'n crynu digon i mi deimlo'n fodlon.

'Reit, trydydd cwestiwn. Pam wyt ti wedi penderfynu dod yma rŵan, ar ôl yr holl flynyddoedd? Chei di ddim dod o fewn hanner milltir i fy lodesi bach i eto, ti'n deall hynny, dwyt?' Fi oedd yn crynu bellach.

'O, na, dim byd fel'na. Fel ddwedes i, dwi 'di newid, wel... dysgu.'

'Ac?'

'Ar ôl gweld pa mor gas oedd dy fam efo ti yn Tesco heddiw, mi ddechreues i deimlo euogrwydd o'r newydd.'

'Am be wyt ti'n sôn?'

'Wel, wnes i ddechrau poeni... be os oedd y ffaith mai ti oedd gwrthrych fy *disordered desires* pan oeddet ti mor ifanc wedi creu problemau hirdymor i ti yn... yn yr adran honno? Os wnes i gyfrannu mewn unrhyw ffordd i dy drafferthion presennol, dwi isie ymddiheuro'n llaes, a chynnig pob help posib.'

'O, Graham, tithe a dy *disordered desires*! Chest ti ddim smic o ddylanwad ar fy mywyd rhywiol, ond diolch yn fawr am ofyn.'

Roedd o bron yn ddagreuol, ond doedd gen i ddim cydymdeimlad.

'Dwi mor sori, mor sori.'

Mae'n anodd gwneud araith anfarwol os wyt ti'n eistedd ar siglen, felly codais ar fy nhraed.

'Dydi "sori" ddim yn ffon hud, Graham. A beth bynnag, nid i mi ddylet ti ymddiheuro. Dwêd di dy "sori" wrth fy nhad am ddwyn ei wraig o er mwyn cael cyfle i dreisio'i ferch dan oed o. Wedi'r cwbl, ti wnaeth ei yrru fo o'i gof, yn llythrennol. Erbyn hyn does dim ar ôl ohono fo, ar ôl yr holl dabledi sy wedi lladd ei bersonoliaeth. A falle ddylet ti roi un o'r "soris" bach rhwydd 'na i Rich hefyd, wnaeth orfod rhoi bollt ar ddrws ei lofft rhag ofn i Dad geisio torri'i gorn gwddw yn y nos, fel mae o wedi ceisio'i wneud sawl tro erbyn hyn.'

Bu tawelwch am tua munud cyn i Graham godi ar ei draed hefyd. Roedd staen mwsog ar ei drowsus.

'Wel, diolch am y baned, Cath, a diolch am wrando. Dwi'n teimlo'n llawer gwell. Mi anfona i gogie Bowens draw i weld y portsh 'na.'

'Dim diolch.'

'Maen nhw'n gwneud lot o waith i mi. Fydd o ddim trafferth, a bydd y bil yn dod i mi.'

'Dwi ddim isie ceiniog gen ti, achos mae'r loes ti wedi'i roi i fy nheulu'n rhy ddwfn i gael ei sortio gyda chydig o bren a hoelion. Cer, plis.'

Cerddais i'r tŷ heb edrych yn ôl arno a rhoi cwtsh fawr i'r merched, er nad oedden nhw'n deall pam ro'n i'n eu gwasgu mor dynn.

12

Bum awr yn ddiweddarach ro i'n adrodd y stori wrth Mirain dros wydraid mawr o'r jin marmaled.

'Alexa, diffinia *headfuck*,' galwodd, ond doedd y seinydd clyfar ddim ymlaen. 'Dwêd wrtha i eto be yn union ddwedodd o,' meddai, gan wagio'i gwydryn.

'Mai fi oedd gwrthrych ei *disordered desires*.'

'Allen ni wneud ffortiwn wrth roi hynna ar flaen cryse T, lodes. Neu, be am greu band? The Objects of Disordered Desire – gwell byth!'

'Does 'run ohonon ni'n chwarae offeryn nac yn gallu canu.'

'Aaa, manion. Ti'n gwybod be? Mae Gwrthrychau Chwant yn gweithio'n well, ond well i ni anghofio'r gair "afreolaidd" – mae'n rhy debyg i "anhrefn" a bydd pobol yn disgwyl clywed *tribute act* i Rhys Mwyn.'

'Allwn ni ddim cael hynny! Ti isie mwy o Gwymp Paddington?' cynigiais. Dyna'r enw roedd Mirain a finne wedi'i roi i'r coctel wnaethon ni ei ddyfeisio i wneud i'r jin marmaled fynd yn bellach, sef cymysgedd o fodca rhad, sudd oren, y stwff da, a dŵr pefriog. Roedd blas mwy arno.

Efo tanwydd fel hwn, crwydrodd y sgwrs i sawl cyfeiriad ond roedd Mirain yn dod yn ôl at yr un pwnc o hyd. Fy mhriodas – neu i fod yn fwy manwl, marwolaeth fy mhriodas.

'Rhaid i ti ddechrau rheoli'r sefyllfa, edrych i'r dyfodol,' meddai.

'Er bod Ger yn gallu bod yn goc oen, a doedd o ddim yn dad da iawn chwaith, mi gawson ni lot o hwyl efo'n gilydd, a lot o chwerthin, felly alla i ddim jyst troi fy nheimladau ato fo i ffwrdd fel tap dŵr.'

'Dwi'n cofio'r dyddie hynny hefyd, ond rhaid i ti fod yn

hollol onest. Faint o hwyl gawsoch chi ers y Cyfnod Clo?'

'Wel, roedd ganddo dipyn ar ei blât bryd hynny, gan fod ei fam wedi'i dynodi'n berson bregus, a...'

'I ddechre, paid â gwneud esgusodion drosto fo byth eto. Ti wastad wedi gwneud hynny. Un tro, pan oedden ni wedi'ch gwahodd draw i swper, mi wnaeth Molly a finne fet: faint o weithie fyset ti'n esgusodi ymddygiad Ger yn ystod y noson. Mi ddwedais i un ar bymtheg, ond roedd Molly'n bendant y byddai dros ugain. A hi oedd yn iawn. Roedd o mewn hwyliau cymharol dda felly ro'n i'n meddwl fod gen i siawns o ennill, ond pan aeth o i'r tŷ bach yn ystod y pwdin – crymbl, os dwi'n cofio'n iawn – llifodd rhestr o esgusodion o dy geg, yn cynnwys y ffaith ei fod o'n unig blentyn, ei fod o'n llawchwith a'i fod o wedi cael trawma ar ôl gwylio rhaglen ddogfen am Chernobyl.'

'Dwi'n cofio'r crymbl: riwbob a sinsir. Ond alla i ddim cofio'r esgusodion.'

'Achos ei fod o'n ail natur i ti.'

'Do'n i ddim mor ffôl â hynny, siŵr?'

'Mae 'na wahaniaeth rhwng cariad a thwpdra, er bod y symptomau'n go debyg, chwedl Dr Iolo.'

'O, pa mor ddiflas o'n i? Oedd fy ffrindie i gyd yn chwerthin am fy mhen i? Fyse neb ond fi yn ddigon gwirion i briodi Ger, debyg.'

'Wel, mae Petal yn ystyried y peth, mae'n amlwg. A phaid â bod yn rhy galed arnat ti dy hun chwaith. Roeddech chi'n arfer bod yn dda efo'ch gilydd.'

'Tan pryd, yn union?'

'Wyt ti isie'r gwir, neu rwbeth i dy gadw di'n hapus?'

'Y gwir.'

Ochneidiodd Mirain. 'Tydi Ger ddim yn ddyn tadol, erioed wedi bod. Tydi o ddim wedi aeddfedu digon i gymryd unrhyw gyfrifoldeb drosto'i hun, heb sôn am unrhyw un arall. Ar ôl geni Owain roedd o fel ceiliog ar ben domen am chydig, ond trafod bod yn dad roedd o'n ei hoffi, nid y realiti a'r cyfrifoldeb. Molly sylwodd gyntaf – mae hi'n reit graff weithiau – fod Ger yn cerdded drwy ei rôl fel rhiant fel petai'n cymryd rhan mewn rhaglen deledu realiti: *Made in Meifod*, neu *Today in the Big Father House*. Roeddet tithe, fel cyferbyniad llwyr, yn mwynhau pob eiliad o fod yn fam. Dwi ddim wedi dweud hyn wrthat ti o'r blaen, ond wnest ti ddylanwadu ar ein penderfyniad i gael plant. Er, ddwedodd Molly nad oedd hi'n fodlon mentro tan oedden ni'n bendant nad oedd un ohonon ni'n debygol o fod yn rhiant crap, fel Ger.'

'Bach yn llym!'

'Roeddet ti'n rhy agos i weld y sefyllfa. Roedd pethe'n ocê rhyngddoch chi, ond roedden ni, dy ffrindie, a hyd yn oed Rich, yn gweld cenfigen Ger yn datblygu. Roedd Ger yn genfigennus o bob eiliad roeddet ti'n 'i dreulio efo'r rhai bach, yn enwedig y mwynhad roeddet ti'n ei gael yn darllen straeon amser gwely iddyn nhw.'

'Sut all dyn deimlo cenfigen tuag at ei blant ei hun? Dwi wrth fy modd yn darllen i'r plant. Mae'r amser hwnnw'n cryfhau'r berthynas rhyngddon ni, yn gwneud i'r teulu weithio'n well fel uned. Wedyn, mae'n datblygu geirfa, yn eu dysgu am eu hanes a'u diwylliant...'

'Drycha, allwn ni ddadansoddi ac ailbobi hanes dy briodas drwy'r nos, lodes,' datganodd Mirain yn ei llais diffwdan, yr un mae hi'n ei ddefnyddio i siarad efo plant. 'Ond byddai'n fwy llesol o lawer i feddwl am y dyfodol. Rŵan fod Ger wedi mynd, be yn union wyt ti'n debygol o'i golli?'

'Wel, ei gwmni.'

'Paid â bod yn wirion. Mae o wedi bod yn gas efo ti ers misoedd. Yr unig reswm wnest ti ddim sylwi oedd oherwydd dy fod di'n rhy brysur yn ceisio bod yn dad ac yn fam i'r plantos, tra oedd o'n prancio o gwmpas efo Petal!'

'Neu Miss Bele, fel mae o'n cyfeirio ati.'

'Be ydi bele, yn union?'

'Anifail sy'n byw yn y coed.'

Dechreuodd Mirain ganu, ar alaw 'Karma Chameleon',

'Bele, bele, bele, bele sydd yn coed, Ti'n mynd a dod, ti'n mynd a do... ooo... od...'

Torrais ar ei thraws achos mae Mirain yn gallu canu am oriau. Fel arfer dwi'n mwynhau ei pherfformiadau, ond roedd pynciau pwysig i'w trafod cyn i Gwymp Paddington ein gyrru ni dros y siop.

'Dwi'n mynd i golli ei gwmni, y rhyw a'r pres roedd o'n ei roi yn y cyfrif banc bob mis.'

'Wel, gallwn ni, dy ffrindie, sicrhau na fyddi di'n teimlo'n unig, felly gawn ni ffocysu ar y ddwy broblem arall. Pa mor bwysig ydi rhyw i ti?'

'Go bwysig. 'Sen i'n dweud 'mod i'n hollol normal yn y maes hwnnw.'

'Oedd pethe wedi oeri rhyngddoch chi?'

'Dim o gwbl. Gwranda, dwi'm yn dweud bod y rhyw yn ffantastig bob tro, ond roedden ni'n closio bedair neu bum gwaith yr wythnos...'

'Closio? Am air! Ond dwi ddim am ddechrau trafod geiriau efo ti neu wnawn ni byth gyflawni dim. Pwy all... neu sut wyt ti am... lenwi'r bwlch?'

'Does gen i ddim syniad. Dwi'n dal mewn sioc.'

'Wrth gwrs dy fod di. Ond ti angen rhyw gynllun ar gyfer y dyfodol, cynllun sy'n mynd i ddiwallu dy anghenion, neu mi fyddwn ni'n mentro i barthau "chwant afreolaidd", a gall pethe fynd yn hynod o flêr.'

'Be ti'n feddwl?'

'Os na chei di be ti angen, fydd yr awydd ddim yn diflannu. Ti ddim isie cael affêr efo un o ffrindie Owain, nagwyt?'

'Dydi hynny ddim yn debygol o ddigwydd!'

'Dyna be ti'n ddweud rŵan, ond sut fydd hi ganol gaeaf a tithe heb gael rhyddhad ers oes pys, a...'

'Ocê, ocê! Dwi'n cytuno i ryw raddau ond dwi ddim yn flaengar iawn yn y maes, os ti'n fy neall i. Ond i anghofio am secs am funud, yr unig bethe dwi isie yn y dyfodol – be dwi wastad wedi bod isie, dweud y gwir – ydi teulu bach dedwydd, ffrindie clên, swydd ddifyr a tŷ sy'n cadw'r tywydd allan. Dwi ddim yn gofyn llawer.'

'Swnio'n hynod o ddiflas. A beth bynnag arall wyt ti, ti ddim yn ddiflas.'

'Ond dwi'n hyll, yn ôl Mam ym maes parcio Tesco heddiw.'

'Paid cymryd sylw. Pwy ydi dy fam i drafod pethe, a hithe wedi gadael dy dad am slebog sy'n ffansïo lodesi Blwyddyn Wyth. Tydi ei chyngor hi ddim gwerth ei gael, Cath fech.'

Llanwodd Mirain ei gwydryn eto o'r jwg, ac ymestyn ei choesau ar y soffa, fel cath.

'Mae'n iawn i mi aros, yn tydi? Dwi 'di dweud wrth Molly am beidio dod i fy nôl i tan hanner awr wedi deg bore fory. Allen nhw ddod draw am grempog?'

'Mae 'na groeso i ti aros. Mi gysga i ar y soffa.'

'Mae 'na ddigon o le yn dy wely di i'r ddwy ohonon ni. Dwi ddim am wneud mŵf arnat ti jyst am dy fod di'n sengl. Ond i fynd yn ôl at y pwnc, paid â meddwl am gael partner newydd. Fyse shag bech slei yn iawn i ddechre, yn fwy cyfleus.' Oedodd Mirain i gymryd llwnc o'i diod. 'Ti wedi cochi!' ebychodd. 'Mae rhywun wedi picio heibio i dy weld di'n barod!'

'Does neb wedi picio heibio.'

'Ti'n rhy ddi-drefn i gadw cyfrinachau, Cath. Pwy sy wedi estyn y mỳg mawr oddi ar silff top y ddresel? Dydi Owain ddim yn ddigon tal, tydi Rich ddim wedi bod yn y gegin am gwpl o ddyddie achos mae o wastad yn diogi o flaen y Rayburn ac mae dy liain sychu llestri'n drewi am wythnos wedyn. Mae Graham y Pyrf wedi yfed o'r mỳg hyll achos ti wastad yn rhoi hwnnw i bobol ti ddim yn eu hoffi. Ti ac Owain wastad yn defnyddio'r un mygiau, ac roedd y mỳg mawr wrth y sinc. Pwy gafodd baned ynddo fo?'

'Pwy wyt ti – Miss Marple? Ti 'di neidio i ryw theori wallgof jyst wrth weld mỳg...'

'Paid byth â dechrau chwarae pocer, ti'n anobeithiol am ddweud celwydd. Pwy oedd o? Dorrodd o dipyn o goed bore i ti?'

'Pam wyt ti'n sôn am goed bore?'

'Achos dyna be maen nhw'n gynnig ar y dechre: chydig o help efo jobsys digon syml fel torri coed bore, codi giât, gwagio dy danc carthion, pethe rhamantus fel'na. Ond pwy bynnag ydi o, mae o wedi cyrraedd y cyfnod "cadw di y mỳg yma i mi ar gyfer y tro nesa dwi'n picio heibio" yn go handi.'

'A sut wyt ti'n gwybod hyn, hei?'

'Wel, pan wnes i symud i'r pentre, doedd y dynion lleol ddim yn gwybod 'mod i'n hoyw. Ddylwn i fod wedi rhoi hysbyseb yn *Plu'r Gweunydd* i ddweud wrthyn nhw am beidio boddran – fyse hynny wedi helpu dipyn.'

'O, pwy ddaeth heibio felly?'

'Roedd yn rhaid i mi ddefnyddio coes brwsh o dan ei gesail i gael gwared o dy frawd, sawl tro.'

'O, am siom! Fyset ti wedi gwneud chwaer yng nghyfraith berffaith i mi.'

'Heblaw am y ffaith 'mod i'n lesbian a bod dy frawd angen cael ei lanhau efo *pressure washer*. Ond dwi'n gweld dy gêm di. Paid ag osgoi'r cwestiwn. Pwy oedd dy fisitor tal?'

'Drom. Mae Owain wedi dechrau gweithio yn y Felin, a rhoddodd Drom lifft adre iddo fo.'

Agorodd Mirain ei llygaid led y pen.

'O, fetia i ei fod o wedi rhoi lifft i Owain, fetia i ei fod o.'

'Be mae hynna'n ei olygu?'

'Dwi'm yn ffan ohono, lodes. Mae o wastad yn gweithio ar ryw gynllun neu'i gilydd ac mae o'n bihafio fel petai o'n berchen ar y dyffryn. Mae o'n llawer mwy o geffyl blaen na Mistar Jenks.'

'Mae o wedi bod yn reit ffeind efo fi.'

'Ffeind iawn, yn ôl merched yr Ysgol Feithrin. Fo a How Hanner Can Erw.'

Agorodd Mirain becyn o greision a llenwi'i cheg, ac mi allwn i ddweud ei bod hi'n meddwl yn ddwys wrth gnoi.

'Sut bynnag den ni'n mynd i ddatrys dy sefyllfa rywiol di, lodes, does dim angen mynd i chwilio am drwbwl. Waeth pa

mor enbyd ydi'r angen, nid Drom ydi'r ateb. Dweda hynny efo
fi rŵan: Nid. Drom. Ydi'r. Ateb.'

Ac er bod yn rhaid i mi ynganu'r geiriau efo hi, croesais fy
mysedd o dan y glustog.

13

Es i i'r tŷ bach yng nghanol y nos ac roedd hi'n braf gweld siâp corff o dan y dŵfe. Rholiodd Mirain dros y fatres a dechrau mwytho fy ngwallt. Am hanner eiliad, roedd ei hanadl yn sur yn fy ffroenau.

'Hei, be ti'n wneud?' ebychais, gan wthio'i hysgwydd gydag un llaw a throi'r golau ymlaen efo'r llall.

Eisteddodd Mirain i fyny. Roedd hi wedi anghofio tynnu ei cholur ac roedd y masgara yn rhoi golwg byncaidd i'w hwyneb cyfeillgar.

'Sori, Cath. Ro'n i'n meddwl mai Molly oeddet ti.'

'Wel, top tip i ti: os wyt ti'n bwriadu mentro ymosodiad sydyn eto, well i ti frwsio dy ddannedd gynta.'

Ymbalfalodd am y peint o ddŵr oedd wrth y gwely.

'Well i ti sidro'r peth, Cath. Ti 'di cael dy blant a ti'm yn rhoi rhech am ddilyn patrymau bywyd confensiynol – dwi'n meddwl y byse'n syniad da i ti roi hwi i'r boi a throi, fel maen nhw'n dweud.'

'Ti wnaeth greu'r slogan wirion 'na?'

'Ie. Clyfar, tydw? Cyfieithiad o'r dyfyniad enwog *ditch the bitch and switch*.'

'Ond does gen i ddim boi i roi hwi iddo.'

'Hmm,' meddai, cyn rhuthro i'r stafell molchi i chwydu.

Dros y grempog y bore wedyn, roedd Molly'n ymarferol.

'Rhaid i ti sortio'r pres,' mynnodd, 'hynny ydi, os wyt ti'n sicr na fydd o'n sleifio'n ôl.'

'O, dydi Ger ddim yn mynd i fod yn gas am arian. Wna i ddim gofyn am geiniog ganddo ar fy nghyfer fy hun, dim ond be sydd ei angen i gadw'r criw bach.'

'Ti'n dal ddim yn deall, Cath,' datganodd Molly wrth sgeintio siwgr dros ei thrydydd crempog. 'Mae'r hen Ger wedi mynd. Os oedd o'n ddigon cocwyllt i dy adael, fydd o'n ddigon dan-din i fod yn dynn efo'i bres. Well i ti adael i mi drefnu'r cyfan. Gyda llaw, mae Llŷr wedi gofyn i mi ei gofio fo atat ti.'

Dwi wir yn gobeithio nad oedd fy ochenaid fewnol yn rhy amlwg. Brawd Molly ydi Llŷr, a fo ydi tad Lili. Dwi ddim yn ymwybodol o'r manylion mecanyddol ond druan o Llŷr, mae'r broses o'i chenhedlu wedi cael effaith fawr arno. O be allwn i ei weld, roedd o'n siŵr o fod yn caru Mirain cyn iddi gael y babi, ond wedyn, roedd o'n obsesiynol. Ceisiodd Mirain wneud jôc o'r peth, ond tra oedd Molly, Lili a hithe'n dathlu eu huned deuluol newydd, roedd Llŷr yn torri'i galon. Roedd Molly, sydd byth yn gwneud môr a mynydd o unrhyw sefyllfa, yn poeni amdano, hyd yn oed, a gofynnodd i'w ffrindiau a'i gymdogion gadw llygad barcud arno wrth i'r iselder gydio. Mae Llŷr a finne wedi bod yn ffrindiau ers yr Ysgol Feithrin, ac mi wnes i sawl esgus i bicio draw i'w weld o ar ôl i Lili gael ei geni, ond doeddwn i ddim yn siŵr a allwn i brosesu sgwrs am drafferthion Llŷr yng nghanol fy nhrafferthion fy hun. Ond allwn i ddim peidio â gofyn.

'Sut mae o?'

'Mae'n stryglo amser wyna, wastad wedi, ond bydd pethe'n well wrth i'r dyddiau ymestyn...'

'Ydi o'n dal i gymryd y tabledi?'

'Ydi. Maen nhw'n ei gadw ar ei draed, ond dydyn nhw ddim yn llesol o gwbl.'

'Dwi wedi dweud o'r blaen, mae o angen sgwrs iawn efo therapydd.'

'Ti'n nabod Llŷr, tydi o ddim yn gyrru mlaen efo pobol ddierth, yn enwedig rhai sy ddim yn siarad yr iaith.'

'Mae'n sgandal, y diffyg therapi trwy gyfrwng y Gymraeg.'

Gwenodd Molly, ac roedd cymaint o garedigrwydd ym mherfeddion ei llygaid.

'Tithe â dy focsys sebon, Cath. Pob lwc efo'r ymgyrch, ond

yn y cyfamser, picia draw i'w weld o ryw dro, ac mi wna inne wasgu cerrig Ger yn ddigon caled i dynnu dagrau, paid â phoeni. Yn tydi cogie'n hen bethe trafferthus? Well gen i llond cae o alpacas na'r un dyn, wir, ac mae alpacas yn fastards digon trafferthus.'

Aethon ni am dro yn y prynhawn, ddim yn bell, dim ond i lawr at yr afon a hanner milltir ar hyd yr argae. Dwi ddim yn trafferthu ceisio cadw Greta yn y goets bellach – mae hi'n rhy annibynnol o lawer – felly mae pob tro bach yn troi'n hirdaith gan ei bod yn cymryd awr iddi hi gerdded hanner milltir. Mae Owain yn ormod o ffermwr i gerdded er mwyn pleser felly arhosodd adre i wneud ei waith cartref. Mae Llinos a Greta'n gyrru mlaen yn dda, a chododd fy hwyliau wrth eu gwylio nhw'n stompio yn eu blaenau, law yn llaw. Falle 'mod i'n fethiant mewn sawl maes, ond mae'r bobol bach sbesial dwi wedi'u magu yn werth y byd.

Yn anffodus, mae'r llwybr ar ben yr argae yn un go gul, felly pan welais i Ger a Petal yn dod tuag aton ni, doedd nunlle i droi. Rhedodd Greta i'w gyfarch, ond stwffiodd Llinos ei llaw i boced fy oilsgin, i geisio cydio yn fy llaw. Gwasgodd fy llaw yn dynn efo'i bysedd bach oer, a chysur mawr oedd o hefyd, waeth be dwi wedi'i ddweud am beidio â dibynnu ar fy mhlant. Plygodd Ger i godi Greta yn ei freichiau, gan anwybyddu'r ffaith fod un o'i bŵts wedi cwympo.

'Dweda helô wrth dy Anti Petal,' meddai wrthi, a chan fy mod i wedi magu'r lodes i fod yn gwrtais, gwenodd a sibrwd rhywbeth aneglur.

'A tithe, Llini,' ategodd.

'Dydi hi ddim yn perthyn i mi,' atebodd Llinos, yn dawel.

'Be ddwedest ti?' brathodd Ger, gan roi Greta i lawr.

'Mi ddwedais,' ailadroddodd Llinos, mewn llais clir oedd yn ymgais i ddynwared ei brawd mawr, 'nad ydi'r ddynes yma'n perthyn i mi o gwbl.'

'Fydd raid i ti gallio, Cath,' hisiodd Ger wrth i mi godi Greta, tynnu ei hosan wlyb a cheisio sychu'i throed fach oer efo maneg o 'mhoced. 'Dydi o ddim yn llesol i neb os wyt ti'n trosglwyddo dy ddicter i'r plant.'

Erbyn hyn, roedd Greta wedi dechrau crio. Agorais fy oilsgin i'w lapio hi ynddo. Cododd Llinos y welinton goll a'i rhoi yn fy mhoced.

'Hen dric sâl oedd cario clecs i'r Sgweier,' datganodd Petal. 'Ond wnaeth e ddim gweithio. Ma'n well gan Ger gysgu wrth fy ochr i mewn drws siop nag aros efo ti. Ry'n ni'n symud lan i'r Gorlan.'

'Y lle hipis?' gofynnodd Llinos â golwg anghrediniol ar ei hwyneb.

'Cymuned ar gyfer y rhai sy'n gofalu am y blaned yw hi,' atebodd Petal yn swta, mewn llais hollol anaddas i siarad â merch mor ifanc.

'Wel, pob lwc,' llwyddais i ymateb. 'Er gwybodaeth, dwi byth yn trafod materion personol efo Mistar Jenks – rhan o strategaeth y stad wnaeth sbarduno'r penderfyniad i beidio cynnig tenantiaeth newydd i ti, nid unrhyw ymyrraeth gen i.'

Mae'n anodd bod yn urddasol gyda llaw fach i lawr gwddw dy siwmper, ond llwyddais, gan droi ar fy sawdl i ddychwelyd at y bont. Dechreuais gerdded â chamau bras, hyderus er bod fy nhu mewn yn crynu. Penderfynais beidio â throi felly doedd gen i ddim syniad oedden nhw'n ein gwylio ni'n gadael ai peidio. Mae Greta'n dal am ei hoed ac yn solet, ac yn rhy drwm i mi ei chario am hir, ond petawn i wedi rhoi ei bŵt yn ôl am ei throed noeth byddai swigen ar ei sawdl cyn i ni gyrraedd gwaelod ein wtra ni, felly cadwais hi yn fy mreichiau, oedd yn dechrau brifo. Roedd Llinos hefyd yn dawel a digalon, ac roedden ni'n tair yn falch o glywed sŵn corn pic-yp Rich.

'Paid â dweud mai cerdded am hwyl ydech chi,' meddai, y cwrw ar ei anadl yn gymysg ag arogl ïodin, tail a Derv. 'Dech chi'n edrych yn debycach i ffoaduriaid.'

Doedd dim rhaid i mi ofyn iddo am lifft – cododd Greta o 'mreichiau a'i gosod ar focs wrth ei ochr, a sgrialodd Llinos a finne i fyny drwy'r drws arall. Cofiais, wrth symud sawl tiwb drensh, eiriau Mirain: nid Rich yn unig oedd angen mynd dan y *pressure washer* ond bob dim o fewn cyrraedd iddo. Roedd 'na rywbeth herfeiddiol am ei fudredd, bron yn filwriaethus, fel petai'n anfodlon gwastraffu eiliad yn eillio nac ymolchi er mwyn cydymffurfio â byd oedd yn cynnig cyn lleied iddo. Yn yr Arms roedd y tafarnwr wedi datgan bod yn rhaid iddo sefyll, neu ddod â darn o bolythen i'w roi o dan ei ben ôl. Mae wastad rhyw dyfiant pedwar neu bum diwrnod ar ei wyneb, a chan ei fod yn dechrau britho mae o wedi ennill y llysenw Bad Santa. Roedd ganddo farf go iawn llynedd, ond daliodd lau pen ynddi gan Greta, felly roedd yn rhaid iddi fynd. Roedd o'n hynod o neis am y peth, chwarae teg iddo, yn gyferbyniad llwyr i Ger a symudodd yn ôl i'r Mans nes i'r pla gilio.

'Falch 'mod i wedi dy weld di,' gwaeddodd Rich dros lais Kacey Musgraves. 'Ro'n i'n meddwl galw heibio.'

'Wyt ti awydd cael swper efo ni?'

Gostyngodd ei lygaid. 'Well i mi beidio.'

'Cinio rhost.'

'Ond Dad...'

'Crymbl.'

Doedd dim rhaid iddo ddweud mwy. Ro'n i'n deall yn iawn pam roedd o mor anfodlon gadael Dad ar ei ben ei hun am gyfnod hir. Er bod sefyllfa Dad yn weddol sefydlog bellach, bu'n daith hir a phoenus a hawdd iawn fyddai i bethe ddirywio'n sydyn. Doedd ei salwch ddim wedi cilio ac, fel gwraig Mr Rochester yn *Jane Eyre*, roedd y paranoia'n byw yn y Rhos. Tydi Dad ddim yn hawdd ei drin ond tydi o ddim yn afreolus (y gair hwnnw eto!) chwaith, ac mae'n rhaid i Rich benderfynu bob tro mae o'n gadael y tŷ a ydi'r risg yn werth ei chymryd.

'Mi wna i ei ffonio i addo cinio rhost iddo ar blât yn nes ymlaen,' cynigiais.

'Ocê. Diolch, lodes.'

Mae Llinos, er mor ifanc ydi hi, wedi dysgu peidio ceisio perswadio Wncwl Rich i aros, er ei fod o'n gymaint o ffefryn ganddi. Felly wrth i Rich amneidio â'i ben i gytuno, bloeddiodd, 'Hwrê!'

Ategodd Greta gyffro ei chwaer fawr, a chicio'r bocs yr oedd hi'n eistedd arno. Cyn i ti sôn, ydw, dwi'n gwybod na ddylen nhw byth deithio heb seddi iawn a gwregysau diogelwch, ac na ddylwn i ganiatáu iddyn nhw fynd mewn car efo gyrrwr oedd wedi yfed sawl peint, ond er gwaetha popeth, den ni i gyd yn fyw ac iach.

Chwarae teg i Owain, roedd o wedi cadw'r stof i losgi ac roedd y gegin yn hyfryd o gynnes pan gyrhaeddon ni adre. Daeth o i'r golwg am eiliad ond, wrth weld troed noeth Greta, cynigiodd gadw llygad arni tra oedd hi yn y bàth. Tydi'r drefn 'bàth ar ôl swper' ddim yn amrywio'n aml ond roedd Grets bach yn oer at fêr ei hesgyrn felly roedd rhaid. Hefyd, roedd Owain yn ddigon craff i sylwi bod fy mrawd a finne angen sgwrs go iawn.

'Chwarae teg i ti, Cath,' meddai Rich wrth lenwi'r tegell gan gymryd yn ganiataol fy mod i awydd paned, 'maen nhw'n blant hynod o glên... dim diolch i'r ffycin oen swci briodaist ti.'

'Ti 'di clywed felly?'

'Newyddion mawr. Ond ti'n gwybod sut fydd pethe: penawde dydd Llun wedi'u hanghofio erbyn dydd Iau.'

'Digon posib,' atebais, gan geisio dyfalu ym mha ffilm roedd Rich wedi clywed y ffasiwn ddywediad. Un da am wneud paned ydi Rich, neu efallai ei fod o wedi gwneud cymaint o baneidiau i mi dros y blynyddoedd fel ei fod o'n gwybod yn union sut dwi'n ei hoffi. Dechreuais blicio tatws dros y sinc, a dros fy ysgwydd sylwais ei fod o wedi gosod ei hun yn y gadair ar ben y bwrdd. Wnaeth o erioed eistedd yno tra oedd Ger yn byw yma. Sylwodd arna i'n edrych.

'Mae'r gadair yn wag rŵan. 'Sdim ots pwy sy'n eistedd ynddi,' mynnodd.

'Ti'n siarad fel petai Ger wedi marw.'

'Mae o, i bob diben.'

'Paid â dweud hynny o flaen y plant rhag ofn iddyn nhw ypsetio.'

Cododd ei war. 'Be wyt ti'n mynd i'w wneud?'

'Be ti'n feddwl?'

'Yn y dyfodol. Wyt ti'n gallu aros fan hyn?'

'Dwi'n gobeithio, wir. Mae'r plant wedi gweld gormod o newid fel mae hi, heb sôn am symud tŷ.'

Gwagiodd gynnwys ei fŷg a'i osod ar y bwrdd yn drwm. Mae hi wastad yn chwech o'r gloch y nos yng nghorff fy mrawd, fel petai diwrnod hir o waith yn dod i ben a blinder ym mhob un o'i symudiadau. Weithiau, pan oeddwn i lawr yn Aber yn y coleg, ro'n i'n flin wrth sylwi ar ddynion ugain mlynedd yn hŷn na Rich yn symud yn fwy rhwydd na fo.

'Ti'n gwybod be dwi'n mynd i'w ddweud.'

'A ti'n gwybod be fydd yr ymateb.'

'Ond mae'n wahanol heb Ger. Ty'd adre: mae'n nonsens i ti fyw yma ar dy ben dy hun a ninne'n byw yn y Rhos hebddat ti.'

'Mae pethe'n gweithio fel maen nhw. Dwi'n ddigon agos os wyt ti angen help, a dwi'n gallu magu'r plant heb ofn.'

'Ond meddylia di pa mor gyfleus fydde pethe tasech chi i gyd yn aros efo ni yn y Rhos. Allai Owain weithio efo fi bob dydd, os ydi o awydd. Fydd cwmpeini'r plant yn gwneud byd o les i Dad, a finne. Bydd yr hen le yn gartref unwaith eto.'

'Ti 'di cael dy ateb.'

'Gawn ni weld sut fydd pethe mewn chwe mis. Fydd yr hen esgid yn gwasgu yn go dynn erbyn hynny.'

'Dwi ddim wedi meddwl am bres eto, ond mae Molly on ddy cês.'

'Falch o glywed. Mae hi'n reit llym arnon ni'r dynion.'

'Dech chi'n haeddu llymdra, chi ddynion.'

Tynnais y tun mawr o'r ffwrn ac agorodd Rich ei geg fel dyn yn torri i wyneb y dŵr ar ôl plymio i'r dyfnderoedd: llyncodd gegeidiau o'r stêm blasus. Gosodais y tatws o gwmpas y ffowlsyn a bachodd Rich ddarn o'r croen seimllyd o'r cnawd o dan y gynffon felys. Caeodd ei lygaid i gnoi'r tamaid blasus, cyn neidio ar ei draed i geisio gafael yn y tun, heb gadach na maneg ffwrn. Llifodd pistyll o regfeydd o'i geg wedyn, wrth iddo oeri'i law losgedig o dan y tap.

'Geiriau drwg, Wncwl Rich,' dwrdiodd Llinos, oedd yn sefyll yn y drws yn ei gŵn nos a'i slipers. 'Mi weles i ti'n ceisio dwyn y rhost: ti'n haeddu bysedd sy'n brifo.'

'Fydd dy din di'n brifo pan ddalia i di, y lodes bowld,' bloeddiodd fy mrawd, gan ddechrau rhedeg ar ei hôl. Am chwarter awr wedyn roedd drysau'n chwapio, traed yn taranu ar y staer a lleisiau'n codi wrth i Rich redeg ar eu holau nhw rownd y tŷ gan chwerthin. Safais yn nrws y gegin, yn teimlo rhyw ddyletswydd i ymyrryd, ond roedden nhw fel corwynt. Yr unig gyfraniad wnes i at y stŵr oedd galw i'w hatgoffa nhw o un o fy rheolau prin:

'Dim gynnau Nerf yn y tŷ!'

Roedd Mirain yn llygad ei lle. Tad gwael oedd Ger, a gwreiddyn y broblem oedd ei ddiffyg diddordeb ynddyn nhw, o'i gymharu â'i ddiddordeb ysol ynddo'i hun. Dyn gwahanol iawn ydi Rich – er ei holl wendidau mae o'n gallu ymgolli yn ei chwarae efo nhw. Byddai Ger â'i ben yn ei ffôn, yn galw am dawelwch.

Ymhen deng munud roedden nhw i gyd wedi setlo o flaen y teledu, yn gwneud rhywbeth roedd Rich yn ei alw'n 'gwylio ffilm', ond doedd dim llawer o wylio'n digwydd. Roedd o'n cael hoe fer, werthfawr o'i bryder am Dad – er nad oedd yn bosib rhag-weld hwyliau Dad yn aml, roedd addewid o ginio Sul yn ddigon i'w gadw fo'n hapus, a gallai Rich ymlacio.

Awr a hanner yn ddiweddarach roedd Rich a finne'n yfed gwin wrth y bwrdd. Roedd Llinos a Greta wedi mynd i'w gwlâu, ar ôl cael stori gan Rich, ac roedd Owain wrthi ar ei waith cartref. Bob hyn a hyn, ro'n i'n symud y dillad ysgol o flaen ac uwchben y Rayburn, er mwyn i bob dilledyn sychu erbyn y bore.

'Gen ti dipyn i'w wneud,' sylwodd Rich.

'Dim rhyw lawer. Maen nhw'n blant gwych, a dwi'n hynod o ffodus o hynny.'

'Nid fel'na mae Ger yn meddwl.'

'O, wn i ddim be mae o'n ei feddwl.'

'Mi weles i nhw, ar dop yr argae. Siaradest ti efo nhw?'

'Do.'

'Ddwedodd y plant mo hynny wrtha i.'

'Maen nhw'n rhy gall.'

Chwarddodd Rich wrth wagio'r gwydr.

'Yn yr Arms, maen nhw'n dweud ei bod hi 'di cael cic-owt gan Mistar Jenks.'

'Mae hynny'n wir.'

'Pawb yn cymryd mai dy ddylanwad di oedd hynny, ond dwi'm yn sicr.'

'Dwi'n falch nad ydyn nhw'n cael aros yn eu nyth caru reit o dan fy nhrwyn, ond dwi ddim yn trafod pethe fel'na efo Mistar Jenks.'

'Mae o'n dy hoffi di.'

'Den ni'n gyrru mlaen yn dda, ond dim ond fel bòs a gweithiwr.'

'Dydi hynny ddim yn wir. Mae'n siarad efo ti, ac amdanat ti, fel petaech chi'n ffrindie.'

'Gobeithio 'mod i'n ffrind i bawb.'

'Mae hynny'n lol. Dwi'n dy nabod di'n ddigon dda i wybod dy fod di'n siarad am hanes a llyfrau a ballu er mwyn cadw pobol hyd braich.'

Roedd o'n iawn. Dwi'n angori fy mhrofiadau mewn hanes a diwylliant i rwystro pobol rhag gofyn cwestiynau anodd i mi.

'Ond rhaid i ti gymryd dipyn o ofal, lodes.'

'Be ti'n feddwl? Paid â dweud dy fod di, o bawb, yn gwrando ar sïon y pentre?'

'Dwi'm yn rhoi rhech mewn pot jam am be mae lembos y pentre'n ddweud, ond ti'n haeddu mwy na bod yn darged i bob mochyn deudwlc.'

'At bwy ti'n cyfeirio?'

'Neb yn benodol. Ond dwi'n gwybod bod gen ti duedd i fod yn... wel, yn rhamantus. A rhaid i mi ddweud, hyd yn oed os wyt tithe a phwy bynnag yng nghanol rhyw gorwynt o serch, alli di ddim cystadlu â'i fferm o. Mae ysgariad yn lladd ffermydd, felly y mwya alli di ei ddisgwyl ydi bod yn hobi bech preifat i rywun.'

'Pwy sy'n dweud 'mod i angen unrhyw beth mwy na hynny?'

'Fi. A dwi'n deall hefyd nad wyt ti isie i neb grampio dy steil, lodes, ond...'

'Gwranda, tydi Ger prin allan drwy'r drws a rŵan ti'n meddwl 'mod i'n mynd i lenwi'r lle 'ma efo Casanofas?'

'Dwi'm yn ffŵl, lodes. Dydi Drom erioed wedi galw heibio cyn ddoe. Yn sydyn reit, mae Owain yn godro iddo fo a fynte'n eistedd yng nghegin y Rhos yn trafod y tywydd efo Dad. Dwi'n ei licio fo, mae o'n foi clên, a bob tro mae o'n clywed dy enw, mae ei lygaid yn pefrio fel còg pymtheg oed. Ond does gan ei wraig ddim pre-nup, a gan ei bod hi wedi dod â chymaint o dir efo hi, mi fydde hi'n haeddu taliad digon mawr i chwalu'r Felin. Hyd yn oed os ydi Drom yn dy hoffi di, yn dy hoffi di go iawn, tase'n rhaid iddo ddewis rhwng tithe a'i fab... wel, tase gen ti ddewis rhwng unrhyw ddyn dan haul a'r criw bech lan staer, dwi'n gwybod be fyset ti'n wneud.'

'Ti'n creu rhyw stori fawr o ddim byd, Rich. Fel rhywun clên, mae Drom yn ceisio bod yn neis efo hen ffrind sy'n mynd drwy gyfnod heriol. Dyna'r cyfan.'

'Mae gen ti hawl i ddweud wrtha i am gau fy mhen, a tithe efo dy holl addysg, wedi mynd i'r coleg ac wedi magu plant, a finne'n dal i bydru yn y Rhos, ond jyst cymer ofal.'

'Mi wna i. Beth bynnag, mae Ger a Petal wedi egluro i mi, wrth esgus ceisio helpu, wrth gwrs, 'mod i'n bell o fod yn ddeniadol. Os ydi rhywun fel Drom awydd antur fach, nid dynes ganol oed dros ei phwysau fyse fo'n ei dewis.'

Cododd Rich ei law fawr, ac am eiliad ro'n i'n meddwl ei fod o ar fin mwytho fy wyneb, rhywbeth nad ydi o erioed wedi'i wneud, ond rhwystrodd ei hun. A bod yn onest ro'n i'n falch, achos roedd ei fysedd yn dal yn fudr hyd yn oed ar ôl iddo olchi'i ddwylo.

'Taset ti'n dod draw i'r Rhos, fysen i ddim yn crampio dy steil di, lodes,' meddai, 'a ti ganwaith mwy deniadol na'r ast mae Ger wedi baglu drosti. Mae hi'n edrych yn debyg i'r pethe 'na mae pobol yn eu prynu i'w cŵn eu cnoi, ac mae dy lo o ŵr wedi dy adael am beth felly... Den ni'n dechre go iawn wsnos yma – bydd croeso mawr i Llins helpu efo'r gwellt ac ati.'

Sôn am wyna oedd Rich. Roedd Llinos wedi bod yn ysu i fynd i helpu ers blynyddoedd, ac roedd hi'n ddigon hen bellach i lenwi'r corlannau â gwellt am gwpl o oriau ar ôl yr ysgol. Fel arfer, dwi'n gwneud dipyn o ffys o Dad a Rich cyn dechrau wyna, yn llenwi'r rhewgell iddyn nhw â phrydau cartref a phobi sawl teisen, ond eleni, wnes i anghofio popeth wrth i'r wythnosau wibio heibio. Roedd golwg o straen ar wyneb Rich, a hynny cyn dechrau'r wyna.

'Mi wna i sbynj,' cynigiais, sef ymateb merch o Sir Drefaldwyn i bob problem dan haul. Cynnig arwynebol oedd o, ond roedd yn ddigon i blesio Rich. Gwenodd.

'Paid ag anghofio swper i Dad.'

'Mae o yn y ffwrn yn cadw'n gynnes. Ac mae'r llestri'n go boeth erbyn hyn, felly paid â llosgi dy fysedd eto.'

'Rho gadach i mi.'

Rhoddais swper Dad yn y fasged mae Owain yn ei ddefnyddio pan mae o'n coginio yn yr ysgol. Bachodd Rich yr handlen dros ei benelin gan fod ei fysedd yn dal i frifo.

'Wela i di, lodes. Diolch am swper.'

'Croeso. Wela i di cyn hir.'

Diflannodd i'r tywyllwch, ac roedd y gegin yn wag hebddo. Ro'n i'n helpu fy hun i'r cwstard oedd ar ôl yn y sosban pan agorodd y drws cefn eto.

'Anghofiais y grefi,' datganodd Rich, gan estyn am handlen y sosban. Oedodd, â golwg ddryslyd ar ei wyneb.

'Paid â gweld bai arna i am fod yn ddigywilydd, Cath. Alla i, o bawb, ddim cynnig cyngor i neb, ond dwi'n deall y dynion rownd ffordd hyn, achos dwi'n un ohonyn nhw. Dwi wedi'u clywed nhw'n siarad am eu gwragedd yn yr Arms...

'Drycha, does neb yn mynd i bicio draw fan hyn am chydig o "iacháu rhywiol" chwedl yr hen Marvin Gaye. Alla i ofalu amdanaf fy hun, còg.'

Oedodd Rich eto.

'Dwi'n gwybod fawr ddim am fywyd preifat Drom, achos dydi o byth yn ei drafod, ond does dim llawer o *go* yn ei wraig, 'sen i'n dweud. Mewn partïon priodas ti'n gweld cipolwg o berthynas cwpl. Mae pawb wedi pincio a gwisgo i fyny'n neis, ac yn yfed: os dwyt ti ddim awydd snogio dy briod mewn parti priodas, does dim gobaith. Mae gwraig Drom wastad yn gyrru, byth yn dawnsio, byth yn chwerthin efo'r giang. Mae o'n rhy ifanc i setlo am y ffasiwn briodas, ond dwyt ti ddim isie cael dy raffu i mewn i'r sefyllfa achos yn y pen draw, ti fyse'n cael y bai.'

Aeth fy mrawd yn ôl i'w gartref oer, llawn braw, ac wrth iddo basio'r ffenest gwelais ddyn yn dechrau heneiddio, sefyllfa dorcalonnus i ddyn na chafodd erioed gyfle i fod yn ifanc.

Roedd y sgwrs dros y bwrdd efo Rich wedi f'atgoffa o'r sgyrsiau di-ri ro'n i a Ger yn eu cael, yn enwedig ar nosweithiau Sul ar ôl i'r plant fynd i'w gwlâu a chyn wythnos brysur arall. Roedden ni'n dau wrth ein boddau'n trafod pobol eraill, hyd yn oed gwneud hwyl am eu pennau, oherwydd ein bod ni'n dau'n teimlo rhyw arwahanrwydd oddi wrth gymdeithas, byth ers ein dyddiau ysgol. Roedd Ger, fel mab y Mans, wedi'i fagu i fod dipyn bach yn well na phawb arall, ac roedd rhyw bellter rhwng fy nghyfoedion a finne oherwydd problemau fy nheulu. Daeth Ger a finne'n ffrindiau, ac er i ni snogio gwpl o weithiau ym mhartïon y Chweched, wnes i ddim meddwl amdano fel darpar gariad bryd hynny achos roedd o'r un oed â fi ac roedd llawer o'r bechgyn hŷn yn tynnu fy sylw, yn cynnwys Drom. Wedyn, aeth Ger i Fangor, a finne i Aber, lle nad oedd neb yn gwybod am fy sefyllfa deuluol. Dros y gwyliau haf cyntaf roedden ni'n dau mor fflat, yn colli bwrlwm bywyd coleg, a dechreuodd Ger alw heibio'n reit aml i fynd â fi am sbin yn ei gar. Un tro, yn nhwyni Ynyslas, aethon ni ymhellach na snogio, ac roedd o'n hyfryd. Doedd 'run o ohonon ni wedi cael llawer o brofiad ond roedd rhyw efo ffrind yn llawer gwell na rhyw efo dieithryn. Mae gan Mirain reol bendant: paid â phriodi *fuck buddy*, waeth pa mor gyfleus ydi'r sefyllfa, ond dyna wnes i. A heno, wrth y bwrdd, roedd ymdrech Rich i lenwi'r bwlch drwy fod yn ffrind yn ogystal â brawd, wedi dod â lwmp i 'ngwddw.

Y peth sydd wedi peri'r gofid mwyaf i mi ers i Ger adael ydi diffyg cwsg. Er nad oedd Ger yn un da am helpu efo'r plant, roedd ei bresenoldeb yn fy ngalluogi i ymlacio i gwsg, hyd yn oed pan oedd un o'r plant yn sâl. Rŵan 'mod i'n ymwybodol mai fi ydi'r unig oedolyn yn y tŷ, mae hynny wedi newid. Wrth gwrs, fel y dywedodd Mirain, allwn i ddim dibynnu arno, chwaith. Yn sydyn daeth atgof i mi – atgof ro'n i wedi ceisio'i wthio i berfedd fy meddwl. Anaml dwi'n sâl, ond ar ôl i mi golli fy nghochyn bach roedd y lefelau haearn yn fy ngwaed yn andros o isel gan 'mod i wedi gwaedu cymaint. Ar ôl rhyw chwe wythnos, ac Owain bron yn dair oed, awgrymodd Dr Iolo drallwysiad a sawl prawf, oedd yn golygu aros yn yr ysbyty dros nos. Wnes i gymryd yn ganiataol y byddai Ger yn gallu cymryd diwrnod neu ddau o wyliau o'i waith i ofalu am Owain, ond yn hytrach na hynny, atgoffodd fi ei fod ar fin mynd ar gwrs preswyl i Ynys Enlli. Cyfle rhy dda i'w golli, meddai, ac roedd ei fòs wedi talu iddo fynd felly doedd ganddo dim dewis. Ddylwn i fod wedi dweud wrtho nad oedd gen inne ddewis chwaith, ond eisteddais yn fud ar y soffa gydag Owain yn cysgu wrth fy ochr, ei ben bach yn fy nghôl.

Ar ôl agor y gist lle'r oedd y teimladau i gyd wedi cael eu cloi cyhyd, roedd popeth yn ffres, yn oer ac yn boenus. Wnes i ddim synnu fod Ger wedi 'ngadael i lawr, achos dyna ro'n i wedi dod i arfer ag o. Doeddwn i ddim yn ddigon da i Mam aros i fy magu, ddim yn ddigon da i'm gŵr fy mlaenoriaethu tra o'n i yn yr ysbyty drwy ofalu am ei blentyn ei hun.

Am hanner awr wedi un ar ddeg, felly, oedd yn hwyr iawn i mi fod yn effro ar noson ysgol, ro'n i'n dal i droi a throsi yn fy ngwely pan glywais dincial bach fy ffôn. Ro'n i'n disgwyl mai neges gan Mirain, neu hyd yn oed Becca, fyse hi, ond Drom oedd wedi'i gyrru.

'Gobeithio bod ti'n iawn. Wedi clywed gan rai fod y penwythnosau'n anodd pan ti ar ben dy hun. Mae'r penwythnos cynta drosodd a ti'n dal i sefyll. Mae gen ti fwy o ffrindie nag wyt ti'n feddwl. I'r gad, lodes.'

Dim ond un gair sgwennais yn ateb:

'Diolch.'

Daeth neges yn ôl yn syth.

'Rich yn iawn: mae hi'n debyg i rwbeth fyse ci yn ei gnoi.'

Atebais efo emoji gwên, a chyn iddo gael cyfle i anfon neges arall, syrthiais i gysgu, gan ddeffro am hanner awr wedi chwech ar fore clên o wanwyn.

14

Un o'r pethe hynod am y gymdeithas amaethyddol ydi'r ffordd maen nhw'n siarad am waith fferm fel petai'n bleser.

'Os wyt ti'n lodes dda, gei di fynd i helpu Wncwl Rich,' dywedais wrth fy merch saith oed, gan gynnig dwyawr o waith caled corfforol iddi fel trêt ar ôl diwrnod prysur yn yr ysgol. Ac mi weithiodd. Roedd Llinos yn methu aros i adael y tŷ, a phan ddywedais wrthi fod Wncwl Rich yn mynd i ddod i'w nôl hi oddi ar y bws, roedd hi bron â ffrwydro efo balchder. Ges i fwy o help ganddi y bore hwnnw nag erioed o'r blaen, ac mi wnaeth hi hyd yn oed bacio'i bag ei hun er mwyn gwneud yn siŵr na fydden ni'n hwyr yn gadael.

'Braf gweld rhywun yn cîn,' meddai Owain fel petai o ddim yn malio botwm corn am wyna, ond sylwais ei fod o wedi gwthio'i foilers i waelod ei fag ysgol.

Cyrhaeddais y Plas yn gynnar, gan synnu Mistar Jenks. Roedd o'n cerdded dros y lawnt gyda mŷg o goffi yn ei law, yn syllu dros y dyffryn â phleser amlwg oedd yn gwneud ei wyneb yn fwy bywiog nag arfer.

'Mae'r haf o'n blaenau ni, Catherine,' datganodd, gan chwifio'i law i gyfeiriad y magnolia. 'Edrycha faint o flodau sydd wedi agor ers dydd Gwener.'

'Sylwais ar yr un peth pan o'n i'n gyrru i fyny'r wtra– mae'r petalau fel hiff o eira.'

'Hiff o eira, ie.' Pesychodd, fel petai ganddo rywbeth pwysig i'w godi, heb wybod sut i wneud hynny. 'Sut oedd y penwythnos?'

'Iawn, diolch yn fawr.'

Cymerodd fy mhenelin a'm tywys i ochr y tŷ. Wrth agor y drws i'r Orendy, dywedodd yr hyn oedd ar ei feddwl.

'Rhaid i ni ddechrau'r wythnos wrth drafod Blathnaid. Mae'n hanes unigryw.'

Mae 'na system wresogi yn yr Orendy ond doedd hi ddim ymlaen, felly pan eisteddon ni yno am sgwrs ro'n i'n falch nad oeddwn i wedi tynnu 'nghôt. Eisteddodd Mistar Jenks ar gadair haearn bwrw gyferbyn â fi, yn llewys ei grys.

'Doedd Blathnaid ddim yn perthyn i ni drwy waed. Priododd modryb fy hen daid ddyn o'r gogledd o'r enw Hamer George, ac roedd ei stad, Nant Helyg, yn cynnwys tir hardd ond gweddol anffrwythlon rhwng y Bala a Ffestiniog. Ar ôl rhyw dair blynedd bu hi farw gan adael mab deunaw mis oed o'r enw Lewis. Wnaeth y gŵr gweddw ddim aros yn sengl yn hir. Etifeddodd dipyn o bres ar ôl modryb fy hen daid, ei wraig gyntaf, a bu hynny'n help, efallai, i ddenu'r ail, Miss Rice Stuart-Talbot. Pan briodon nhw roedd o'n agos at ei ddeugain oed, a hithe'n ddeunaw. Doedd gwahaniaeth oedran o'r fath ddim yn anarferol bryd hynny.'

'Mae hynny fel petawn i, yn y Chweched Dosbarth, wedi priodi un o ffrindie Dad!'

'Yn ôl y sôn, saethu a hela ddaeth â nhw at ei gilydd. Roedd hi'n dod o Sir Fynwy, a does dim rhaid i mi dy atgoffa o brif nodweddion bonedd yr ardal honno.'

Bob hyn a hyn, fel athro caredig, bydd Mistar Jenks yn gofyn cwestiwn i mi, neu wneud datganiad sy'n rhoi cyfle i mi ddangos fy ngwybodaeth. Ar un llaw mae 'na rywbeth braf, bron yn dadol, am hynny ond hefyd mae'n adlewyrchiad o'r bwlch sydd rhyngddon ni, chydig yn nawddoglyd. Cymerais yr abwyd.

'Wel, yn y cyfnod cyn y Rhyfel Mawr, sir o ddwy hanner oedd Mynwy: yr ardal wledig a'r ardaloedd gafodd eu heffeithio gan y Chwyldro Diwydiannol.'

Nodiodd ei ben yn araf, i f'annog i fwrw mlaen.

'Ond cyn oes y glo a'r haearn, roedd dylanwad yr Eglwys Gatholig yn dal yn gryf yn yr ardal.'

'Yn hollol. Felly roedd gan Miss Rice Stuart-Talbot ffortiwn fach o'r pyllau glo, ac roedd ganddi gysylltiad â'r teulu Bute...'

'... Sy'n cael ei adlewyrchu yn ei henw!' Torrais ar ei draws gan wybod y byddai o'n maddau fy nigywilydd-dra oherwydd fy niddordeb yn y maes. Mae Rich wastad wedi dweud bod Mistar Jenks a finne'n adar o'r unlliw, wastad yn defnyddio llawer mwy o eiriau nag sydd raid, ac roedd hynny'n cael ei adlewyrchu yn y sgwrs hon oedd i fod i ateb cwestiwn hynod syml, sef 'pwy oedd Blathnaid?'. Ond dwi o'r farn fod ein rhesymau dros wneud hynny'n hollol wahanol. Dwi'n parablu am lyfrau a phethe amwys i gadw pobol hyd braich tra mae o'n ceisio llenwi ei oriau gwag. Ond dwi'n mwynhau ein sgyrsiau gan nad ydw i erioed wedi cwrdd â neb arall sydd mor amyneddgar efo fi, sydd byth yn barnu fy ffordd o siarad. Nid hanesydd ydi Mistar Jenks ond hynafiaethydd: dyn sydd â diddordeb ym mhob twmpath neu garnedd uwchben yr allt, ond fawr ddim diddordeb yn Byzantium. Byddai'n ddigon hawdd dweud bod ei ddiddordebau'n rhai cul, gan fod ei ffocws ar ddarn o dir pum milltir sgwâr, ond mae'r wybodaeth sydd ganddo am y deyrnas fach honno'n anhygoel. Dwi'n rhannu ei ddiddordebau achos ein bod ni'n dau'n dod o'r un gornel o'r byd, ond weithiau mae hyd yn oed lodes ei milltir sgwâr fel finne'n synnu at ei gulni. Dyna pam ro'n i'n synnu o'i glywed yn siarad mor gyffrous am rywle mor bell â Sir Fynwy – wedyn, cofiais fod cysylltiad â'r teulu.

'Croesawodd Hamer George arian ei ail wraig,' parhaodd, 'ond doedd o ddim mor falch o weld ei ffydd yn dod i Nant Helyg. Doedd hi ddim yn fodlon ei briodi heb wasanaeth Catholig, oedd yn cynnwys addewid i fagu eu plant yn yr un ffydd.'

'Peth anarferol iawn yn Sir Feirionnydd bryd hynny.'

'Yn union. Roedd yn sioc i Hamer George achos roedd disgwyl i wraig blygu o flaen ei gŵr o hyd. Ond setlodd popeth, a daeth y wraig newydd fyny i Nant Helyg a chyflwynodd fabi i'w gŵr o fewn y flwyddyn. Cafodd ei enwi ar ôl y ddinas yr arhoson nhw ynddi yn yr Eidal.'

'Fel Brooklyn Beckham?'

'Yn union fel Brooklyn Beckham,' atebodd, ond doeddwn i ddim yn sicr oedd o erioed wedi clywed yr enw o'r blaen.

'Mab neu ferch?'

'Merch.'

'Roma?'

'Florence. Hi oedd eu hunig blentyn, er iddyn nhw fyw i ddathlu eu priodas arian. Roedd iechyd yr ail Mrs George wedi bod yn fregus byth ers i Florence gael ei geni, ac roedd yn rhaid iddyn nhw dreulio'r rhan fwyaf o'u hamser dramor, yn y tywydd braf, gan adael y plant ar ôl yn Nant Helyg.'

'Wnaethon nhw ddim mynd â'r plant efo nhw?'

Mi wnaeth ymateb Mr Jenks fy synnu i.

'Nid pawb sy'n teimlo fel ti ynglŷn â'u plant, Catherine,' meddai mewn llais isel, blinedig.

Am ei wraig ei hun roedd o'n sôn, roedd hynny'n glir. Am eiliad ro'n i'n flin: efo'r byd, efo Duw, os oedd o'n bodoli, ac efo'r Tynghedau, achos byddai Mistar Jenks – fel Rich – wedi medru gwneud tad da, ond chawson nhw, am resymau gwahanol, mo'r cyfle. Ar y llaw arall roedd Ger wedi cael y plant gorau yn y byd mawr crwn (ffaith, nid barn) ac wedi dewis eu gadael. Mae gan Mistar Jenks efeilliaid, Melangell a Rhodri – neu Mel a Rod, fel maen nhw'n galw eu hunain – ond yn ôl dymuniad eu mam cawsant eu gyrru i ffwrdd i'r ysgol, gan amddifadu'r Sgweier o'r cyfle i gael perthynas dda efo nhw. Un swmpus, chwerw ac oeraidd ydi'r ferch, sydd wrthi'n gwneud ei ffortiwn yn y Ddinas, ac mae ei brawd yn amharchu ei dad, yn chwarae ei ffordd drwy ei fywyd gan wario pres y stad, pres sy'n dod o'r chwys ar dalcen fy mrawd a gofal ei dad, ei daid a'i gyndeidiau i gyd o'r Plas a'r tiroedd. Mae'r Sgweier yn haeddu plant gwell.

Ro'n i'n ymwybodol o agwedd rhieni yr oes at fagwraeth eu plant, ond eto, roedd rhywbeth am hanes y teulu George wedi cyffwrdd fy nghalon. Dychmygais ddau wyneb gwelw yn edrych allan drwy lenni trwchus melfed eu cartref, yn syllu i lawr yr wtra gan ysu i glywed olwynion ar y cerrig mân tra oedd eu rhieni'n cerdded fraich ym mraich i lawr y promenâd yn Nice neu rywle tebyg, yn mwynhau'r heulwen. Doedd dim angen therapydd i egluro i mi'r cysylltiad â fy mywyd fy hun.

Dwi'n falch fod Mistar Jenks wedi rhoi llyfryn i mi i gofnodi'r hyn sydd ar fy meddwl – mae golygfeydd yn datblygu'n aml yn fy mhen, fel lluniau disymud o ffilm. Lobsgóws o syniadau, atgofion, jôcs a chyferbyniadau ydyn nhw, sy'n werth eu cofnodi petai ond er mwyn i mi ddod i ddeall mwy amdanaf fy hun wrth eu dadansoddi. Mae'r olygfa ddychmygol o'r promenâd Edwardaidd yn enghraifft berffaith – roedd atsain o'r ffilm *Mary Poppins* ynddi, efo Ger yn rôl Dick Van Dyke. Mae hynny'n addas iawn, wedi meddwl – mae acen Sir Drefaldwyn Ger yr un mor ffals â Chocni'r hen Dick, gan na symudodd teulu Ger i'r ardal nes oedd o'n ddeg oed.

Tra oeddwn i'n ar goll yn fy meddyliau, roedd Mistar Jenks wedi diflannu a dychwelyd efo hen ffeil gardfwrdd. O ystyried ei fod yn ddyn cyfoethog, mae o'n hynod ofalus o'i arian, er ei fod yn hael iawn efo pobol eraill. Mae o'n mynnu cael gwerth pob ceiniog mae'n ei dalu am ddeunydd ysgrifennu, felly roedd y ffeil yn un rad o'r wythdegau oedd wedi cael ei defnyddio dro ar ôl tro, gyda llinell yn cael ei rhoi drwy deitl cynnwys blaenorol y ffeil bob tro wrth i deitl newydd gael ei ysgrifennu arni yn ei lawysgrifen gain. Mi sylwais nad oedd teitl newydd arni, er bod llinell drwy'r hen gynnwys, 'Gohebiaeth CADW'.

Mi ges i sioc wrth weld y llun cyntaf dynnodd Mistar Jenks o'r ffeil: llun gŵr a gwraig yn cerdded i lawr promenâd oedd o, yn union fel yr olygfa ro'n i newydd ei dychmygu. Dyn mawr fel arth oedd o, ei law fel pawen drom ar fraich fain ei wraig. Roedd hi'n denau, ei chroen bron yn dryloyw, a het cantel lydan yn cysgodi'i hwyneb. Ond er bod ei chorff yn edrych yn fregus roedd rhywbeth penderfynol ynglŷn â'r ffordd roedd hi'n sefyll. Petai Hamer George wedi gorwedd ar frest ei wraig byddai wedi torri sawl un o'i hasennau, ystyriais, gan feddwl y byddai'r llun yn un da i'w roi fel testun i ddosbarth sgwennu creadigol.

Roedd y llun cyntaf welais i o'u merch yn rhyfeddol. Saith neu wyth oed oedd hi yn y llun gothig yr olwg, yn sefyll ar stepiau llydan o flaen colofnau marmor. Yng nghornel y llun, fel petai'r ffotograffydd yn methu penderfynu oedd o'n mynd i'w gynnwys ai peidio, safai dyn byr yn gwisgo ffrog hir ddu efo rhes o fotymau i lawr y blaen, het lydan ddu a choler fawr wen. Roedd o'n edrych ar y ferch, ond oherwydd cysgod yr adeilad, nid oedd modd gweld ei wyneb. Yn fwy hynod, roedd y ferch wedi'i gwisgo fel priodferch mewn ffrog hir, wen a fêl les wedi'i phlygu'n ôl dros dop ei phen.

'Pwy ydyn nhw?' gofynnais, gan geisio cuddio pa mor arswydus ro'n i'n meddwl oedd y llun.

'Florence, yn gwneud ei Chymun Bendigaid cyntaf. Hefyd yn y llun mae'r Tad Quinn, eu caplan. Dwy "n", sy'n nodi mai Catholig oedd o. Un "n" sydd i'r enw i Brotestaniaid.' Hyd yn oed yng nghanol ei naratif, allai o ddim peidio â rhannu ffaith fach hanesyddol ddibwys.

'Caplan?'

'Os ydw i wedi deall y sefyllfa, roedd teuluoedd bonedd nad oedd ganddynt blwyf Catholig yn cadw offeiriad yn y tŷ, a dwi bron yn sicr nad oedd Eglwys yn eu ffydd nhw yn y Bala tan y cyfnod rhwng y rhyfeloedd. Roedd y caplan yn llenwi rôl ehangach na'i ddyletswyddau ysbrydol – roedd o'n stiward, un craff a gweithgar wnaeth, i bob bwrpas, fagu'r plant nes i Lewis fynd i'r ysgol yn dair ar ddeg oed. Roedd Quinn yn dipyn o gymeriad, efo diddordeb mawr mewn ieithoedd a hanes: cyhoeddodd sawl cyfieithiad o destunau Catholig i'r iaith Gymraeg, a dau gasgliad o ddiarhebion yr ardal. Sgwennai lythyr bob bore Llun at y Georges yn cofnodi manylion y stad, yr ardal a'r plant... mae'r ohebiaeth ddifyr honno yma, a gallai fod yn brosiect hynod o ddifyr i ti, Catherine, ar ôl i gynnwys pob un o'r dyddlyfrau gael ei gofnodi.'

'Mi fydda i'n brysur yma am weddill fy mywyd felly,' atebais, fel jôc, ond roedd ei ymateb yn ddifrifol.

'Dwi'n mawr obeithio.' Wedyn pesychodd, fel petai am gael

gwared o'r geiriau oedd wedi datgelu gormod. 'Wnei di agor dy liniadur, os gweli di'n dda?'

Daeth delwedd arall i mi: fy llaw chwith yn ymestyn am lyfr oddi ar un o'r silffoedd, ond roedd y llaw wedi heneiddio a datblygu smotiau brown, y gwythiennau wedi codi'n las. Doedd parhau i weithio yn y Plas ddim yn syniad diflas o gwbl.

'Daeth y Rhyfel, wrth gwrs, ond ddaeth y rhieni ddim yn ôl. Symudodd y ddau i Madeira tra parodd yr ymladd. Ymunodd Lewis, a oedd yn ei ail flwyddyn yng Nghaergrawnt yn 1914, â'r fyddin yn syth ac, yn ugain oed, cafodd ei yrru draw i'r Aifft, lle cwrddodd â rhai o'i gefndryd. Er mawr anfodlonrwydd i'w dad, roedd o wedi penderfynu ymuno â Chwmni C y Seithfed Bataliwn yn y Trallwng yn hytrach na Chwmni H o'r Bala.' Tynnodd y Sgweier ei sbectol am eiliad, a gwenu. 'Roedd Lewis yn dod i'r Plas 'ma'n aml iawn, a Florence fach, wrth gwrs. Roedd y Plas yn y dyddiau hynny'n llawn bwrlwm a hwyl – cyferbyniad llwyr â'u cartref tawel, ynysig – cyn i bopeth gael ei chwalu yn ystod y Rhyfel. Os edrychi di ar y lluniau yn archif y Plas o'r cyfnod hwnnw, mae Lewis a Florence i'w gweld ynddyn nhw'n aml. Roedden nhw yma mor aml, prynodd fy hen, hen daid urddwisg Gatholig ar gyfer y Tad Quinn er mwyn sicrhau y câi Florence gymryd y Cymun pan oedd hi'n aros yma. Doedd fy hen, hen daid ddim yn hoff iawn o Wyddelod na'u ffydd, ond roedd Quinn yn ddyn mawr am geffylau, efo llygad arbennig, felly datblygodd cyfeillgarwch annisgwyl rhyngddyn nhw. Yn ystod y tymor hela, roedd Quinn efo ni'n aml iawn. Roedd o'n helsmon a hanner, ond doedd o ddim yn hela yn ei ardal ei hun gan y byddai hynny'n amharchus.'

'Mae o'n swnio fel cymeriad o nofel, y Tad Quinn 'ma.'

'Mae 'na fwy o'i hanes i ddod. Wyt ti'n gyfarwydd â Gwersyll Fron-goch, Catherine?'

Ro'n i'n eitha cyfarwydd ag enw'r gwersyll oedd yn cael ei alw yn 'Brifysgol yr IRA', ond chwiliais ar y we amdano. Roedd y lluniau ar sgrin fy ngliniadur yn ddigon tebyg i sawl gwersyllgarchar arall ledled y byd: rhesi o gytiau pren y tu ôl i ffens fawr a weiren bigog ar ei phen. Hyd yn oed yn yr hen luniau aneglur ar sgrin gliniadur, roedd oerni'r lle yn amlwg.

'Roedd Nant Helyg, stad y Georges, lai na deng milltir o Fron-goch. O'i hafan yn Madeira, roedd Hamer George yn gwrthwynebu sefydlu'r gwersyll, gan bwysleisio yn ei lythyrau di-ri y gallai lle llawn carcharorion yn lleol beryglu ei "ferch forwynol" bymtheg oed.'

'Os oedd o'n poeni cymaint am Florence, ddyle fo fod wedi dod adre i ofalu amdani.'

'Yn hollol. Buddsoddodd George dipyn o bres yng nghynllun wisgi ei gymydog, menter aflwyddiannus, wrth gwrs, ac ers hynny roedd tipyn o ddrwgdeimlad rhyngddynt. Ond doedd gan George, fel tirfeddiannwr absennol, ddim llawer o ddylanwad, a chafodd y gwersyll ei godi.'

'Arhoswch am eiliad. Pa fath o enw yw Blathnaid? Gwyddelig? Oedd cysylltiad â'r gwersyll?'

Chwarddodd Mistar Jenks. 'Tydw i erioed wedi dy weld di mor ddiamynedd, Catherine,' sylwodd. 'Fel arfer, ti'n mwynhau pob tro yn y naratif.'

Roedd o'n iawn. Fel arfer, diddordeb academaidd oedd gen i yn hanes y teulu ond roedd stori Letitia, a'r cymeriad niwlog Blathnaid, wedi bachu fy chwilfrydedd.

'Yn 1914 daeth y carcharorion cyntaf i Fron-goch: Almaenwyr. Does neb wedi dod o hyd i ochr arall yr ohebiaeth rhwng y Tad Quinn a Hamer George, ond mae'n amlwg nad oedd George yn disgwyl yr ymateb gafodd o gan yr offeiriad i'r mewnlifiad i'r gwersyll. Roedd Hamer George yn eu hystyried yn dipyn o bla, ond i Quinn, roedden nhw i gyd yn eneidiau, yn unigolion, yn ddarpar aelodau o'i braidd. Y diwrnod ar ôl i'r gwersyll mawr dderbyn y carcharorion cyntaf, aeth i lawr i siarad efo'r swyddog ar ddyletswydd. Aeth Florence efo fo, achos roedd yr offeiriad yn ddigon call i ddeall y byddai gan foneddiges o deulu lleol blaengar lawer mwy o ddylanwad nag offeiriad o Wyddel.

'Doedd y swyddog ddim yn rhy hoff o'r syniad fod gan

Quinn ddyletswyddau bugeiliol dros y carcharorion ond roedd Florence yn styfnig, ac yn y pen draw, cafodd Quinn rôl swyddogol fel caplan i Gatholigion Fron-goch. O hynny ymlaen, roedd Florence yn mynd yno efo fo dair gwaith yr wythnos, i ddysgu Saesneg i'r carcharorion, i anfon llythyrau i'w cariadon a'u teuluoedd ac i roi cymorth ymarferol, fel trwsio'u dillad. Wrth egluro, meddai Florence, petai ei hanner brawd, Lewis yn cael ei garcharu yn rhywle, byddai'n gysur mawr iddi wybod bod rhywun, unrhyw un, yn picio draw i'w weld, ac roedd hi am roi'r cysur hwnnw i deuluoedd carcharorion Fron-goch.'

'Chwarae teg iddi. Doedd dim llawer iawn o gydymdeimlad ag Almaenwyr bryd hynny.'

'Wel, os oedd tosturi at Almaenwyr yn brin, roedd mwy o ddrwgdeimlad byth at y llwyth nesa o garcharorion.'

'Y Gwyddelod? Ro'n i'n cymryd y byddai'r gymuned leol yn cydymdeimlo â nhw, oherwydd y cyswllt Celtaidd.'

'Na. Ar ôl Gwrthryfel y Pasg, pan oedd cymaint o Gymry'n gwasanaethu dramor yn lifrai'r Goron, roedd llawer yn disgrifio'r gwrthryfelwyr fel bradychwyr oedd wedi troi ar Brydain tra oedd sylw'r wlad yn rhywle arall. Hefyd, doedd fawr o barch yng nghefn gwlad Cymru i'r Gwyddelod roedden nhw wedi dod i gysylltiad â nhw o'r blaen – y nafis fu'n gweithio ar y rheilffyrdd, ac yn codi sawl argae. Ond, wrth gwrs, roedd y ganran o Wyddelod oedd yn Gatholigion selog yn llawer uwch na'r ganran ymhlith yr Almaenwyr, felly roedd Quinn yn Fron-goch bron yn ddyddiol.'

'A Florence?'

'Ie, a Florence, ac roedd gwahaniaeth rhwng ei pherthynas â'r carcharorion Almaenig a'r gwrthryfelwyr Gwyddelig. Dysgu'r Almaenwyr oedd Florence ond dysgu gan y rebeliaid o Iwerddon oedd hi. Nid carcharorion arferol oedden nhw ond arweinwyr eu gwlad: dynion megis Michael Collins a Terence MacSwiney. I ferch a dreuliodd ei bywyd cyfan mewn ardal wledig, dawel, roedd y profiad o fod yng nghanol digwyddiadau mawr y byd, yn hytrach na gwylio o bell, yn teimlo fel storm.

Roedd Collins yn dysgu ei gyd-garcharorion, ac ymunodd Florence yn ei wersi, gan ddysgu am hanes y wlad ac am ei freuddwyd o Iwerddon Rydd.'

Roedd y Sgweier bellach yn syllu i'r pellter, wedi ymgolli yn yr hanes. Ochneidiodd cyn ailddechrau siarad.

'Dim ond am gyfnod byr roedden nhw yno, ac ar ôl iddyn nhw fynd, daeth Almaenwyr yn ôl i Fron-goch. Cyrhaeddodd newyddion i Nant Helyg: roedd Lewis wedi cael ei anafu draw yn yr Aifft, wrth frwydro'n erbyn y Tyrciaid. Roedd o'n rhy wael i deithio gartref ond doedd ei fywyd ddim mewn perygl, chwaith. Er nad modd i'r meddyg yn ysbyty maes Beersheba ddweud yn union pryd y gallai Lewis ddychwelyd, roedd trefn arferol y tŷ wedi'i droi wyneb i waered. Roedd Florence, yn enwedig, yn disgwyl yn eiddgar am ddychweliad ei brawd, gan roi potel ddŵr poeth yn ei wely bob nos am chwe mis. O'r diwedd daeth telegram o Lundain ganddo, yn gofyn am lifft adre o orsaf Arenig y diwrnod wedyn. Aeth Florence ei hun i lawr i gwrdd â fo, gan yrru'r trap. O'r hyn y gallwn ni ei weld o luniau'r cyfnod, doedd Lewis ddim yn edrych yn rhy wael. Doedd o ddim yn ddigon iach i ddychwelyd i'r llinell flaen, ond doedd o ddim yn fodlon aros gartref chwaith, felly ar ôl ysgrifennu llythyrau at bron bawb roedd o'n ei adnabod, llwyddodd i ennill swydd yn y Swyddfa Ryfel. Er nad oedd ganddo lawer o fanylion am ei rôl newydd i ddechrau, roedd y swydd yn ddigon i godi calon Lewis – y syniad y byddai'n gallu mynd yn ôl i wneud ei ran. Roedd o'n dal yn wan ac allai o ddim cerdded yn bell heb golli'i wynt, ond un diwrnod, aeth o a Florence am dro ar gefn ceffylau. Daeth yn law mawr, ac roedd y ddau yn wlyb at eu crwyn erbyn iddyn nhw gyrraedd yn ôl. Yn y neuadd, gan chwerthin fel plant, tynnodd y ddau eu cotiau gwlyb, a thynnodd Lewis ei grys hefyd. Gwelodd ei chwaer ei greithiau am y tro cyntaf: roedd y cnawd dros ei frest a'i fol wedi llosgi nes bod y croen yn goch a rhychiog. Cuddiodd Florence ei sioc ond ddaeth hi erioed dros y peth. Yn ei llygaid hi, roedd ei brawd annwyl wedi diodde'r holl boen ar ran y llywodraeth oedd wedi carcharu Michael Collins. Pan aeth Lewis i ddechrau ei swydd newydd efo'r Swyddfa Ryfel, Florence, unwaith eto, yrrodd y trap i lawr i'r orsaf er mwyn iddo ddal y trên. Ond yn hytrach na mynd yn ôl i Nant Helyg, arhosodd Florence am drên oedd yn mynd i'r cyfeiriad arall, i'r gorllewin. Cafodd tocyn i Ddulyn ei brynu gan rywun oedd yn ateb ei disgrifiad, a thynnodd Miss Florence George sawl mil o'i chyfrif yn y National Bank ar Stryd Great Brunswick yn y ddinas honno. Wedyn, diflannodd oddi ar wyneb y ddaear.'

'All neb ddiflannu.'

'Os yw rhywun wir am wneud hynny, mae'n ddigon hawdd. Ar y pryd, wnaeth neb sylwi ar y cyd-ddigwyddiad, ond wythnos yn ddiweddarach, daeth myfyrwraig newydd i Colaste Uladh, neu Goleg Ulster, yn Cloughneely. Roedd y ddynes ifanc – boneddiges o'i golwg a'i moesau – yn rhugl yn yr Wyddeleg er bod ganddi acen hynod. Ei bwriad, meddai, oedd dysgu mwy am hanes a diwylliant er mwyn paratoi ei hun am yrfa fel athrawes. Talodd y ffioedd i gyd mewn arian parod a sgwennu ei henw ar y gofrestr mewn llawysgrifen glir, safonol: Blathnaid Seòras.'

Erbyn hyn roedd Mistar Jenks a finne wedi blino'n lân. Roedd o'n fyr ei wynt, fel petai wedi brysio i gopa bryn serth, ac roedd fy nerfau inne'n rhacs. Parodd y tawelwch yn hir.

'Mae'r stori'n haeddu cael ei gwneud yn ffilm yn Hollywood,' mentrais ymhen sbel. 'Ond sut ydech chi'n gwybod hyn i gyd?'

'Ti'n cofio'r Tad Quinn a'i lythyrau?'

'Dwi'n gweld.'

'Hyd yn oed ar ôl iddo dderbyn llythyr gan Quinn yn dweud bod Florence wedi diflannu, ddaeth Hamer George a'i wraig ddim yn ôl adref.'

'Er nad ydi Hamer yn swnio'n foi neis iawn, dwi'n siŵr na fyddai'n hawdd iddo deithio o Madeira yn ystod y Rhyfel.'

Roedd fflach anarferol yn llygaid Mistar Jenks.

'Ar ôl blynyddoedd o ddilyn mympwyon dynes wan ond

pwerus, newidiodd George o fod yn ddyn egnïol, penstiff, i fod yn was bach oedd yn dilyn ei wraig gan ddal ei pharasôl.'

Ystyriais, wrth glywed y min yn ei lais, tybed a oedd sefyllfa Hamer yn taro tant.

Tynnodd Mistar Jenks lun arall o'r ffeil, yn dangos adfail o blasty, y to i gyd wedi mynd, y ffenestri yn ddi-wydr.

'Marchfergus House, gwaith llaw Blathnaid... neu Florence,' meddai.

'Be, wnaeth hi hyfforddi'n bensaer?'

'Na, fel llosgwraig. Nid rôl oddefol, ddiwylliannol yn nyfodol Iwerddon oedd gan Florence mewn golwg pan deithiodd hi yno. Joseph O'Doherty oedd trefnydd y Gwirfoddolwyr Gwyddelig yn Donegal, ac ar y dechrau roedd o'n anfodlon derbyn dynes ifanc i'r mudiad heb eirda gan neb. Ond pan orffennodd y Rhyfel, a phan ddatganwyd annibyniaeth, roedd y sefyllfa'n rhy fregus. Pan gafodd yr heddlu gymorth gan y Black and Tans, croesawodd O'Doherty y ferch ddieithr, Blathnaid, i'r gwasanaeth gweithredol.'

'Maddeuwch fy anwybodaeth, ond pa fath o ymgyrch oedd hi?'

'Un chwerw. Rhyfel Guerrilla, efo'r heddlu'n ceisio amddiffyn trefn gwlad nad oedd am dderbyn y drefn honno mwyach. Roedd pob gorsaf heddlu a phob cartref bonedd yn darged, ac ar ôl ymosodiad gan un ochr, roedd yr ochr arall yn talu'r pwyth yn ôl. Roedd y tirlun i gyd ar dân, a rhoddodd O'Doherty a'r mudiad sawl sialens i Blathnaid, er mwyn iddi allu dangos ei bod o ddifri. Llosgi Marchfergus House oedd un o'r sialensau hynny. Roedd hi'n go handi efo reiffl hefyd, a dryll llaw.'

Dangosodd lun arall i mi o res o bobol yn sefyll tu allan i fwthyn gwyngalch, to gwellt. Roedd dau ddyn yn eu pedwardegau, a gynnau hir yn hongian yn hamddenol oddi wrth eu penelinoedd, ond ifanc oedd y gweddill: saith o lanciau yn gwisgo capiau mawr, a dwy ferch, un efo sgarff dros ei gwallt a'r llall yn gwisgo het dyn, oedd wedi'i thynnu i lawr dros ei thalcen. Roedd ei llaw chwith wedi'i chuddio yn mhoced ei chôt law. Er gwaetha'r het, roedd ei hwyneb yn glir. Florence, neu Blathnaid, oedd hi.

15

Ar ôl y sesiwn ar Blathnaid, doedd gweddill y diwrnod ddim mor gynhyrchiol. Es i'n ôl i'r llyfrgell i sgwennu nodiadau – er bod Mistar Jenks wedi rhoi ffeil Blathnaid i mi, ro'n i'n anfodlon ei hagor hebddo. Roedd yr hanes eisoes yn gymhleth, ac ro'n i'n awyddus i brosesu'r cyfan cyn ychwanegu at y *dramatis personae*.

Roedd yn gysur troi'n ôl at eiriau Letitia, ei disgrifiadau hwyliog am ei chydweithwyr a'i naratif o fywyd y Plas. Roedd ei pherthynas â'r garddwr newydd wedi sbarduno fy chwilfrydedd – er bod y rhan fwyaf o'i sylwadau'n feirniadol iawn, roedd Letitia'n sôn amdano bob dydd.

'Mae Mr Griffith wedi gwahardd y plant rhag chwarae ar ei lawnt arbennig!'

'Dyw'r hen goed afalau ddim yn ddigon da mwyach. Yn ôl Mr Griffith, rhaid cael rhai newydd.'

Dau bosibilrwydd oedd i berthynas fel hon: gallai ddatblygu'n elyniaeth go iawn, neu gariad. Wrth droi'r dudalen ro'n i'n edrych ymlaen i ddarganfod eu ffawd, ond dim ond un gair oedd ar y dudalen nesaf, a hwnnw wedi'i gamsillafu:

'Brathnaed!'

Sylweddolais, wrth i fy mol chwyrnu'n ddigon uchel i godi braw ar y gath oedd yn gorwedd ar silff y ffenest, nad oeddwn wedi bwyta ers amser brecwast. Edrychais ar fy ffôn: roedd hi wedi troi chwarter wedi dau. Roedd Mistar Jenks allan yn yr ardd, yn sefyll wrth yr ha-ha yn ei oelsgin, yn bwyta brechdan lipa a sych yr olwg. Rhyw fath o ffos efo ffens neu sietin ar y gwaelod ydi ha-ha, gyda llaw, rhywbeth oedd yn cael ei ddefnyddio gan y bonedd i wahanu'r ardd a'r cae heb sbwylio'r olygfa. Roedd yn rhaid i mi gŵglo'r peth pan ddois i yma i weithio gyntaf. Er ei fod yn ddyn cyfoethog, mae o'n byw heb gysur; yn cysgu ar wely caled mewn tŷ oer ac yn bwyta bwyd y byddai Rich, hyd yn oed, yn ei daflu i'r bin. Tydi o ddim yn teithio nac yn gwneud pethe fel mynd i'r theatr, dim ond yfed ar ei ben ei hun.

Mi es i allan ato fo, am awyr iach.

'Rhaid gwneud rhywbeth am hyn,' meddai, gan chwifio'r frechdan ych-a-fi i gyfeiriad gwaelod yr ha-ha. Syrthiodd beth bynnag oedd yn y frechdan i'r glaswellt. 'Mae dŵr yn casglu. Rhaid bod rhywbeth o'i le gyda draeniad y lawnt. Gest ti ginio?'

'Dim eto.'

'Ddylet ti fynd rŵan.'

'Mi wnes i ymgolli yn hanesion Blathnaid a Letitia. Beth bynnag, wnaiff o ddim drwg i mi golli pryd o fwyd bob hyn a hyn.'

Llyncodd Mistar Jenks y darn olaf o'r bara a chymryd cegaid o beth bynnag oedd yn y fflasg yn ei boced. Fyddwn i ddim yn ei feio petai'n yfed llond potel o meths i gael gwared ar flas y frechdan 'na.

'Ddim yn aml dwi'n rhoi cyngor i neb, Catherine, ond dwi am dorri'r rheol honno rŵan. Paid ag esgeuluso dy hun. Mae'n gyfnod o ansicrwydd mawr i ti, ac i'r plant: maen nhw'n haeddu mam sy'n ddigon cryf i lywio'r teulu drwy'r storm bresennol.'

Doedd o erioed wedi dweud unrhyw beth tebyg wrtha i o'r blaen, a gwyddwn fod ei eiriau wedi'u sbarduno gan gyfeillgarwch yn hytrach na'i statws. Yn annisgwyl, llanwodd fy llygaid â dagrau.

'Cer adre rŵan, a gei di ddechrau fory â llygaid ffres?'

'Mi wna i. Alla i ddechrau hanner awr yn gynt fory...'

'Bydd deg yn iawn, Catherine.' Syllodd i lawr i waelod y ffos eto, un ai i wirio'r gwlypni neu i osgoi fy llygaid i. 'Gofala amdanat dy hun. Mae 'na gymaint o waith i'w wneud... cymaint o waith.'

Wrth yrru i lawr yr wtra, ystyriais ei fod o'n deall fy natur yn ddigon da i roi cyngor gwerth chweil i mi pan nad oedd gen i syniad beth oedd yn mynd ymlaen yn ei ben o.

Canodd fy ffôn jyst cyn i mi gyrraedd pen yr wtra, cyn troi i'r ffordd.

'Pwy sy'n clocio i ffwrdd yn gynnar?'

'Wnes i ddim stopio am ginio, felly...'

'Hei, dim ond jocian ydw i. Wyt ti'n mynd adre rŵan?'

'Pam?'

'Achos dwi angen siarad efo ti. Mae gen ti ryw awr yn rhydd, siŵr.'

Nid cwestiwn oedd o ond datganiad. Felly, bum munud yn ddiweddarach roedd fy ngardd yn llawn sŵn a 'nhŷ yn ysgwyd at ei sylfeini wrth i dractor enfawr gyrraedd y buarth.

'Be ti'n feddwl o hwn, lodes?' gofynnodd Drom wrth neidio i lawr o'r cab.

'Ti'n gwybod nad oes tractor tebyg am hanner can milltir i bob cyfeiriad felly ti ddim angen fy marn i.'

'Ond ti wastad yn dweud y gwir. Dwi wedi cael llond bol o weniaith.'

'Mae'n amheus gen i.'

Gwenodd, a rhoi ei fraich o gwmpas fy nghanol.

'Ydw i'n cael dod i mewn, Cath? Mae'r gwynt 'ma'n brathu braidd, er ei fod o'n codi rhosynnau hyfryd ar dy fochau.'

'Ti, sy newydd sôn am weniaith, yn trafod y gwrid ar fy mochau? Be wyt ti'n bwriadu'i wneud yn y tŷ?'

'Wel, cael paned a sgwrs oedd fy mwriad, ond dwi'n ddigon agored i awgrymiadau eraill...'

'Dwi'n cynnig paned. Ond cyn i ti ddod i mewn, rhaid i ti addo peidio â bod yn sili – mae gen i gryn dipyn ar fy mhlât ar hyn o bryd a dwi'm yn meddwl y bydd unrhyw fflyrtian rhyngddon ni'n llesol o gwbl.'

'Fflyrtian? Pwy sy'n fflyrtian, del?'

Roedd yn rhaid i mi chwerthin.

'Reit. Rhaid i mi ofyn, a dwi isie'r gwir gen ti, nid rhyw sothach. Pam wyt ti wedi bod mor neis efo fi dros y dyddie diwetha?'

'Achos dwi'n ddyn neis.'

'O bosib, ond ti hefyd wastad yn ddyn efo cynllun, fel yn yr hen gân honno: "he's a man with a plan". A dwi jyst isie dysgu be ti'n ei gynllwynio y tro yma.'

'Dyn efo heipothermia fydda i cyn hir, Cath. Dwi ddim fel y Sgweier, sy'n gallu sefyll yn yr oerni am oriau heb sylwi ar y tymheredd. Fy mhrif fwriad ar hyn o bryd ydi parcio fy mhen ôl ar dy Rayburn di... a tydi hynny ddim yn ensyniad.'

Roedd o'n falch o weld y mỳg mawr yn barod wrth y tegell, a thynnodd becyn o fisgedi neis o boced ei oelsgin.

'Gobeithio na brynaist ti'r rheina yn siop Carla: mae hi'n gofyn crocbris am ei Duchy Originals.'

'Fel maen nhw'n dweud yn yr hysbyseb, ti werth o.'

'Ha, ha, ha.'

Rhoddais y mỳg ar dop y Rayburn ac eistedd i lawr wrth y bwrdd, yn ei wynebu.

'Be ydi dy gêm di, Drom?' gofynnais, yn y llais ysgafnaf posib.

'Dwi awydd treulio dipyn mwy o amser efo hen ffrind.'

'Ond pam rŵan?'

'Dwi'm yn ffan mawr o Ger, erioed wedi bod. Cofio'r stranc gafodd o achos bod rhaid iddo wisgo fel crocodeil i'r Meim i Gerddoriaeth?'

'Fihafiodd o fel coc oen llwyr.'

'Mae o wastad yn. Os wyt ti'n ddyn sy ddim yn hoffi un o dy gymdogion ond yn hoff iawn o'i wraig, y peth gore i'w wneud ydi cadw draw.'

'Pa fath o "hoff iawn", os ga i ofyn?'

'Bob math o "hoff iawn". Dwi'n edmygu dy frêns, dy ddyfalbarhad, dy hiwmor a dy ffordd o ddelio efo pobol, y drwg a'r da. Hefyd, alla i ddim meddwl am unrhyw beth fysen i'n ei fwynhau'n fwy na phrynhawn yn dy wely.'

'Ond dyna i ti'r broblem, y busnes "prynhawn". Be am noson?'

Cododd ei war. 'Ti'n deall fy sefyllfa'n iawn, lodes.'

'Dwi'm yn siŵr 'mod i'n deall. A dwi'm yn siŵr fod gen i unrhyw hawl i ddeall chwaith.'

'Ocê, ocê. Sori, dwi 'di mynd yn rhy bell. Ro'n i'n ar fin dweud 'mod i 'di mynd yn rhy bell yn rhy gyflym, ond nid y cyflymdra ydi'r broblem rhyngddat ti a fi. Ddylen i fod wedi dy fachu di yn ystod Noson Aelodau Newydd y CFfI.'

'Mi wnest ti – roedden ni'n chwarae'r gêm "faint o bobol all sefyll ar un darn o bapur" ac mi godaist ti fi ar dy sgwydde, cofio?'

'Ac mi fachais dy fferau wrth i ni chwarae Human Hungry Hippos. Ges i hynod o olygfa dda o dy ben ôl.'

'O'n i'n gwybod nad oeddet ti'n canolbwyntio!'

Ar ôl y chwerthin, bu eiliad dawel. Syllodd arna i dros ei baned.

'Does gen i ddim cynllun, lodes, a dwi'n dweud y gwir. Ond dwi'n gwybod 'mod i bron â marw isie ffrind galluog, rhywun sy'n gallu bod yn gefn i mi os oes angen, rhywun sy'n gallu rhannu'r pethe sy'n bwysig i mi.'

'Dwi'm isie swnio'n gas, ond mae gen ti wraig i hynny.'

'Dydi hi ddim patsh arnat ti, o bell ffordd.'

'Ond wnest ti ei phriodi.'

'Achos, pan o'n i'n ifanc, doedd gen i ddim syniad faint fydden i angen rhywun fyse'n gallu fy helpu fi.'

'Mae rhif ffôn y Samariaid gen i yn rhywle.'

'O, ti mor siarp.'

'Wel, dwi ddim yn gwnselydd.'

'Dim cwnselydd dwi'i angen, ond ffrind. Dwi 'di claddu fy mam, mae fy nhad yn fy meio fi am bob dim, wastad wedi gwneud, ac mae pob un o fy hen ffrindie'n fy nhrin i'n wahanol achos nid Drom ydw i iddyn nhw ddim mwy, ond Humphreys y Felin, dyn rhy bwysig i'w ddigio. Ti'n ffrind go iawn, a ti'n fodlon dweud y gwir wrtha i.'

'Ocê. Ti wedi bod yn onest efo fi... ga i wneud yr un peth i ti? Dwi'n hoffi dy gwmni, ti'n gwneud byd o les i fy ego, sy'n fregus iawn ar ôl ymddygiad Ger, beth bynnag dwi'n ddweud wrth bobol. Hefyd, dwi'n colli ochr gorfforol fy mhriodas, a hynny'n ddifrifol. Ond dwi ddim yn fodlon gwneud i ddynes arall be mae'r blydi Petal 'na newydd ei wneud i mi. Roedden nhw, y bastards, yn sôn am brofi tswnami o gariad.'

'Tswnami o gariad? Braidd yn pathetig.'

'Be, dwyt ti ddim yn teimlo unrhyw system dywydd yn corddi trwy dy gorff wrth eistedd fan hyn yn sgwrsio efo fi?'

'Digon posib fod gwasgedd isel yn agosáu oherwydd nad wyt ti awydd prynhawn yn y gwely efo fi, neu gallai ardal o bwysedd uchel ddatblygu yn rhywle o dan fy ngwregys taset ti...'

'Dyna ddigon! Ond wyt ti'n deall fy sefyllfa?'

'Neges wedi'i derbyn a'i deall. A dwi'n addo na wna i barablu o hyd am ddiffygion fy ngwraig. Ond y gwir ydi mai dim ond tri ohonon ni yn y dyffryn cyfan sy'n gallu cyfathrebu ar yr un lefel: ti, finne a Mistar Jenks, a fyddi di'n falch o glywed nad ydw i'n ei ffansïo fo.'

'Ydi o'n bosib i ni barcio'r busnes ffansïo, os gweli di'n dda?'

'Dros dro?'

'Wel, yn bendant dros dro, ond pwy a ŵyr sut fydda i'n teimlo mewn chwe mis. Dwi ddim wedi bod yn sengl am wythnos eto, cofia.'

'Mae 'na rwbeth apelgar iawn am y broses o berswâd.' Llyfodd ei wefus, er nad oedd diferyn o de arnyn nhw.

'Den ni'n rhy hen, ti a fi, i chwarae gemau gwirion. Ar hyn o bryd, dydw i ddim mewn cyflwr i fod yn ddim mwy na ffrind i neb, yn enwedig i ddyn priod. Ond dwi'n mwynhau treulio amser efo ti, ti'n ofalgar o fy mab a dwi erioed wedi gweld y ffasiwn dractor. Felly dyma ni.'

Ro'n i'n synnu pa mor glir a phendant ro'n i'n swnio. Efo Ger, ro'n i wastad yn gorfod dewis fy ngeiriau, rhag ofn ei ypsetio.

'Dyma ni,' cytunodd. Estynnais fy llaw ato, ond poerodd ar gledr ei law ei hun cyn ymateb. Roedd rhywbeth ffiaidd a rhywiol ar yr un pryd ynglŷn â'r cyffyrddiad. Daliodd Drom fy llaw jyst yn ddigon hir i wneud yn siŵr 'mod i'n sylwi mai ei dal hi oedd o yn hytrach na'i hysgwyd, a syllodd i'm llygaid. Tynnais fy llaw yn rhydd a'i sychu ar dywel.

'Ro'n i'n meddwl bod Covid 19 wedi rhoi stop ar yr arfer budr yna,' cwynais.

'Dwi'm yn gwybod am unrhyw ffordd arall o daro bargen, lodes.' Eisteddodd unwaith eto yn y gadair wrth ben y bwrdd. 'Dwi angen dy help,' meddai ar ôl oedi ennyd, ac roedd y tinc fflyrtlyd wedi diflannu o'i lais.

'Ym mha ffordd?'

'Mae Chris mewn penbleth a dwi'n meddwl ei fod o angen siarad efo ti.'

'Efo fi? Am be?'

'Rhwbeth hynod o bersonol. Er ei fod o'n gwybod 'mod i'n fodlon gwneud unrhyw beth i'w helpu, mae o'n teimlo'i fod o angen cyngor gan ddynes ar y mater.'

'Be am ei fam? Mae hi'n ddynes.'

'Na, mae o 'di gwrthod. Mae diffyg cyfathrebu rhyngddyn nhw beth bynnag, a gan ein bod ni'n sôn am bwnc sensitif, wel... tydi o ddim isie trafod pethe mor bersonol yn yr iaith fain, medde fo.'

Meddyliais am hanner dwsin o atebion deifiol, da, ond yn hytrach na defnyddio un o fy arfau arferol, mwmialais rywbeth am fy argaeledd ar nosweithiau'r wythnos wedyn. Roedd y rhyddhad ar ei wyneb yn amlwg.

'Dwi ddim ar gael heno chwaith, achos mae gen i bwyllgor Cyfeillion yr Ysgol. Rhaid cael post-mortem llawn ar ôl cyfres o ddigwyddiadau anffodus a daflodd gwmwl dros yr Yrfa Chwilod.'

Chwarddodd yn wyllt, gan guddio'i wyneb yn ei frest wrth geisio rheoli'i hun. Pan gododd ei ben roedd ei lygaid yn sgleinio ac nid dim ond oherwydd y chwerthin.

'Dyna fo,' meddai, ei lais wedi colli'i dôn bryfoclyd arferol, 'mae bywyd mor ddiflas, dwi angen chydig o hud er mwyn goroesi'r dyddie.'

Cododd ar ei draed, a sylwais am y tro cyntaf nad oedd o'n ddyn ifanc mwyach: roedd mymryn o anesmwythder yn ei gluniau.

'Byddai bywyd efo ti fel pennod estynedig o *Gogglebox*,' datganodd.

'Doedd dy lais ddim yn cyfleu ai mantais neu anfantais fyse hynny.'

Daliodd fy mhenelinoedd yn dynn, nes ei fod bron yn fy mrifo.

'Does dim rhaid i ti ofyn, ffor ffycs sêc.'

Am eiliad ro'n i'n disgwyl iddo fy nghusanu, ond gollyngodd fy mreichiau a throi am y drws.

'Cer o'ma, nei di? Ti'm yn gwario cymaint â hynna o bres ar dractor i'w adael o tu allan i 'nrws i.'

'Dwi'm cweit yn siŵr am hynny, achos mae o'n amlwg wedi gwneud argraff sylweddol arnat ti.'

'Gofyn i Chris fy ffonio.'

'Mi wna i.'

Roedd popeth yn wag ar ôl iddo fynd: y tŷ, yr ardd, y gegin, a finne. I ryw raddau, ro'n i'n llongyfarch fy hun, gan fod Drom wedi gadael heb i mi fod wedi crio na landio ar fy nghefn yn y gwely efo fo. Ond...

Golchais fy wyneb cyn mynd i nôl Greta – nid oherwydd 'mod i wedi llefain ar ôl i Drom fynd ond achos 'mod i'n ysu i olchi'r croen oedd wedi cochi fel petawn i'n ferch bymtheg oed o dan ei gawod o eiriau melys. Pan gyrhaeddais dŷ Mirain, daeth yn amlwg yn syth fod rhywbeth ar droed. Roedd Molly adre, bron i ddwyawr yn gynt nag arfer, yn dal yn ei siwt waith a ffeil o'i blaen ar y bwrdd.

'Dwi 'di addo un stori olaf i'r leidis bech,' esboniodd Mirain, gan agor y drws i'r feithrinfa ac arwain Greta a Lili drwyddo. 'Gewch chi chydig o lonydd i drafod busnes.'

'Yden ni angen trafod busnes, Molly?' gofynnais. 'Mae hi'n ddyddie cynnar...'

Roedd yr olwg ar ei hwyneb yn ddigon i droi fy stumog, er nad oeddwn i wedi cael mwy na dwy fisged Duchy Originals ers y bore hwnnw. Eisteddais i lawr.

'Yden, sori. Ges i sgwrs ar y ffôn efo Ger a dwi'n meddwl ein bod ni'n mynd i gael llwyth o hasl efo fo.'

'Pa fath o hasl?'

'I ddechre, mae o'n gwrthod talu ceiniog i gynnal y plant. Mae o'n dweud mai dy benderfyniad di oedd cael plant, er mwyn cael etifedd i'r Rhos. Roedd o'n siarad gymaint o rwtsh am yr hinsawdd, mi wnes i refio'r car bob canllath ar y ffordd adre, jyst i'w sbeitio fo.'

'Tydi o ddim wedi cael amser i feddwl. Ac mae o a Petal wedi cael sioc wrth golli Nantybriallu. Dwi'm yn meddwl am eiliad y bydd pethe'n cyrraedd... dwi'n gobeithio na fydd raid i ni fynd i lawr y lôn honno, ond allwn ni gael gorchymyn llys yn ei erbyn?'

'Gallwn, os oes ganddo fo gyflog. Roedd o'n parablu am gyfalafiaeth ac yn dweud ei fod o'n symud i fyw mewn tipi i dyfu bresych ac ati.'

'Wel, bydd yn rhaid i mi dynhau'r hen wregys felly.'

'Paid â bod mor siriol. Mae o ar ôl hanner gwerth Bryn Fedw.'

'Rhaid i mi a'r plant fyw yn rhywle!'

'Ond does dim rhaid i chi fyw mewn tŷ pedair llofft efo erw o dir.'

'Be mae o'n cynnig i ni wneud? Mynd ar restr aros y Cyngor Sir?'

'Mae o'n awgrymu eich bod chi'n symud draw i'r Rhos.'

'Byth. Dydi Dad, hyd yn oed rŵan, ddim yn ddigon saff i'r plant fod o'i gwmpas o o hyd.'

'Faint wnaeth Ger dalu i mewn i'r tŷ?'

'Roedden ni'n rhannu pob dim, yn cynnwys y morgais.'

'Iawn. Cwpl o bethau ymarferol. Paid â chodi dy incwm ar hyn o bryd. Dechreua gadw cofnod go iawn o faint ti'n wario bob wythnos. A phaid byth â phoeni am y bastard achos mi wna i ei hoelio fo, hyd yn oed os ydi o'r peth ola wna i.'

'Ond mae o'n dal yn dad i 'mhlant i.'

'Sy'n bwysig i ti ond, yn amlwg, ddim iddo fo.'

'Faint fydd hyn yn gostio?'

'Mi wna i godi'r un pris yr awr ag yr wyt ti'n ei godi ar Llŷr am dy wasanaethau fel cwnselydd iddo.'

'Mae hyn yn wahanol. Dwi'n ffrind i Llŷr.'

'A dwi'n ffrind i ti. A dwi ddim am ddadlau am y peth.'

'Ond ti'n broffesiynol...'

Tynnodd Molly ffurflen o'i ffeil. 'Gwranda, Cath, dwi'n dy nabod di a dwi'n gwybod pam rwyt ti mor styfnig. Wnest ti ymateb i holl heriau dy ieuenctid wrth sefyll yn stond a gwrthsefyll pob dim. Ond alli di ddim delio efo hyn heb dy ffrindie. Os nad ydw i am dderbyn ffi gen ti, fy mhenderfyniad i ydi hynny. Os oes raid i mi ddadle efo ti bob blydi cam, mi wna i, ond bydd pethe gymaint haws os wnei di jyst gwrando ar rywun arall, am unwaith.'

'Ocê, ocê.'

'Yn gynta, dwi angen i ti lofnodi'r ddogfen hon, i ddechre proses yr ysgariad.'

'Waw, mae hynna'n gam mawr.'

'Oes gen ti syniad arall? Wyt ti'n mynd i wahodd Ger a Petal i fyw efo chi fel teulu mawr hapus?'

'Na, na, ond... wel, wythnos yn ôl doedd gen i ddim syniad y byse hyn yn digwydd. Mae o jyst mor sydyn.'

'Mae'n bwysig i ti fod yn onest efo dy hun, yn hytrach nag osgoi cyfrifoldeb drwy ddweud bod y cyfan wedi digwydd fel corwynt.'

'Ond doedd gen i ddim syniad ei fod o'n cael affêr!'

'Tybed oedd pethe wedi bod yn mynd yn rong yn raddol, a dy fod di wedi troi llygad ddall mewn ymateb i hynny? 'Sen i ddim yn dy feio di. Ond paid â cheisio twyllo dy hun, a dy ffrindie agos, rŵan.'

Llanwodd fy mhen â delweddau ac atgofion, cant a mil o ddigwyddiadau bach a oedd yn dangos fod Ger wedi golli pob diddordeb yn ei deulu.

'Doedd o byth yn boddran dod i Sioe Llanfair,' llwyddais i ddweud, 'er bod y plant i gyd yn cystadlu.'

'Dwi'n cofio – enillodd Llinos dair gwobr llynedd: am ei

mwclis bwytadwy, ei ffoto i gynrychioli'r tymor, a'i harddangosfa mewn cwpan wy yn yr adran gosod blodau. Ddaeth Greta yn ail yn y gystadleuaeth addurno bisged... gafodd hi andros o gam achos roedd o mor amlwg fod Leisa wedi rhoi'r eisin ar fisged ei mab ac y dyle fo fod wedi cael ei wahardd. Chafodd Owain ddim llawer o lwc efo'r defaid os dwi'n cofio'n iawn, ond hei, tro nesa...'

Gwenodd Molly ar ôl gorffen rhestru llwyddiannau fy mhlant. Roedd yn amlwg ei bod hi'n ein deall ni hyd yn oed yn well nag o'n i'n feddwl. Yn sicr, yn well na Ger.

'Bydd hi'n fraint i mi gael fy nghynrychioli gen ti, Molly,' datganais. 'A diolch o galon.'

'Dim problem, lodes. A dweud y gwir, mae Ger wedi bod yn codi 'ngwrychyn i ers rhai blynyddoedd, a dwi'n falch o gael y cyfle i roi ei gerrig drwy'r mangl.'

'Rhaid i ni ffeindio'i gerrig o gynta,' atebais gyda gwên, ond llwyddais i osgoi llofnodi'r ddogfen drwy ei chuddio o dan swp o bapurau eraill.

16

Gwibiodd yr oriau nesaf heibio wrth i mi geisio hel y plant at ei gilydd, eu bwydo, darllen efo nhw a phob dim arall cyn i mi fynd i'r cyfarfod yn yr ysgol erbyn hanner awr wedi saith. Llwyddais, o drwch blewyn, ond fel ro'n i'n gyrru i lawr yr wtra canodd fy ffôn, ac roedd yn rhaid i mi ei ateb. Chris, mab Drom oedd yno, yn swnio'n iau na'i oedran. Trefnais iddo ddod draw i siarad efo fi ar ôl yr ysgol y diwrnod wedyn. Roedd ei nerfusrwydd wedi fy nghyffwrdd, ac ro'n i'n falch 'mod i wedi cytuno i gais Drom... wel, y cais hwnnw, beth bynnag.

Er gwaethaf pob ymdrech ro'n i ddeng munud yn hwyr i'r cyfarfod. Torrais ar draws post-mortem yr Yrfa Chwilod – roedd Leisa wrthi'n cwyno fod un bwrdd wedi newid y rheolau rhyw fymryn. Fel arfer, pan mae'r deis yn dangos y rhif dau, ti'n cael ychwanegu teimlydd i dy lun o chwilen, a choes pan ti'n taflu rhif tri, ond am ryw reswm, roedd bwrdd yr hen Mrs Morgan, nain Dr Iolo, wedi ffeirio'r rhifau ac yn chwarae'r gêm fel arall rownd. Fel mae hi'n tueddu i wneud, roedd Leisa wedi braenaru'r tir, fel petai, cyn cael stranc yn y cyfarfod drwy baratoi ei chynghreiriaid i gyfrannu. Roedd rhai'n dweud bod ymddygiad Mrs Morgan wedi tanseilio'r syniad o chwarae teg, eraill yn mynnu ei bod wedi dwyn anfri ar yr ysgol. Llwyddais i gadw'n dawel am ryw ddeng munud wrth i un fam ddiflas ar ôl y llall ddisgrifio siom eu plant, ond pan ddechreuodd Bethan Maes ddweud sut roedd ei mab wedi gwlychu'i wely ar ôl trawma'r Yrfa Chwilod, roedd yn rhaid i mi ddweud rhywbeth.

'Nid fel'na mae tebygolrwydd yn gweithio,' mynnais. 'Bob tro ti'n taflu deis, mae tebygolrwydd o un ym mhob chwech fod unrhyw rif yn mynd i lanio ar yr ochr uchaf. Felly, dydi trefn y rhifau ddim yn gwneud smic o wahaniaeth. Mae'r rhif tri am deimlydd yn gallu dod i fyny yr un mor aml â'r rhif dau, felly dydi'r ffaith fod Bwrdd Pedwar wedi rhoi rhifau gwahanol i'r teimlyddion ddim yn dylanwadu ar gyfle neb. Efallai fod 'na flerwch ar ran Mrs Morgan ond doedd o ddim yn annheg o gwbl.'

Tasen i wedi'i gadael hi yn fanno, 'sen i wedi gallu perswadio'r amheuwyr nad oedd problem. Roedd golwg o ryddhad ar wyneb y prifathro ac roedd siawns i ni symud ymlaen i bwnc arall, ond roedd yn rhaid i mi ategu, 'Does dim rhaid i ni chwythu llwch oddi ar ein cyfrifianellau na defnyddio Fformiwla Theorem Bayes, achos does dim tystiolaeth newydd i'w gyflwyno: un yn mhob chwech ydi'r siawns, bob tro.'

Disgynnodd mudandod fel dalen o ddur dros y stafell a thynhaodd pob cyhyr yn fy nghorff, wrth ddisgwyl i rywun ddweud rhywbeth. Leisa frathodd.

'Cath druan, er gwaetha dy holl wybodaeth am bob pwnc dan haul, ti ddim wedi dysgu'r fformiwla iawn i gadw dy ŵr yn y tŷ,' brathodd.

Am unwaith, camodd Ifans y Prif i'r cylch.

'Does dim rhaid i ni drafod ein bywydau personol,' meddai gan wgu ar Leisa. 'Gallwn ni i gyd ddysgu gwers o'r anhrefn efo'r teimlyddion a'r coesau, ond roedd y noson yn llwyddiant mawr ar y cyfan ac mae'n hen bryd i ni gael clywed gan ein trysorydd er mwyn darganfod a oes ganddon ni ddigon yn y pwrs i brynu argraffydd newydd, achos dwi'n siŵr mai un o rai William Caxton oedd yr hen un, wir.'

'Pwy 'di William Caxton?' gofynnodd Bethan Maes.

'Boi y siop gyfrifiaduron yn Soswallt,' atebodd Leisa'n wybodus.

Rhannodd Ifans y Prif giledrychiad â fi, oedd â dau ystyr iddo. Roedd o'n chwerthin am ben Leisa a Bethan ar y slei, ond hefyd yn fy rhybuddio i rhag ymyrryd ymhellach. Am unwaith, dilynais yr awgrym call, a llwyddwyd i fwrw mlaen â'r cyfarfod. Llwyddais inne i gadw fy llygaid ar agor a fy ngheg ar gau, yn rhannol oherwydd yr olwg bryderus a gwyliadwrus ar wyneb y prifathro, ond cyrhaeddwyd cornel beryglus wrth i'r sgwrs droi i gyfeiriad Llangrannog. Gofynnodd Leisa, ei hwyneb yn bictwr o bryder anhunanol,

'Be os ydi plentyn o deulu tlawd isie mynd i Langrannog? Mi fyse'n hynod o siomedig iddyn nhw golli allan. Pwy a ŵyr, gallai'r plentyn hwnnw elwa o'r cwrs lawn cymaint â phlant o gefndiroedd normal.'

Rhywle yn fy nghrombil teimlais bwysau mawr fel tasen i wedi llyncu llosgfynydd. Meddyliais am Blathnaid yn y llun yn y Plas, a'i refolfer yn ei phoced. Dwi'm yn ffan o ffilmiau arswyd ond dwi wedi gwylio digon o waith Tarantino i wybod yn union be sy'n digwydd i rywun wrth gael ei saethu yn ei wyneb. Petai gen i wn yr eiliad honno 'sen i wedi'i bwyntio'n syth at geg fawr Leisa. Byddai'n 'ta-ta' i'r arddangosfa o waith Blwyddyn Tri am fywyd Laura Ashley ar y wal y tu ôl iddi, a fyddai'r darnau o'i brên a sbrencs o'i gwaed ddim yn gwneud lot o les i'r piano, chwaith. Byddai corff Leisa, heb ei phen, yn eistedd yn ei chadair am rai eiliadau, a gwaed yn ffrydio dros flows felyn golau Bethan Maes (sy ddim yn ei siwtio, gyda llaw, gan ei bod yn troi ei chroen yn llwyd rhyfedd). Mae Bethan wastad yn brolio ei bod yn gallu cael staeniau o bob math allan o ddillad, felly byddai hynny'n rhoi her fach ddifyr iddi. Mae Mirain yn dweud mai ei diddordeb mewn staeniau o bob math dynnodd Bethan at Alwyn Maes yn y lle cyntaf.

Bu'r ffantasi honno'n ddefnyddiol iawn oherwydd erbyn i mi ailddechrau canolbwyntio ar y sgwrs roedd y Prif ar fin gorffen ei haraith am y cymorth sydd wastad ar gael ar gyfer unrhyw deulu sy'n wynebu heriau.

'Ein bwriad, fel ysgol, ydi sicrhau bod ein plant i gyd yn cyrraedd eu potensial, waeth beth ydi eu sefyllfa adre. Mae rhai o'n plant yn ddigon ffodus i ddod o gartref llawn dop o lyfrau, ond i eraill, yr unig lyfr ar gael ydi catalog Next. Ein rôl ni, fel cymuned ysgol, ydi sicrhau bod pob un yn cyrraedd ei lawn botensial, pob un!'

Roedd o'n syllu'n syth i wyneb Leisa wrth ddweud hyn, ac yn dipyn mwy bywiog nag arfer, felly ro'n i bron yn sicr mai f'amddiffyn i oedd o, a wnaeth i mi deimlo'n anesmwyth. Digon anesmwyth i geisio gadael yn gynnar pan ddaeth y cyfarfod i ben, ond wnes i ddim llwyddo.

'Mami Llinos!' ebychodd Ifans, yn frawychus o siriol. 'Wyt ti'n cofio i mi ofyn i ti ddod yn gynnar i'r Noson Rieni nos Fercher? Wel, yn anffodus, mae'r cyfarfod sy gen i ddydd Mercher efo'r Ymgynghorydd Her wedi'i aildrefnu felly fydd hi ddim yn bosib i ni gwrdd bryd hynny bellach. Oes gen ti bum munud rŵan?'

'Wel, be am i ni gael sgwrs sydyn ar y ffôn fory rywbryd...?' Er mwyn fy hunan-barch, roedd yn rhaid i mi wrthsefyll rhywfaint.

'Na, yn anffodus. Mae 'na bethau mae'n rhaid i mi eu dangos i ti. Ty'd!'

Yn anarferol o sionc, neidiodd draw at yr arddangosfa ar y wal ro'n i wedi'i breuddwyddio'n waed i gyd yn fy ffantasi fach am Leisa. Dechreuais boeni – dwi wedi cael fy mhenodi'n llywodraethwr â dyletswydd am y Maes Dysgu Dyniaethau, ac er mwyn disgrifio faint dwi wedi'i wneud i gyflawni'r ddyletswydd honno byddai'n rhaid i ti fenthyg dywediad gan y Sais: 'jack shit'. Felly, ro'n i'n disgwyl rhyw gŵyn neu'i gilydd, ond yn hytrach na hynny, pwyntiodd ei fys tew at ddarn o waith.

'Be wyt ti'n feddwl o hwn?'

'Wel, mae'r llawysgrifen braidd yn anwastad ond mae'r cynnwys yn gwneud synnwyr. Geirfa dda.'

'Gwaith Llinos ydi o, a hwn ydi'r darn gorau o waith estynedig dwi wedi'i weld mewn bron i bum mlynedd ar hugain yn y dosbarth.'

'Am beth neis i'w ddweud!'

'Mae'n wir. Darllen o eto. Edrycha sut mae hi wedi defnyddio iaith gymhleth a chyfoethog: arwydd o ddisgybl meistrolgar.'

Mi wnes i synnu o glywed fy merch saith oed yn cael ei disgrifio â chystal geirfa, ond synnais fwy o lawer ynghylch yr hyn ddigwyddodd nesaf. Ro'n i wedi troi fy nghefn at y Prif i ddarllen gwaith Llinos pan deimlais rywbeth yn fy nghlust... rhywbeth cynnes a gwlyb. Mae 'na chydig o broblem tamprwydd yn y gornel honno o'r ysgol felly feddyliies i, o bosib, mai gwlithen oedd hi. Ond dwi erioed wedi cael gwlithen yn fy nghlust o'r blaen, felly roedd hi'n anodd dweud. Wedyn, symudodd y peth a daeth sŵn isel, fel rhochiad gan fochyn oedd yn ceisio peidio tynnu sylw ato'i hun. Troais rownd yn sydyn a chael llinell o boer dros fy moch: nid gwlithen oedd yn fy nghlust ond tafod y prifathro.

'Mr Ifans!' ebychais. Wrth gwrs, roedd hi'n sefyllfa letchwith ond roedd y peth hefyd mor ddoniol: cefais gryn ymdrech i gadw fy wyneb yn llonydd.

Rhaid bod fy ymateb wedi'i siomi.

'Sori, sori, sori,' mwmialodd.

Sgrialodd i gyfeiriad y tai bach, gan ddychwelyd efo tywel papur glas. Ceisiodd wthio cornel ohono i mewn i 'nghlust i'w sychu.

'Plis paid,' dywedais, gan dynnu'r tywel o'i fysedd.

'Sori, sori... ro'n i'n meddwl mai dyna'r math o beth mae lodesi'n ei hoffi.'

'Den ni leidis yn gallu mwynhau pob math o gyffyrddiadau o fewn perthynas, ond dydi syrpreisys rhywiol byth yn syniad da.'

'Rhywiol? O, wnes i ddim meddwl...'

Er bod be wnaeth o yn hollol, hollol amhriodol, roedd ei embaras a'i ymddiheuriad yn dangos ei fod o'n ddyn neisiach nag y gwnes i ystyried.

'Ga i wneud paned i ti, i mi gael cyfle i ymddiheuro'n iawn?'

Allwn i ddim gwrthod paned gan ddyn oedd newydd ddisgrifio fy merch fel 'disgybl meistrolgar' heb fod yn ast lwyr. Ocê, roedd o wedi rhoi'i dafod yn fy nghlust heb smic o ysgogiad yn y cyfamser, ond does neb yn berffaith. Gyda llaw, tip bach i ddynion Cymru: os ydech chi isie cael mam ganol oed ar ei chefn, canmolwch safon iaith ei phlant. Does dim cystal affrodisiac.

Diflannodd y prifathro i'r Stafell Athrawon a daeth allan gwpl o funudau'n ddiweddarach â chwpan a soser yn ei law. Gosododd y gwpan ar un o'r byrddau ger y sgrin wen, a brysio'n ôl i'r Stafell Athrawon. Dychwelodd efo hambwrdd. Roedd lliain arno, mỳg o de a dwy Tunnocks Tea Cake, un yn ei phapur wedi'i gosod rywsut rhywsut ar y lliain. Roedd y llall wedi'i dadlapio a'i gosod ar blât efo, creda neu beidio, doili oddi tani.

'Gobeithio dy fod di'n hoffi Tea Cakes?' gofynnodd, gan gynnig y plât i mi â llaw grynedig.

'Wrth fy modd. Er, dwi'm yn eu bwyta'n aml: os dwi'n prynu bocs, mae wastad yn wag erbyn y bore wedyn.'

'A, yr hen blantos!' atebodd, gan geisio edrych yn ddoeth a gwybodus. Eisteddodd i lawr ar gadair addas i blentyn chwech oed, ac mewn un symudiad profiadol, dadlapiodd y Tea Cake a'i gwthio i'w geg. Fel wiwer ddyfal, dechreuais gnoi'r siocled oddi ar dop f'un i.

'Dwi angen dweud rhwbeth wrthat ti, Mami Llinos.'

'Catherine. Galw fi'n Catherine.'

Daeth fflach fach chwareus i'w lygaid; dim llawer, ond hen ddigon i beri gofid.

'Catherine, wrth gwrs. Gei dithe fy ngalw i'n Clive.'

Clive? Rhaid mai hwn oedd y Clive ieuengaf yn y byd mawr crwn. Nodiais fy mhen, i osgoi dweud ei enw.

'Busnes i ddechre,' datganodd, gan symud smic o siocled o gornel ei geg. 'Mae Llinos yn ddisgybl galluog tu hwnt. Mae hi'n cyrraedd safon disgybl Uwchradd yn go aml, weithiau hyd at un ar bymtheg oed.'

'Mae'i phen hi wastad mewn llyfr.'

'Fel rhywun arall dwi'n ei nabod, hei?'

Roedd yr agwedd newydd, chwareus hon o gymeriad Clive yn gwneud i mi wingo.

'Wel, den ni i gyd yn hoffi darllen.'

Oedodd Clive am eiliad a sipiodd ei de. Roedd o'n potsian efo rhywbeth ym mhoced ei drowsus, ac ar ôl busnes y tafod yn fy nghlust, ro'n i'n reit amheus ohono.

'Dwi wedi clywed rhai pobol yn dy farnu di'n llym, Catherine, yn llym iawn, ac i fod yn hollol onest, wnes i ddim dweud gair tra oeddet ti o dan y lach. Ond pan ddwedodd dy fam wrth Mam a finne ddoe dy fod di'n gystal iws â chath fenthyg, gan adrodd ryw stori amdanat ti'n anghofio prynu bara, roedd yn rhaid i mi godi fy llais. Dwedais wrth dy fam, yn blwmp ac yn blaen, dy fod di'n fam arbennig, yn berson gweithgar ac yn ddeallus tu hwnt, ac wedi magu plant rhagorol.'

'Wel, diolch am hynny. Cath fenthyg, hei?'

'Dwi ddim isie ymyrryd ym mywyd teuluol rhywun arall, ond dwi ddim yn meddwl fod dy fam, gyda phob dyledus barch, yn deall yr holl fanteision ti wedi'u rhoi i dy blant, Catherine. Does dim ots os ydyn nhw'n cael Wotsits i swper bob hyn a hyn os ydyn nhw'n gyfarwydd â phob un o'r duwiau a'r duwiesau Groegaidd.'

Ro'n i'n sobor o flin fod Mam wedi fy mradychu drwy drafod y Wotsits efo Clive a'i fam, ond allwn i ddim gweld bai ar Clive gan fod llif o straeon drwg fy mam amdana i, mae'n debyg, yn ddigymell. Ond ro'n i'n gyndyn o adael gan nad o'n i wedi gorffen fy Tea Cake.

'Dydi Mam ddim yn mynd allan yn aml iawn y dyddie yma. Mae hi'n colli'r dydd braidd.'

'O, mae'n ddrwg gen i glywed,' atebais, gan roi'r ymateb stoc.

'Dydi hi ddim yn diodde o unrhyw salwch difrifol ond, fel maen nhw'n dweud, henaint ni ddaw ei hunan. Mae hi'n byw efo cryd y cymalau ers tro byd.'

'Gall hynny fod yn boenus iawn.'

'Gall, gall. Anaml iawn mae hi'n gallu gwneud ei gwaith crosio bellach, a hithe wedi bod mor brysur efo'r peth dros y blynyddoedd, y bachyn bach yn mynd i fyny ac i lawr o hyd.'

Cododd y diflastod fel chwd yn fy nghorn gwddw, a dechreuais feddwl fod modd talu pris rhy uchel am Tunnocks Tea Cake.

Yn sydyn, tynnodd Clive ei ddwrn o'i boced a'i roi ar y bwrdd. Symudais yn ôl ryw fymryn yn reddfol. Ro'n i'n hanner disgwyl sialens i gêm fach sydyn o Siswrn, Papur, Carreg, ond agorodd ei fysedd selsigaidd i ddatgelu bocs bychan.

'Dydi Mam druan ddim wedi gwisgo hon ers dipyn achos fod ei bysedd wedi chwyddo efo'r cryd.' Yn lletchwith, agorodd y bocs. Roedd modrwy ynddo, a diemwnt go swmpus arni. 'Efallai i mi wneud camgymeriad draw fan acw wrth brosiect Laura Ashley. Does gen i ddim profiad o gwbl yn y maes yma, Catherine. Dwi ddim yn disgwyl unrhyw ymateb heddiw, ond be am i ti gymryd y fodrwy, fel anrheg?'

'Dydw i ddim yn dy nabod yn ddigon da i dderbyn y ffasiwn anrheg.'

'Wel, mae 'na ddigon o amser, mae'n siŵr.'

Codais ar fy nhraed. 'Diolch yn fawr am y cynnig, Mr Ifans.'

'Clive, os gweli di'n dda.'

'Wel, diolch yn fawr, Clive. Dwi wir yn gwerthfawrogi'r cynnig. Ond sori os ydw i wedi camddeall hyn yn llwyr, ond fel arfer, pan mae dyn yn cynnig modrwy i ddynes, mae'n golygu mwy na darn o emwaith. Mae'n golygu cynnig i briodi.'

Nodiodd Clive ei ben yn araf.

'A dyden ni ddim yn nabod ein gilydd.'

'Dydi hynny ddim yn wir. Den ni wedi cydweithio ar y Llywodraethwyr, a tithe wastad yn gwneud cyfraniad mor ddeallus a chefnogol. A Chyfeillion yr Ysgol: roedden ni efo'n gilydd o hyd yn y mis cyn y Sioe Nadolig. Heb sôn am y Cwis.'

'Ond fel arfer, mae pobol yn rhannu perthynas dipyn bach yn fwy personol cyn dyweddïo.'

Cododd ar ei draed a symud draw ata i, ei freichiau ar led. Camais yn ôl, a smaliodd nad oedd o'n bwriadu fy nghofleidio drwy symud ei draed fel petai o'n dawnsio.

'Catherine, annwyl Catherine, os ga i ddweud hynny, does 'run ohonon ni'n mynd yn iau, nac yn ysgafnach. Bydd yn anodd i ti ymdopi efo'r plant heb Gerallt, a bydd yn anodd i mi ymdopi efo Mam yn y blynyddoedd nesaf. Allwn ni gydweithio? Hefyd

– a dwi ddim isie swnio'n rhy morbid – ond dwi'n bownd o farw ryw dydd, ac yn digwydd bod mae gen i bensiwn gwerth chweil. Dwi ddim yn sôn am y math o deimladau sy'n cael eu disgrifio mewn caneuon pop, ond rhywbeth tebycach i gyfuno asedau dau gwmni, er mwyn sicrhau dyfodol proffidiol.'

'Clive, dim ond ers wythnos mae Ger wedi mynd.'

'Ddrwg gen i, dwi wedi bod yn ansensitif iawn. Ond mae'n werth i ti feddwl am y potensial. Mi alla i dy helpu di i fagu'r plant, ac ar ôl hynny bydd cyfleoedd i ni fwynhau cwmni'n gilydd. Penwythnos yn Llandudno, yr Ŵyl Cerdd Dant, tai a gerddi'r Ymddiriedolaeth Genedlaethol, bob dim.'

'Unwaith eto, dwi'n ddiolchgar iawn am y cynnig. Ond ar hyn o bryd, fy mlaenoriaeth ydi'r plant a chadw pethe'n sefydlog iddyn nhw.'

Ro'n i'n casáu fy hun am fod mor wan. Ro'n i isie gweiddi y bysen i'n boddi fy hun cyn gadael i'w fysedd selsig grwydro i mewn i 'nillad, ond roedd o'n brifathro ar Llinos a byddai Greta'n dechrau yn ei ysgol cyn hir. Ysgol dda oedd hi hefyd, ac er gwaetha digwyddiadau'r hanner awr flaenorol, roedd Clive Ifans yn brifathro da, a dyna oedd yn bwysig.

'Doeddwn i ddim yn disgwyl i ti roi ateb gwahanol, Catherine, a tithe'n gystal mam.'

'Dwi'n ceisio gwneud fy ngorau.' Roedd ei ganmoliaeth yn anodd ei dderbyn.

'Mae'n wir ddrwg gen i am fod mor ymwthgar, ond doeddwn i ddim isie colli'r cyfle. Does dim rhaid i ti stryglo ar dy ben dy hun. Byngalo sy gen i ond mae o'n dormer. Mi allen ni godi estyniad, efo stafell chwarae i'r plant, falle. A bydd Mam wastad yno i helpu, i warchod petaen ni awydd picio allan am bryd o fwyd.' Oedodd am sawl eiliad, yn ceisio meddwl am fwy o fanteision i'w gynllun. 'Mae'r lawnt yn un wastad, addas iawn ar gyfer gemau pêl.'

Erbyn hynny ro'n i'n ysu i ddianc.

'Diolch am dy eiriau caredig – mae'n gysur i mi ddysgu fod gen i gystal ffrind,' datganais, gan geisio peidio â syllu ar y rholyn o gnawd pinc uwchben ei goler. 'Ond does gen i ddim lle yn fy mhen, fel petai, i feddwl am unrhyw beth ond bywyd bob dydd ar hyn o bryd.' Ro'n i'n gwybod yn iawn y byddai o'n adeiladu ar y geiriau olaf hynny ond roedd yn rhaid i mi roi ryw gysur iddo.

'Dwi'n deall yn iawn, Catherine, a nes y byddi di'n barod, mi fydda i yma, yn aros.'

Gwenais a chamu at y drws wrth i ias arall ruthro drwydda i.

'O, dau beth bach cyn i ti fynd. Y rheswm ro'n i isie trafod Llinos ydi safon ei gwaith: dwi am ei symud yn ffurfiol i Flwyddyn Pedwar.'

'Be mae hi'n ei feddwl am hynny? Bydd hi'n colli ei ffrindie, dwi'n siŵr.'

'Bydd yn ryddhad iddi allu osgoi'r ast fach Fflur 'na, merch Leisa, sy'n ei hanwybyddu oherwydd eiddigedd. Dwi'n bwriadu bod yn ddiflewyn-ar-dafod efo'i rhieni yn y Noson Rieni, dwi'n addo hynny i ti. Dwi'n cynnal ysgol hapus a gwae unrhyw un sy'n tynnu'n groes. Mae 'na giang neisiach ym Mlwyddyn Pedwar: Meleri Graig, Swsi bach ac Amelia o'r Rheithordy. Efo nhw mae Llinos yn cymdeithasu amser chwarae beth bynnag.'

Roedd Ifans yn ddyn gwahanol wrth drafod plant, a rhaid 'mod i'n flinedig tu hwnt, achos roedd rhywbeth deniadol yn hynny. Roedd o wedi rhoi ei hun yn bencampwr i Llinos, gan ei hamddiffyn pan na allwn i wneud hynny.

'Wel, os wyt ti'n meddwl y bydd o'n lles iddi hi symud...'

'Bydd, yn bendant. Go brin ydi plant tebyg i Llinos o ran gallu, ond o brofiad, y peryg mwya iddyn nhw ydi diflastod. Mi alla i feithrin y grŵp bach yna i gyflawni pethe mawr, a Llinos yn eu harwain. Mi fyddwn ni'n astudio'r Hengerdd cyn iddyn nhw fynd o'ma, arhosa di!'

Yn rhesymegol, doedd dim byd yn y sgwrs i f'atgoffa o'r bore Sadwrn hwnnw pan fu Ger mor gas efo Llinos ynghylch ei gylchgrawn, ond daeth yr atgof yn ôl yn glir i mi, i 'ngorfodi i gymharu'r ddau ddyn. Roedd Clive Ifans ar dîm Llinos gant y cant, ond allwn i ddim dweud yr un peth am ei thad. Sylweddolais, yr eiliad honno, fod gwahaniaeth rhwng y math o ddyn ti'n ei ffansïo a'r math o ddyn sy'n addas i fagu dy blant. Roedd y busnes tafod yn y glust yn dal yn arswydus, ond dechreuais weld manteision cymorth Clive am y tro cyntaf. Cefais weledigaeth arall: Clive yn llwytho telyn deires Greta i gefn Volvo go newydd tra oedd Llinos yn gorwedd mewn gwely crog o dan goeden afalau â llyfr astrus yn ei llaw, y ffurflen gais i Rydychen newydd ei llenwi; a finne ar fy ffordd i gwrdd ag Owain o'r maes awyr wrth iddo ddychwelyd o'i flwyddyn allan yn yr Eidal. Ond ar y lein ddillad roedd rhes o sanau llawfeddygol, yn troelli yn y gwynt fel sawl sarff yn yr Eden baradwysaidd.

'Un peth bach arall,' ategodd Clive, yn pesychu'n isel i guddio'i embaras. 'Dwi'm yn sicr oeddet ti'n canolbwyntio tra o'n i'n trafod yr Urdd...'

Chwarddais yn uchel. 'Na. Ro'n i'n mwynhau breuddwyd am saethu Leisa.'

Ges i sioc: dechreuodd yntau chwerthin hefyd.

'Bwled dum-dum sy angen,' meddai, gan ymuno yn y jôc. 'Byddai ei phen yn chwalu fel melon! Mi fysen i'n fodlon tystio mewn unrhyw lys ei fod yn achos o ddynladdiad cyfiawnadwy. Ond o ddifri, tra oeddet ti'n mwynhau dy freuddwyd waedlyd, cytunodd Cyfeillion yr Ysgol i sefydlu Ysgoloriaeth Gloywi Iaith, i dalu pob ceiniog o gost un disgybl bob blwyddyn i fynd i Langrannog: disgybl sy'n cyrraedd safonau rhagorol yn y Gymraeg. Fyddai dim rhaid i ti dalu ceiniog i Llinos fynd ar y trip.'

'Petai hi'n ei hennill.'

'Hi fydd yn ei hennill.' Roedd y sicrwydd pendant yn ei lais yn hoffus, bron yn ddeniadol, ond ddim cweit.

'Diolch yn fawr, Clive. Mae dy gefnogaeth yn werth y byd.'

'Un fach arbennig ydi hi, go debyg i'w mam. Ddylai prifathro byth roi ffafriaeth i blentyn, ond mae hi wir yn haeddu pob ysgogiad. A bydd yn glod i'r ysgol pan fydd hi'n graddio efo Rhagoriaeth o Rydychen.'

Roedd hyn mor agos i 'mreuddwyd i fy hun, aeth ias lawr fy nghefn.

Ers i Ger adael dwi'n diodde o byliau o flinder dwys. Daeth un o'r rheiny drosta i wrth sefyll o flaen y prifathro, felly cyn i mi ddisgyn i gysgu ar un o'r clustogau mawr yn y gornel ddarllen, penderfynais ffarwelio â Clive Ifans. Safodd yn y drws nes i 'nghar fynd drwy giât yr ysgol, ei amlinell yn ddu yn erbyn golau melyn y cyntedd.

Wrth yrru i lawr y ffordd syth i gyfeiriad y bont, allwn i ddim cael gwared â'r syniad 'mod i wedi gwneud sefyllfa letchwith yn waeth drwy adael Clive Ifans efo'r syniad y byddai rhywbeth yn gallu datblygu rhyngddon ni ymhen amser. Mi wnes i ddiystyru ei deimladau yn union fel yr oedd Ger wedi diystyru fy nheimladau i, ac am yr un rheswm, sef 'mod i ddim yn ei garu. Doeddwn i ddim yn ddigon clir efo'r prifathro achos na wnes i ystyried ei fod o'n haeddu gonestrwydd. Am lanast.

17

Cysgais yn fy nillad, ar ben y dŵfe, a deffro am bedwar y bore o freuddwyd nad oedd cweit yn hunllef ond a oedd yn aneglur a niwlog. Yn hytrach na cheisio mynd yn ôl i gysgu ges i gawod, a safais wrth y Rayburn efo 'ngliniadur i geisio dysgu rhywbeth am hanes Iwerddon. Fel arfer dwi'n deall hanes, ond o fewn chwarter awr ro'n i wedi drysu'n lân. Roedd Michael Collins, Eamonn de Valera, Arthur Griffith a sawl cymeriad anghyfarwydd arall yn cerdded drwy ddrama lle roedd pawb yn galw'i gilydd yn fradwyr. Roedd Iwerddon wedi'i hollti, a sioc i mi oedd sylwi mai Cymro gafodd y bai gan bawb am hynny, sef Lloyd George. I rai, roedd yn gyfaddawd angenrheidiol; i eraill, roedd yn fradychiad llwyr, a chyn hir, er bod llywodraeth annibynnol wedi'i chreu, roedd y Gogledd yn dal i fod o dan rym y Sais. Yn fuan wedyn, roedd yr arfau a godwyd i yrru'r Saeson o'r wlad wedi'u troi yn erbyn brodyr. Cafodd pum cant eu lladd, a dychmygais dirlun gwaedlyd a hen ffrindiau'n troi'n erbyn ei gilydd. A ble, yng nghanol hyn i gyd, oedd Blathnaid / Florence? Sylwais faint o fuddsoddiad emosiynol ro'n i wedi'i roi yn ei hanes – byddai'n teimlo fel gwastraff llwyr petai'r ferch wnaeth ffoi o'i bywyd cyfforddus i ddilyn y freuddwyd am ryddid yn marw yn y Rhyfel Cartref. Allwn i ddim aros i gyrraedd y Plas i ddysgu mwy amdani, ond roedd yn rhaid wynebu'r dasg o gael y plant i'r ysgol cyn hynny.

Wrth wneud fy ail baned o goffi, sylwais ar y calendr. Am sawl blwyddyn, ro'n i'n prynu un o'r rheiny oedd â cholofn wahanol i bob aelod o'r teulu ond doedden nhw ddim yn ein siwtio ni. I ddechrau, ro'n i'n sylwi fod cymaint mwy o bethau'n cael eu nodi yng ngholofn Ger na f'un i – dim ond ambell ymweliad â'r deintydd oedd yn honno. Ddywedais i 'run gair am hynny, ond ro'n i'n dal dig. Wedyn, yn sydyn, stopiodd Ger roi unrhyw beth ar y calendr, heblaw penblwyddi ei rieni. Penderfynais stopio gwario ffortiwn ar rywbeth oedd yn tystio i bawb cyn lleied o ddiddordeb yn ei deulu oedd gan fy ngŵr, a chyn lleied oedd yn digwydd yn fy mywyd i, felly, erbyn hyn, calendr y boi gwerthu ffîd, un roedd Rich wedi'i gael am ddim, oedd ar y wal. Wrth ddyddiad y diwrnod hwnnw roedd un gair: 'Cegin'.

Mae Llinos yn cael cinio ysgol ond mae'n well gan Ows becyn bwyd, a dwi wastad yn rhoi pecyn i Greta er bod Mirs yn ddigon parod i roi cinio iddi ar ôl yr Ysgol Feithrin. Cofiais ar unwaith arwyddocâd y gair 'cegin': roedd yn rhaid i gegin yr ysgol gynradd gau am y diwrnod, er mwyn rhoi sinc newydd i mewn, felly byddai'n rhaid i Llinos hefyd gael pecyn heddiw.

Fel y sylwodd Mam, wnes i ddim prynu bara yn Tesco. Ond, yn union fel y dywedodd Llinos wrthi, mi wnaethon ni roliau bara yn siâp sawl creadur môr. Y diwrnod cynt roedd Greta wedi mynnu cael y sêr môr yn ei bocs brechdanau, a gwnaeth Owain fajita iddo'i hun efo'r cyw iâr oedd ar ôl o'r cinio Sul. Fy mwriad oedd torri'r hyn oedd yn weddill, y dorth siâp dwgong, yn dafelli a chymysgu'r tameidiau olaf o'r cyw iâr efo mayo ac ati i wneud brechdanau cyw iâr y coroni. Efo ciwi a fflapjacsen, dyna becyn bwyd digon derbyniol. Ond, yn anffodus, roedd y dwgong wedi caledu fel darn o farmor. Roedd popeth arall yn iawn felly penderfynais roi potyn bach o'r cymysgedd cyw iâr ym mhob pecyn bwyd, a mynd heibio Londis i nôl rholiau bara ffres ar ein ffordd i'r ysgol. Dipyn o niwsans, achos byddai'n rhaid i mi yrru Llinos yr holl ffordd i'r ysgol yn hytrach na'i rhoi ar y bws, ond doedd dim byd arall i'w wneud.

Felly, tua hanner awr wedi wyth, ro'n i'n sefyll wrth y cownter yn Londis efo dau becyn o roliau bara a photel o win rhad, fy mochau'n fflamio ag embaras.

'Sori, Cath,' meddai Eluned mewn llais oedd yn swnio, yn fy mhen, fel petai'n bloeddio, ond doedd hi ddim. 'Dydi'r cerdyn ddim wedi cael ei dderbyn.'

Rhoddais y cerdyn yn y peiriant yn hytrach na defnyddio'r sglodyn digyswllt, ond doedd dim yn tycio.

'Siŵr y galla i sortio hyn mewn chwinciad ond does gen i ddim amser – rhaid i'r plant gael y bara yn eu bocsys bwyd. Ga i ddod yn ôl wedyn i dalu?'

'Ti'n gwybod yn iawn na allwn ni wneud eithriad i neb,' atebodd Eluned, braidd yn rhy swta o feddwl sawl gwaith dwi wedi casglu ei phlant o ddigwyddiadau yn y Ganolfan Hamdden achos bod ganddi neb i wylio'r siop.

'Ocê, ocê, rho bum munud i mi.'

Erbyn hyn roedd ciw hir tu ôl i mi. Chwifiais fy ffôn yn yr awyr i geisio cyfleu'r neges mai trafferth efo'r system fancio ar-lein oedd gwreiddyn y broblem, yn hytrach na thlodi. Ond, ar ôl llwyddo i gael signal o'r diwedd er mwyn gwneud trosglwyddiad digidol, a theimlo balchder hynod o fod wedi cofio'r cyfrinair, ges i sioc arall. Nid y cerdyn oedd ar fai: roedd y cyfrif yn wag, a gan fod y biliau ffôn wedi mynd o'r cyfrif gwag, roedd lwfans y gorddrafft hefyd wedi mynd. Pwysais y botwm i drosglwyddo pres o'r cyfrif cadw ond ges i fraw mwy byth wrth weld bod y cyfrif hwnnw hefyd yn wag. Llanwyd fy ngheg â'r surni ddaeth i fyny o fy stumog. Am eiliad, doedd gen i ddim syniad be i'w wneud. Roedd fy llaw yn crynu cymaint, cwympodd fy ffôn ar y concrit a chraciodd y sgrin. Roedd hi wedyn yn anodd gweld ble i bwyso, ond llwyddais i wneud galwad.

'Rich?'

'Be sy? Mae gen i *theave* sy wir yn stryglo fan hyn. Biti nad wyt ti'n gadael i Ows helpu.'

Ro'n i ar fin dweud wrtho, am y canfed tro, nad o'n i'n fodlon i Owain smalio bod yn sâl er mwyn mynd ato i wyna, ond o ystyried y sefyllfa, penderfynais gau fy ngheg, am unwaith.

'Dwi wir yn sori i dorri ar draws – falle alla i wneud shifft i ti dros y penwythnos.'

'Be ti angen?'

'Be ti'n feddwl?'

'Ti ddim wedi gwneud dy siâr yn y sied ers i ti adael am y coleg. Ti'n rhy glyfar i gael chydig o gachu ar dy fŵts.'

Cyfnod prysur oedd wyna, wastad, ond ers ryw bum neu chwe blynedd, roedd blinder Rich wedi troi'n chwerwder wrth iddo gymharu'i sefyllfa'i hun â'i gymdogion priod oedd yn cael, chwedl Rich, gystal cysur a chefnogaeth gan eu gwragedd, bwyd twym drwy'r dydd a'r nos, danteithion melys ar fwrdd y gegin ar ôl shifft galed a 'cwtsh i gynhesu'. Fel ffrind i sawl un o'r gwragedd roedd Rich yn eu canmol ro'n i'n gwybod nad oedd ei ddarlun o'u bywydau yn un cywir, ond roedd fy nghalon yn torri dros fy mrawd a'r cyfuniad o ddiffyg cefnogaeth ac unigrwydd oedd yn ei daro wrth i bawb arall edrych ymlaen at friallu'r gwanwyn.

Dywedais wrtho beth oedd wedi digwydd, ac er fy ymdrechion roedd fy llais yn crynu.

'Arhosa di yn fanna,' taranodd fy mrawd mawr, 'mi fydda i efo ti toc.'

'Be am y *theave*?'

'All yr hen fastard diog wneud rhwbeth heblaw pyrfio dros gyflwynwyr ar y teledu, am unwaith.

'Paid â dweud bod Dad yn ffansïo Richard Madeley! Mi fyse hynny'n un cymhlethdod yn ormod, hyd yn oed yn ein teulu ni.'

Chwarddodd Rich lawer mwy nag yr oedd y jôc yn ei haeddu – dwi'n meddwl fod fy nagrau wedi'i ddychryn o.

Es i'n ôl at y car i weld Llinos yn gwasgu rholen fara i focs bwyd Greta.

'Mae Llins yn mynd i fod yn hwyr os na awn ni rŵan,' mynnodd Owain. 'All Greta a finne gerdded i fyny i'r Ysgol Feithrin.'

'O ble ddaeth y bara?' gofynnais.

'Fi brynodd o. Gei di 'nhalu fi'n ôl pan mae pethe'n sorted.'

Wnaeth o ddim aros i mi ddiolch iddo. Ffoniais Rich i ddweud bod y creisis presennol wedi'i ddatrys, ond gofynnodd i mi gwrdd â fo'n ôl yn Londis yn syth ar ôl i mi ollwng Llinos yn yr ysgol. Rhoddodd hynny esgus i mi beidio oedi ym muarth yr ysgol yn mân-siarad efo fy ail ŵr posib, Clive.

Bum munud ar hugain yn ddiweddarach, ro'n i'n ôl o flaen Londis. Roedd Rich wedi parcio'r pic-yp rywsut rhywsut ar y cwrt blaen fel bod yn rhaid i bawb wneud ymdrech i'w osgoi, a safai wrth y drws efo golwg ar ei wyneb oedd yn haeddu'r disgrifiad 'digofaint Duw'.

'Ar Ger mae'r bai,' mynnais, 'nid Eluned a Peter.'

'Gawn ni weld.'

Dilynais o, fel lodes fach yn dilyn yn ôl traed ei brawd, i lawr i gefn y siop. Dechreuodd godi sawl pot iogwrt fel petai'n cymharu eu prisiau, oedd yn beth hynod iddo fo'i wneud achos mae'n gas gan Rich iogwrt. 'Os wyt ti isie cwstard, bwyta gwstard,' mae o wastad yn ddweud. 'Cwstard sy'n smalio bod yn iachus ydi iogwrt.' Dewisodd botyn mawr o Llaeth y Llan, yr un riwbob.

Er mwyn gwerthfawrogi'r hyn ddigwyddodd wedyn, mae'n werth cofio pa mor dal ydi Rich: pan mae o'n codi'i fraich uwch ei ben mae ei law tua wyth troedfedd o'r llawr... ac os ydi rhywun yn mynd i ddechrau lluchio iogwrt o gwmpas, mae taldra'n fantais. Roedd y cwsmeriaid eraill yn meddwl mai damwain oedd y digwyddiad cyntaf, ond pan ddilynwyd y riwbob gan botyn o iogwrt taffi, ac un mafon, ac un taffi arall, dechreuodd merch oedd yn sefyll wrth y porc peis sgrechian.

'Paid â chynhyrfu, lodes,' datganodd Rich, 'does gen i ddim cweryl efo ti. Efo'r bastards sy bia'r lle mae fy nghweryl i.'

'Ocê,' atebodd yn ofnus.

'Ac mae peis neisiach o lawer gan y cigydd, gyda llaw,' awgrymodd, gan luchio'r ail bot mawr o iogwrt mafon i'r llawr.

Brysiodd Eluned draw ar ei thraed fflat.

'Rich!' ebychodd, ei llais yn crynu mwy nag oedd fy llais i'n crynu wrth siarad efo fo ar y ffôn yn gynharach. 'Be sy?'

'Ble mae Peter?' gwaeddodd.

Erbyn hyn, roedd y cwsmeriaid eraill wedi ymgasglu i weld y sbort.

'Shall I ring the police, Mrs Gethin?' gofynnodd un o'r merched ddaeth o'r tu ôl i'r cownter.

'Be wyt ti'n feddwl, Eluned?' atebodd Rich, efo gwên filain ar ei wyneb. 'Fyse'n well i ni ddatrys hyn rhyngddon ni? Neu fyse'n well galw'r heddlu? Achos dyna un peth hynod am yr ardal yma, mae 'na wastad lot o heddlu o gwmpas, yn does, ar batrôl ddydd a nos...'

'Wel, na, dim rîli...'

'Paid â gwastraffu dy goegni arni, Rich,' dywedais.

'Ie, mae hi'n rhy dwp i ddeall. Ble mae dy gachgi o ŵr? Lan staer yn wancio yn ei swyddfa? Achos dyna be mae o'n wneud pan mae o i fod yn gwneud y cyfrifon.'

Erbyn hyn roedd gan Rich dipyn o gynulleidfa, a ges i'r argraff ei fod o'n mwynhau ei hun. Daeth Peter i'r golwg o'r diwedd, gan sleifio drwy ddrws cefn y siop.

'Ty'd yma, Pete. Dwi isie gair efo ti a'r ast roeddet ti'n ddigon twp i'w phriodi ar ôl iddi shagio hanner y plwy.'

Rhoddodd y ferch a sgrechiodd ei llaw dros ei cheg i guddio'r wên oedd yn amlwg yn ei llygaid. Llygaid neis oedden nhw hefyd, rhai mawr brown, llawn hwyl. Ro'n i'n meddwl 'mod i'n nabod pob siaradwr Cymraeg yn yr ardal ond roedd hon yn ddieithr.

'Be sy, Rich?' gofynnodd Peter, ei wyneb yn welw.

'Cafodd Cath drafferth efo'i cherdyn banc. A wnest tithe, Eluned, benderfynu codi cywilydd arni o flaen pawb.'

'Wel,' mentrodd Eluned, 'mae ganddon ni brosesau a rheolau...'

Erbyn hyn doedd dim un potyn mawr o iogwrt ar ôl ar y silff, felly defnyddiodd Rich y rhai bach i atalnodi ei ddatganiad nesaf.

'Dwi'm yn rhoi rhech' (mefus) 'am eich ffycin prosesau chi'

(mandarin) 'na phrosesau'ch ffycin busnes pwt a dime'
(gwsberis) 'ond mae'n hen bryd i ti gofio pwy wyt ti' (eirin
gwlanog) 'a phwy ydi Catherine.' (ceirios du) 'Ti'm yn ffit i gau
ei chareiau.' (mefus eto)

'Den ni i gyd yn gwybod bod Cath yn cael amser ansefydlog
ar hyn o bryd...' mentrodd Peter, yn baglu dros ei eiriau.

'Ansefydlog! Does dim byd ansefydlog am fy chwaer i, myn
diawl! Mae ei bastard o ŵr, un arall sy ddim ffit i fod yn yr un
stafell â hi, wedi ffwcio i ffwrdd efo rhyw hipi sy'n edrych fel
stôr ac mae Cath yn cario mlaen, yn gweithio yn ei swydd, yn
gofalu am ei phlant gwych, yn dal i fyw yn yr un tŷ. Ble mae'r
ansefydlogrwydd, dwêd?'

'Wel, ei cherdyn...'

'Mae Cath yn iawn am bres: mae hi'n chwaer i mi.'

'Ond...'

'Oes cownt gen i yn y lle 'ma am Derv?'

'Oes, Rich, ond...'

'Ydw i'n talu'n brydlon?'

'Wyt.'

'Well na tri chwarter dy gwsmeriaid?'

'Wel, ie...'

'Felly pam wnest ti wrthod fy chwaer am lai na degpunt?'

'Mae 'na reol...' ymatebodd Eluned.

'Mae'n amlwg fod gen ti fwy o gerrig na dy ŵr, Eluned
Gethin, er ei fod o'n gwagio'i rai o mor aml. Stwffia dy reol. Dydi
pobol fel tithe ddim yn gosod rheolau i bobol fel Cath.'

Erbyn hyn, roedd afon o iogwrt cymysg wedi llifo hanner
ffordd i lawr y siop ac roedd Lleucu'r Wern yn ceisio rhwystro'i
mab rhag llyfu'r llawr. Cyn i Eluned gael siawns i ymateb,
bwriodd Rich ymlaen.

'Cwestiwn bach i ti, Eluned. Pwy adeiladodd eglwys Hagia
Sofia yn Istanbul?'

Roedd yn rhaid i mi edrych o gwmpas: roedd y syndod ar
wynebau pawb yn werth ei weld.

'Yyy, dwi'm yn gwybod. Pam mae hynny'n berthnasol?'

'Fi sy'n dweud be sy'n berthnasol, Eluned. Y cwsmer sy wastad yn iawn, cofio? A rŵan dwi awydd cwis bech sydyn.'

'Dwi... dwi erioed wedi clywed am yr eglwys honno,' llwyddodd Eluned i ddweud o'r diwedd.

'Waw, a tithe a'r wancar wastad yn brolio'ch gwyliau tramor swanc? Cath, wyt ti'n gwybod yr ateb i'r cwestiwn?'

'Wel, ydw, ond...'

'Ateba di'r cwestiwn.'

'Cafodd Hagia Sofia ei godi gan yr Ymerawdwr Justinian.'

'Cywir. A beth oedd enw gwraig yr Ymerawdwr Justinian, Eluned?'

Mae'n werth i ti gael gwybod bod Rich wedi bod yn gwrando ar bodlediadau hanes yn ddi-stop ers ryw dair blynedd. Mae pobol yn synnu at hynny achos eu bod nhw'n meddwl ein bod ni'n dau mor wahanol. Cafodd Rich ei ddewis i sawl tîm cwis am chwe mis, nes i bobol sylwi fod ei wybodaeth eang yn gyfyngedig i hanes a defaid.

'Ti'n gwybod nad ydw i'n gwybod, Rich,' meddai Eluned yn bwdlyd.

'Paid â chael stranc jyst oherwydd dy fod di'n dwp, Eluned Gethin. Catherine?'

'Theodora.'

'Cywir eto. A phwy sgwennodd yr hanes amdanyn nhw sy'n...?'

Torrodd Peter ar ei draws.

'Den ni i gyd yn gwybod bod Catherine yn glyfar, Rich, ond does ganddi hi ddim pres.'

'Mae hynny'n anghywir. Mae ganddi hi bres, ond ddim yn y cyfrif yna. Wyt ti'n gyfarwydd â'r hanesydd sgwennodd y llyfr cywilyddus am Justinian a Theodora, Peter?'

'Wrth gwrs nad ydw i.'

'Dwi'n synnu braidd, achos roedd rhai o giamocs Theodora yn debyg iawn i'r pethe ti'n talu i weld merched Filipino yn eu gwneud ar y gwefannau sbesial 'na ti'n eu hoffi gymaint. Lwcus nad ydi o'n gwerthu cig a chaws heb eu lapio, leidis, achos does dim garantî ei fod o'n golchi'i ddwylo bob tro.'

Collodd y ferch efo'r llygaid brown bob rheolaeth drosti'i hun a dechreuodd chwerthin yn uchel. Ymunodd Lleucu â hi.

'Rhaid i mi ofyn i Catherine, felly. Be oedd enw'r hanesydd Bysantaidd hwnnw, Cath?'

'Procopius.'

'Tri allan o dri. Marciau llawn. Os dech chi isie gwybod pam wnes i osod y prawf bach yma, mi ddweda i wrthoch chi. Dech chi, y Gethins, ddim wedi clywed sôn am yr eglwys orau i gael ei chodi erioed. Felly, does ganddoch chi ddim clem am ddyfnder yr wybodaeth sy gan Catherine yn ei phen. Digon posib, weithie, oherwydd bod ei phen mor llawn, ei bod hi'n anghofio trosglwyddo pres o'r un cyfrif i'r llall. Dim bwys am hynny. Mae hi'n haeddu parch ganddoch chi, ac mae hi'n haeddu credyd hefyd, achos beth bynnag mae fy chwaer yn dewis ei wario yn y siop shit yma, mi fydda i'n talu amdano. Wyt ti'n deall?'

'Wrth gwrs, Rich,' mwmialodd Peter. 'Does dim rhaid i ti fod yn flin.'

'Ro'n i ar fin dweud y byset ti'n flin hefyd, petai dy chwaer wedi cael ei bychanu o flaen pawb, Peter Gethin, ond wedyn cofiais pa mor aml mae dy chwaer yn bychanu'i hun o flaen pawb ar nos Sadwrn yn y Drenewydd, ei choesau ar led yn nrws WHSmiths.'

Stelciodd Rich allan o'r siop gan gadael ôl traed hufennog ar ei ôl. Wnes i ei ddilyn, wrth gwrs, ond wnes i ddim disgwyl y byddai'r ferch ddieithr yn ein dilyn ni hefyd. Aeth hi'n syth at Rich a dweud, yn acen soniarus y gogledd, 'Roedd hynna'n wych. 'Swn i wrth fy modd yn cael brawd fel chdi!'

'Wnest ti ddim picio mewn i'r siop am bot o iogwrt, gobeithio,' atebodd Rich, gan blygu bron i'w hanner i syllu i'w llygaid hi.

'Gas gen i iogyrt,' atebodd hithe, heb oedi. 'Mae o fatha pwdin i bobol sy ddim yn fodlon cyfadda'u bod nhw'n lecio petha melys.'

'Dyna'n union be dwi 'di bod yn ddweud ers blynyddoedd!' ebychodd Rich.

Yr eiliad honno, sylwais ar rywbeth hynod. Dydi Rich ddim yn Daniel Craig ond dydi o ddim yn hyll chwaith, ond cyn y bore hwnnw y tu allan i Londis doeddwn i erioed wedi gweld rhywun yn edrych arno â chwant. A dyna welais i yn y llygaid brown tlws. Creda neu beidio, aeth y ddau i'r caffi am baned, a threuliodd Rich, yn mitsio o'r sied ddefaid, weddill y bore yn ei fflat yn y Wynnstay. Pan aeth Owain a Llinos draw i'r Rhos ar ôl yr ysgol, roedd rhywun newydd roi gwellt yng nghorlannau'r defaid.

18

Felly, do'n i ddim yn teimlo'n rhy ddrwg wrth yrru i'r Plas. Dychmygais fod y Tynghedau, neu Dduw, neu rywun, wedi anfon y ferch llygaid brown at Rich er mwyn ei wobrwyo am ei gefnogaeth i mi. Ond y realiti oedd fod yn rhaid i mi wynebu'r ffaith fod y cyfrif banc yn wag. Cyrhaeddais fy ngwaith yn ddigon cynnar i ffonio Molly cyn dechrau.

'Dwi'n synnu dim,' atebodd yn swta. 'Mae mab y Mans isie chwarae *hardball*, hei? Ddysga i wers iddo – nid hon ydi fy rodeo gyntaf, o bell ffordd.'

Roedd Mistar Jenks eisoes yn y llyfrgell, yn ceisio tynnu llwch oddi ar sawl ffeil â chefn ei law. Er ei fod yn byw mewn tŷ llawn llwch mae'n gas ganddo fo'r stwff, ond mae'r strategaethau mae o'n eu defnyddio i'w waredu yn hollol aneffeithiol.

'A, Catherine,' cyfarchodd, gan wenu. 'Dyma i ti'r llythyrau wnes i eu crybwyll ddoe, gan y Tad Quinn. Dwi ddim yn awgrymu dy fod yn pori drwyddyn nhw i gyd – fel roedden ni'n trafod ddoe, mae hynny'n brosiect arall – ond efallai, wrth i ti ddilyn hanes Letitia, y byddan nhw'n ddefnyddiol petai angen i ti wirio ambell beth.'

Ystyriais, wrth ei wylio'n gosod y ffeiliau ar y bwrdd lle dwi'n arfer gweithio, faint oedd wedi digwydd ers ein sgwrs wrth yr ha-ha y diwrnod cynt.

'Ga i fod yn hollol ddigywilydd, syr?' gofynnais.

'Dwi'n meddwl ein bod ni'n nabod ein gilydd yn rhy dda ar gyfer "syr", Catherine,' atebodd, gan ddangos ei ddannedd hir mewn gwên stiff.

'Dwi'n meddwl fod yn rhaid i rywun ddweud "syr" wrth ofyn am ei gyflog wythnos yn gynnar.'

'Dydi hynny ddim yn broblem o gwbl, Catherine. Ac yn y dyfodol, tyrd yn syth ata i os oes unrhyw... anawsterau. Mae newidiadau mawr ym mywydau pobol yn effeithio... wel, ar agweddau gwahanol yn eu bywydau.' Ynganodd y frawddeg fel petai newydd fathu idiom newydd. 'Ers i ti ddod i'r Plas i weithio, Catherine, mae wedi bod yn bleser... mae safon dy waith a dy broffesiynoldeb wedi bod yn... Allai neb ofyn am fwy, yn wir.'

'Diolch yn fawr iawn. Fydd dim angen i mi ofyn eto.'

Brasgamodd Mistar Jenks i ffwrdd â'i ben i lawr, fel petai wedi dweud gormod er na ddywedodd o ddim byd mewn gwirionedd. Codais lyfryn Letitia â rhyddhad – byddai ceisio darganfod mwy am gymeriad hynod Blathnaid yn ddigon i fy rhwystro rhag meddwl am... wel, am bethau.

Cyffro mawr! Mae Miss Florence wedi dychwelyd o pwy a ŵyr ble gyda thwll yn ei llaw chwith. Fyddai dim modd iddi gael y ffasiwn anaf heb gael ei saethu.

Hyd yn oed ganrif yn ddiweddarach roedd egni'r geiriau mor amlwg. O'r diwedd, roedd rhywbeth yn digwydd ym myd tawel Letitia. Neidiodd ymlaen yn y naratif fel milgi wedi colli'i dennyn.

Ddylwn i ddim trafod llaw Miss Florence, yn ôl Mistar Richards. Ond mi glywais Mistar Cad yn gofyn i'r meddyg beidio â dweud wrth neb ei bod hi yma: mae 'na ddirgelwch mawr. Dydi hi ddim yn gadael ei llofft yn aml. Prin mae hi'n siarad gyda neb ond mae hi'n mwynhau dod i'r feithrinfa i wrando ar storïau'r cogiau. Penderfynais holi all hi fwyta efo'r cogiau – mae'n unig iddi fod ar ei phen ei hun o hyd.

Wrth i ni ddychwelyd o'r eglwys, daeth y Tad Quinn heibio ar gefn ei geffyl. Doedden ni ddim wedi ei weld ers diflaniad Miss Florence, a chafodd groeso cynnes ganddi. Rhoddodd Miss Florence ei breichiau amdano a gwasgodd yntau hi'n dynn, cyn ei gwthio'n ôl a chwifio'i law o gwmpas o'i blaen, fel bendith, dwi'n meddwl. Roedd hi'n beichio crio a'i lygaid o hefyd yn sgleinio. Wedyn, cododd ei law a rhoi slap iddi ar ei boch, yn eithaf caled. Dywedodd hi rywbeth wrtho mewn iaith nad oeddwn i'n ei deall, ac wrth i mi geisio mynd mor dawel â phosib i fyny'r staer, clywais beth o'u sgwrs. Er nad oeddwn i'n deall gair, roedd rhai geiriau'n cael eu hailadrodd dro ar ôl tro. Rhywbeth tebyg i 'tar brown orym' ganddi hi, a 'cen-ffa' ganddo fo. Arhosodd am tua chwe awr i gynnal gwasanaeth, ac ar ôl gorffen, gofynnodd y Tad Quinn am gael siarad efo Mistar Cad yn y llyfrgell, oedd yn drewi o ryw bersawr trwm. Daeth Mistar Cad allan â golwg go bryderus ar ei wyneb.

Dwi ddim yn deipydd da, ond wrth wneud cofnod o'r hanes hwn roedd fy mysedd yn hedfan dros allweddau'r gliniadur. Rhyfedd oedd meddwl fy mod i'n eistedd yn yr un ystafell lle digwyddodd y sgwrs rhwng Quinn a Mistar Cad ganrif yn ôl. Syllais yn hir ar y geiriau roedd Letitia wedi'u sgwennu: tybed ai Gwyddeleg oedd Florence a'r Tad Quinn wedi bod yn ei siarad? Rhoddais y geiriau yn Google Translate heb lwyddiant, ond yna, cofiais fy sgwrs â Mirain ynglŷn â bratiaith Suzanne Top Garej. Bingo! Byddai Letitia wedi sillafu pob gair yn ffonetig, fel y Gymraeg. Efo'r wybodaeth hon roedd yn hawdd cracio'r cod: roedd Florence wedi ailadroddodd y geiriau Gwyddelig am 'mae'n ddrwg gen i', a'r Tad Quinn wedi gofyn 'pam', dro ar ôl tro.

Gofynnodd y garddwr i mi fynd gyda'r cogiau i hel afalau o'r berllan, ond gwrthododd Mistar Richards roi caniatâd i mi wneud hynny. Mae Miss Florence dan warchodaeth lym iawn ond does gen i ddim syniad pam mae hi'n cael ei chosbi. Tydi hi ddim yn cael dod i lawr y staer o gwbl ac mae llenni ei stafell wastad ar gau.

Rhoddais nodyn wrth y testun yn gofyn cwestiwn: 'Beth ddywedodd Quinn wrth Mistar Cad am Florence / Blathnaid?' Daeth yr ateb cyn hir.

Am helynt! Roedd yn ddiwrnod hollol arferol tan tua tri o'r gloch. Aeth Mistar Cad a'r Missus am dro ar gefn eu ceffylau gan ei bod hi'n ddiwrnod braf. Cymerodd Miss Florence ei chyfle i fynd i lawr y staer i ganu'r piano. Mae hi wedi dweud wrtha i ei bod hi'n colli canu'r piano'n fawr iawn, er mai dim ond un law all hi ei defnyddio bellach. Yn sydyn, daeth sŵn erchyll ac roedd yr awyr i gyd yn crynu. O ffenest y feithrinfa, gwelais Mr Griffith, y garddwr, yn rhedeg nerth ei draed tuag at y llwyni. Daeth ffrwydrad arall, a'r tro hwn gwelais fflach. Erbyn hyn roedd Mistar Richards yno, a George, yr ostler. Gwelais gefn Mr Griffith yn dod allan o'r llwyn rhododendron, yn llusgo dyn. Erbyn hyn roedd y drysau gwydr wedi'u hagor a daeth Miss Florence i'r golwg. Roedd y dyn dieithr ar ei draed, ond roedd Mr Griffith a George yn gafael ynddo'n dynn, un ym mhob braich. Dyn ifanc golygus oedd o, a meddyliais tybed ai cyn-gariad i Miss Florence oedd o, er mai dillad gweithio roedd o'n eu gwisgo. Saesneg roedd hi'n siarad efo fo, gan ddweud rhywbeth fel, 'Well, Callum, you've come a long way to miss a simple shot.'

Atebodd yntau fod naw o frodyr rhywun o'r enw Joseph ar ei hôl, ac y byddai'n pydru mewn carchar yn Lloegr. 'You cannot hide, Blathnaid: your sins will find you out,' meddai wedyn.

Yn nes ymlaen, gwelais y twll yn y ffenest. Yn fy marn i roedd yn bosib nad saethu'n gam wnaeth Callum, pwy bynnag ydi o, ond bod Miss Florence wedi osgoi'r fwled rywsut. Beth yn union ddigwyddodd draw yn Iwerddon, tybed?

Mae'r Plas yn gyfuniad o gartref a gweithle. Dwi wedi bod yn ymwybodol o hynny o'r dechrau, felly dwi erioed wedi crwydro o gwmpas y tŷ. Er, mae'n rhaid i mi gyfadde, dwi wedi mentro lan staer gwpl o weithiau, wastad efo ryw hanner esgus. Ond yn sydyn cefais ysfa gref i fynd i weld lle oedd Blathnaid / Florence ar y diwrnod cyffrous hwnnw roedd Letitia wedi'i ddisgrifio.

Cnociais ar ddrws y Drawing Room ond doedd neb yno. Wrth gwrs, doedd gen i ddim syniad sut ddodrefn oedd yno yn oes Letitia, ond wrth eistedd ar stôl y piano, gwelais y llwyn rhododendron. Roedd golwg go anfad ar y dail gwyrdd tywyll. Rhedodd ias oer i lawr fy nghefn wrth feddwl am Callum yn cysgodi yno, yn aros am ei gyfle i saethu Blathnaid / Florence. Beth oedd hi'n ei ganu ar y piano cyn i'r ffenest falu'n deilchion? Agorais gaead yr offeryn ac, yn ofergoelus, arhosais am eiliad fel petai ysbryd yr alaw a chwaraeodd Blathnaid yn dal yno. Nonsens llwyr, wrth gwrs, ond wrth i mi osod fy mysedd ar y nodau, daeth alaw i fy mhen. Fy hanes fy hun oedd yn yr alaw, nid hanes Blathnaid, ac er ei bod hi'n alaw ddigon poblogaidd i fod yn *cliché*, dwi'n dal i'w hoffi.

Ar ôl i Mam adael doedd neb yn potsian efo gwersi piano, ac er 'mod i'n reit falch ar un llaw gan 'mod i wedi hen ddiflasu ar yr arholiadau, ro'n i'n gweld isie canu'r piano, ac mi ddysgais fy hun i chwarae 'Clair de Lune.' Mae gallu cerddoriaeth i dawelu meddyliau pobol wedi'i gydnabod, ac mi welais fod hyn yn wir yn achos Dad. Yn aml iawn, fin nos, byddai'n eistedd wrth y stof â glasiaid o wisgi yn ei law, ac yn gofyn i mi 'chwarae'r peth tawel 'ne'. Byddai'n gwrando'n astud, gan godi'i ben o'i ddwylo er mwyn syllu ar fy mysedd yn symud. Sylwais, yn dair ar ddeg oed, nad oedd o'n estyn am y botel mor aml pan o'n i'n chwarae 'Clair de Lune', felly chwaraeais 'Clair de Lune' yn ddi-stop.

Wnes i ddim sylwi ar Mistar Jenks yn sefyll yn y drws gan 'mod i wedi ymgolli yn yr atgofion a'r gerddoriaeth. Pan ddaeth y darn i ben caeais y caead, a synnu wrth deimlo dagrau ar fy mochau.

'Angen ei diwnio,' sylwodd Mistar Jenks, 'ond roedd yn hyfryd clywed rhywun yn ei ddefnyddio. Wyddwn i ddim fod gen ti'r fath dalent, Catherine.'

'Dim ond un alaw dwi'n gallu'i chwarae, i unrhyw safon, beth bynnag.'

'Dewis da. Mae 'na groeso mawr i ti agor y piano unrhyw dro – tydi o ddim wedi cael ei ddefnyddio'n ddigon aml ers dyddiau fy mam.'

'Ddes i yma i weld ble oedd Florence, neu Blathnaid, pan ddaeth y fwled drwy'r ffenest.'

Diflannodd yr hiraeth o lygaid Mistar Jenks, a chamodd draw at y ffenest.

'Fan hyn, drwy'r chwarel yma, ddaeth y fwled.' Estynnodd ei fraich hir dros fy ysgwydd.

'Os felly, sut na chafodd hi ei lladd?'

'Nid boneddiges ifanc oedd hi erbyn hynny ond milwr profiadol oedd wedi goroesi sawl brwydr. Gwelodd symudiad ymysg y rhododendron a neidiodd i'r llawr, a rholio o dan y piano.'

'Mae'n anodd credu bod y ffasiwn anturiaethau wedi digwydd fan hyn. Yn enwedig yn yr ystafell hon, sydd wastad mor llonydd.'

'Beth am i ni gael coffi fan hyn, er mwyn trafod beth ddigwyddodd nesaf i Florence? Achos doedd Letitia ddim yn deall y cyfan...'

Mi setlon ni felly, fo yn y gadair freichiau ledr a finne ar y soffa gyfforddus, yn trafod hanes Florence o dan lygaid barcud rhai o'r cyndeidiau oedd yn syllu arnom o'r waliau. Roedd o'n dipyn o ymdrech i mi gofio nad oedd Florence yn perthyn trwy waed i Mistar Jenks, wrth wrando arno'n ei thrafod.

'Daeth y Tad Quinn yma gyda rhybudd,' esboniodd, 'ar ôl iddo glywed gan yr offeiriad yng Nghaergybi fod dyn ifanc wedi croesi o Iwerddon, yn chwilio am Blathnaid. Fesul dipyn, dysgodd Quinn dipyn o'i hanes – roedd tipyn o sôn yn Donegal am y ddynes ifanc ddi-ofn oedd eisoes wedi cefnogi Michael

Collins, ond a oedd wedi troi ar ôl y Rhaniad. Doedd ganddyn nhw ddim syniad o ble ddaeth hi'n wreiddiol ond roedd hi wedi ennill parch yn ystod yr ymdrech yn erbyn y Black and Tans. Roedd Quinn wedi gofyn i sawl offeiriad yn Iwerddon gadw llygad arni, a'i gyrru'n ôl i Gymru pe cawsai ei hanafu. Wythnos cyn iddi gael ei brifo roedd Blathnaid wedi arwain rhagod nid nepell o Buncrana, a saethodd hi is-gapten Byddin Iwerddon yn ei wyneb, mewn gwaed oer. Ei frawd o oedd Callum, a ddaeth i'r Plas.'

Cofiais am y ffantasi wnes i ei mwynhau y noson cynt am saethu Leisa: roedd hi'n ddigon saff i mi feddwl am wneud hynny a finne'n gwybod fel ffaith na fyddwn i byth yn meiddio gwneud unrhyw beth tebyg. Ond roedd sefyllfa Blathnaid yn wahanol – roedd hi'n ferch oedd ynghlwm ag achos ac yn chwilio am bwrpas.

'Sut ferch oedd Blathnaid?' gofynnais.

'Does neb yn gwybod. Does neb yn ei chofio, wrth gwrs, a does dim llawer yn archifau ffurfiol y teulu. Efallai y daw'r portread gorau ohoni drwy'r hyn ysgrifennodd Letitia.'

'Dim ond yn y Plas roedd Letitia'n ei gweld hi.'

Gwenodd Mistar Jenks a gwagio'i gwpan.

'Ar ôl yr ymosodiad gan Callum, doedd gwraig Cadwaladr, neu Mistar Cad, ddim yn fodlon i Florence aros yn y Plas. Roedd hi o'r farn y byddai brodyr eraill yr is-gapten yn ceisio ymosod ar y lle, fel y gwnaeth Callum addo, a'i losgi. Doedd hi ddim yn credu y byddai ei meibion yn saff tra oedd "Blathnaid" dan eu to. Felly roedd yn rhaid iddyn nhw atgyfodi Florence a chladdu Blathnaid – am y tro, o leiaf.'

'Erbyn hynny, oedd ei hochr hi wedi colli'r Rhyfel Cartref?'

'Roedd y rhan fwyaf o bobol wedi derbyn y Rhaniad, ond yn ystod y Rhyfel cafodd Michael Collins ei ladd, colled mawr i'w genedl.'

'Ble oedd Lewis, ei hanner brawd hi, erbyn hyn? Fo oedd y cysylltiad rhyngddi hi a'r Plas wedi'r cwbl, yntê?'

'Yn yr Eidal. Roedd o wedi aros yn y Fyddin ar ôl y Cadoediad, ac wedi cael ei anfon i Rufain fel *attaché* milwrol. Penderfynwyd y dylid gyrru Florence yno i fyw o dan ofal ei brawd, yn hytrach na'i gyrru adref i Nant Helyg, yn y gobaith y byddai ei rhieni hi'n trefnu iddi fynd i Madeira, atyn nhw.'

'Wnaeth Letitia ddim treulio mwy o amser yn ei chwmni, felly.'

Cododd Mistar Jenks ar ei draed.

'Cer di'n ôl i'r llyfgell, Catherine,' awgrymodd yn enigmataidd. 'Gyda llaw, rhoddais chydig o fonws i ti y mis yma, fel cydnabyddiaeth o'r amser roedd yn rhaid i ti ei dreulio ar ymchwil cefndir i'r prosiect.'

'Doedd dim angen am hynny, syr. Fy mai i oedd fy anwybodaeth am hanes Iwerddon.'

'Mae'n rhy hwyr i newid dim rŵan, yn anffodus. Mae'r rhestr gyflog wedi mynd allan erbyn hyn a does dim modd galw ceiniog yn ôl.'

Roedd derbyn ei haelioni yn deimlad od, yn enwedig gan 'mod i chydig yn rhwystredig fod y Sgweier i'w weld yn mwynhau dal cyfrinachau'r teulu am Letitia a Blathnaid yn ôl a'u datgelu i mi'n raddol. Ond yr eiliad y darllenais ddarn nesaf Letitia, anghofiais bob dim arall.

Rwy'n ysgrifennu hwn wrth bacio gan fy mod yn gadael gyda Miss Florence am bump o'r gloch bore fory, i fynd i'r Eidal! I Rufain! Tydi Mistar Cad ddim yn ymddiried ynddi i fynd yno ar ei phen ei hun, rhag ofn iddi hi redeg yn ôl i Iwerddon. Yn ôl y sôn, mae hi wedi bod yn ymladd yno, a dyna pam y daeth y dyn ifanc ar ei hôl hi i'r Plas. Mae o yn y carchar yn y Trallwng erbyn hyn, ond roedd ei deulu hefyd yn bygwth Miss Florence felly mae'n rhaid iddi adael Cymru. Er mawr syndod, fi sy'n cael mynd efo hi, gan i Mistar Cad ddweud ei fod yn gallu dibynnu arna i. Rwy'n methu coelio mai fy nghyfrifoldeb i fydd sicrhau fod Miss Florence, sy'n ddynes hynod o beryglus medden nhw, yn cyrraedd ei brawd y pen arall i Ewrop. A finne heb fod ymhellach na'r Trallwng yn fy mywyd!

Ym mhapurau eraill y Plas dysgais fod Lewis wedi trefnu pasbort diplomataidd i Florence oedd yn cynnwys Letitia, fel morwyn iddi, a hynny mewn chydig oriau, dros y telegraff, a bod y ddwy wedi cael eu gyrru i'r Trallwng i ddal y trên cyn y wawr fore trannoeth yn y car roedd Mistar Cad newydd ei brynu.

Hen beth budr yw'r trên! Mwg ym mhobman! Bu'n rhaid i ni symud i drên arall yn Shrewsbury ac erbyn hynny roedd hi'n brysur iawn, a phobol wedi eu gwasgu at ei gilydd. Daliais fy mag yn dynn. Tydw i ddim yn meddwl fod Miss Florence yn hoff iawn o fod ar y trên chwaith, gan ei bod wedi gafael yn fy llaw yn dynn.

Y geiriau olaf ddywedodd Mistar Cad wrtha i oedd am beidio â gadael Miss Florence allan o fy ngolwg. Mae hynny wedi bod yn hawdd hyd yma gan ein bod wedi eistedd efo'n gilydd ar y trên, bwyta efo'n gilydd yng ngorsaf Birmingham, a chysgu yn yr un ystafell wely. Mae ein llety nid nepell o orsaf Victoria, a hen ffrind i Mr Richards, y bwtler, a'i wraig sy'n ei gadw. Roedden nhw yn yr un platŵn, yn ôl y sôn, ac maen nhw'n bobol glên iawn er nad ydyn nhw'n siarad Cymraeg.

Ar ôl i ni gael swper yn ein hystafell, daeth meddyg i weld llaw Miss Florence. Cyn-filwr oedd yntau hefyd, a gallwn ddweud ei fod o'n gwybod sut y cafodd hi'r ffasiwn anaf er na wnaeth o holi. Ar ôl i Miss Florence fynd i gysgu, troais y nwy i fyny fymryn yn y lamp, a thynnu'r llyfr hwn o'm bag. Estynnais hefyd yr amlen roedd Mistar Cad wedi'i gwthio i fy llaw cyn i ni gamu ar y trên – roedd o wedi dweud wrtha i am ei hagor pan fyddwn i ar fy mhen fy hun. Yn yr amlen roedd llythyr gan Mistar Cad, yn fy annog i ddefnyddio cynnwys yr amlen petai rhaid. Y peth cyntaf welais i oedd y papur hanner canpunt. Tydw i erioed wedi gweld un o'r blaen. Roedd llythyr hefyd gan ein meddyg, Dr Parry, yn egluro fod Miss Florence yn ddynes ifanc sâl, yn cael ei chludo i ofal ei theulu yn yr Eidal. Roedd Dr Parry yn gofyn i bwy bynnag oedd yn darllen y llythyr ei thawelu a darparu ambiwlans breifat iddi am weddill ei siwrnai. Bu bron i mi fethu â sylwi ar rywbeth bach arall yng ngwaelod yr amlen: potel siâp hirsgwar, â chaead bach arian arni. Roedd hi'n debyg i'r botel o bersawr mae Missus yn ei rhoi yn ei bag i fynd allan gyda'r nos, ond doedd o ddim yn gwneud synnwyr i Mistar Cad yrru persawr i'r Eidal efo Miss Florence, felly agorais y botel. Ges i fraw! Clorofform gan Dr Parry oedd ynddi, a dyna oedd ystyr y gair "tawelu" yn ei lythyr, mae'n rhaid.

Stopiais ddarllen. Fel Blathnaid, roedd Florence yn gallu syllu i lygaid rhywun wrth eu saethu ond roedd hi angen gafael yn llaw ei morwyn er mwyn teimlo'n saff mewn gorsaf brysur. Ro'n i wedi fy nghyfareddu ganddi.

Cofiais y modiwl ar hanes ffeministaidd ddilynais i yn fy ail flwyddyn yn y brifysgol, a'r ddarlith syfrdanol am y syniad o 'hysteria' a'r ddelwedd o ddynes nad oedd yn cydymffurfio â'r ddelwedd o rywun sâl. Roedd Florence mewn sefyllfa beryglus tu hwnt ac roedd dewis Mistar Cad i'w thawelu gyda chyffuriau, petai rhaid, yn ddealladwy dan yr amgylchiadau. Ond trodd fy meddwl at Letitia druan – roedd hi wedi cytuno i deithio efo Florence heb wybod beth roedd ei meistr yn disgwyl iddi ei wneud petai pethe'n mynd o chwith.

19

Roedd fy mhen mor ddwfn yn stori Letitia nes i mi neidio pan glywais larwm fy ffôn yn canu ym mhoced fy nghardigan i nodi ei bod yn bryd i mi fynd i nôl y plant. Trodd fy meddwl at berfformiad Rich yn Londis y bore hwnnw, a pha mor sydyn fyddai'r hanes wedi teithio drwy'r pentre. Doedd gen i ddim awydd wynebu'r clecs, ond doedd gen i ddim dewis felly es i i sefyll y tu allan i'r Arms i aros am fws ysgol Llinos.

Os wyt ti'n ddigon anffodus i fyw efo rhywun sy'n diodde efo iechyd meddwl, rwyt ti'n dysgu'n sydyn iawn nad oes modd i ti ddeall sut mae pobol eraill yn gweld cyflwr yr aelod hwnnw o dy deulu sy'n stryglo. Erbyn hyn, dwi wedi rhoi'r gorau i geisio dadansoddi agweddau pobol at drafferthion Dad, ond doeddwn i wir ddim isie i sioe fach Rich yn y siop gael ei gymharu â salwch Dad.

Ges i sioc o weld pa mor dawel a normal oedd pawb, yn trafod diffygion yr ysgol a phethau fel pris sanau pêl-droed. Pan ddaeth y bws mini roedd Llinos mewn hwyliau da, wedi cyffroi'n lân am gael ei symud i ddosbarth newydd, ac ro'n i'n helpu i gau ei gwregys diogelwch yn y car pan gyrhaeddodd Rich. Pwy oedd yn y sedd flaen wrth ei ochr ond y ferch efo'r llygaid brown.

'All Miss ddod yn syth adre efo ni,' awgrymodd Rich. Ni? meddyliais. 'Den ni ar ei hôl hi braidd, rywsut. Ti wedi cwrdd â Menna, yn do?'

'Sen i ddim wedi credu'r peth heb ei weld efo fy llygaid fy hun, ond estynnodd Menna ei llaw fechan i fyny, ac efo'i ewinedd jel o liwiau'r machlud, pinsiodd foch fy mrawd. Roedd yn amlwg fod coelcerth, yn hytrach na sbarc, rhyngddyn nhw.

Ges i noson dawel achos aeth Owain yn syth o'r ysgol i'r

Rhos, ac roedd Greta wedi blino cymaint ar ôl bod yn nofio fel ei bod yn ei gwely cyn saith. Ar ôl ei setlo, eisteddais wrth fwrdd y gegin i ymchwilio i glorofform ac i aros am fab Drom.

Cyn hir clywais gnoc gwrtais ar y drws cefn. Roedd Chris yn ddyn ifanc digon smart i fod yn fodel, ac wrth edrych arno mi ges i ryw deimlad rhyfedd. Sylweddolais, wrth ystyried ei fod yn fwy golygus na'i dad, mai rhyw fath o anffyddlondeb rhyfedd oedd y teimlad hwnnw. Roedd y ddau o gwmpas yr un taldra ond roedd Chris yn fwy cyhyrog a llai meddal na Drom, a do'n i erioed o'r blaen wedi gweld llygaid gwyrddlas mor drawiadol â rhai'r llanc oedd yn sefyll o 'mlaen. Roedd o wedi gwisgo'n ofalus ar gyfer y sgwrs mewn crys canlyn a chinos, fel petai'n ceisio gwneud argraff dda.

'Dal yn iawn i ni gael sgwrs fech?' gofynnodd y llais dwfn efo tinc o swildod. Ystyriais faint o ddynion yn eu pedwardegau allai eistedd gyferbyn â merch mor ddel heb ddianc i ryw ffantasi amhriodol.

'Perffaith,' atebais, gan lenwi'r tegell. 'Ond wn i ddim faint o help alla i fod i ti.'

'Ddwedodd Dad nad wyt ti'n barnu pobol.'

'Wel, dwi'n ceisio peidio.'

Roedd dannedd Chris yn wyn a pherffaith, ac roedd yn amlwg nad oedd deintydd lleol wedi bod yn agos i geg Chris y Felin.

'Cymer Fig Roll fach sydyn,' cynigiais.

'W, ffefryn fy nain.' Llowciodd y fisged fel blaidd. 'Mae'n beth anodd ei drafod,' meddai, ar ôl llyncu.

'Be am i ti ddechrau efo'r ffeithiau?'

'Ocê. Wel, dwi yn y Chweched rŵan, ac yn bwriadu mynd i Cirencester yn yr hydref. Daeth merch o Lanfyllin i astudio Ffrangeg yn ein hysgol ni – do'n i erioed wedi'i gweld hi o'r blaen achos doedd ganddi ddim yr un diddordebe â fi... ddim wedi cystadlu yn yr Urdd, na bod yn aelod o'r YFC. Roedd hi – mae hi – yn reit wahanol i'r merched eraill yn yr ysgol.'

Cododd ei fŷg gwag at ei wefusau.

'Ga i dy alw di'n Catherine?'

'Wrth gwrs.'

'Ti'n nabod ein teulu ni, Catherine. Rhaid i mi fod yn ofalus efo merched achos mae 'na gryn dipyn o ddiddordeb yn y Felin. Hefyd,' ategodd, â golwg bell yn ei lygaid, 'dwi ddim isie priodi'r person rong a threulio 'mywyd cyfan yn difaru.'

Dechreuais deimlo'n anghyfforddus. 'Be ydi enw'r ferch?'

'Pixie. Paid â chwerthin, nid ei bai hi ydi o.'

'Dwi'm yn chwerthin. Ro'n i'n bwriadu galw Owain yn "Hyddgen" ond mi sobrais mewn pryd.'

Gwenodd Chris yn naturiol am y tro cyntaf.

'Doedd hi ddim yn cymysgu rhyw lawer â'r disgyblion eraill, ei phen wastad yn ei ffôn. Weithie, yn stafell y Chweched, mi oedd hi'n ymuno'n y sgwrs, ond wastad am bethe gwleidyddol. Mae hi'n reit Wyrdd.'

'A tithe?'

'Wel, dwi'n chydig o *gobstopper*: un lliw ar y tu allan, lliw arall tu mewn. Dwi'n ymuno efo'r lleill sy'n trafod Cymru Rydd a ballu, ond mi fydda i'n cefnogi'r Ceidwadwyr.'

'Ceidwadwr Swil, felly?'

'Rhwbeth tebyg. Roedd ganddi hithe, Pix, botel ddŵr efo'r slogan "Never Kissed a Tory" arni. Peth rhyfedd, wnes i ddim meddwl am ei chusanu hi tan i mi weld y slogan hwnnw, ond mi wnaeth o sbarduno rhwbeth. Ro'n i'n wir yn ei hoffi, ond ges i'r argraff ei bod hi ond yn treulio amser efo fi achos nad oedd neb arall ar gael. Aethon ni i weld ffilm, ac mi berswadiais hi i ddod efo fi i gìg ym Mach. Ond, yn fwy na dim, roedden ni'n hoffi cerdded o gwmpas rownd fan hyn, yn siarad. Dechreuodd Pix ddod i gadw cwmni i mi tra o'n i'n gweithio, a dyna sut ddigwyddodd yr hyn ddigwyddodd.'

'Oedd eich perthynas yn un gorfforol felly?'

'Hmm... wel, doedd pethe ddim yn hynod o boeth rhyngddon ni, ond roedd hi'n fy ffansïo fi. Roedd hi'n dweud hynny'n reit aml, ond nid yn ei ddangos, os ydw i'n gwneud synnwyr. Ro'n i'n meddwl ei bod hi'n cymryd pethe'n araf.'

'Debyg iawn.'

'Wnaeth pobol ifanc fy oed i golli cyfnod pwysig, Catherine, oherwydd y Clo. Ddylen ni fod wedi dysgu sut i snogio yn nisgos yr Urdd, ond roedden ni'n sownd yn y tŷ. Glywest ti am Dafarn y Felin, siŵr?'

'Mi glywais fod dy dad wedi torri'r rheolau'n ddifrifol.' Roedd Ger wedi ysu am gael mynd i'r bar gododd Drom yn y beudy yn ystod y Cyfnod Clo, ond chafodd o ddim gwahoddiad.

'Weithie, ro'n i'n gwylio gwragedd pawb yn dod i'w nôl nhw, ac yn meddwl nad oedd gen i syniad sut i fachu merch, heb sôn am gael perthynas.'

'Roedd o'n gyfnod anodd iawn i chi, y rhai ifanc, ond mae bywyd yn mynd yn ei flaen, yn tydi? Ac os alla i, fel hen ddynes, ddweud hyn heb swnio'n rhy ffiaidd, mae gen ti ddigon i dynnu sylw unrhyw ferch – a dwi ddim yn sôn am y Felin.'

Chwarddodd Chris yn nerfus. 'Dwi jyst yn teimlo fel tasen i ar daith heb fap. Un noson yn y gwanwyn roedd yn rhaid i mi growtio'r *hobbit holes* – mae'r job wedi bod yn llawer drutach nag oedd Dad yn ei ddisgwyl – a daeth Pix i fyny efo fi gan ei bod hi'n noson mor braf. Llefydd bach clyd yden nhw, dan ddaear. Ti 'di bod fyny yna?'

'Dwi wedi bod yn nhop y Ffridd sawl tro ond dwi ddim wedi gweld yr *hobbit holes*.'

'Ddwedodd Dad rwbeth... beth bynnag, gawson ni noswaith reit neis, yn trafod bob dim dan haul a hithe'n dewis caneuon i ni oddi ar Spotify: mae hi'n gwybod lot am fiwsig. Roedd hi'n nosi, ac un o'r pethe braf am gynllun y pethe ydi bod twll yn y to, fel siafft, i ti gael gwylio'r sêr o'r gwely. Felly, ar ôl i mi orffen y growtio, gorweddais ar y fatres a daeth Pix i mewn. Dewisodd hi gân eitha rhamantus, un o'r rhai roedd ei thad yn eu chwarae yn ei fand.'

'Mae ei thad yn chwarae mewn band?'

'Ydi. *Covers* maen nhw'n wneud.'

'Ydi o'n gwisgo het ledr?'

'Ydi. Sut wyt ti'n gwybod hynny?'

'Dim ond dyfalu.'

Gwenodd eto. 'Fy mai i ydi'r cyfan, yn ôl Dad. Os wyt ti'n canlyn hipi o Lanfyllin, does dim siawns i ti ddeall y rheolau, medde fo.'

'Be ddigwyddodd, Chris?'

'Roedden ni'n gwylio'r sêr, ac yn sydyn reit, ro'n i'n ysu i... i fynd yn bellach. Mi ofynnais ac atebodd hi "ocê". Ymateb braidd yn siomedig, ond roedd o'n fan cychwyn.'

Wrth ddweud 'man cychwyn' roedd o'n swnio, am y tro cyntaf, fel mab i Drom.

'Wnaeth hi gytuno?'

'Do. Mi... wel, wnes i bob ymdrech, ac roedd hi'n cynhesu rhywfaint ond, wel... ro'n i braidd yn gyflym yn y pen draw, dwi'n tybio.'

'Dy dro cyntaf?'

Nodiodd ei ben. 'Doedd o ddim yn *disaster*, wel, ddim i fi, beth bynnag. Ond gyrrodd hi decst y diwrnod wedyn, i ddweud nad oedd dyfodol i ni.'

'Dwi'n gweld. A ti'n siŵr na wnest ti ei gorfodi hi?'

'Bendant. Mae Dad wastad yn dweud mai pethe prin 'di merched rownd fan hyn, felly rhaid eu tretio nhw'n iawn.'

'Chwarae teg iddo fo. A ti'n methu anghofio amdani – ai dyna ydi'r broblem?'

'Na. Mae lot mwy. Penderfynodd hi adael yr ysgol wedyn, i fynd i'r coleg yn Shrewsbury. Wnes i ddim clywed ganddi am fisoedd, wedyn ges i decst yn gofyn o'n i awydd mynd am dro. Wrth gwrs, cytunais. Roedd hi wastad yn stryglo efo cludiant felly es i draw i gwrdd â hi yn Llanfyllin. A daeth rhyw gòg ata i, a dweud helô. Pix oedd hi, ond yn cyflwyno'i hun fel bachgen.'

'Wnest ti synnu?'

'Yn llwyr. Dwi'n gwybod am y pethe hyn, wrth gwrs, ond... roedd hi'n gofyn i mi ei galw hi'n "Pi", fel y symbol mathemategol. Ar y pryd, roedd hi... sori, roedd o, yn rhwymo'i ... fronnau... ond yn sôn am gael triniaeth yn nes ymlaen, i gael gwared ohonyn nhw. Roedd yn hyfryd ei weld o – roedden ni'n gyrru ymlaen fel cynt, a gawson ni ffish a tships wrth gerdded wrth afon Cain. Ddwedodd Pi wrtha i mai un o fanteision bod yn fachgen oedd y cyfle i ofyn i bobol am ddêt. Gafaelodd yn fy llaw a gofyn allen ni ddechre eto.'

'Ar ba sail? Fel ffrindie?'

'Fel cariadon hoyw. Dwi ddim yn hoyw, ond dwi dal yn ffansïo Pi. Wel, y gwir ydi, pan dwi'n edrych ar Pi, Pixie dwi'n weld. Dwi ddim yn gallu prosesu'r newid.'

'Mae o'n beth cymhleth i'w ddeall. Wyt ti'n ei garu?'

'Dwi'm yn sicr. Ond dwi'n teimlo'n hynod o euog.'

'Pam?'

'Dim ond unwaith gafodd Pixie brofiad rhywiol fel merch, ac o'n i mor shit am y busnes, wnaeth hi benderfynu troi'n ddyn.'

Roedd ei lygaid mawr yn llawn dagrau roedd o'n anfodlon eu colli, a rhoddais fy llaw ar ei fraich.

'Chris, mae hwn yn faes cymhleth. Dwi ddim yn gwybod llawer am faterion o hunaniaeth, ond o be dwi'n wybod, dydi'r penderfyniad i wneud newid mor fawr â hyn ddim yn un hawdd. Ac fel dynes, mi alla i dy sicrhau na all diffygion rhywiol neb sbarduno'r ffasiwn drawsnewid. Ti'n bendant na wnest ti ei gorfodi hi?'

'Gant y cant.'

'Felly mae'n swnio i mi fod Pixie ar daith cyn iddi dy gyfarfod di, a bod ei pherthynas efo ti yn rhan o'r daith. Dwi'n sicr o hynny.'

'Ond er bod Pi yn dweud ei fod o'n hapus, dwi'm yn coelio hynny am eiliad. A dwi'm yn meddwl...' Cuddiodd ei wyneb yn ei ddwylo.

'Mae'n ocê i beidio deall hyn, Chris.'

'Dwi yn... wel, ro'n i yn... ei hoffi hi'n fawr iawn, ac er i bopeth fynd yn shit wedyn roedd y profiad yn ffantastig i mi. 'Sen i'n rhoi unrhyw beth i gael caru Pixie eto, ond dydi hi ddim yn bodoli ddim mwy. A 'sen i'n hoyw, dwi bron yn sicr 'sen i'n ddigon dewr i ddod allan, ond dwi ddim. Pixie dwi isie, nid Pi. Falle, 'sen i wedi bod yn well cariad, fyse hi'n dal efo fi.'

'Reit. I ddechre, rhaid i ti stopio meddwl fel'ne. Cysylltiad ydi cariad, dau berson yn cyfathrebu. A chyn i ti gymryd y bai i gyd, oedd hi'n onest efo ti? Neu a oedd elfen o gamddealltwriaeth?'

'Wel, ddwedodd Pi ei fod o'n ansicr am bethe, ac yn meddwl y byse cael perthynas efo rhywun hawdd i'w ffansïo yn ei helpu i ddeall...'

'Mae'n swnio i mi fel dau o bobol ifanc sy ddim wedi cyfathrebu'n glir.'

'Ond rŵan, dwi'n teimlo fel bastard yn ei wrthod a fynte mor fregus. Fydda i'n dod drosodd fel cachgi.'

'Mae'r cwestiwn yn un go syml. Dychmyga dy fod di'n gorwedd ar wely efo Pi. Fyset ti isie ei garu?'

'Na. Sori.'

'Does dim rhaid i ti ymddiheuro. Mae cydsyniad yn berthnasol i ti hefyd.'

'Ocê.'

'Os wyt ti isie fy marn i...'

'Plis.'

'Ceisia aros yn ffrind i Pi. Mae'n amlwg ei fod o'n mynd drwy lot o bethe cymhleth. Ond gofala amdanat dy hun hefyd.'

'Dwi ddim wedi... ers y tro hwnnw. Wyt ti'n meddwl y dylen i... wel, ti'n gwybod be mae pobol yn ddweud am gwympo oddi ar gefn beic.'

'Cymer di ofal. Wnaiff profiad corfforol arall ddim cael gwared o'r atgofion, ac os wyt ti'n dechrau perthynas efo rhywun tra mae dy ben yn dal yn llawn o'r gorffennol, mae 'na siawns y byddi di'n ychwanegu at dy faich o euogrwydd.'

Cododd ar ei draed, gan bwyso ar y bwrdd. Sylwais nad oedd o'n llenwi'r lle fel ei dad.

'Diolch o galon, Catherine. Dwi'n siŵr dy fod di'n meddwl 'mod i'n ffŵl llwyr.'

'Ddim o gwbl.'

'Alla i ddod draw eto am baned ryw dro?'

'Â chroeso, ond dydi hi ddim wastad mor dawel â hyn yma.'

'Dwi'n teimlo fod gen i dipyn i'w ddysgu, am bobol a pherthnasau, yn enwedig.'

'Paid dod yma am wybodaeth am berthnasau!'

'Mae gan Dad farn ar bob dim dan haul, o bêl-droed i ddefaid Texel, a does dim lle i drafod, yn enwedig i Mam a Laura. Mae o'n eu trin nhw'n debycach i forwynion nag i aelodau llawn o'r teulu.'

'Dwi'n synnu at hynny.'

'Ddim bai Dad ydi o i gyd. Mae Mam wastad yn ildio iddo, ac mae hi wedi magu Laura i feddwl lot o rwtsh. Un o hoff ddywediadau Mam ydi "No man wants a wife who's cleverer than him" ac mae hynny'n gwylltio Dad yn sobor.'

'Wyt ti'n agos at dy dad?'

'Ydw. Dwi'n ei barchu o'n fawr iawn o ran busnes, ond mae o'n hollol ddi-glem am lot o bethe. Dyna pam ddwedodd o wrtha i am ddod i siarad efo ti, Catherine.'

'Faint o'r stori ti wedi'i rhannu efo fo?'

'Fawr ddim. Mae o 'di clywed bod Pixie wedi troi, ac yn meddwl 'mod i wedi cael dihangfa ffodus.'

'Goelia i.' Ro'n i'n siŵr ei fod o wedi ceisio cymharu'r sefyllfa efo heffrod a bustych ar y buarth hefyd, ond wnes i ddim dweud hynny wrth Chris.

'Wel, diolch yn fawr, am y sgwrs a'r Fig Roll.'

'Ty'd yn ôl yn fuan. Dwi wastad yn barod am sgwrs ond alla i ddim addo y bydd Fig Roll yma tro nesa. Falle mai dim ond Hobnob gei di.'

'Bydd Hobnob yn ocê.'

Ches i ddim llawer o gyfle i fyfyrio dros y sgwrs ar ôl iddo fynd, na'i ddarlun o fywyd yn y Felin, achos daeth Owain a Llinos i'r tŷ, a Rich a Menna yn eu dilyn. Roedd yn rhaid i mi agor potel o win er mwyn clywed dipyn o'u hanes. Cyn hir, roedd Rich yn awgrymu y byse'n syniad da i Menna ddod i fyw yn ein hen garafán ni am sbel.

'Mae'n well na'r gell o stafell sy ganddi yn y Wynnstay, a bydd y rhent yn help i ti hefyd, Cath.'

Wrth i mi ddangos y garafán iddi, a oedd yn llawn o hen deganau ac ati, ges i chydig o'i hanes. Roedd hi'n gweithio i Menter a Busnes ac wrth ei bodd efo'r swydd, ond roedd hi wedi methu dod o hyd i lety addas. Ro'n i'n synnu pa mor frwdfrydig oedd Rich ynglŷn â'r garafán ond pwysleisiodd mai dim ond trefniant dros dro fyddai o. Roedd yn rhaid i mi ofyn, pan aeth Menna i'r tŷ bach:

'Ti'n bwriadu iddi ddod i fyw i'r Rhos?'

'Wrth gwrs.'

'A Dad?'

'Wn i ddim, ond dwi'm yn mynd i golli cyfle. Falle fydd raid iddo symud.'

'Chwarae teg i ti wir, Rich. Mae hi'n ymddangos yn lodes lyfli.'

'Ti'n fy nabod i, Cath. Dwi byth yn meddwl gormod am y dyfodol, ond os alla i gael un diwrnod arall, dim ond un, cystal â heddiw, mi fydda i'n hapus am weddill fy mywyd.'

'Ydi hynny'n cynnwys be ddigwyddodd yn Londis?'

'Wrth gwrs. Heddiw, gwelodd Menna y Rich go iawn yn Londis. Dwi 'di bod yn ffals o hyd efo merched, a rŵan dwi 'di dod o hyd un sy'n fy hoffi fi heb y mwgwd.'

'Gan bwyll còg. Mae hi'n ddyddie cynnar.'

'Dwi ddim yn naïf, chwaer fech, ond petai hi'n diflannu efo fy waled a 'ngadael i efo dos o rwbeth fel anrheg ffarwél, 'sen i'n dal yn ddiolchgar. Dwi'n sôn am bethe corfforol.'

'Plis paid â sôn am bethe corfforol. Dwi 'di cael hen ddigon o glywed am fywydau rhywiol pobol eraill a finne'n sownd ar y silff.'

'O ie, mi weles i gòg y Felin ar y ffordd. Ydi o'n wir ei fod o'n caru rhywun sy'm yn sicr pa ffordd i droi?'

'Paid â bod yn gas, Rich, a ti'n fy nabod i'n rhy dda i ddod i chwilio am glecs fan hyn.'

'Rhyfedd, wrth feddwl fod ei dad yn gystal hwrdd.'

'Un peth ddylen ni byth ei drafod, Rich, ydi pa mor debyg ydi pobol i'w tadau.'

Fel ateb, gwasgodd fy llaw, rhywbeth nad oedd o'n ei wneud yn aml.

Anodd oedd bihafio'n normal efo Menna wedyn, a finne mor ddiolchgar iddi. Wrth iddyn nhw fynd, dywedodd hi wrtha i'n dawel,

'Ella bo' chdi'n meddwl 'mod i'n hannar pan, ond dwi rioed wedi teimlo fel hyn o'r blaen. Fedra i ddim egluro, ond mae dy frawd wedi ysgwyd fy mywyd i.'

'Fyset ti'n gwneud ffafr i'r ardal gyfan petaet ti'n ei berswadio i fynd o dan y gawod yn amlach.'

Diflannodd y meddalwch o'r llygaid brown a daeth fflach ryfedd yn ei le.

'Dwi'n 'i lecio fo'n fudur,' atebodd. Gwasgodd fy stumog mewn embaras, neu fel petawn i am chwydu.

Ar ôl iddyn nhw fynd, cynigiais siocled poeth i Owain. Ro'n i'n ysu i glywed sut argraff roedd Menna wedi'i chreu arno fo, achos mae o'n reit graff.

'Wel, mae hi'n well ffermwr nag Wncwl Rich, bendant,' dechreuodd, cyn i mi ofyn. 'Ac os ydi hi'n chwarae gêm mae hi'n un dda, achos roedd hi'n gyson yr holl amser oedden ni yn y Rhos.'

'Falch o glywed.'

'Dwi ddim yn mynd i ofyn sut aeth pethe efo Chris y Felin, ond wrth ganlyn y Pixie 'na roedd o'n gofyn am helynt.'

'Pam ti'n dweud hynny?' gofynnais yn syn, yn barod i roi pryd o dafod iddo am fod yn gul.

'Roedd ganddi enw drwg yn yr ysgol achos roedd hi wastad yn gofyn am fwyd figan. Mae hynny fel gofyn am gerflun o Buddha yn y Fatican, wir.'

Roedd yn rhaid i mi wenu wrth roi Fig Roll iddo.

'Ac roedd Laura yn ei chasáu hi. Snob oedd hi, chwedl Laura, dim hanner digon da i Chris. Anaml iawn mae Laura yn camddarllen pobol.'

Brith gof oedd gen i o Laura, lodes benfelen, swil. Roedd golwg hynod yn llygaid Owain.

'Dwi'm yn nabod Laura. Ffasiwn ferch ydi hi?' gofynnais yn hamddenol wrth wylio fy mab yn astud.

'Grêt!' atebodd Owain â brwdfrydedd annisgwyl. 'Mae pawb yn meddwl, oherwydd ei golwg dawel, ei bod hi'n swil, ond... mae ganddi foesau hen ffasiwn iawn o flaen ei rhieni, ond mae ochr go wallgo iddi hefyd. 'Sneb cystal â hi am ddringo coed, a den ni i gyd yn methu aros iddi droi'n un ar bymtheg.'

'Pam hynny?' gofynnais yn amheus.

'Achos mae hi mor ysgafn ac mor benderfynol. Efo hi yn y blaen mi fyddwn ni'n ennill y Tynnu'r Gelyn bob tro.' Oedodd am eiliad, gan edrych yn syth i'm llygaid. 'Be oeddet ti'n feddwl? Mae 'na rwbeth rhyfedd am dy genhedlaeth di, wir, mae'ch meddylie chi mor fudr.'

Aeth lan y staer â'i drwyn yn yr awyr.

20

Y bore wedyn, ges i decst gan Molly yn gofyn i mi edrych ar y bancio ar-lein. Roedd hanner y balans blaenorol yn y ddau gyfrif, ac roedd fy nghyflog chwyddedig hefyd wedi'i dalu i mewn. Ond o ystyried y morgais a phob bil arall, sylweddolais y byddai'n rhaid i mi ddod o hyd i ffynhonnell arall o arian. Wrth i mi adael Greta yn yr Ysgol Feithrin cynigiodd Mirain baned i mi, felly aeth y ddwy ohonon ni i lawr i'r caffi. Roedd ymddygiad Rich a Menna yn bwnc llosg ymysg hen leidis y caffi, ac roedden nhw'n falch o'r cyfle i fy nghroesholi.

'Wel, mae ffansi newydd Rich wedi taro deuddeg efo nhw, wir,' sylwodd Mirain, wrth i ni gyrraedd cornel dawel o'r diwedd.

'Yn tydi hi'n rhyfedd sut mae stori newydd yn gwthio'r hen un o'r neilltu? Dwi ddim yn y penawdau rŵan, diolch byth.'

'Ti'n dal yn newyddion tudalen flaen yn ein tŷ ni. Roedd Molly'n flin neithiwr – ddwedodd hi y bydd raid iddi bwyso'n drwm ar Ger.'

'Mae o'n ei haeddu o.'

'Roedden ni'n trafod dy sefyllfa ariannol di neithiwr...'

'O, oeddech chi, wir? Diolch am eich consýrn.'

'Paid â bod yn sili. Mae Molly'n sortio dy fusnes di, a fi ydi'r ffrind gorau sy gen ti. Wrth gwrs ein bod ni'n trafod dy sefyllfa. Fel hyn dwi'n gweld pethe: ti'n hoff iawn o dy waith yn y Plas ond yr unig ddyrchafiad ar gael yn y fan honno ydi swydd Missus Jenks, a dwi'n cymryd nad ydi honno'n apelio?'

'Ddim o gwbl. Dwi'n siŵr bod ysbryd ei wraig gynta'n cerdded y Plas a dwi ddim awydd cystadlu yn ei erbyn hi.'

'Ac mae'r plant yn dal i gymryd cryn dipyn o dy amser di, felly ti angen rhwbeth alli di wneud adre sy'n talu'n dda.'

'Fel be?'

'Only Fans.'

'A be ydi hwnnw?'

'Ti'n creu tudalen, fel gwefan, ac mae pobol yn talu i gael ei gweld hi.'

'Pam?'

'Wel, fel arfer, mae pobol yn talu i weld pethe rhywiol, ond pwy a ŵyr? Falle fod 'na rywun yn rhywle 'se'n fodlon talu i dy weld di'n trafod Owain Glyndŵr neu rwbeth.'

'Mae hynna'n swnio'n anfoesol ac yn anymarferol. Does 'run dyn dan haul fyse'n fodlon talu ceiniog i 'ngweld i yn fy nillad isa.'

'Ti byth yn gwybod.'

'Wel, alla i ddim gwneud y peth o adre beth bynnag. Dwi ddim awydd i un o'r plant gerdded i mewn i weld eu mam yn gwneud rhwbeth erchyll efo courgette.'

'Roedd hynna'n hynod o benodol. Be wyt ti wedi bod yn ei wylio, dwêd?'

'Dim byd, ond dwi'n cael yr argraff y byse 'na alw am olygfeydd o gam-drin llysiau.'

'Ocê, dim Only Fans felly. Hei, arhosa am eiliad – dwi'm yn meddwl bod llinell boeth yn bodoli yn y Gymraeg.'

'Be ti'n feddwl, "llinell boeth"? A chadwa dy lais i lawr – dim ond esgus bod yn fyddar mae'r hen leidis 'na.'

'Ti'n gwybod be dwi'n feddwl. Rhywun yn ffonio, a ti'n esgus bod mewn sefyllfa rywiol. Alli di ddal i fyny efo'r smwddio wrth i ti siarad efo dynion trist ar y ffôn. Neu wneud stwnsh maip, neu unrhyw beth.'

'Mae'n swnio braidd yn rhy debyg i buteindra. Sori, Mirs.'

'Ti mor hen ffasiwn. Nid pimpio dy gorff fyddi di, dim ond dy lais. Mae gen ti lais hyfryd a digon o ddychymyg i gadw unrhyw gleient yn hapus.'

'Dwi'm yn meddwl ei fod o'n syniad da.'

'Be sy gen ti i'w golli? Be am i mi drefnu arbrawf... mi sortia i bob dim, a gawn ni weld be ddigwyddith.'

'Dwi'n teimlo'n hynod o anesmwyth am hyn, Mirs.'

'Jyst oherwydd diogelwch seibr, wna i ddefnyddio fy ngliniadur fy hun. Os ti ddim yn hoffi'r busnes, wel, dyna ni.'

'Mae'n teimlo'n rong.'

'Pam? Taset ti'n gwneud shifft tu ôl i'r bar yn yr Arms, fyse dynion yn edrych i lawr dy grys a thrafod dy fronnau wrth chwarae dominos. Fel'na mae dynion – waeth i ti wneud dipyn o elw o'r peth ddim.'

'Mae gen i swydd go iawn, lle dwi'n pimpio fy mrên, fel ti'n ei alw fo.'

'Mi bicia i draw heno, i drefnu.'

Yn sydyn, cofiais am Noson Rieni'r ysgol gynradd, oedd yn golygu sgwrs efo fy ffrind gorau newydd sbon, Clive. Gan 'mod i wedi trafod gyrfa academaidd Llinos efo fo ar ôl cyfarfod Cyfeillion yr Ysgol, ro'n i wedi bod yn chwilio am esgus i aros adre, ac er mor boncyrs oedd o, roedd Mirain newydd greu'r esgus hwnnw i mi. Dyma fy mywyd bellach: yr unig ffordd o osgoi snog gan y Prif ydi gwrando ar fy ffrind gorau'n cynllunio fy *début* fel duwies llinellau porn cyfrwng Gymraeg.

Wrth i mi droi i fyny wtra'r Plas, canodd fy ffôn.

'Diolch o galon, lodes. Mae o'n... wel, dwi'n ei weld o'n llawer llai dryslyd.'

'Wnes i ddim byd ond gwrando arno fo. Am gòg clên.'

Chwarddodd Drom, ac roedd o'n sŵn melys.

'Wna i ddim caniatáu hyn, Cath. Mae'n iawn iddo fo dy ganmol di i'r cymyle, ond chei di ddim gwneud yr un fath, wir i ti. Os wyt ti'n dod i'r Felin i wely unrhyw un, nid gwely fy mab fydd hwnnw.'

'Paid â siarad lol. Mae gen i dun o diwna hŷn na fo yng nghefn y pantri.'

'Wel, dwi'n falch, beth bynnag. Wna i bicio draw efo potel i ddweud diolch... ac i gael clywed yr holl fanylion.'

'Does dim rhaid i ti ddod â photel a does dim ffiars o beryg y cei di glywed hanes Chris gen i. Os ydi o'n dewis rhannu ei stori efo ti, ei benderfyniad o fydd hynny.'

'Does dim cyfrinache rhyngddat tithe a finne, del.'

'Hmm. Gofyn i Chris ydi o'n hapus i mi drafod y stori efo ti. Cofia, fo biau'r dewis.'

'Mae Chris yn fab i mi.'

'Dwyt ti ddim yn berchen arno fo, Drom.'

Roedd tawelwch ar ben arall y ffôn, a brefodd buwch, yn agos iawn.

'Look at her fucking heel, Lee, it's plain as the nose on your face!' gwaeddodd Drom.

'Rhaid i mi fynd, Drom. Dwi ar y ffordd i 'ngwaith.'

'Mae ganddon ni sawl hen ddogfen yn y Felin, ti'n gwybod. Wna i dalu dwbwl i ti.'

'Falle wir, ond ddim am yr un gwasanaethau.'

'Wnes i anghofio pa mor benstiff wyt ti, lodes.'

'Dwi ddim yn benstiff. Ti jyst ddim wedi arfer efo pobol yn dweud "na" wrthat ti.'

'Fyse'n llesol i mi roi fy hun yn dy ddwylo di, os wyt ti'n deall be dwi'n feddwl.'

'Dwi ddim, a dwi ddim isie. Cer i ofalu am dy fuwch gloff.'

Roedd yn rhaid i mi gydnabod, wrth roi fy ffôn ym mhoced fy siaced, sut roedd fy sgwrs efo Chris wedi newid fy marn am ei dad. Clywais lais teyrn wrth iddo weiddi ar Lee druan, ac roedd o'n dangos yr un diffyg parch at Chris ag yr oedd ei dad wedi'i ddangos ato fo. Ond ar y llaw arall...

Tynnais fy ffôn o 'mhoced yn syth, a gadael neges ar y peiriant ateb yn egluro na fyddwn i'n gallu mynychu'r Noson Rieni, gan egluro fod y sgwrs ges i efo'r Prif yn hen ddigon i dawelu fy meddwl am yrfa academaidd Llinos.

Pan nad ydi Mistar Jenks o gwmpas, mae'r Plas yn wahanol, a'r eiliad yr agorais y drws, teimlais ei absenoldeb. Am y tro cyntaf, meddyliais beth fyddai'n digwydd pan fyddai ei absenoldeb yn barhaol. Roedd y syniad yn llawer mwy poenus na'r disgwyl, a rhuthrais i'r llyfrgell fel petai 'ngwaith i'n gallu gohirio'r ffasiwn newid.

Agorais lyfr Letitia. Am fisoedd maith roedd hi wedi llenwi'i chyfrolau â digwyddiadau dibwys bywyd y Plas, ond erbyn hyn roedd ganddi gyfrifoldeb mawr, a dewisodd eiriau cyntaf ei chofnod nesaf yn anarferol o ofalus.

Mae'r amlen yn faich i mi.

Aeth ymlaen i ddisgrifio'i thaith efo Miss Florence.

Gwelais y môr am y tro cyntaf. Er fy mod yn falch iawn o weld y llinell las tywyll o'n blaenau, byddai'n well gen i fod yn agosáu at arfordir Lloegr yn hytrach na mynd i Ffrainc. Mae Miss Florence yn gwisgo'r esgidiau oedd ganddi o gwmpas y Plas ar gyfer y daith, ond byddai'n well o lawer ganddi fod yn gwisgo'r bŵts trymion roedd hi'n eu gwisgo yn Iwerddon, medde hi. Mynnodd Mistar Cad ei bod yn gadael y rheiny ar ôl, gan y byddai boneddiges mewn bŵts trymion yn tynnu gormod o sylw.

Doedd dim rhaid i mi wneud fawr o ymdrech i ddychmygu eu taith gan 'mod i wedi gwylio sawl fersiwn o *Murder on the Orient Express*. Teithiodd y ddwy o Calais i Menton ar y Riviera ar wasanaeth La Train Bleu, ond welson nhw fawr ddim o'r cyfleusterau moethus gan iddyn nhw aros yn y *compartment* cysgu am y mwyafrif o'r daith. Aethon nhw i'r cerbyd bwyta am un pryd o fwyd ond roedd Florence yn anesmwyth yng nghanol pobol felly o hynny allan, roedden nhw'n bwyta yn eu hadran fach. Pan oedodd y trên am ddwyawr ym Mharis, tynnodd Florence y bleinds i lawr a gofyn i Letitia gloi'r drws a diffodd y lamp.

Tynnodd Miss Florence y blanced oddi ar ei bync a gorwedd arni ar y llawr, gan ofyn i mi wneud yr un peth. Roedd hi'n crynu, a rhoddais fy mraich am ei hysgwyddau. Ddywedodd hi 'run gair nes i'r trên ddechrau symud eto. Ar ôl agor y cysgodlenni, gofynnodd, 'Do you think I am mad, Letty?' Atebais nad oedd hi, ond rydw i'n meddwl ei bod angen sicrwydd a gofal.

Roedd Letitia wedi cyrraedd yr un casgliad â finne, siŵr o fod: roedd ymddygiad Florence yn ganlyniad i esgeulustod ei rhieni ohoni yn ystod ei phlentyndod.

Roedd cofnodion Letitia yn fyr a swta am weddill y daith, a hynny oherwydd bod sŵn y trên yn rhoi cur pen iddi. Roedd y newid yn ei harddull sgwennu yn ystod y dyddiau hynny'n drawiadol, a finne wedi dod i nabod ei llais bellach. Dyna pam nad ydw i wedi agor ffeiliau'r Tad Quinn – drwy lygaid Letitia dwi isie gweld yr hanes.

Cododd hwyliau Miss Florence wrth i ni newid trên yn Menton. Roedd y ddwy ohonon ni'n syllu drwy'r ffenest i weld y tirlun hynod, a'r môr! Roedd ei liw yn wahanol iawn i lwydni'r Sianel; yn lasach a mwy disglair nag unrhyw beth a welais o'r blaen. Dywedodd Miss Florence mai ar y môr hwn yr hwyliodd Odysseus, a Julius Cesar, a Sant Pawl. Am y tro cyntaf, roedd hi'n llawn cyffro ynghylch gweld ei brawd, a gweld Rhufain hefyd.

Mae Miss Florence yn dechrau poeni am ei gwisgoedd. Mae Mistar Lewis wedi priodi merch o deulu bonedd, merch i Ardalydd, ac er bod si fod ei thad wedi gwerthu ei dŷ yn Llundain a'i stad yn Swydd Efrog, ac mai Mistar Lewis ei hun a dalodd am y brecwast priodas ym Mwyty Criterion, roedd Lady Adelina George yn un o *debutantes* y Tymor.

Gŵglais yr enw, a gwelais hi yn ei holl ogoniant, mewn gwisg oedd yn gyfuniad o les gwyn ffurfiol a steil y Flapper. Roedd pytiau yn sawl un o'r papurau amdani, yn cynnwys darn a ddisgrifiai'r golled 'i'r Gymdeithas gyfan' oherwydd ymadawiad Lady Adelina George i ymuno â'i gŵr, Capten Lewis George, yn ei swydd newydd yn Llysgenhadaeth Rhufain. Heb unrhyw reswm o gwbl, penderfynais mai un drafferthus oedd Adelina. Er bod Florence, neu Blathnaid, wedi lladd dyn mewn gwaed oer a llosgi eiddo, efo hi roedd fy nghydymdeimlad i gyd.

Pan oedd Miss Florence yn gwisgo rhwymyn am ei llaw allai hi ddim tynnu maneg drosto, felly tynnodd y rhwymyn oddi ar y clwyf. Erbyn hyn mae'r twll wedi gwella tipyn ac mae hi'n lwcus ei bod yn gallu symud ei bawd. Pan sylwais pa mor fudr oedd yr un faneg mae hi wedi bod yn ei gwisgo, roedd yn rhaid i mi ei golchi. Roedd hi'n dal yn damp pan gyrhaeddon ni orsaf Roma Termini!

Doedd dim disgrifiad o'r Llysgenhadaeth yn llyfryn Letitia, ac mi ges i fy siomi gan Gŵgl hefyd gan i'r adeilad gael ei chwalu mewn ymosodiad bom yn 1946. Synnais nad oedd Letitia wedi cofnodi natur yr adeilad, wedyn cofiais ei bod hi'n treulio'i dyddiau mewn plasty mawr. Falle'i bod hi wedi hen arfer â nodweddion pensaernïol ac yn eu cymryd yn ganiataol. Roedd hi, serch hynny, wedi sylwi ar gyflwr brawd Florence.

Druan o Mistar Lewis! Mae o mor smart yn ei lifrai ond mae ei wddf yn dal i fod yn rhychau fflamgoch. Os nad yw'r croen wedi gwella bellach, does dim siawns iddo wneud. Fin nos, mae'n rhaid iddo gymryd moddion cryf, iddo gael cysgu.

Ar ôl cyrraedd roedd Letitia wedi anfon at Mistar Cad i ofyn beth i'w wneud nesaf, ond doedd gan neb syniad pryd fyddai rhieni Miss Florence yn dod i'w nôl hi felly datblygodd patrwm i'r dyddiau. Ar ôl brecwast, byddai Florence a Letitia'n mynd am dro i weld y ddinas. Roedden nhw'u dwy yn mwynhau ymweld â'r safleoedd Clasurol gan ddilyn arweinlyfr Baedeker, ond roedd tuedd Florence i fynd i'r hyn roedd Letitia'n eu disgrifio fel 'eglwysi ffansi' yn cael ei nodi. Roedd y forwyn yn troi ei thrwyn hefyd at y sgwâr o les du y byddai ei meistres yn ei wisgo ar ei phen yn ystod gwasanaethau, y llafarganu, y canhwyllau a'r holl fwg, ac roedd yn well ganddi aros yn y cyntedd.

Wedyn roedden nhw'n mynd yn ôl i'r Llysgenhadaeth am ginio, a byddai Florence yn cael siesta tra oedd Letitia yn golchi a smwddio'u gwisgoedd – doedd ganddi ddim llawer o ffydd yng ngweision y Llysgenhadaeth. Pan orffennai Lewis ei waith roedd o wastad yn treulio awr neu fwy efo'i chwaer cyn swper, ac ro'n i'n cael yr argraff, o eiriau Letitia, fod pawb yn trin Florence fel petai'n glaf yn hytrach na therfysgwr. Hyd yma, doedd dim sôn am Lady Adelina.

Gyda'r nosau roedd sawl digwyddiad ffurfiol, ond ciliai Florence o'r golwg. Ar nosweithiau prysur roedd Letitia dan bwysau i helpu, ond fel arfer roedd hi'n gwrthod oherwydd ei dyletswydd llawn amser i'w meistres fregus. Ond un tro, wnaeth yr esgus ddim gweithio.

Am gyffro! Mae'r lle i gyd ben i waered, i groesawu y dyn maen nhw'n ei alw yn Il Duce. Tydw i ddim yn deall yn iawn beth sy'n digwydd, ond rai wythnosau cyn i ni gyrraedd yma, martsiodd tua 30,000 o bobol mewn crysau du i'r ddinas, ac roedd yn rhaid i'r Brenin alw ar eu harweinydd, Mistar Mussolini, i fod yn Brif Weinidog. Mab i of ydi o, sy'n hoff iawn o drefnu gorymdeithiau, ac mae cynlluniau ganddo i wneud llawer o waith adeiladu yn y ddinas hynafol hon. Mae gwledd fawr yn cael ei pharatoi ar ei gyfer, ac mae'n rhaid i mi helpu.

Mae'r gwesteion olaf newydd adael. Wnes i ddim cymryd at y gwestai arbennig. Roedd o'n siarad yn uchel iawn ei gloch am burdeb, am bobol o'r hil iawn, a pha mor bwysig oedd hi i bobol o'r tras gorau genhedlu. Dechreuodd feirniadu Mistar Lewis am nad oedd ganddo blant, a doeddwn i ddim yn hoffi'r ffordd roedd o'n syllu ar Lady

Adelina. Roedd y lle'n dawel iawn ar ôl iddo fynd, ond roedd rhai o'r staff yn ei ganmol, gan ddweud bod angen dyn mawr fel Mussolini yn Lloegr. Dywedais wrthyn nhw y byddai croeso i Loegr ei gael o, ond na fyddai fawr o groeso iddo yng Nghymru, yn fy marn i.

Chwyddodd fy mrest â balchder wrth ddarllen hynny. Roedd Letitia, morwyn heb addysg ffurfiol o gornel anghysbell yng Nghymru, yn ddigon craff i weld drwy'r unben Ffasgaidd. Chwarae teg iddi. Sylwais hefyd fod Adelina, gwraig Lewis George, wedi gwneud ymddangosiad.

Roedd Florence a Letitia, felly, mewn rhyw fath o limbo, yn byw yn y Llysgenhadaeth ond heb fod ag unrhyw rôl yno. Roedd y Nadolig yn prysur agosáu, ac er i Lewis yrru sawl llythyr a thelegram i'w dad, dim ond esgusodion gafodd o yn ôl o Madeira. Roedd mam Florence yn sâl. Roedd tân yn y gwesty lle roedden nhw'n aros. Yn anffodus, roedd tymor y stormydd wedi dechrau'n gynnar. Clywodd Letitia sawl sgwrs rhwng y brawd a'r chwaer yn trafod beth allen nhw ei wneud, ond wrth i mi ddarllen a chofnodi mwy, gwelais fod rhywbeth arall yn dechrau poeni'r forwyn.

Erbyn hyn mae pawb yn trin Miss Florence fel dynes sâl ond heddiw, wrth i mi aros amdani y tu allan i Eglwys Santa Pudentiana, gwelais hi'n siarad efo dyn, yn yr Wyddeleg. Roedd egni newydd ynddi, felly rwy'n ofni y bydd rhaid i mi gadw llygad barcud arni o hyn allan.

Derbyniodd Letitia rywbeth drwy'r post yr un diwrnod, i dynnu ei sylw oddi ar Florence, sef cerdyn Nadolig gan arddwr y Plas. Disgrifiodd y cerdyn fel darn o bapur wedi'i blygu, a llun o goeden wedi'i arlunio ar y blaen. Y tu mewn roedd neges syml: 'Nid coch ond llwyd yw ffrwythau'r celyn a tithe mor bell o'r Plas. R Griffith.' Ffliciais drwy dudalennau'r llyfryn rhag ofn ei bod wedi cadw'r cerdyn yn saff rhwng ei gloriau, ond wedyn cofiais fod y dyddiaduron i gyd wedi cael eu cloi mewn cist fawr yn y Plas. Petai Letitia'n trysori'r cerdyn, byddai wedi ei gadw'n saff ymysg ei heiddo. Trodd fy meddwl at gynllun Mirain i mi ennill arian – roedd yn llawer gwell gen i'r arferion caru oedd yn boblogaidd yn nyddiau Letitia.

Eto, ro'n i wedi gweithio drwy'r dydd heb oedi am baned, hyd yn oed, ond roedd rhyw ugain munud ar ôl cyn y byddai'n rhaid i mi adael. Digon o amser i gofnodi un dudalen arall.

Roedd y Gwyddel yn yr eglwys eto heddiw, a chlywais ef yn ei galw hi'n 'Blathnaid'. Roedden nhw'n fwy gofalus y tro hwn, gan sicrhau nad oedd yn amlwg eu bod nhw'n siarad efo'i gilydd drwy gerdded ymhlith pobol eraill. Roedd o reit wrth ei hysgwydd hi, ac ro'n i bron yn bendant i mi ei weld o'n rhoi rhywbeth ym mhoced ei chôt. Pan oedden ni'n cerdded i Faddondai Caracella gallwn ddweud bod rhywbeth trwm yn ei phoced. Pan aeth hi i gysgu ar ôl cinio, fel mae hi'n gwneud bob dydd, cefais gyfle i edrych yn y boced. Roedd gwn yno!

Ac yn fy mhoced inne roedd larwm fy ffôn yn canu, yn arwydd bod yn rhaid i mi fynd. Cefais fy nhemtio i roi llyfryn Letitia yn fy mag efo fy ngliniadur er mwyn i mi gael parhau i'w ddarllen adre, ond un rheol gadarn sydd gan Mistar Jenks – dydi'r archif byth i adael y llyfrgell, am unrhyw reswm. Ymddangosodd diafol bach ar fy ysgwydd i ddweud nad oedd Mistar Jenks o gwmpas ac na fyddai o'n ddim callach, ond roedd angel ar yr ysgwydd arall yn f'atgoffa pa mor deg ydi Mistar Jenks fel cyflogwr, a pha mor barod oedd o i fy nhalu'n gynnar. Cofiais hefyd fod Mirain wedi bygwth dod draw i drafod y 'llinell boeth', felly fyddai gen i ddim amser i ddarllen mwy y noson honno beth bynnag. Hefyd, cabledd fyddai cadw llyfryn Letitia o dan yr un to â budreddi Mirain.

21

Mae'n werth i mi esbonio rhywbeth am Mirain. Mae hi'n ffyddlon i'r carn, yn garedig ac yn alluog. Ond gall hi fod yn wirion weithiau gan nad ydi hi'n ymdopi'n dda iawn â diflastod. Mae Molly'n deall hyn yn iawn, ac yn gwybod bod Mirain angen cael ei diddanu i'w stopio rhag mynd dros ben llestri. Dyna fy rôl i yn eu priodas: ffrind gwallgof Mirain sy'n rhannu'r lol efo hi, a'i stopio cyn iddi fynd yn rhy bell. A dyna pam y gwnes i gytuno i drafod y busnes 'llinell boeth', fel ffordd i Mirain ryddhau chydig o stêm.

Unwaith eto roedd Rich a Menna wrth y bws ysgol.

'Dos di'n syth draw i nôl yr un fech am weddill yr wythnos,' meddai Rich wrtha i. 'Mae Miss yn y canol yn iawn efo ni.' Roedd ei flaenoriaethau wedi newid ar ôl cwrdd â dynes oedd â'r potensial i drawsnewid ei fywyd, ond roedd o'n mynd ar fy nerfau'n sobor fod ganddo ddim clem o hyd be ydi enwau fy mhlant.

'Aethon ni draw i weld y Gerallt 'na,' meddai Menna mewn llais ysgafn, sgwrsiol, 'ac mi nath Rich fygwth 'i ladd o, yn ara deg. Ddyla hynny gau 'i geg o am sbel.' Estynnodd bum papur decpunt i mi, a sylwais fod dipyn o ïodin ar ei bysedd.

'Paid â phoeni, mae'r cyfrif banc yn iawn rŵan.'

'Rhaid i ti 'i gymryd o,' mynnodd Menna. 'Gan Gerallt mae o. Pan ddeudodd o wrth Rich 'i fod o'n mynd i roi'r gora i'w waith er mwyn gwneud yn siŵr na chei di ddim byd ganddo fo, ddeudodd Rich fod rhaid iddo fo gynnal ei blant, hyd yn oed os ydi hynny drwy werthu'i organau dros y we. Cynigiodd Rich ei helpu efo hynny.'

'Rhaid i Rich fod yn ofalus neu bydd Ger, neu'r Petal 'na, yn ffonio'r heddlu.'

'O, dydi Rich ddim yn mynd i'w ddiberfeddu fo go iawn! Mae o 'di gaddo.' Chwarddodd Menna'n ysgafn fel petai'n trafod cacen sbynj yn hytrach nag anaf corfforol difrifol.

Ro'n i wedi rhybuddio Mirain i beidio â dod draw'n rhy gynnar gan nad oedd gen i unrhyw fwriad o geisio egluro'r sgwrs i'r plant. Taniais yr hen stof nwy yn y garafán a dechrau 'glanhau', sef stwffio'r teganau oedd yno'n aros i mi eu trwsio i mewn i fagiau sbwriel. Ges i fy synnu faint o bethau ro'n i wedi'u taflu i'r garafán – roedd y gwahaniaeth rhwng y sgiliau ro'n i eu hangen i drwsio'r cyfan, a'r sgiliau sydd gen i yn y byd go iawn, yn ddychrynllyd. Roedd pymtheg o fagiau'n barod i fynd i'r dymp cyn i Mirain gnocio ar ddrws y garafán.

'Duwcs, mae'r ogle nwy'n uffernol.'

'Ydi, ond mae'n rhy oer i fod yma heb wres.'

'Digon teg. Ac mae gen i newyddion da! Mae sawl un wedi cofrestru'n barod ar wefan Tafod Coch. Dwi 'di amserlennu'r sesiwn gynta ar gyfer naw o'r gloch heno, sy ddim yn gyfleus iawn i'r boi gan ei fod o'n byw yn y Wladfa, ond ti'm yn gallu plesio pawb.'

'Ti ddim o ddifri?'

'Ydw siŵr.'

Felly symudais y teclyn i gryfhau'r signal ffôn o'r tŷ i'r garafán, ac eisteddodd y ddwy ohonon ni i aros am yr alwad gyntaf. Daeth neges drwodd am naw ar y dot, a chliciais i dderbyn yr alwad. Hen ddyn oedd ar ben arall y ffôn, yn gofyn am stori rywiol wedi'i lleoli ar Faes yr Eisteddfod.

'Yr Urdd neu'r Gen?' gofynnais mewn llais cryg, secsi.

'Y Gen. Dwi ddim yn byrfyrt.'

'Wel, falle fyset ti'n hoffi clywed be ddigwyddodd i mi y flwyddyn enillais i'r Fedal Rhyddiaith. Wnes i sgwennu nofel fer am fy mhrofiadau fel model i Gyfrinachau Fictoria...'

Agorodd Mirain botel o win coch a thywallt gwydraid mawr i mi.

'... Ges i fy nghloi gefn llwyfan, a finne mor boeth yn fy

urddwisg. Yn anffodus, yr unig beth ro'n i'n ei wisgo o dan y Wisg Wen oedd basg sidan du a sanau...'

Chwarter awr barodd y peth. Doedd dim llawer o sgwrs, ond roedd o'n fy annog ymlaen bob hyn a hyn. Ac ar ôl iddo fo fwmial ei ddiolchiadau a gofyn fyddai'n iawn iddo gysylltu eto, dywedodd Mirain wrtha i ei fod o wedi talu canpunt am y profiad. Bu bron i mi dagu ar fy nghegaid gyntaf o win.

'Ti'n jocian?'

'Na. Gest ti hwyl reit dda ar hynna. Galwad arall am hanner awr wedi.'

Creda neu beidio, roedd tri arall yn fodlon talu am sgwrs fudr. Roedd un isie cael ei gosbi gan athrawes lem, un isie golygfa mewn stabl, yn cynnwys llodrau, bŵts a sawl chwip, a'r trydydd, bach yn astrus, yn ffansïo bod yn Toulouse-Lautrec yng nghwmni dawnswraig ddiolchgar o'r Moulin Rouge. Ro'n i'n flin efo Mirain achos roedd hi'n iawn: doedd hyn ddim yn anodd o gwbl, nac yn rhy afiach chwaith.

'Dwi'm yn mynd i wneud hyn eto.'

'Hei, dipyn o hwyl ydi o, yn rhoi cysur i bobol sy ddim yn cael mynediad i Gymraeg rhywiol fel arall. Allen ni ei ddisgrifio fel hwb i'n hawliau dynol.'

'Be?'

'Ddyle cydraddoldeb ieithyddol ddim stopio ar drothwy llofftydd pobol. Mae gan y Cymry hawl i wrando ar fochyndra yn eu hiaith eu hunain.'

Am ryw reswm, cofiais am Dad yn dod adre yn ei ddagrau ar ôl sesiwn therapi oedd yn fethiant llwyr, unwaith eto.

'Does ganddo fo ddim gair o'r iaith, lodes,' meddai, 'ac roedd o'n gofyn i mi fod yn agored efo fo. Sut all dyn ddweud y gwir yn yr iaith fain, dwêd?'

Derbyniais yr alwad olaf. Erbyn hyn, ro'n i wedi datblygu dipyn o sgript.

'Waw, mae'n lyfli i glywed dy lais,' dechreuais. 'Oes rhywbeth ti'n ffansïo'i drafod efo fi? Stori... ffantasi, hyd yn oed?'

'Oes,' atebodd llais aneglur.

'Unrhyw beth penodol, rhyw senario?'

'Beth... beth os den ni'n esgus dy fod di'n wraig i mi, a ti 'di dod allan i'r sied efo paned i mi, a...'

Pwysais y botwm i orffen yr alwad.

'Be ti'n wneud, y twpsyn?' gofynnodd Mirain. 'Allwn ni ddim cymryd taliad ganddo rŵan.'

'Allen ni ddim bod wedi cymryd taliad ganddo fo beth bynnag. Llŷr, dy frawd yng nghyfraith, oedd o.'

Chwarae teg, roedd hi'n deall ar unwaith beth roedd hynny'n ei olygu.

'Cymryd mantais oedden ni, ar ddynion unig. Dynion fel Llŷr. Dwi'n mynd i roi arian heno i gyd i'r DPJ.'

Mae'r elusen sy'n cefnogi ffermwyr sy'n stryglo efo'u hiechyd meddwl yn agos iawn at fy nghalon, ac nid oherwydd Dad yn unig. Roedd y ddwy ohonon ni wedi sobri, braidd.

'Wyt ti'n gallu cadw cyfrinach, am Llŷr?' gofynnodd Mirain wrth gau ei gliniadur.

'Wrth gwrs. Den ni'n trystio'n gilydd, wastad wedi.'

'Lili. Ti'n gwybod pan oedd Molly'n sôn ein bod ni wedi defnyddio rwbeth tebyg i *turkey baster*?'

'Ie. Fel Genus i bobol.'

'Nid felly oedd pethe.'

'Sut felly?'

'Cafodd Lili ei chenhedlu drwy'r... y dull traddodiadol. Tra oedd Molly draw yn ei pharti plu yn Efrog.'

'Wnest ti shagio brawd dy wraig?'

'Do. Dwi'm yn falch o'r peth, ond dwi ddim yn difaru chwaith.'

'Ond ti'n hoyw.'

'Ddim cweit. Tydi Molly erioed wedi bod efo dyn ond mae fy hanes i'n wahanol. Dwi'n bi, ond, o ran cariad, dwi erioed wedi caru neb ond hi.'

'A phaid â dweud, roedd Llŷr yn cîn?'

'Wrth ei fodd. Gawson ni benwythnos reit boeth.'

'Ond wedyn?'

'Roedd o'n deall y drefn.'

'Mae o mor anhapus.'

'Doedd o ddim yn hapus ac yn llon cyn y penwythnos hwnnw.'

'Wel, doedd o ddim yn beth doeth i'w wneud.'

'Mi fu'n llwyddiant... mae Lili ganddon ni ac mae hi'n werth y byd. Pan mae roced yn mynd i fyny i'r gofod, does neb yn galaru am y tanc tanwydd sy'n disgyn yn ôl i'r ddaear ar ôl gwneud ei waith.'

Rhwng y cyfrinachau, y sgwrsio budr a'r stof nwy, roedd gen i ben tost. Ar ôl diffodd y Superser, symudais rai o'r bagiau teganau i fŵt y car. Roedd yr awyr iach yn helpu: ar ôl llenwi'r car, pwysais ar y ffens am dipyn, yn syllu dros y dyffryn tywyll. Roedd golau i'w weld yn y Plas, ac roedd drws sied y Rhos ar agor. Rhywle ar y dolydd roedd ardal o laswellt wedi'i oleuo gan lamp bwerus, a dau funud yn ddiweddarach daeth sŵn clir, ond tawel, gwn. Roedd rhywun yn lampio, er na chlywais sŵn cerbyd, na chŵn yn cyfarth. Digwyddodd yr un peth dair gwaith wedyn. Rich fyddai'n lampio'r dolydd fel arfer, ond byddai ganddo fo oleuadau mawr ar gefn ei bic-yp, sawl ci wrth ei sawdl a dau neu dri o ffrindiau'n gwmni iddo. Roedd rhywbeth clinigol yn digwydd heno: rhywun heb lawer o amser i'w wastraffu yn cael gwared â phroblem.

Ar ôl i'r saethu stopio roedd hi'n ddigon tawel i mi glywed sŵn yr afon, ac roedd blas o wanwyn go iawn yn yr awyr. Heb geisio meddwl amdano, cofiais sut y bu i Ger fy nysgu am lyffantod yn paru, y gwryw yn dal y fenyw o gwmpas ei chanol â chwtsh arbennig o'r enw *amplexus*. Roedden ni'n arfer rhannu gwybodaeth efo'n gilydd, ac roedd rhywbeth trist ynglŷn â'r ffaith 'mod i'n dal i feddwl, 'o, rhaid i mi ddweud hynna wrth Ger' wrth ddysgu rhyw ffaith newydd. Roedd egin y sgyrsiau'n aros ar fy ngwefusau; sgyrsiau bach marwanedig. Doedd y llyfryn ges i gan Mistar Jenks i gofnodi taith fy emosiynau ddim yn llwyddo, yn amlwg.

Roedd dagrau yn fy llygaid cyn i mi gael fy nallu gan olau pwerus, yn syth i fy wyneb. Gallwn synhwyro symudiad yng nghanol y goleuadau ond chlywais i ddim byd. Roedd rhywun wrth fy ochr, yn troi'r lamp i ffwrdd a lapio'i fraich am fy nghanol ar yr un pryd.

'Ffyc off, Drom, roedd hynna'n brifo,' llwyddais i brotestio cyn i'r gusan gyntaf lanio.

Petawn i'n dweud 'mod i wedi gwneud popeth o fewn fy ngallu i'w wthio fo i ffwrdd yn syth, celwydd noeth fyddai hynny. Roedd fy nghorff blinedig, fy mhen tost a fy ffroenau llawn nwy yn haeddu rhywbeth gwahanol. Llai na hanner munud barodd o, ac roedd ei ddwylo'n symud mewn ffordd dipyn bach yn rhy bendant. Roedd yn amlwg ei fod o wedi cynllunio'r holl beth, ac yn amlwg hefyd ei fod wedi disgwyl ymateb positif.

'Ti'm yn cael lampio merched!'

'Ond weithiodd o'n dda. Roeddet ti fel cwningen fach, wedi'i pharlysu gan ofn.'

'Doeddwn i ddim wedi fy mharlysu, a'r unig fath o ofn sy'n digwydd ydi'r ofn 'mod i am frifo dy deimladau wrth chwerthin am dy ben.'

Plygodd i godi ei lamp, a chamodd at y drws cefn.

'Ble wyt ti'n mynd?'

'I dy wely di, wrth gwrs. Mae hynny'n amlwg. Brysia, lodes: mae'r nosau'n byrhau yr adeg yma o'r flwyddyn, ac mae'r pethe dwi'n mynd i'w wneud i ti'n debygol o gymryd cryn dipyn o amser.'

'Den ni wedi trafod hyn. Na ydi'r ateb.'

'Be wyt ti'n wneud y tu allan yn y tywyllwch yr adeg yma o'r nos, felly? Wyt ti'n aros am rywun arall? Mae'r reiffl gen i – mi wna i ei saethu o!'

'Waw, ti'n meddwl 'mod i'n byw bywyd difyr. Paratoi hen jync y plant i fynd i'r dymp o'n i.'

'Mi weles i dy wyneb yn y tywyllwch.'

'Fel Rudolph efo'i drwyn coch?'

'Ddim yn aml iawn mae pobol yn dweud "na" wrtha i,' meddai mewn llais isel, ac roedd yn rhaid i mi gyfaddef fod rhywbeth rhywiol tu hwnt ynglŷn â'r syniad mai fo, nid fi, oedd yn gwneud y penderfyniadau. Pam ro'n i'n protestio ac yn gwrthod dyn ro'n i wedi'i ffansïo'n fwy na neb, a hynny ers degawdau? Doedd neb arall yn cadw at y rheolau, ac ro'n i'n gwybod y byddwn i, ar fy ngwely angau, yn difaru gwrthod Drom.

Neidiodd fy meddwl yn ôl i'r sgwrs dros swper. Wedi ein sbarduno gan gacen ben-i-waered, ro'n i a'r plant wedi sgwrsio am binafal mewn tun, dogni bwyd a Rhyfel Cartref America. Doedd 'na ddim bwlch anferth yn ein bywydau, nac o amgylch y bwrdd, yr oedd angen dyn i'w lenwi – yn enwedig dyn oedd yn meddwl ei fod yn syniad da i ddallu rhywun efo lamp.

'Sori. Mae gen i waith i'w wneud yn y bore. Mae gen i blant i'w magu, morgais i'w dalu ac andros o ddirgelwch hanesyddol i'w ddatrys.'

'Pam na ddwedest ti wrtha i am y dirgelwch? Dwi wrth fy modd efo'r ffasiwn bethe.'

'Falle y gwna i, ryw dro, ar ôl i mi ddod dros y trawma o gael fy lampio.'

Diflannodd Drom i'r cysgodion ac es inne i mewn i'r tŷ i gymryd parasetamol cyn mynd i 'ngwely. Wrth i mi geisio cysgu roedd pob cell yn fy nghorff yn paratoi am chwyldro.

22

Y tywydd gwaethaf ar gyfer wyna, heblaw lluwchwynt, wrth
gwrs, ydi glaw trwm, oer. Pan mae hi'n bwrw mae dŵr wastad
yn hel yn y cyntedd wrth fy nrws cefn – os dwi'n rhoi digon o
hen dyweli i lawr gallaf stopio'r rhan fwyaf o'r dŵr rhag dod i
mewn i'r gegin, ond mae hynny'n golygu fod pawb yn mynd i
mewn ac allan drwy'r drws ffrynt, sydd yn ei dro yn golygu baw
dros y carped i gyd. Ro'n i'n syllu drwy'r ffenest ar y llen lwyd
o law dros y dyffryn, ac am y tro cyntaf ers i Ger adael,
dechreuais deimlo'n isel. Dwi ddim yn sôn am iselder, ond
ymateb i ddiflastod fy sefyllfa. Neithiwr, rhwng busnes y 'llinell
boeth' ac wedyn Drom, doeddwn i ddim yn driw i fy natur fy
hun. Ddylwn i fod wedi gwrthod syniad gwirion Mirain a derbyn
cynnig Drom. Tydi'r syniad o fagu plant ar fy mhen fy hun ddim
yn apelgar beth bynnag, ond os nad ydw i'n fodlon rhoi ffydd
yndda i fy hun, does gen i ddim gobaith o oroesi.

Dros frecwast, cafodd Llinos, Owain a finne sgwrs hynod o
ddifyr.

'Ddwedes i wrth Mr Ifans,' meddai Llinos wrth gymysgu
llond llwy o farmaled i'w granola, 'nad ydw i'n deall pam nad
oes gan bobol sy'n siarad Saesneg air am echdoe. Mae'n gymaint
mwy o drafferth iddyn nhw ddweud "the day before
yesterday".'

'A "the day after tomorrow" hefyd,' ategodd Owain.

'Be ddwedodd Mr Ifans?' gofynnais.

'Gawson ni sgwrs am ieithoedd. Wyt ti wedi sylwi, Mami,
bod y geiriau Saesneg am gig yn dod o'r Ffrangeg, ond Eingl-
Sacsoneg ydi'r enwau am anifeiliaid?'

'Be?' Roedd hi'n rhy gynnar yn y diwrnod ar gyfer y sgwrs
hon.

'Mae o'n iawn,' ychwanegodd Owain. 'Mae "pig" a "pork" yn enghraifft.'

'Mae Mr Ifans yn dweud ein bod ni'n gallu gwneud gwaith ditectif efo ieithoedd, gan ddarganfod cliwiau am hanes.'

'Pig a pork, pig a pork, pig a pork, pig a pork,' llafarganodd Greta.

'Ar ôl 1066 roedd y bonedd yn Lloegr yn siarad Ffrangeg, a'r werin bobol yn dal i ddefnyddio Saesneg, dyna pam,' eglurais.

'Hefyd, weithie, mae gair yn dod o'r wlad wnaeth ddatblygu'r syniad,' myfyriodd Owain. 'Den ni'n defnyddio geiriau megis "byngalo" a "pyjamas" achos mai o Asia ddaeth y pethe a'r enwau.'

'Jamas fi ar y gwely,' meddai Greta, a phlygodd Owain i roi sws ar ei thalcen. Roedd o wrth ei fodd â'i hymdrechion i ymuno yn ei sgyrsiau o a Llinos.

Yn sydyn, dechreuodd fy llygaid gosi: doeddwn i ddim yn haeddu cystal plant. Beth bynnag fydd yn digwydd efo Ger, nhw fydd fy mlaenoriaeth.

Weithiau mae'r arogl coed tân yn y Plas yn ormodol – mae pedair simdde a dim ond un sy'n tynnu'n dda – ond ar fore mor ddiflas, roedd o'n reit braf. Pan es i i'r llyfrgell roedd Mistar Jenks yn eistedd ar ffender pres y lle tân fel còg ifanc, yn darllen llyfr mawr wedi'i rwymo mewn lledr coch.

'Dwi'n gwybod fawr ddim am y Visigoths, Catherine, fawr ddim.'

'Na finne, heblaw am y ffaith eu bod nhw wedi ysbeilio Rhufain. Ac a oedd ganddyn nhw deyrnas yn Sbaen ar un adeg?'

'Mi fydda i'n gwybod ar ôl darllen mwy o hwn.' Mwythodd y llyfr fel petai'n gi anwes. 'Gyda llaw, darllenais dipyn o lyfryn Letitia ddoe, ar ôl dod adre o Gaer.'

Diolchais na wnes i ildio i'r demtasiwn i fynd â fo adre efo fi.

'A fydd Letitia yn dweud wrth Lewis, brawd Florence, am y gwn, tybed?' gofynnodd yn gyffrous.

'Dwi'n edrych ymlaen i gael gweld,' atebais.

Wrth gwrs, dylwn fod wedi dangos y gwn i Mistar Lewis. Efallai, wedyn, y byddwn i'n cael dychwelyd i'r Plas cyn hir. Roeddwn i'n ysu i gael teithio ymhellach na ffin y plwyf, ond erbyn hyn rwy'n ysu i fynd yn ôl i'r Plas cyn i'r eirlysiau flodeuo ar y lawnt. Rwy'n colli'r cogiau'n ddifrifol ac mae'r lle hwn yn rhy ddieithr i mi. Petawn i'n darllen pob llyfr dan haul, fyddwn i byth yn eu deall nhw. Ond petawn i'n dangos y gwn i Mistar Lewis, beth fydd yn digwydd i Miss Florence? Mae hi wedi ffynnu wrth fod gyda'i brawd, wedi sadio. Mae ei thraed, yn ei hesgidiau solet newydd, bellach ar y ddaear. Hyd yn oed wrth iddi siarad efo'r Gwyddel hwnnw, wnaeth hi ddim cynhyrfu cymaint ag y byddai wedi gwneud ers talwm. Rwy'n poeni hefyd am greu stŵr achos nad ydwyf yn sicr sut y bydd Lady A yn ymateb. Mae hi a Florence yn bobol wahanol iawn. Rhoddais y gwn yn ôl yn ei phoced ond heddiw, pan oeddem yn sefyll yn y Piazza Navona yn ceisio dychmygu'r holl gerbydau rhyfel yn gwibio heibio, dywedais wrthi hi fy mod yn gwybod amdano. Wnaeth hi ddim synnu, ond doedd hi ddim yn deall pam nad oeddwn wedi ei bradychu.

'Mae Letitia wedi penderfynu cadw cyfrinach y gwn,' galwais draw ar Mistar Jenks, a nodiodd yntau ei ben fel petai'n disgwyl dim llai gan Letitia.

Penderfynais beidio â rhoi nodyn swyddogol yn yr archif ynglŷn â hynny, ond mi wnes i gofnodi pa mor aml roedd Letitia yn trafod planhigion a'r ardd. Doedd dim llawer o flodau i'w gweld yng nghalon y gaeaf yn Rhufain, meddai, a doedd arferion tymor y Nadolig, pan fyddai celyn ac uchelwydd wedi bod yn ystafelloedd y Plas, ddim yr un fath. Erbyn hynny roedd hiraeth Letitia bron â'i llethu, ac arferion Nadoligaidd yr Eidal yn rhy ddieithr iddi eu mwynhau. Yn y Llysgenhadaeth, dan arweinyddiaeth Lady Adelina, cynhaliwyd dathliad Fictorianaidd ysblennydd efo carolau o gwmpas y goeden. Anodd oedd dod o hyd i goeden Nadolig yng nghanol Rhufain, ond roedd Mussolini wedi gyrru rhai o'i ddynion draw i Castel Fusano i dorri un ar gyfer yr Arglwyddes. Roedd Il Duce yn ymwelydd cyson ar y pryd, ac yn mwynhau perthynas dda iawn ag Adelina, ond doedd gan Letitia ddim gair da i'w ddweud amdano.

Dros yr Ŵyl, treuliodd Lewis lawer o'i amser yn stafell ei chwaer, bron fel petai'n osgoi cymdeithasu efo gweddill staff y Llysgenhadaeth, oedd yn golygu mwy o waith gweini i Letitia. Doedd yr esgus o orfod gwarchod Florence ddim yn gweithio pan oedd ei meistres yng nghwmni ei brawd, a gyrrwyd Letitia druan i weini ar weddill gwesteion y Llysgenhadaeth, yn cynnwys Il Duce.

Heno, bu'n rhaid i mi weini diodydd mewn gwydrau oedd fel bowlenni ar goesau, a chynigiais rai i Lady A a'r hen fochyn, er ei bod hi eisoes wedi cael hen ddigon i'w yfed. Tra oeddwn i yno, trodd o ati a dweud fy mod i'n esiampl berffaith o'r 'teip pur' gan fod fy nghroen mor wyn. Doedd o ddim yn gwybod fy mod wedi dysgu rhywfaint o Eidaleg yn ystod y misoedd diwethaf. Cododd ei bawen frown i gyffwrdd fy moch. 'Another perfect Inglese.' Atebais yn syth, 'Non sono Inglese, sono Gallese.' Chwarddodd yn uwch, ond gwgodd Lady A.

Eisteddais yn ôl yn fy nghadair mewn syndod. Roedd Letitia Davies, lodes fach o Feifod, wedi cywiro Il Duce wrth ddweud wrtho nad Saesnes oedd hi, ond Cymraes!

Yn nes ymlaen, ar ôl i'r gwesteion adael, piciais i lawr i nôl ychydig o fwyd i Miss Florence a finnau. Doeddwn i ddim yn ceisio gwrando, ond clywais sgwrs rhwng Mistar Lewis a Lady A. Meddai hi wrtho, 'Your strange sister's maid was very pert to the Prime Minister. You know how important it is that he feels comfortable here, regards us as friends.' Atebodd Mistar Lewis, 'I fear he regards you as more than a friend, my dear.' Ei hateb hi oedd, 'Well, he certainly is a man, if that's what you mean. Which is more than you can say for yourself.' Ac i ffwrdd â hi. Rwy'n siŵr i mi glywed sŵn wylo'n dod o swyddfa Mistar Lewis yn ddiweddarach.

Roedd hwn yn ddatblygiad annisgwyl: oedd gwraig brawd Florence yn cael affêr efo Mussolini?

'Mae 'na destun opera yn y fan hyn,' ebychais yn uchel, ond roedd pen Mistar Jenks yn dal yn ei lyfr.

Daeth sŵn tincial fy ffôn o fy mag, ac fel pob mam sydd â phlant o oed ysgol, teimlais ryddhad mawr o weld nad gan yr un o'r ysgolion na'r Ysgol Feithrin oedd y neges. Dwi'n gwybod na ddylwn i ateb negeseuon personol tra dwi yn y gwaith, ond fel hyn aeth y sgwrs.

- Ti 'di gweld prisie ŵyn tew yn Soswallt?
- Does gen i ddim oen tew i'w werthu.
- Newydd werthu pedair corlan a dwi awydd cael cinio braf i ddathlu.
- Braf iawn.
- Wedi bwcio bwrdd yn y Blue Boar am hanner awr wedi un. Dwi'n tretio ti.
- Mae gen i waith i'w wneud, Drom.

Canodd y ffôn wedyn, ond gwasgais y botwm i ddiffodd yr alwad ar yr ail ganiad. Wedyn daeth neges arall.

- Ty'd laen, lodes. Gofynna i'r Sgweier am bnawn ffwrdd. Mae 'na lofftydd braf yn y Blue.
- Diolch am yr wybodaeth, Tripadvisor.

Bu distawrwydd am bum munud a throdd fy meddyliau'n ôl i Rufain.

- Ti'n bownd o ddifaru hyn, lodes. Ti'n slafio'n ddi-baid bob dydd, a ti'n haeddu cwpl o oriau efo rhywun sy'n gwerthfawrogi pob syniad gwirion sy'n gwibio drwy dy ben.

Roedd fy mol yn gwasgu. Doedd neb erioed wedi gwneud cynnig mor ddeniadol i mi. Sylweddolais faint ro'n i'n ysu i rywun fy nabod i, go iawn, a 'neall i. Ro'n i wedi meddwl fod Ger yn ticio'r bocs hwnnw a dyna pam y gwnes i ei briodi, ond ges i ddiawl o siom o ganfod bod yr holl bethe ro'n i'n eu hystyried yn gyfforddus a braf yn ddiflas iddo fo, o frecwast crempog efo'r plant i'r sgyrsiau yn ein gwely. Felly be ydi nabod rhywun go iawn? Beth bynnag oedd yn fy nghalon, roedd yn rhaid i mi geisio dweud y gwir wrth Drom.

- Mae'r syniad o gael fy nabod gen ti'n apelio'n fawr, ond ar hyn o bryd dwi'n teimlo'n debycach i anifail sy wedi'i ladd ar ochr y ffordd na gwrthrych serch i neb.

Ddaeth yr ateb ddim am hir, ac ro'n i'n meddwl fod y sgwrs ar ben, ond wedyn cyrhaeddodd emoji mochyn daear.

- Am sefyllfa annisgwyl! Mae Humphreys y Felin wedi datblygu crysh ar ddarn o roadkill!

Dwi wedi sylwi ei fod o'n disgrifio'i hun yn y trydydd person yn aml. Wedyn,

- Mi fyddi di'n difaru peidio blasu'r pulled pork yn y Baedd, lodes, bendant.
- O, tynna di dy borc dy hun, Drom!

Dwi byth yn colli'r cyfle am jôc. Daeth cyfres o emojis wedyn: mwncïod yn chwerthin yn afreolaidd.

- O, Cath, dim ond ti.

Un o anfanteision sgwrs dros negeseuon testun ydi'r ffaith nad oes modd clywed y tinc yn llais rhywun.

- Mi ffonia i'r Sgweier i awgrymu dy fod di angen cwpl o oriau'n rhydd.
- Paid â meiddio!
- Mae ei rif ffôn gen i ar speed dial...
- Dwi'm yn hoffi'n syniad o gael fy nhrafod ganddoch chi'r tirfeddianwyr, wir. Nid parsel o dir neu ddafad ar grwydr ydw i.

Wedyn ges i fwy o emojis, y rhan fwyaf yn ddefaid, a meme o gi bach gwyn yn rowlio gwmpas yn chwerthin.

- Lodes benstiff.
- Dwi'n siŵr y gwnei di ffeindio sawl merch yn y sêl fyse'n fodlon mwynhau danteithion y Baedd efo ti.
- Debyg iawn, ond mi gadwa i'r pulled pork tan ti'n barod.

Edrychais draw i gyfeiriad y lle tân: doedd Mistar Jenks ddim wedi codi'i ben o'i lyfr. Rhoddais y ffôn i lawr ar y ddesg fel petai'n ddigon poeth i losgi fy mysedd. Syllais drwy'r ffenest ar y glaw mân oedd yn ynysu'r Plas o'r byd mawr y tu allan. Codais fy mhensil eto, ond daeth neges arall.

- Alla i anfon llun i ti nes ymlaen?

Roedd hyn yn dipyn o sioc. Wnes i erioed feddwl y byse Drom yn un am secstio, ond roedd yn gyfle rhy dda am jôc arall.

- Be? Llun o dy borc yn cael ei dynnu?
- Na. Llun o Fflei, y ci. I ti gael gwneud y fisged, ti'n cofio?

Nid gan Drom oedd y neges am y llun, ond gan Hywel Wtra Wen.

Es i i'r tŷ bach, i olchi fy wyneb. Yn yr hen ddrych uwchben y sinc gwelais fochau cochion dynes ganol oed oedd wedi ildio i'r demtasiwn o fflyrtio efo dyn priod a chael ei dal. Am dwmffat llwyr. Meddyliais am Owain a'i ddisgrifiad o ferch Drom, ac am Chris. Cofiais be ddigwyddodd i 'mherthynas efo Mam pan benderfynodd hi redeg i ffwrdd at Groomer Graham, a dyma fi rŵan yn chwarae rôl debyg i Graham... neu Petal. Roedd y dŵr oer yn ddigon i ddiffodd y fflamau ar fy mochau ond roedd euogrwydd yn dal i losgi y tu mewn i mi.

'Wyt ti'n iawn, Catherine?' gofynnodd Mistar Jenks pan es i'n ôl i'r llyfrgell. 'Ti'n edrych braidd yn wridog.'

'Dwi'n berffaith iawn, diolch, syr. Dwi wrth fy modd efo tân braf ond gan fod y tŷ acw wastad mor oer, dwi'n tueddu i gochi braidd.'

'Achos... dwi newydd gael galwad ffôn hynod iawn gan Humphreys y Felin, yn gofyn i mi ganiatáu...'

'Dwi'n iawn, diolch yn fawr.'

'Ddwedodd Humphreys ei fod wedi dy weld di heddiw a dy fod di'n welw. Yn welw sobr, medde fo. Os oes unrhyw beth...'

'Na, dim byd o gwbl. Dwi'n iawn, wir.'

'Os wyt ti'n siŵr. Mae'n gas gen i'r syniad o ymyrryd yn dy fywyd, ond dwi erioed wedi cael galwad ffôn debyg gan neb, heb sôn am gan Humphreys y Felin. Dwi erioed wedi cynnal sgwrs efo fo ar unrhyw bwnc heblaw busnes.'

Ro'n i'n flin, yn flin iawn, ond ar y llaw arall, petawn i wedi esgus 'mod i ddim yn ei ffansïo fo, fyddai hyn ddim wedi digwydd.

'Mae o'n ffrind i'r teulu,' esboniais, er nad oedd Mistar Jenks wedi gofyn. 'Mae Owain yn gweithio yno, yn godro, ar y penwythnosau.'

'Wrth gwrs.' Dychwelodd at ei lyfr gydag ochenaid fach o ryddhad.

Gyrrais ddwy neges, gan wneud yn siŵr 'mod i'r gyrru at y bobol iawn.

- Wrth gwrs. Beth bynnag sydd fwya cyfleus.
- Os wyt ti'n meiddio torri ar draws fy ngwaith i eto, dwi ddim yn cymryd unrhyw gyfrifoldeb am y canlyniadau.

Funud yn ddiweddarach, daeth atebion.

- Mmm. Hen bryd i ti anghofio dy gyfrifoldebau.
- Diolch. Mae o yn y cit rŵan, achos y glaw.

Cuddiais fy mochau coch rhwng cloriau llyfryn Letitia.

23

Gan fod Letitia wedi gweithio mewn tŷ bonedd ers ei glasoed, roedd hi wedi dysgu na ddylai byth ymyrryd ym materion personol y teulu. Felly, o hynny ymlaen, ceisiodd osgoi gwraig Lewis. Pasiodd y Nadolig, ac yn y flwyddyn newydd, dechreuodd Lewis ymuno â Florence a Letitia wrth iddynt grwydro'r henebion. Dechreuodd y brawd a'r chwaer addoli efo'i gilydd yn Eglwys Santa Pensione, ond fel aelod ffyddlon o'r Eglwys yng Nghymru, doedd y forwyn byth yn ymuno â nhw. Llusgodd yr wythnosau heibio.

Prysurodd y Llysgenhadaeth yn y gwanwyn gan fod cymaint o bobol ddylanwadol o gylchoedd gwleidyddol San Steffan yn ysu i weld pa fath o arweinydd oedd Mussolini. Daethant yn ôl yn llawn canmoliaeth, ar y cyfan. Y lle naturiol i aelodau Tŷ'r Arglwyddi, gweinidogion y Cabinet a dynion busnes i gwrdd â 'dyn y dyfodol', fel yr oedd yn disgrifio'i hun, oedd y Llysgenhadaeth, ac yn ystod y cyfarfodydd hynny, byddai Lady Adelina yn eistedd ar ben y bwrdd, gyferbyn â'r unben, fel petaen nhw'n ŵr a gwraig. Yn ôl y disgwyl, doedd Letitia ddim yn cymeradwyo hyn o gwbl, a nododd hynny yn ei llyfryn. Doedd dim newyddion o Madeira, heblaw manylion iechyd rhieni Lewis a Florence.

Un prynhawn heulog, cododd Florence ar ôl treulio awr yn unig yn ei gwely, wedi cyffroi'n lân wrth edrych ymlaen i weld y Coliseum y bore wedyn. Newidiodd Letitia y dillad gwely tra aeth Florence i chwilio am Adelina, er mwyn cael benthyg ei gwydrau theatr iddyn nhw gael gweld manylion lefelau uwch yr adeilad eiconig. Rhybuddiodd Letitia hi fod Adelina'n dal i ddiddanu'r gwesteion, ond mynnodd Florence fynd i barlwr bach preifat Adelina, ger ei hystafell wely. Funud neu ddau yn ddiweddarach dychwelodd Florence, a brysio'n ôl i'w hystafell wely. Disgrifiodd Letitia'r digwyddiad yn gynnil.

Roedd hi'n wynnach na'r gynfas roeddwn i newydd ei thynnu oddi ar y gwely. Gollyngodd ei hun i'r gadair isel a gallwn ddweud bod rhywbeth wedi newid ynddi hi, rhyw gythraul wedi dod yn ôl. Ar ôl eistedd yno am ddeng munud, dywedodd nad oedd y gwydrau theatr ar gael. Cwynodd am ben tost, ac aeth yn syth i'w gwely. Gorweddodd ar ei bol, yn union fel y gwnaeth hi'n syth ar ôl dod o Iwerddon. Arhosais gyda hi am awr, gan sefyll wrth y ffenest. Gwelais gar mawr du yn dod at y drws, a neidiodd Il Duce i lawr y grisiau marmor iddo. Nid oedd yn anodd i mi ddychmygu beth welodd Miss Florence ym mharlwr Lady A, gan fod Mistar Lewis ar daith i weld porthladd yn y de, ac nad oes disgwyl iddo gyrraedd yn ôl tan yn hwyrach heno.

Gofynnodd Miss Florence am gopi o'r papur newydd *Corriere della Sera Romana*. Bob noson heblaw'r Sul, tua phump o'r gloch, mae copi o'r papur yn cyrraedd y Llysgenhadaeth, ond am ryw reswm doedd hi ddim yn awyddus i fenthyg y copi hwnnw felly piciais draw i'r stondin agosaf i'w brynu. Pan ddychwelais, roedd Miss Florence yn eistedd i fyny, a'i chefn yn pwyso ar y clustogau. Roedd golwg hynod yn ei llygaid a'i gwên ddiolchgar yn dangos straen, fel petai hi'n cuddio rhywbeth. Dywedodd nad oedd hi awydd swper, a gofynnodd i mi ddweud wrth Mistar Lewis fod ei chynlluniau wedi newid ac y byddai'n rhaid mynd i'r Coliseum ryw dro arall.

Ar dop y dudalen nesaf, dim ond un frawddeg ysgrifennodd Letitia: 'Ni welais y Coliseum byth.' Doedd 'run gair arall yn y llyfryn.

Neidiais ar fy nhraed a brasgamu draw at Mistar Jenks.

'Be ddigwyddodd wedyn?' gofynnais heb gyfarchiad nac

esboniad, gan wybod fod hynny braidd yn anghwrtais. Gwenodd arna i fel petai'n gwenu ar blentyn hoffus, chwilfrydig.

'Doedd cadw dyddiadur ddim yn beth doeth iddi hi ei wneud, hyd yn oed yn y Gymraeg, ar ôl yr hyn ddigwyddodd.'

'A be ddigwyddodd?'

'Cafodd Mussolini ei saethu. Crafodd y fwled gnawd ei drwyn. Roedd y ddinas yn ferw gwyllt. Roedd si mai Gwyddeles oedd yn gyfrifol, ac yn nes ymlaen cafodd dynes ei harestio.' Fel arfer roedd tôn ddigynnwrf ei lais yn cyfrannu at naws dawel y llyfrgell ond ar y funud honno roedd yn rhaid i mi guddio fy niffyg amynedd.

'Florence?'

'Na, dynes arall, un oedd wedi cael lloches mewn seilam lleiandy yn y ddinas. Hi gafodd ei herlyn, a phlediodd yn euog, ond allai hi ddim esbonio ble gafodd hi'r gwn na beth wnaeth hi efo fo wedyn. Methodd egluro chwaith sut a phryd roedd hi wedi dysgu saethu, oherwydd yn ôl ei theulu, cyn ei chyfnod yn y seilam yn Rhufain, doedd hi erioed wedi rhoi bys ar unrhyw arf.'

'Sut all claf mewn seilam ddysgu sut i saethu? Dydi hynny ddim yn gredadwy.'

'Yn wir. Efallai mai hi oedd y bwch dihangol.'

'Os felly, pwy oedd â digon o rym i amddiffyn Florence, neu Blathnaid, a pham?'

Rhoddodd Mr Jenks ei lyfr mawr ar y ffender a chododd yn anesmwyth ar ei draed.

'Does gen i ddim gwybodaeth bendant, ond mae gen i ddwy theori. Y person amlwg oedd Mussolini ei hun.'

'Be? Unben ffasgaidd yn cynllwynio i helpu dynes oedd wedi ceisio'i ladd?'

'Neu ddyn oedd newydd lwyddo i ennill grym dros ei wlad yn ceisio osgoi sgandal. Oherwydd lle roedd hi'n byw, byddai erlyn Florence wedi codi sawl cwestiwn, a thaflu cysgod dros y berthynas rhwng ei lywodraeth newydd o a Phrydain... heb sôn am ei berthynas â gwraig diplomydd. Ei orchymyn cyntaf, ar ôl sylweddoli nad oedd yr anaf yn un difrifol, oedd gyrru milwyr i'r Llysgenhadaeth, i'w amddiffyn.'

'Sori, dwi ddim yn deall. Pwy oedd o'n ei amddiffyn?'

'All dyn fel fo ddim amddiffyn neb ond ei hun, ond efallai fod gwraig Lewis ar ei feddwl. Mae'n anodd deall y fath ddyn, ond mae'n ddigon posib fod ganddo deimladau cryf tuag at ei feistres.'

Gwgodd y Sgweier wrth ynganu'r gair olaf, fel petai'r syniad yn sur.

'Ond be ddigwyddodd i Florence?'

'Cwestiwn da. Un peth sy'n bendant: chafodd hi ddim ei chyhuddo, yn yr Eidal nac yn y wlad hon. Gwnaeth fy nhad dipyn o ymchwil yn Rhufain pan oedd o yno yn ystod y Rhyfel, ac wedyn yn wlad hon, a does dim posibilrwydd fod unrhyw achos wedi'i guddio y tu ôl i'r Ddeddf Cyfrinachau Swyddogol.'

'Ond os mai Florence saethodd Mussolini, sut allai hynny fod o bwys i'r Llywodraeth?'

'Oherwydd yr effaith ar faterion diplomataidd, dwi'n cymryd.'

'Ond... ond,' baglais dros fy ngeiriau, 'all y stori ddim gorffen heb ddiweddglo. Ydech chi'n gwybod be ddigwyddodd i Letitia? Chafodd hi ddim cyfle i weld y Coliseum, dwi'n cymryd,' ategais, yn fwy i mi hun nag wrtho fo.

'Dychwelodd i'r Plas, priododd, a magu pedwar o blant. Ei mab hynaf sefydlodd y ganolfan arddio fawr yn Aberriw, Griffith's Gardens. Mae ei bedd ym mynwent yr eglwys.'

'Ond alla i ddim gadael eu hanes fel hyn, syr,' protestiais, yn ymwybodol 'mod i'n ymylu ar swnio fel plentyn yn cael stranc. Cefais fy synnu gan ei ymateb.

'Na finne. Cyn i ti ddechrau ar y llyfryn nesaf, beth am i ni'n dau edrych drwy'r archif i weld a allwn ni ddod o hyd i unrhyw wybodaeth ychwanegol?'

''Sen i wrth fy modd yn gwneud hynny, ond beth am y cynllun, yr amserlen ar gyfer...'

Torrodd ar fy nhraws. 'Wfft i'r amserlen. Rydyn ni'n dau fel milgwn yn dilyn ein prae: rhaid i ni barhau!'

Nid oedd unrhyw ddyn dan haul yn llai tebyg i filgi na Mistar Jenks, ond ro'n i'n hoff iawn o'r ddelwedd.

'Mae'n ddigon posib fod darnau bach o wybodaeth yma ac acw, a gallwn bori drwy sawl archif ar-lein hefyd.'

Erbyn hynny roedd fy nghalon yn curo'n gyflym, a sylwais fod Mistar Jenks braidd yn fyr ei wynt hefyd, fel petaen ni'n rhedeg go iawn ar ryw drywydd ffres. Am hanner eiliad, roedden ni'n sefyll yn stond, yn syllu i lygaid ein gilydd fel petaen ni'n gweld ein gilydd am y tro cyntaf.

'Rhaid i ni fwrw ymlaen, Catherine,' meddai.

'Cytuno'n llwyr, syr. Fydda i ddim yn gallu canolbwyntio ar unrhyw beth arall heb i ni gloi'r bennod hon yn iawn.'

Yr eiliad honno, seiniodd larwm fy ffôn yn fy mhoced: roedd hi'n bryd i mi nôl y plant. Am y tro cyntaf erioed, cerddodd Mistar Jenks efo fi at fy nghar er mwyn parhau â'r drafodaeth.

'A be am Lewis?' gofynnais. 'Be ddigwyddodd iddo fo?'

Agorodd y Sgweier ddrws fy nghar bach siabi fel petai'n gerbyd mawreddog a finne'n dywysoges mewn ffilm Disney. Wedi iddo gau'r drws ar fy ôl, plygodd i lawr i siarad drwy'r ffenest.

'Mae'n fater o hel y darnau bach at ei gilydd, fel mosaig!'

Wrth i mi yrru i lawr yr wtra daeth teimlad rhyfedd i fy nghorddi. Ro'n i'n llawn cyffro ynglŷn â darganfod tynged Florence – wedi'r cyfan, hi oedd prif gymeriad yr hanes – ond roedd y syniad na allwn ddarllen gair arall a ysgrifennodd Letitia yn codi ryw hiraeth rhyfedd. Ro'n i wedi dod i'w nabod hi a'i hedmygu, ond roedd cael clywed am y ganolfan arddio deuluol wedi gwneud i mi deimlo braidd yn fflat. Penderfynais fynd i weld ei charreg fedd pan fyddai'r gwair wedi cael ei dorri yn y fynwent, pryd bynnag fyddai hynny. Mae'r toriad cyntaf yn mynd yn hwyrach ac yn hwyrach bob blwyddyn, a does neb yn siŵr iawn ai egwyddorion Gwyrdd goruchwyliwr yr Eglwys neu ei ddiogi sy'n gyfrifol am yr oedi.

Doedd dim rhaid i mi gyfarfod bws Llinos gan ei bod hi'n mynd yn syth i'r Rhos ac yn aros yno am swper, felly ro'n i ar fy ffordd i nôl Greta pan ffoniodd Mirain i ddweud bod y ddwy ifanc wedi dechrau adeiladu tŷ a siop o focsys, a'u bod nhw mor ddiwyd, tybed fyddai Greta awydd cysgu dros nos yno.

'Yn rhad ac am ddim, wrth gwrs,' ategodd. 'Fydd o'n gyfle i ti ymlacio am unwaith.'

'Wyt ti'n teimlo'n euog am y busnes siarad budr ar y ffôn?'

'Dim o gwbl!' mynnodd, chydig yn rhy sydyn. 'Roedd hynny'n llwyddiant mawr, ac er na wnaeth pethe orffen yn grêt, dwi'n siŵr ei fod o'n dipyn o hwb i dy hyder rhywiol di.'

'Does dim byd o'i le ar fy hyder rhywiol, diolch yn fawr iawn.' Ro'n i'n chwerthin erbyn hyn. 'Ond mi fyse noson dawel yn braf.'

'Wela i di bnawn fory, felly. Mi ro i snac i Grets ar gyfer yr Ysgol Feithrin.'

'Diolch, Mirs.'

Oedd, roedd y syniad o noson dawel yn braf, ond wnes i ddim sôn wrth Mirain nad oedd gen i unrhyw fwriad o bampro fy hun mewn bàth llawn stwff drud. Y peth cyntaf ro'n i am ei wneud, ar ôl gwneud paned, oedd agor y gliniadur er mwyn ceisio darganfod mwy am yr ymosodiad ar Mussolini.

Roedd y tŷ yn dawel... yn rhy dawel, o bosib. Fel sy'n digwydd bob amser ar ôl iddi lawio, roedd adar y berllan yn canu'n lloerig. Agorais y ffenest i glywed mwy ac roedd y trydar yn falm i f'enaid. Clywais sŵn crafu ar y ffenest fach ar gornel y tŷ yng nghesail y rhiw – roedd y coed a'r mieri'n crafu'r gwydr yn y gwynt, meddyliais. Wedyn ystyriais: doedd dim chwa o wynt. Edrychais i gyfeiriad y ffenest fach, a gweld cysgod. Dafad wedi dod i fusnesa, mae'n siŵr. Yna clywais sŵn brigau'n torri, clec fel petai rhywbeth mawr wedi taro to sinc rhychiog y storfa goed, a rhegfeydd cyfarwydd. Doedd dim rhaid i mi weld ei gôt law na'i dreiners figan i wybod mai Ger oedd yno, a sylweddolais ei fod o wedi rowlio i lawr y rhiw, dros y to, a glanio yng nghanol yr ailgylchu gan osgoi'r gasgen ddŵr o drwch blewyn. Roedd o'n lwcus nad oedd Rich wedi cael cyfle i alw heibio efo'i grafell fuarth – roedd digon o fwsog meddal i glustogi'i gwymp. Es i allan ato.

'Wel wir, Gerallt, am ffordd i wneud ymddangosiad.'

Sgrialodd ar ei draed gan dynnu brigyn o wyddfid o'i wallt. Falle mai fi oedd yn dychmygu, ond roedd o'n edrych fel petai wedi colli dipyn go lew o wallt ers i mi ei weld ddiwetha: roedd ei gorun, yr un lliw â brest ji-binc, i'w weld yn glir.

'Paid â phoeni, dydi Rich ddim yn cuddio yn y pantri, ond mae 'na grasfa go iawn yn aros amdanat ti y tro nesa fyddi di'n ei weld o.'

'Dwi'n gwybod.'

'Paid â sefyll yn y mwsog fel ci swat. Be sy? Ydi tswnami dy gariad newydd yn rhy dymhestlog i ti?'

'Plis paid, Cath. Dwi'n methu...'

'Ti'n methu be, Romeo?'

'Mae'r sefyllfa'n gymhleth.'

'Wel, mae'n glir iawn i mi. Wnest ti syrthio ar Petal yn union fel y syrthiest ti lawr y banc. Be ti'n wneud rownd y cefn, beth bynnag?'

'Ro'n i isie dod i dy weld di, ond... wel, do'n i ddim isie...'

'Osgoi dy blant oedd dy fwriad, ie? Rheiny wnest ti eu gadael i ddilyn dy goc?'

'Na, dim byd felly. Rhaid i ni gael trafodaeth gall cyn hir, am sut den ni'n mynd i wneud y trefniadau.'

'Mae'n well i bob sgwrs felly ddigwydd drwy fy nghyfreithiwr, dwi'n meddwl. A phaid â gwagio'r cyfri banc eto. Hen dric sâl.'

'Sori. Wnaeth Rich alw heibio, efo rhyw ferch...'

'Ti 'di colli dy hawl i drafod fy nheulu i.'

'Dwi wedi bod yn ysu i siarad efo ti, Cath.'

'Be, ti'n colli fy nghwmni?'

'Na... wel, ydw.'

Roedd yn anodd peidio cydymdeimlo â'r creadur dryslyd, ond cofiais wyneb bach Llinos wrth iddi ddysgu bod ei thad wedi penderfynu cyd-fyw â dynes arall: ei dewrder, ei hymdrech i ddeall y sefyllfa, ei diffyg syndod.

'Gwranda, Ger, mae gen i waith i'w wneud. Os oes gen ti rwbeth i'w ddweud, jyst dwêd o, ie?'

'Ga i ddod i mewn? Mae'r awel yn brathu.'

Wnes i ddim ateb, na dweud nad oedd awel o gwbl, ond cerddais i mewn i'r tŷ. Dilynodd Ger fel ci bach ffyddlon. Sylwodd ar y mỳg mawr wrth y sinc ond ddywedodd o ddim gair amdano. Roedd te yn y tebot ar gefn y Rayburn, a gwnaeth baned iddo'i hun. Pesychodd, a llowcio llond ceg o de poeth.

'Alli di... gael gair efo Mistar Jenks ynglŷn â Nantybriallu, Cath? Den ni'n hynod o gyfforddus yno.'

'O, ie, glywes i eich bod chi'n ddigon cyfforddus i jolihoetian o gwmpas y lle yn eich siwtiau rwber.'

'Plis paid â bod yn chwerw, Cath,' sniffiodd.

'Chwerw? Megis dechre ydw i, còg. Dwi ddim wedi cyrraedd blin yn iawn eto, heb sôn am gas, a chwerw ydi'r orsaf olaf ar y llinell honno.'

'Mae Mistar Jenks yn gwrando arnat ti.'

'A dyna'n union pam dwi ddim am fusnesa. Dwi byth yn trafod materion y stad efo fo, ond dwi'n gwybod eu bod nhw angen creu mwy o incwm o'r tir, gan gynnwys dy nyth pleser di.'

'Nyth pleser?'

'Wel, sut arall fyset ti'n cyfieithu *shag pad*?'

'Ond does ganddon ni nunlle i fynd.'

'Ro'n i'n meddwl eich bod chi wedi penderfynu mynd i'r comiwn 'na, i fyw bywyd perffaith Wyrdd efo gweddill yr hipis?'

'Dydi Petal ddim yn cytuno efo'u hagwedd at goed tân, a dwi ddim yn ffan mawr o'u tyllau toiled. Mae'n waeth na Ffrainc, ti jyst yn cachu mewn i nunlle.'

'Be ydi Cynllun B, felly?'

Gwyliais ryw raglen wirion ar y teledu flynyddoedd yn ôl

am dwyllwyr a gamblwyr, a dysgu fod gan bawb ryw arwydd neu'i gilydd sy'n dangos eu bod nhw'n dweud celwydd. Y *tell* maen nhw'n galw'r peth. Un Ger ydi tynnu gwaelod ei glust, felly ro'n i'n deall yn union, pan roddodd ei fŷg i lawr ar y bwrdd, y dylwn baratoi am y celwyddau oedd i ddod.

'Wel, den ni ddim yn sicr eto. Ond gan 'mod i'n gweithio gartre o leia ddau ddiwrnod yr wythnos, ro'n i'n meddwl y byse'n syniad i mi weithio yn y garafán. Dim ond dros yr haf, tan den ni'n *sorted*. Ac mi fydd o'n gyfle i mi weld y plant. Ac i dy weld dithe hefyd.'

Symudodd ei fysedd i lawr o'i glust i fwytho cefn fy llaw. Tynnais hi'n ôl fel petai ei fysedd yn ddanadl poethion.

'Paid â meiddio, Ger,' hisiais. 'Do'n i ddim yn haeddu'r blydi lol tswnami 'na, ac yn bendant, dwi'm yn haeddu hyn chwaith.'

'Ocê, Cath. Dwi mor sori. Dwi 'di gwneud llanast o'r cwbl.'

'Debyg iawn, còg. Ac, yn digwydd bod, mae gen i denant i'r garafán.'

'Dim ond pan ti'n flin efo fi ti'n fy ngalw fi'n "còg".' Plygodd ei ben am eiliad, a phan gododd, roedd dagrau ar ei fochau. Dydi Ger ddim yn un am lefain felly ges i dipyn o sioc.

'Mae'r cyfan yn siop siafins, Cath.'

Ystyriais roi fy mraich am ei ysgwyddau i'w gysuro, fel dwi'n wneud i'r plant, ond digwyddodd dau beth ar unwaith. Cododd Ger y lliain sychu llestri, yr un ffeministaidd efo llun Cranogwen arno, a chwythu'i drwyn efo fo; a churodd rhywun ar y drws ffrynt. Taflais olwg o ffieidd-dod i gyfeiriad Ger a brasgamu at y drws, gan gau drws y gegin yn dynn ar fy ôl. Roedd pwy bynnag oedd wrth y drws wedi cnocio, oedd yn golygu nad oedden nhw'n ddigon agos i'n teulu ni i weld fy ngŵr yn ei ddagrau, nac i weld un o eiconau ein cenedl yn llysnafedd gwyrdd i gyd.

24

Clive Ifans y prifathro oedd ar y trothwy, yn gwisgo siaced binc ac yn cario ffeil fawr borffor o dan ei gesail. Roedd sglein o chwys dros ei dalcen, er ei bod yn oer ac er bod ei gar wedi'i barcio'n daclus wrth y sietin.

'Noswaith dda, Catherine,' meddai. 'Am olygfa!'

'Does 'run olygfa well yn y byd,' atebais, braidd yn swta.

'"Hardd yw Conwy, hardd yw Nefyn, hardd yw brigau coedydd Mostyn, Harddaf lle 'r wy' 'n gallu 'nabod, yn y byd yw dyffryn Meifod."' Nodiodd ei ben yn heriol ar ôl gorffen, fel petai'n disgwyl rhyw anghytundeb gen i.

Doeddwn i ddim isie'i wahodd i'r tŷ achos y peth olaf ro'n i ei angen oedd y Prif ar y soffa a Ger yn y gegin, ond roedd yn amlwg ei fod wedi dod yn unswydd i drafod rhywbeth.

'Paned sydyn?' gofynnais, gan ei hebrwng i'r lolfa.

'Fyse hynny'n hyfryd.'

Rhuthrais yn ôl i'r gegin gan gau'r drws yn ofalus eto. Roedd Ger yn dal i eistedd wrth y bwrdd fel llipryn, yn dal i sniffian. Gwgais arno a gwneud arwydd iddo aros yn ddistaw, ac ymhen dim dychwelais at Clive Ifans efo mỳg ym mhob llaw. Roedd o'n syllu ar fy llyfrau fel dyn sychedig yn syllu ar bistyll.

'Llyfrgell go iawn,' sibrydodd. Wedyn, fel petai wedi cofio diben ei ymweliad, rhoddodd y ffeil i mi.

'Gwaith Llinos. Doeddwn i ddim yn sicr ble i roi'r gwaith wnaeth hi yn ei hen ddosbarth, wedyn meddyliais y byddai ei mami'n hynod o falch o weld ei gwaith campus, hynod o falch.'

'Diolch.'

'Plant bach tawel gen ti. Does 'run siw na miw gan 'run ohonyn nhw.'

'Dydyn nhw ddim adre ar hyn o bryd. Dyna pam mae'r tŷ mor dawel.'

Roedd fy nhe yn rhy boeth i'w yfed, ond llanwodd Clive Ifans ei geg a llyncu efo cryn ymdrech.

'Digwydd bod yn gyrru heibio oeddwn i, ar fy ffordd at y milfeddyg yn Four Crosses, i nôl tabledi i Spartacus, y gath. Tydi o ddim cweit yn fo'i hun, ond be all rywun ddisgwyl a fynte'n un ar bymtheg oed. Maen nhw'n dweud bod un flwyddyn i gath yn debyg i naw i ni, felly mae Spartacus yn...'

'Wyt ti'n ocê, Clive?' gofynnais.

Cododd ar ei draed wrth lowcio gweddill ei de.

'Da iawn, da iawn, diolch, ond well i mi fynd achos mae lle'r milfeddyg yn cau am chwech a bydd Mam yn poeni os na chaiff Spartacus ei foddion. Problem coluddyn sy ganddo fo, druan... ydi hwn yn argraffiad cyntaf o *Esther*?'

'Ydi. Dwi wastad yn chwilio am hen lyfrau Cymraeg mewn siopau yn Lloegr – dwi wedi darganfod sawl trysor.'

'Debyg iawn, debyg iawn. Diolch am y te. Hyfryd. Wel, rhaid i mi fynd. Mae'r hen Spartacus wedi bod yn ffyddlon i ni dros y blynyddoedd, yn hael a gonest tu hwnt, felly mae angen i mi wneud y gore iddo...'

'Oes... does neb isie anifail anwes twyllodrus a chrintachlyd.'

Syllodd arna i am eiliad, yn ceisio penderfynu ai jôc oedd hi. Chwarddodd yn nerfus.

'Dwi erioed wedi cwrdd â rhywun mor ffraeth, Catherine,' cyhoeddodd mewn llais fflat. 'Hilariws. Ond rhaid i mi fynd.'

'Wrth gwrs. Spartacus.'

Pan oedd ei law ar ddwrn y drws ffrynt, meddai, 'Doedd o ddim yn addas i mi hwrjio fy hun i mewn fel hyn. Ro'n i'n disgwyl... wel, wnes i ddim disgwyl y byset ti ar dy ben dy hun. Dwi wedi dangos diffyg parch i ti ac mae'n wir ddrwg gen i.'

'Mae 'na wastad groeso yma i ffrindie, Clive,' dywedais i dawelu ei feddwl, er nad oeddwn i'n siŵr be yn union oedd wedi'i gynhyrfu o. Ysgydwodd fy llaw yn ffurfiol. 'Diolch yn fawr am ddod â gwaith Llinos i mi.'

'Diolch am y baned.'

Oedais yn y cyntedd am gwpl o funudau ar ôl iddo fynd. Roedd Clive Ifans yn or-barchus, Drom mwy neu lai yn gwthio'i ffordd i fy ngwely a Ger yn snot i gyd gan ei fod yn hiraethu am yr hyn roedd o wedi'i daflu o'r neilltu. Be yn y byd sy'n bod efo dynion?

Clywais sŵn tisian o'r gegin.

'Ti 'di symud ymlaen yn go sydyn,' meddai'n dawel, ond efo min yn ei lais, pan agorais y drws.

'Symud ymlaen? Mr Ifans y prifathro oedd hwnna, yn galw heibio efo chydig o waith Llinos.'

'Ond mi weles i'n union sut roedd o'n syllu arnat ti. Doedd o ddim yn addas. Ti'n fam i ddisgybl yn ei ysgol.'

Mae'n bosib gweld y drws ffrynt drwy sefyll ar gadair a phipian drwy'r ffenest fach yng nghornel y pantri, ac roedd ôl traed mwdlyd ar un o'r cadeiriau. Ro'n i ar fin chwerthin ar ei ymdrechion acrobatig ond mewn gwirionedd, doedd y peth ddim yn ddoniol.

'Gwranda,' grymialais, 'gollest ti'r hawl i drafod ymddygiad pobl eraill yr eiliad wnest ti dynnu nicars Petal. Tasen i awydd shagio'r prifathro ar y bwrdd gwerthu raffl yn ystod Cyngerdd Eitemau'r Urdd, fyse'n rhaid i ti gau dy geg.'

'Ond ti'n fam i 'mhlant i!'

'Rŵan ti'n cofio am dy blant.'

Dwi ddim yn falch o'r hyn wnes i nesaf. Codais liain Cranogwen a rhwbio'r darn budr dros ei wallt. Rhegodd, a dechreuais inne chwerthin.

'Cath! Mae gen i snot dros fy mhen!'

'No shit, Sherlock.'

'Rhaid i mi gael cawod cyn...'

'Cyn be? Cyn i ti fynd yn ôl at Miss Bele?' Doedd canu'r gân gyfansoddodd Mirain nos Sadwrn ddim yn rhy aeddfed chwaith, ond dyna wnes i. 'Bele, bele, bele, bele sydd yn y coed...'

'Ai alaw "Karma Chameleon" ydi honna i fod?'

Cyn i mi ateb clywais sŵn injan ar yr wtra, a diflannodd Ger i'r pantri.

'Paid â dweud wrth neb 'mod i yma,' sibrydodd.

Rhag pwy oedd o'n cuddio? Doedd Petal ddim yn debygol o ddod acw i chwilio amdano. Edrychais drwy'r ffenest ar y cerbyd: Landy dieithr oedd o, un gwyrdd, budr oedd â sychwr glaw ochr y teithiwr ar goll, fel petai neb wedi eistedd yn y sedd honno ers amser maith. Hywel Wtra Wen oedd yn gyrru, a pharciodd efo cefn y cerbyd yn wynebu'r drws ffrynt. Roedd cefn y Landy ar agor, ac yn eistedd yno ar sach blastig wag roedd ci. Cerddais rownd ochr y tŷ atyn nhw.

'Dyma Fflei,' meddai Hywel heb fath o gyfarchiad. Gollyngodd y tinbren i lawr a neidiodd Fflei at sodlau Hywel, yn aros am orchymyn ganddo.

Dwi ddim yn arbennig o hoff o gŵn ond roedd Fflei yn hyfryd, efo'i glustiau wedi'u codi fel petai'n chwilfrydig, a'i lygaid yn llawn dealltwriaeth a hwyl.

'Am foi golygus!' ebychais. 'Ond ro'n i'n meddwl dy fod di'n bwriadu gyrru llun i mi?'

Cochodd Hywel. 'Mae rhwbeth yn rong efo fy ffôn. Pan dwi'n agor y peth camera a'i anelu at Fflei, y cwbl dwi'n ei gael ar y sgrin ydi fy wyneb fy hun.'

Ystyriais am eiliad esbonio iddo be oedd hunlun, ond penderfynais beidio.

'Be am i mi dynnu cwpl o luniau, i fy helpu i greu'r fisged?' awgrymais, gan dynnu fy ffôn o 'mhoced.

'Fyse hynny'n grêt.'

'Ty'd rownd i ochr y tŷ – mae 'na ormod o gysgod fan hyn.'

Wrth gerdded efo nhw draw at y drws cefn, roedd yn rhaid i mi ddweud, 'Mae Fflei yn andros o foi fflwfflyd, yn tydi?' Er bod pen Fflei fel un ci defaid arferol, roedd ei gorff yn debycach i'r ci oedd ar yr hysbyseb Dulux ers talwm. 'Oes 'na waed Old English ynddo fo?'

Gwenodd Hywel gan ddangos dannedd oedd angen cymaint o ofal â'r gweddill ohono.

'Na. Gan dy fod di'n mynd i'r drafferth o wneud bisged fel Fflei, mi wnes inne ymdrech i'w gyflwyno fo mewn steil. Rois i o dan y gawod, a gan nad o'n i isie troi fyny fan hyn yn hwyr, i dorri ar draws dy noswaith di, mi sychais i o efo'r peiriant bach oedd yn dal i fod ar ddresin-têbl Mam ers iddi... ein gadael ni.'

'Wel, Fflei Blow-Drei, ti'n hynod o smart.'

'Ti isie fo'n eistedd neu'n sefyll?'

'Y ddau, dwi'n meddwl.'

Ro'n i ar fin penlinio ond roedd y tir yn rhy wlyb felly plygais i fy nghwrcwd. Diflannodd Hywel am eiliad a dychwelyd efo'r sach Wynnstay oedd yng nghefn ei Land Rover, a'i osod ar y glastir yn seremonïol, fel Walter Raleigh yn rhoi ei glogyn dan draed Elizabeth I. Gwenais fy niolch a dechrau tynnu lluniau. Ar ôl tynnu rhyw hanner dwsin, codais er mwyn edrych arnyn nhw.

Roedd Hywel yn syllu dros y dyffryn. Ro'n i'n disgwyl rhyw sylw am yr olygfa ond ddaeth 'run, ac ro'n i'n falch.

'Sut mae'r llunie?' gofynnodd.

'Ddim yn grêt,' roedd yn rhaid i mi gyfaddef. 'Mae ei ben yn iawn, sbia, ond dwi'm yn gallu gweld siâp ei gorff yn iawn.'

'O. Dwi'n gweld,' cytunodd, wrth i mi ddangos cwpl iddo. 'Mae o fel pêl o flew yn hytrach na chi.' Gostyngodd ei lygaid ac ategodd, gan siarad yn gyflym, 'Nid esgus i bicio draw i dy weld di ydi hyn. Dwi'n gwybod sut un ydi Anti Meryl yr ysgol, ac ers i mi golli Mam mae hi wedi fy mhlagio fi ddydd a nos ynglŷn â rhyw ferch neu'i gilydd. Dwi ddim isie bod yn sarhaus o gwbl, ond dwi ddim isie i ti gamddeall chwaith.'

Gwelais symudiad yn ffenest fach y pantri.

'Mae'r hen felan wedi cael gafael go iawn ar Dad, wyddost ti, yn enwedig ers colli Mam. Tydi o ddim wedi dweud gair, bron â bod, ers y cnebrwn. Dydi Meryl ddim yn deall fod gen i hen ddigon ar fy mhlât fel mae hi, heb sôn am ychwanegu cyfrifoldebau ecstra.'

'Paid â phoeni. Dwi ddim isie bod ar blât neb.'

'Sori. Do'n i ddim isie swnio'n gas, ond...'

'Ond ddest ti fan hyn i gael bisged siâp ci defaid, nid i ddwyn fy nghalon?'

'Wel, ie, dyna ni.' Oedodd am sbel. 'Dwi ddim isie bod yn anghwrtais.'

'Ti ddim yn anghwrtais o gwbl, ond be allwn ni wneud am Fflei Fflwff, dwêd?'

'Oes gen ti grib?'

'Oes, ond eistedda di ar y fainc 'na. Dwi newydd gael syniad. Ti awydd paned?'

Nodiodd ei ben. Yn y gegin, roedd Ger yn sefyll wrth y bwrdd eto.

'Be mae o'n wneud fan hyn?' gofynnodd.

'Dim byd sy'n fusnes i ti.'

Wrth i'r tegell ferwi, piciais i fyny i lofft Owain. Ar dop ei gwpwrdd dillad roedd sawl jar a phot, yn cynnwys ei stwff gwallt. Medium Hold Wax Mist oedd yn edrych fwyaf addas ar gyfer y dasg, felly ddeng munud yn ddiweddarach, pan oedd mam Ger yn cerdded i fyny'r llwybr at y llidiart ochr, gwelodd olygfa hynod: Hywel Wtra Wen yn yfed te yn dawel ar y fainc a finne'n penlinio ar sach yn ceisio rhoi cwyr gwallt ar gi defaid.

'Wel, Catherine, beth yn union sy'n mynd ymlaen yn fan hyn?'

Dewisais ganolbwyntio ar dynnu'r llun olaf o Fflei a'i ddangos i Hywel cyn rhoi ateb iddi. Nodiodd Hywel ei ben arni, gan roi ei fŷg gwag i lawr ar y fainc a chodi ar ei draed.

'Hywel Jarman, be wyt ti'n wneud yma, dwêd?'

Mi fues i'n ddigon ffodus i'w hosgoi yn yr ysgol Sul ond, yn amlwg, roedd ei llais yn codi atgofion brawychus yn Hywel.

'Gwneud bisgedi siâp Fflei i godi calon Dad, dyna'r cyfan, missus,' dechreuodd, ond ar ôl i Mrs Williams y Mans guro'i thraed ar y concrit ger y drws, y braster chwyddedig uwchben top ei esgid yn crynu fel jeli anfad, methodd ddweud gair arall. Cododd Fflei i'w freichiau a sgrialu ymaith. Ymhen eiliad neu ddwy clywais sŵn injân y Land Rover a chyfarthiad, fel petai Fflei yn ffarwelio â fi. Curodd Nain Mans ei thraed eto.

'Oes gen ti rwbeth yn dy esgid?' gofynnais yn ddiniwed.

'Ble mae fy mab?'

'Well i ti ofyn i Petal.'

'Mae Petal yn holi hefyd. Mae hi wedi gwneud *gratin* mân-rawn i ni i gyd, ac wedi gosod y bwrdd yn *stylish* i ni. Mae ganddi gyllyll a ffyrc efydd, a chanhwyllau persawrus, drud, gan Molly Malone... yn Nantybriallu, wrth gwrs, sy'n dal yn gartref iddi am y tro, druan ohoni, ar ôl i ti berswadio'r Sgweier i'w bwlio hi'n ddifrifol...' Llyncodd lond ceg o boer cyn bwrw ymlaen. 'Does gen ti ddim syniad pa mor braf yw pethe o safon, Catherine, gan i ti gael dy fagu mor...'

Roedd ganddi gryn storfa o eiriau sarhaus i mi fel arfer, ond tynnwyd ei sylw gan sŵn carnau: roedd rhywun yn dod i fyny'r wtra ar gefn ceffyl.

'Gyda phob parch, dwi'm yn rhoi fforc am gyllyll na chanhwyllau Petal. A does gen i ddim syniad ble mae Ger ar hyn o bryd.' Codais fy llais er mwyn iddo glywed o'r tŷ.

'Ond mae'r *gratin* yn dechrau sychu! Mae angen trin mân-rawn â pharch, yn ôl Petal.'

'Mae mân-rawn yn go debyg i fwyd adar, ydi?'

'Ble mae'r plant?'

'Dydyn nhw ddim adre ar hyn o bryd.'

Roedd sŵn y pedolau'n dod yn nes.

'Ydyn nhw wedi mynd i rywle efo Gerallt? Wyt ti wedi trefnu iddo weld y plant er mwyn difetha'n swper ni yn Nantybriallu?'

'Mae'r trefniadau i gyd yn mynd i gael eu gwneud drwy'r cyfreithwyr. A doedd gen i ddim syniad am eich swper neis chi.'

'Wyt ti'n siŵr nad ydi Gerallt yn y tŷ? Dwyt ti a'r gwir erioed wedi bod yn ffrindie agos...'

Cyn i mi allu ei rhwystro, camodd i mewn i'r gegin.

'Chei di ddim gwneud hyn, Heather!' galwais mor uchel â phosib. 'Fy nghartref i ydi hwn!'

Roedd y gegin yn wag. Agorodd Nain Mans ddrws y pantri, oedd hefyd yn wag. Symudodd drwy'r tŷ fel corwynt mewn sgert Edinburgh Woollen Mill. Ddeng munud yn ddiweddarach roedd hi'n piffan ac yn snwffian yn ôl yn y gegin. Dychwelodd i'r pantri.

'Be ydi hwn?' gwaeddodd, yn gafael mewn bloc o farsipán.

'Marsipán.'

'Yr adeg yma o'r flwyddyn?'

'Mi brynais i o'n rhad ar ôl y Dolig er mwyn gwneud cacen Simnel.'

Daliodd y pecyn o dan fy nhrwyn, a gwelais fod y plastig wedi'i agor a bod rhywun wedi cnoi un gornel.

'Ôl dannedd Gerallt ydi'r rheina,' mynnodd ei fam, y Dwgong Ditectif. 'Ti'n gallu gweld y crown gafodd o ym Mlwyddyn Deg.' Sgwariodd o 'mlaen i. 'Mae Gerallt wedi bod yn y tŷ yma, Catherine. Mae o wastad wedi bod yn un am ei farsipán.'

'Wrth gwrs ei fod o wedi bod yma. Roedd o'n byw yma tan wsnos dwetha! Dwi wedi bod braidd yn rhy brysur i archwilio'r marsipán ers hynny.'

Bagiodd yn ôl i'r stafell ffrynt, a bu bron iddi faglu dros Barnabi, y ci selsig atal drafft. Agorodd ddrws y cwpwrdd dan staer a syllu i'r tywyllwch.

'Be oedd y sŵn 'na?' gofynnodd.

Roedd dŵr yn llifo yn y stafell iwtiliti.

'Y peiriant golchi.'

Gwthiodd y drws yn agored. Roedd y stafell yn wag, y ffenest ar agor, a phentwr o ddillad ar lawr – yn cynnwys lliain Cranogwen.

'Mae'n dwym fan hyn,' meddai, wrth sylwi ar y stêm yn yr awyr.

'Rhaid i mi olchi boilers Owain ar dymheredd uchel.'

'Dillad pwy ydi'r rhain?'

'Hen stwff Ger. Mae Ows yn eu gwisgo i helpu yn yr ardd.'

Roedd hi'n dal yn amheus iawn, ond stelciodd i ffwrdd, gan

oedi jyst tu allan i'r drws cefn. Roedd ôl traed gwlyb amlwg ar y concrit.

'Ges i gawod ar ôl gwaith, a...'

'Gwranda, Catherine, mae dy gynllun sbeitlyd i wneud Petal yn ddigartref wedi methu'n llwyr. Mae Gerallt a Petal yn symud i mewn efo ni nes iddyn nhw ddod o hyd i rywle arall.'

Yn sydyn, ro'n i'n deall pam roedd Ger yn llefain.

'Felly does dim pwrpas i ti gynllwynio yn eu herbyn nhw.' Cododd ei phen a'i llais ar yr un pryd: 'Gerallt, mae dy swper yn barod.'

'Does gen i ddim syniad ble mae Ger, felly does dim pwrpas i ti weiddi yn fy ngardd i fel hyn.'

'Dwi'n dy nabod di'n iawn bellach, Catherine, yn meddwl dy fod di'n rhy glyfar i ddilyn y rheolau fel pawb arall. Ond pwy wyt ti? Neb o nunlle, ac mae pawb yn deall pam fod Gerallt wedi dy adael am Petal. Wn i ddim sut mae gen ti ddylanwad dros Mistar Jenks – tydi o ddim cystal ffŵl fel arfer.'

Gan ei bod hi'n syllu arna i, a finne'n smalio'i hanwybyddu hithe, doedd 'run ohonon ni wedi gweld pwy ddaeth i fyny'r wtra.

'Wel, diolch o galon, Mrs Williams,' meddai'r dyn ei hun, gan wenu i lawr arni oddi ar gefn ei geffyl. 'Dwi'n falch o glywed nad ydw i'n ffŵl... fel arfer, beth bynnag.'

'O, Mistar Jenks, mae'n ddrwg gen i, ond mae hi'n amser dyrys arnon ni ar hyn o bryd...'

'Does gen i ddim diddordeb yn hanes eich teulu, Mrs Williams, er fy mod newydd weld eich mab yn rhedeg i gyfeiriad yr afon, yn hollol noeth. Ydi o'n ymddiddori mewn nofio gwyllt, tybed? Ond mae'n rhaid i mi nodi, yn blwmp ac yn blaen, mai fi a neb arall sy'n penderfynu beth i'w wneud â phob un o asedau'r stad. Doedd Miss Thwaite ddim yn denant delfrydol, o bell ffordd, ac mae gen i gynllun penodol ar gyfer dyfodol Nantybriallu sydd ddim yn ei chynnwys hi na'r *paramours* amrywiol y mae hi wedi'u lletya yno dros y blynyddoedd. Mi glywais eich moliant i Miss Thwaite a'i chanhwyllau crand... o fod yn adnabod Catherine a hithe, mae'n rhaid i mi ddweud bod Catherine ganwaith yn fwy gwerthfawr na Petal Thwaite a'i ffyrc efydd.'

Yn llawer mwy ystwyth nag arfer, neidiodd y Sgweier i lawr a chlymu ei geffyl i'r llidiart. Camodd i sefyll wrth fy ochr a chwifio'i law i gyfeiriad yr hen dwgong, oedd wedi bod yn sefyll mewn syndod wrth glywed ei farn amdani. Pesychodd Mistar Jenks yn isel, a rhedodd Nain Mans i ffwrdd, gan oedi ger cornel y tŷ i blygu'i phen tuag ato.

'Go agos,' dywedais wrtho. 'Roedd hwnna bron â bod yn gyrtsi!'

'Efallai nad ydi hi'n ddigon ystwyth.'

'Alla i ddim gweld Mrs Gwraig y Gweinidog yn moesymgrymu o flaen neb ond ei hwyneb ei hun yn y drych.'

'Is-gipar oedd ei thad, ar stad Brongrug, stad cefndryd i mi, ar ochr fy mam. Cafodd fagwraeth go llym, ond diolch i haelioni'r teulu, cafodd addysg dda. Trueni na wnaeth hi well defnydd o'r manteision gafodd hi. Ond dwi'n ymddiheuro am ymyrryd, Catherine.'

'Does dim angen ymddiheuriad. Un o brif fanteision fy sefyllfa bresennol ydi'r ffaith 'mod i wedi colli mam-yng-nghyfraith wenwynllyd.'

'Sôn am dy sefyllfa, Catherine, dwi'n cymryd nad ydi Gerallt yn arfer rhedeg o gwmpas yn noethlymun?'

'Na. Mae'n stori hir, ond dwi'n mawr obeithio na wnaeth o ddychryn Llamrei.'

'Mae Llamrei wedi gweld pethau gwaeth...' Roedd ffraethineb addfwyn yn ei lais. 'Galw draw wnes i gan fod gen i chydig o wybodaeth ychwanegol am y prosiect, ac allwn i ddim aros tan fory.'

'Awn ni i drafod dros baned?'

25

Tywysais Mistar Jenks drwy'r tŷ i'r gegin. Ro'n i'n treulio hanner fy mywyd yn ei gartref o ond doedd o erioed wedi mentro dros drothwy fy nhŷ i o'r blaen. Fel arfer dwi ddim yn rhoi rhech am farn pobol eraill am fy safonau glendid ond ro'n i'n hynod o falch fod y lle yn weddol lân a thaclus, heblaw am y marsipán roedd y dwgong wedi'i adael ar y bwrdd.

'Does dim rhaid i ti weithio ddydd a nos, Catherine,' meddai wrth weld fy ngliniadur yn agored.

'Methu rhwystro fy hun.'

Bum munud yn ddiweddarach, efo paned o de bob un, roedden ni'n ôl yn y gorffennol.

'Mae hanes Lewis yn ddigon clir. Arhosodd yn y Gwasanaeth Diplomataidd tan 1939, wedyn aeth i weithio yn y Swyddfa Ryfel. Roedd o, yn ôl y sôn, yn un o gefnogwyr selog Churchill, yn rhag-weld effaith drychinebus Ffasgiaeth ledled Ewrop, a gyrrodd sawl llythyr i'r Plas o Awstria, Hwngari a llefydd tebyg. Wedyn, ailymunodd â'r Fyddin, er nad oedd o'n ddigon cryf i wasanaethu. Ar ôl D-Day roedd prinder o swyddogion, ac yn y pen draw, cafodd Lewis y cyfle i ailymuno â'i hen uned i frwydro yn erbyn Adran Deg y Panzer Waffen-SS. Collodd ei fywyd yn y frwydr, a dyfarnwyd MC iddo ar ôl ei farwolaeth, sy'n dal ganddon ni.'

'Pam mai ganddoch chi mae'r Military Cross?'

'Ar ôl marwolaeth Lewis, fy nhaid etifeddodd Nant Helyg.'

'Be ddigwyddodd i'w wraig, Lady Adelina?'

'Dwi ddim yn sicr o'r hanes i gyd, ond daeth Lewis yn ôl o'r Eidal ar ei ben ei hun. Cafodd ei briodas ei diddymu, ar y sail ei bod yn briodas anghyflawn.'

'O, Lewis druan.'

'Cafodd Lady A, fel roedd Letitia yn ei galw, flas ar Ffasgiaeth yn yr Eidal, a thyfodd ei diddordeb yn y Dde eithafol. Roedd hi'n aelod o grŵp o fenywod bonheddig oedd o gwmpas Oswald Moseley, ond cafodd ei harestio yn 1939. Bu farw mewn gwersyll-garchar yn 1942.'

'A'r rhieni absennol ym Madeira?'

'Bu'r ddau farw yno yn yr ugeiniau hwyr.'

'Ond be am Florence? Aeth hi draw i ymuno efo nhw?'

'Dwi wedi methu dod o hyd i unrhyw wybodaeth am fywyd Florence ar ôl iddi adael y Llysgenhadaeth y diwrnod y cafodd Mussolini ei saethu.'

'Sut felly y cafodd Nant Helyg ei drosglwyddo i'ch nain, os nad oedd neb yn gwybod be ddigwyddodd i Florence?'

'Bydd yn rhaid i mi ofyn am y papurau i gyd gan y cyfreithwyr ond, o'r hyn dwi'n ei ddeall, ar ôl saith mlynedd o absenoldeb, mae'r llysoedd yn gallu rhyddhau Datganiad o Ragdybiaeth o Farwolaeth.'

'Dwi'n gweld. Felly mae'n amlwg fod y teulu wedi dod i'r casgliad fod Florence wedi marw.'

'Dim o reidrwydd, na.' Gwenodd. 'Gallai cefndryd Florence obeithio ei bod hi'n dal yn fyw ar un llaw, ond ar y llaw arall roedd angen i rywun ofalu am Nant Helyg.'

Tynnodd Mistar Jenks ei watsh swmpus o boced ei wasgod frethyn. Er ei holl eiddo, tydi'r Sgweier ddim yn ddyn materol, ond mae rhai pethe'n werthfawr iawn iddo, megis y watsh oedd wedi hongian ar wasgodau dynion ei deulu ers dros ganrif a hanner. Agorodd y clawr, a tharodd heulwen ola'r dydd ar ei arfbais. Tu mewn iddi, bron yn cuddio wyneb y watsh, roedd darn bach o gardbord wedi'i blygu yn ei hanner. Gan fy mod i'n treulio hanner fy mywyd mewn archifdy gallwn ddweud nad oedd y cerdyn yn hen iawn, ond roedd golau'r haul yn rhoi gwedd felen iddo. Rhoddodd y cerdyn i mi. Arno roedd geiriau, o dan groes fawr ddu:

Of your great charity please pray for the immortal soul of Mother Scholastica, Abbess of the Benedictine Community at Kylemore Castle, Connemara. Requiem aeternam dona ei, Domine, et lux aeterna luceat ei.'

Wedyn dyddiad, yn yr wythdegau.

'Be ydi hwn?'

'Rhywbeth y bu i mi ei ddarganfod flynyddoedd yn ôl yn llethr sgwennu fy mam.'

Am eiliad ro'n i'n ddryslyd – do'n i erioed wedi clywed unrhyw un yn disgrifio desg symudol fel 'llethr' o'r blaen.

'Doedd fy nhad ddim yn ddyn am lythyrau felly dyletswydd fy mam oedd cadw mewn cysylltiad â theulu a ffrindiau, gan gynnwys hen ffrindiau ysgol fy nhad. Fel arfer roedd hi'n ysgrifennu tri neu bedwar o lythyrau bob dydd.' Tawelodd, gan syllu allan trwy'r ffenest cyn stwffio'r watsh yn ôl yn ddwfn i boced ei wasgod. 'Yn yr ystafell fore roedd hi'n sgwennu, a fi fyddai'n cael y fraint o nôl stampiau iddi bob dydd, o'r swyddfa.' Roedd swyddfa'r stad yn stafell fawr, ddi-drefn, y tu ôl i'r tŷ. 'Yn ddiweddarach, pan oedd hi'n sâl, roedd hi'n dal i sgwennu...' Suddodd ei lais i'r tawelwch. Nid yn aml roedd o'n trafod ei deulu na'i blentyndod, a llithrodd golwg flinedig dros ei wyneb fel petai o wedi bod yn galaru am gyfnod hir.

'Oedd Mother Scholastica yn ffrind i'ch mam, tybed?'

'Na. Chlywais i erioed air amdani. Ond, yn rhyfedd, roedd rhodd o ddeng mil o bunnau i'w lleiandy yn ewyllys fy nhad.'

'Er nad oedd eich tad yn ddyn crefyddol.'

'Dyn eglwys y plwyf oedd o...'

Roedd yn rhaid i mi dorri ar ei draws cyn iddo ddechrau trafod pa mor gyfforddus oedd mynwent y llan.

'Rhaid bod cysylltiad rhwng y cerdyn a'r rhodd.'

'Yn bendant. Tybed alli di chwilio am luniau o'r lleiandy ar y we, a llun o'r Fam Scholastica yn benodol?'

Wrth i mi chwilio, dysgais chydig o hanes difyr y lle. Roedd grŵp o fenywod Gwyddelig, oedd wedi ymgartrefu yng Ngwlad

Belg ers canrifoedd, wedi mynd ar ffo ar ôl i'w habaty gael ei ddinistrio yn ystod y Rhyfel Mawr. Ar ôl hynny doedd dim mwy o wybodaeth i'w gael drwy Google, dim ond cyfres o luniau du a gwyn o ferched ysgol a menywod tawel yr olwg, i gyd yn gwisgo gwisgoedd hir, du, tebyg iawn i'w gilydd. O'r diwedd mi ddes i ar draws delwedd o Scholastica, a'i theitl: prifathrawes yr ysgol. Ceisiais chwyddo'r llun ond roedd ei hwyneb yn dal i fod yn aneglur... ond roedd y safiad cadarn yn gyfarwydd.

'Florence!' ebychais.

'Mae'n edrych yn debyg.'

'Den ni'n mynd yn ôl eto at y Tad Quinn.'

'Does dim byd yn sicr, ond mae'n ymddangos fod anturiaethau Florence wedi dod i ben yn dawel yn Connemara.'

Clywais sŵn yn y gegin – roedd rhywun wedi dod i mewn drwy'r drws cefn. Ro'n i'n disgwyl gweld Rich a'r plant, felly sioc oedd gweld Drom yn sefyll yn nrws y gegin, yn gafael mewn rhywbeth oedd yn edrych yn debyg iawn i focs bwyd têc-awê.

'*Pulled pork* i ti,' meddai, braidd yn gloff wrth weld Mistar Jenks. 'Sori, dech chi'n dal yn gweithio.'

'Paid â phoeni dim,' atebodd Mistar Jenks yn gwrtais. 'Mae Catherine a finne wedi ymgolli yn ein hymchwil fan hyn.'

Treiddiodd arogl y porc ar draws y stafell ac yn sydyn reit, ro'n i'n clemio. Ro'n i hefyd yn flin efo Drom am gerdded i mewn fel aelod o'r teulu, ond nid dyna'r amser i greu ffwdan.

'Oes potel o win a thri gwydr gen ti'n handi, Cath?' gofynnodd Drom, gan setlo yn y gadair wrth y stof. 'Siŵr bod ymchwilio'n waith sychedig.'

Yn ymwybodol fod angen i mi ddweud rhywbeth, gofynnais, 'O ble ddaeth y bwyd 'na, dwêd?'

'O Soswallt.'

'A ble yn union mae o wedi bod tan rŵan?'

'Yn fy nghar. Paid â phoeni, mae *climate control* ynddo fo.'

Ro'n i'n ysu i ddechrau llif o jôcs efo Drom am y gwahaniaeth rhwng danteithion a salmonela, ond roedd yn gallach peidio o flaen Mistar Jenks.

'Dech chi wedi derbyn llythyr gan NRW, syr?' meddai Drom, wrth droi at y Sgweier. 'Achos dwi 'di siarad efo pobol y CLA ynglŷn â'r peth...'

Plethodd ei ddwylo tu ôl i'w ben ac ymestyn ei hun fel dyn oedd wedi gwneud diwrnod caled o waith corfforol. Ro'n i'n gandryll efo'i agwedd hamddenol: fy nghartref i oedd hwn, nid rhyw estyniad o'r Felin.

'Mae'n anodd gwybod sut i ymateb i'r fath bethau yn y dyddiau rhyfedd hyn,' atebodd Mistar Jenks.

'Gawn ni drafod y peth dros lasiaid, hei Cath?'

Yn fy mhen ro'n i'n rhegi ac yn gweiddi arno nad o'n i'n forwyn i neb, ond ro'n i hefyd yn ymwybodol fod y dyn oedd bron yn gorwedd ar y gadair o 'mlaen yn llenwi pob cell yn fy nghorff â chwant.

'Alla i ddim aros, yn anffodus,' atebodd y Sgweier, gan godi ar ei draed gydag anfodlonrwydd amlwg, 'gan fy mod wedi marchogaeth draw.'

'Mi weles i'r ceffyl tu allan, yn hapus fel y boi.'

'Falle'i fod o awydd rhannu'r Malbec efo ni?' Methodd Drom fy nghoegni'n llwyr.

'A, Malbec,' meddai Mistar Jenks yn hiraethus.

'Fydd na olifau yn rhywle hefyd, bendant,' ychwanegodd Drom gan edrych arna i'n chwareus.

Felly, ddeng munud yn ddiweddarach, ro'n i wedi gosod tri gwydraid o win coch a dysglaid o olifau Groegaidd ar y bwrdd. Ro'n i hefyd wedi setlo'n gyfforddus i'r sgwrs am NVZs. Doedd Mistar Jenks ddim wedi dangos unrhyw chwilfrydedd ynglŷn â statws Drom yn fy nghartref ac ro'n i'n hynod falch o hynny gan nad oedd gen i syniad fy hun. Bob hyn a hyn yn ystod y sgwrs am ffermio roedd Drom yn gofyn cwestiwn i mi – nid am faterion technegol ond am ochr wleidyddol y diwydiant, pa mor effeithiol oedd y protestiadau yn erbyn yr SFS, sut un fyddai'r Gweinidog newydd, ac ati. Er nad o'n i'n hoff iawn o sut roedd y sefyllfa wedi datblygu, roedd digon o natur snobyddlyd fy mam yndda i i fod yn falch fod dau dirfeddiannwr mwyaf y dyffryn yn dewis cynnal eu sgwrs yn fy nghartref i.

Daeth sŵn gweryru o'r tu allan, a gorffennodd Mistar Jenks ei ail wydraid o win – fel sawl yfwr mawr mae o'n llyncu gwin fel dŵr. Cyn iddo gael cyfle i godi, agorodd y drws rhwng y parlwr a'r gegin a baglodd Ger drwyddo, yn dal yn noeth. Wrth weld bod gen i gwmni, cipiodd liain sychu llestri glân oddi ar y bachyn tu ôl i ddrws y gegin i guddio'i bechodau. Roedd yr oerni wedi troi ei groen yn gymysgedd o lwyd, gwyrdd a phorffor, fel clais wythnos oed.

'Dillad,' cyfarthodd mewn llais cryg cyn diflannu i'r iwtiliti a chau'r drws efo chwap ar ei ôl. Mistar Jenks ddechreuodd biffan chwerthin gyntaf, wedyn Drom, a toc roedden ni'n tri yn ein dyblau.

'O, Cath fech,' llwyddodd Drom i ddweud rhwng pyliau o chwerthin, 'ti'n well off hebddo fo.'

Sleifiodd Ger allan heb ddweud gair, yn cau botymau ei grys wrth fynd.

'Dwi ddim isie gofyn, ond...?'

'Doedd o ddim yn ffansïo mân-rawn i swper, o be dwi'n ddeall.'

'Mân-rawn?' gofynnodd y Sgweier. Gan ei fod o wedi dysgu Cymraeg o hen lyfrau, weithiau mae'r sgwrs y tu hwnt i'w eirfa.

'Millet,' esboniodd Drom. 'Hadau bach di-flas a diflas.'

'Fel bwyd adar?' gofynnodd Mistar Jenks.

'I'r dim. Hyfryd tasech chi'n fwji.'

'Wel, wel.' Cododd ar ei draed. 'Diolch yn fawr am noswaith braf, Catherine, Humphreys, ond rhaid i mi fynd.' Oedodd, a throi at Drom. 'Byddwn yn gwerthfawrogi sgwrs eto cyn i mi lunio fy ymateb i'r ymgynghoriad, Humphreys.'

'Cytuno, syr. Rhaid i ni fod ar yr un dudalen, fel petai.'

'Wnei di ddod â'r cerdyn bach i'r gwaith bore fory, Catherine?'

'Wrth gwrs, syr.'

Cerddodd heibio Jaguar mawr coch Drom at ei geffyl amyneddgar, heb gwestiynu dim o'r hyn roedd o wedi'i weld yn yr awr flaenorol, ac ro'n i'n ddiolchgar iddo am hynny.

Yn y cyfamser, yn y parlwr, roedd Drom wedi tynnu'i grys, ac roedd y gwahaniaeth rhwng ei groen a chnawd Ger, oedd yn debycach i gyw iâr wedi pydru, yn syfrdanol. Dwi wedi'i weld o heb grys o'r blaen, pan gafodd y Clwb Ffermwyr Ifanc farbeciw ar draeth Ynys-las, a doedd o ddim wedi newid llawer ers hynny. Maint ei ffrâm yn hytrach na'i gyhyrau oedd wedi creu ei siâp – ei ysgwyddau llydan a'i gasgen o asennau. Dwi'n cofio'r bechgyn hŷn yn chwarae gêm yn y Sioe Frenhinol ers talwm, am y gorau i geisio balansio gwydr peint llawn ar bob ysgwydd: roedd Drom yn gallu dal peint a shortyn ar bob ysgwydd. Roedd ei freichiau, o'r penelin i lawr, yn dywyllach na gweddill ei groen hufennog, ac mewn cyferbyniad i'w wyneb, oedd ag ôl blynyddoedd o daro a thorri bargeinion, roedd ei gorff yn llyfn ac yn dynn. Roedd yr ysfa i gyffwrdd ei groen yn gwneud i mi grynu.

'Ble mae'r plant?' gofynnodd, gan blygu i dynnu ei fŵts.

'Adre unrhyw eiliad,' mwmialais. Gallwn deimlo llif y gwaed i sawl ardal o 'nghorff, gan gynnwys fy ngwefusau oedd wedi chwyddo fel petawn i wedi cael fy mhigo gan wenyn, neu gael *fillers* rhad. 'Maen nhw wedi bod draw yn y Rhos, yn wyna.'

Erbyn i mi orffen y frawddeg roedd o wedi tynnu'i sanau hefyd. Tydi traed dynion sy'n treulio dros hanner eu hamser mewn welintons ddim fel arfer yn ddeniadol, ond roedd traed Drom yn eithriad i'r rheol.

'Well i ni frysio, felly,' meddai, gan estyn am gopis fy jîns. 'Allwn ni wneud pethe'n ara deg a rhamantus ryw dro arall.'

Rhoddais gledr fy llaw ar ei frest a daeth sŵn mewian isel o'i geg. Ond yn hytrach na mwytho'i groen, gwthiais yn galed a baglodd yn ôl.

'Ti isie paned?' gofynnais, a throi fy nghefn arno. 'A rho dy bethe'n ôl ymlaen. Mae hi wedi bod yn noswaith ddigon hynod fel mae hi: y peth ola dwi angen ydi Rich a'r plant yn cerdded i mewn tra den ni'n...'

'Caru?'

'Ffwcio. A gyda llaw, pwy roddodd hawl i ti gerdded i mewn

i 'nghartref a rhoi ordors i mi fel petawn i'n forwyn fach?'

'Mmm, morwyn fach,' ystyriodd. 'Oes gen ti wisg morwyn?'

Wrth gwrs, dechreuais chwerthin, ond hoeliodd ei lygaid ar fy wyneb.

'Ti roddodd ganiatâd i mi, efo'r wên ar dy wyneb, efo'r tân yn dy lygaid ac efo'r sglein ar dy groen.'

Codais ei grys a'i rowlio'n belen cyn ei daflu draw iddo.

'Den ni'n rhy hen i chwarae plant, Drom.'

'A dyna'n union pam na ddylen ni wastraffu eiliad. Ti 'di clywed am Martin Harris?'

'Be am Martin Harris?'

'Mae o yn yr hosbis erbyn hyn. Un ar bymtheg tiwmor gwahanol, yn ôl Gwil Rhys.'

'Sy ddim yn oncolegydd, o be dwi 'di'i glywed.'

'Blwyddyn yn iau na fi yn yr ysgol oedd Mart. Cadeirydd y Sir y flwyddyn ar f'ôl i. Ei wraig wedi cael ail nythaid dair blynedd yn ôl – efeilliaid.'

'Druan ohono fo, ond dwi'm yn gweld y cysylltiad rhwng hynny a dy benderfyniad di i stripio yma heno.'

Gwthiodd Drom ei fraich i mewn i'w lawes yn ddigon caled i'w rhwygo. 'Be os dwi'n siarad efo Emily?' Am eiliad, ro'n i wedi anghofio mai dyna enw ei wraig. 'Mi alla i esbonio iddi...'

'Paid â meiddio. Ti 'di gweld heno pa mor ansefydlog ydi 'mywyd i ar hyn o bryd.'

'Ti ddim yn ystyried derbyn y blydi llo yn ôl, nagwyt?'

'Paid â siarad lol.'

Roedd Drom yn gwthio'i grys i mewn i'w wregys, ac yn chwerthin. 'Os mai efo Ger dwi'n cystadlu, lodes, dwi'm yn poeni llawer,' meddai'n siriol. 'Ond drycha di pa mor rhwydd oedd y sgwrs heno: tithe, finne a'r Sgweier. Dwi ddim jyst yn gofyn am shag, ti'n gwybod hynny.'

'A ti'n gwybod yr ateb.'

'Yr ateb ar hyn o bryd.'

'Ie.'

Does gen i ddim geiriau i ddisgrifio'r gusan a ddilynodd, ond ro'n i'n awchu fel hen hwch ar ôl iddo adael. Ceisiais droi fy meddwl at Florence a'i hanes hynod, ond doedd hynny ddim yn tycio felly penderfynais droi at yr argraffydd, a job arall oedd angen ei gwneud.

Ro'n i ar fin ffonio'r Rhos pan glywais sŵn injan fawr Rich ar yr wtra. Toc ar ôl naw oedd hi, ar noson ysgol, ond wnes i ddim rhoi pryd o dafod i neb tra oedden nhw'n llifo i mewn i'r gegin yn drewi o ïodin.

'Ows, cawod. Llinos, cer i redeg bàth.'

'Sori ein bod ni'n hwyr, lodes,' meddai Rich, heb swnio fel petai'n ymddiheuro o gwbl. Syllodd ar y llun ro'n i wedi'i argraffu a'i sticio ar ddrws yr oergell efo magned. 'Ai ci defaid Hywel Wtra Wen ydi hwnna?'

gan yr un awdur:

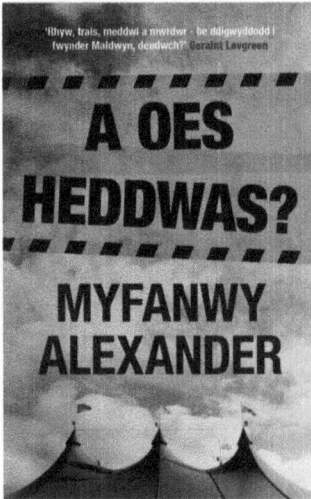

Steddfod ym Meifod, anffawd Morwyn y Fro, trafferthion teuluol a digon o waith i'r Arolygydd Daf Dafis a Heddlu Dyfed Powys ...

"Dyma chwip o nofel garlamus, fyrlymus, gan un sydd â dawn dweud stori ddifyr ac sy'n nabod yr ardal a'i chymeriadau yn iawn."
– Geraint Løvgreen

"Hiwmor deifiol, clyfar a dychymyg cwbl rhemp!"
– Bethan Gwanas

Gwasg Carreg Gwalch, £8

Mae corff Heulwen Breeze-Evans, ymgeisydd yn Etholiadau'r Cynulliad, yn cael ei ddarganfod yn ei swyddfa yn y Trallwng. Un o bileri'r gymdeithas, efallai, ond mae'r Arolygydd Daf Dafis yn ei chael hi'n anodd canfod rhywun heb gymhelliad i'w lladd ...

"Mae hiwmor Myfanwy Alexander yn allweddol i'r mwynhad a geir wrth ddarllen."
– Cerian Arianrhod, Gwales.com

Gwasg Carreg Gwalch, £9

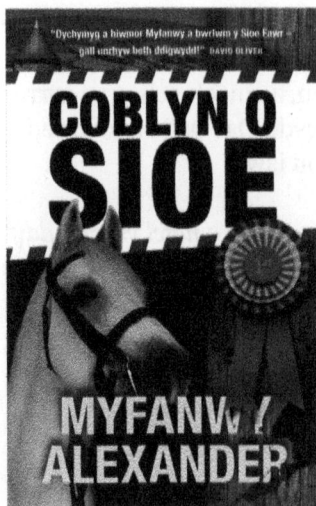

"Dychymyg a hiwmor Myfanwy a bwrlwm y Sioe Fawr – gall unrhyw beth ddigwydd!" DAVID OLIVER

COBLYN O SIOE

MYFANWY ALEXANDER

Darganfyddir bys dyn mewn bocs o selsig yn Neuadd Fwyd y Sioe Fawr, ac mae'n rhaid i'r Arolygydd Daf Davies ymchwilio i hanes cymhleth rhai o bobol y ceffylau.

"Dychymyg a hiwmor Myfanwy a bwrlwm y Sioe Fawr – gall unrhyw beth ddigwydd! "– David Oliver

Gwasg Carreg Gwalch, £9.50

Galwch heibio i wefan
Gwasg Carreg Gwalch
i weld ein casgliad o lyfrau amrywiol

Carreg
Gwalch
carreg-gwalch.cymru

CEFNOGWCH EICH SIOP LYFRAU LEOL